飞魔戴何士抱起公主，腾空而起，将公主送回埃尤尔国王的宫殿，将公主放在床上。公主睡姿仍似原样，好像什么事也没发生。

《第一百七十八夜》（利昂·卡雷 绘）

舍赫曼国王听从了宰相的劝告,把盖麦尔王子迁往濒临大海的那座宫殿。宫殿下临大海,地面用彩色大理石铺成,天花板色彩斑斓夺目。

《第一百八十一夜》(利昂·卡雷 绘)

埃尤尔国王爱女如命,眼见女儿神志失常,十分难过,随即请来占卜师和文书,让他们想办法治愈公主的病。

《第一百八十二夜》(利昂·卡雷 绘)

盖麦尔·泽曼领着老园丁走到那座地下古厅。厅里共有二十瓮黄金,盖麦尔·泽曼分得十瓮,其余的十瓮归老园丁所有。

《第一百九十三夜》(利昂·卡雷　绘)

盖麦尔·泽曼为老园丁料理好丧事，急速赶去上船，却见船已起航，乘风破浪，若离弦之箭，不多时便消失在海面上。

《第一百九十三夜》（利昂·卡雷 绘）

布杜尔来到码头,见人们忙于卸货。她把船长叫来,问船上运来的是什么货物。
《第一百九十三夜》(利昂·卡雷 绘)

老国王艾尔马努斯为盖麦尔·泽曼与哈娅蒂公主举行了盛大婚宴。盖麦尔·泽曼与两位妻子过着幸福安乐的生活。

《第一百九十五夜》(利昂·卡雷 绘)

侍卫官来到哈里发面前,报告带来美女一名,并呈上总督的书信,哈里发立即下令为美女腾出一座宫殿。

《第二百零五夜》(利昂·卡雷 绘)

尼阿麦坐在那里正在沉思之时,突然看见哈里发的妹妹长公主走了进来,身后跟着一个女仆。
《第二百零八夜》(利昂·卡雷 绘)

羊身上有用五颜六色画的图像,脖子上各挂着宝石项链。其中一只羊的双角染成绿色,另一只羊的双角涂着红色。

《第二百二十三夜》(利昂·卡雷 绘)

夫妻俩吃完饭,阿拉丁要妻子唱上一曲。祖贝黛·欧迪娅便抱起四弦琴,玉指轻弹,边奏边唱,那歌声,顽石听了都会感到高兴。

《第二百五十七夜》(利昂·卡雷　绘)

墓穴正中有一金质灵床,上面躺着一具巨人尸体,还放着金银丝织成的寿衣若干套;灵床的前头,竖着一块金牌,上面刻着诗文。

《第二百七十九夜》(利昂·卡雷 绘)

那奴仆径直向我走来,将我牢牢抓住。接着又走来一个奴仆,牵起我的驴子就走。之后又上来一个奴仆,用绳子将我绑起来,拉着我向前走去。

《第二百八十三夜》(利昂·卡雷 绘)

我脱下身上的脏衣服,三个女仆为我忙碌起来,一个给我搓脚,一个给我洗头,一个为我按摩。
《第二百八十三夜》(利昂·卡雷 绘)

哈里发哈伦·拉希德一行三人来到底格里斯河畔,上了一只小船。片刻后,一条船从河心驶来,船上灯火辉煌。

《第二百八十六夜》(利昂·卡雷 绘)

厅里的一道丝幕帘拉开了,露出一把金质座椅,椅子上坐着一位女子。仔细一看,那位女子就是买我那条项链的窈窕女子。
　　《第二百九十夜》(利昂·卡雷　绘)

我们走到一个极为漂亮的房间,那里陈设豪华,床铺讲究,四壁挂着彩幔。

《第二百九十一夜》(利昂·卡雷 绘)

布拉克本全译本

一千零一夜

ألف ليلة وليلة

[阿拉伯]佚名 著
李唯中 译
[法]利昂·卡雷 [英]达尔齐尔兄弟 等绘

北京燕山出版社

CONTENTS 目录

2083	第四百四十八夜	2131	第四百六十五夜
2086	第四百四十九夜	2134	第四百六十六夜
2087	第四百五十夜	2137	第四百六十七夜
2089	第四百五十一夜	2140	第四百六十八夜
2091	第四百五十二夜	2144	第四百六十九夜
2094	第四百五十三夜	2147	第四百七十夜
2096	第四百五十四夜	2150	第四百七十一夜
2099	第四百五十五夜	2152	第四百七十二夜
2101	第四百五十六夜	2154	第四百七十三夜
2105	第四百五十七夜	2158	第四百七十四夜
2108	第四百五十八夜	2160	第四百七十五夜
2112	第四百五十九夜	2162	第四百七十六夜
2114	第四百六十夜	2165	第四百七十七夜
2118	第四百六十一夜	2169	第四百七十八夜
2121	第四百六十二夜	2171	第四百七十九夜
2124	第四百六十三夜	2175	第四百八十夜
2127	第四百六十四夜	2178	第四百八十一夜

2181	第四百八十二夜	2255	第五百一十一夜
2184	第四百八十三夜	2258	第五百一十二夜
2187	第四百八十四夜	2261	第五百一十三夜
2190	第四百八十五夜	2263	第五百一十四夜
2192	第四百八十六夜	2266	第五百一十五夜
2195	第四百八十七夜	2268	第五百一十六夜
2197	第四百八十八夜	2271	第五百一十七夜
2201	第四百八十九夜	2274	第五百一十八夜
2203	第四百九十夜	2276	第五百一十九夜
2206	第四百九十一夜	2278	第五百二十夜
2208	第四百九十二夜	2281	第五百二十一夜
2210	第四百九十三夜	2284	第五百二十二夜
2213	第四百九十四夜	2286	第五百二十三夜
2215	第四百九十五夜	2288	第五百二十四夜
2219	第四百九十六夜	2291	第五百二十五夜
2221	第四百九十七夜	2293	第五百二十六夜
2224	第四百九十八夜	2296	第五百二十七夜
2226	第四百九十九夜	2298	第五百二十八夜
2229	第五百夜	2300	第五百二十九夜
2232	第五百零一夜	2302	第五百三十夜
2234	第五百零二夜	2304	第五百三十一夜
2237	第五百零三夜	2307	第五百三十二夜
2239	第五百零四夜	2309	第五百三十三夜
2241	第五百零五夜	2314	第五百三十四夜
2243	第五百零六夜	2318	第五百三十五夜
2246	第五百零七夜	2323	第五百三十六夜
2248	第五百零八夜	2325	第五百三十七夜
2250	第五百零九夜	2329	第五百三十八夜
2252	第五百一十夜	2332	第五百三十九夜

2336	第五百四十夜	2431	第五百六十九夜
2338	第五百四十一夜	2434	第五百七十夜
2340	第五百四十二夜	2437	第五百七十一夜
2344	第五百四十三夜	2440	第五百七十二夜
2346	第五百四十四夜	2443	第五百七十三夜
2350	第五百四十五夜	2447	第五百七十四夜
2354	第五百四十六夜	2451	第五百七十五夜
2357	第五百四十七夜	2453	第五百七十六夜
2362	第五百四十八夜	2457	第五百七十七夜
2364	第五百四十九夜	2461	第五百七十八夜
2368	第五百五十夜	2466	第五百七十九夜
2370	第五百五十一夜	2470	第五百八十夜
2374	第五百五十二夜	2474	第五百八十一夜
2378	第五百五十三夜	2478	第五百八十二夜
2381	第五百五十四夜	2487	第五百八十三夜
2384	第五百五十五夜	2490	第五百八十四夜
2387	第五百五十六夜	2494	第五百八十五夜
2390	第五百五十七夜	2498	第五百八十六夜
2393	第五百五十八夜	2500	第五百八十七夜
2398	第五百五十九夜	2503	第五百八十八夜
2401	第五百六十夜	2505	第五百八十九夜
2403	第五百六十一夜	2508	第五百九十夜
2407	第五百六十二夜	2511	第五百九十一夜
2410	第五百六十三夜	2513	第五百九十二夜
2413	第五百六十四夜	2517	第五百九十三夜
2416	第五百六十五夜	2521	第五百九十四夜
2419	第五百六十六夜		
2423	第五百六十七夜		
2425	第五百六十八夜		

第四百四十八夜

夜幕垂降,莎赫札德接着讲故事:

幸福的国王陛下,朗诵家问道:"最后降示的一章是什么?"

"最后降示的一章是'援助章',经文云:'当真主的援助和胜利降临,而你看见众人成群结队地崇奉真主的宗教时,你应当赞颂你的主超绝万物,并且向他求饶,他确是至宥的。'"

"在安拉的使者穆罕默德时代,负责收集《古兰经》的圣门弟子有几位?"

"有四位,他们是:艾卜·本·凯阿卜、栽德·本·萨比特、艾卜·奥贝德和欧斯曼·本·阿凡。"

"《古兰经》的读法取自于哪些朗诵家?"

"取自于四位朗诵家,他们是:阿卜杜拉·本·迈斯欧德、艾卜·本·凯阿卜、麦阿兹·贾伯勒和萨里姆·本·阿卜杜拉。"

"安拉有言:'禁止你们吃在神石上宰杀的。'① 你对此有何解释?"

"神石指的是神像,被人竖起来的、被人崇拜的偶像,而那些人是不崇拜安拉和求助于安拉保佑的。"

"《古兰经》中有言:'你知道我心里的事,我却不知道你心里

---

① 见《古兰经》"筵席章"第三节。

的事。'① 你对这一句话有何说明?"

"经文的意思是说,你对我的实际情况了如指掌,而我却不知道你的内心。此句的后一句可做证:'你确是深知一切幽玄的。'② 也有人解释说,此句意为'你知道我,我不知道你'。"

"安拉有言:'信道的人们啊!真主已准许你们享受的佳美食物……'③ 你对这一节有何解说?"

"一位长老讲到一个好说笑话的人讲的故事。那个人说,有一伙穆斯林,他们说:'我们割掉阳物,只穿粗毛衣服。'于是,专为这伙人降示了这节经文。盖塔德说:'这节经文是为使者的一伙弟子降示的,他们是阿里·本·艾卜·塔里布,还有欧斯曼·本·穆斯阿卜等人。'他们说:'我们把自己阉割掉,穿粗毛衣服,出家修行。'于是,安拉降示下这节经文。"

"《古兰经》上有文:'真主曾把易卜拉欣当作至交。'你对此节有何解释?"

"此处的'至交',指的是穷苦人,而在另外一句话中,它的意思则是专心献身于安拉的亲密朋友。"

朗诵家见婢女泰沃杜德对答若行云流水,有问必答,答中所问,于是站起身来,对哈里发说:"信士们的长官,凭安拉起誓,这个姑娘在经文学及其他方面均比我博学。"

泰沃杜德说:"我来问你一个问题,你若答得上来,你走你的;若答不上来,我就把你的衣服扒下来。"

---

① 见《古兰经》"筵席章"第一百一十六节。
② 见《古兰经》"筵席章"第一百一十六节。
③ 见《古兰经》"筵席章"第八十七节。

哈里发说:"你就问他吧!"

泰沃杜德问道:"《古兰经》中哪一节里有二十三个卡弗①?哪一节中有十六个米目?哪一节里有一百四十个阿因②?哪一个段落里没有提到安拉的美名?"

朗诵家一问也答不出来。

泰沃杜德说:"脱下你的衣服吧!"

朗诵家无可奈何,只有脱下自己的衣服。

泰沃杜德自己回答道:"信士们的长官,'呼德章'中有十六个'米目',经文说:'努哈啊!你下船吧!从我发出的平安和幸福,将要降临你和与你同船的人的部分后裔。'③ 内有二十三个'卡弗'的一节经文在'黄牛章'里。包含一百四十个'阿因'的一节经文在'高处章',经文说:'穆萨从他的宗族中拣选了七十个人来赴我的约会。'④ 每个人有两只眼睛,合计一百四十只眼睛。⑤ 至于没有直接言及安拉的段落,则在'月亮章''至仁主章'和'大事章'。"

说到这里,朗诵家扒掉自己的衣服,羞愧地离开了那里。

讲到这里,眼见东方透出黎明的曙光,莎赫札德戛然止声。

---

① 卡弗,阿拉伯文的第二十二个字母。
② 阿因,阿拉伯文的第十八个字母。
③ 见《古兰经》"呼德章"第四十八节。
④ 见《古兰经》"高处章"第一百五十五节。
⑤ 阿拉伯文的第十八个字母阿因,意为"眼睛",在此提问,增加了趣味性。

第四百四十九夜

夜幕垂降，莎赫札德接着讲故事：

幸福的国王陛下，朗诵家一问也答不出来。

婢女泰沃杜德说："脱下你的衣服吧！"

朗诵家在泰沃杜德面前完全失败了，无可奈何，只得扒掉自己的衣服，羞愧地离开了那里。

这时，一位高明的医生走上前去，说道："关于宗教知识，我们已经谈完，现在该进入生理卫生、人体科学话题了。姑娘，你来谈一谈，人是怎样创造出来的？人体中有多少血管？多少骨骼？多少脊椎？血管的根部在什么地方？为什么称人类始祖为阿丹？"

泰沃杜德回答道："人类始祖之所以称作'阿丹'，原因在于人类的皮肤是棕色的。据说，人是用地面上的土创造出来的①，人的胸部取自天房之土，人的头部取自东方之土，人的双腿取自西方之土。安拉为人的头部创造了七窍，即两只眼睛、两个耳朵、两个鼻孔、一个嘴巴；还为人开了两个孔洞，一前一后。安拉使眼睛成为人的视觉器官，耳朵成为听觉器官，鼻孔成为嗅觉器官，嘴巴成为味觉器官，使舌头成为能表达人的内心思想的器官。人由四大要素组成，即水、土、火、气。黄色属火，性热而干；黑色属土，性

---

① "阿丹""棕色"和"地面"三个词的基本字母是相同的，在阿拉伯语中读起来声音相连，而译成中文，这种韵味便消失了，相互之间的关系也无法从字面上寻找。

寒而干；口液属水，性寒而湿；血属气，性热而湿。人有三百六十根血管，人的骨骼由二百四十块骨头组成；此外还有一个心、一个脾、两个肺、六根肠、一个肝、两个肾、一个脑，另有皮、头以及听觉、视觉、嗅觉、味觉、触觉等五种感觉。心在胸腔内的左侧，胃在心脏的前面，肺是心脏的扇子。肝在左侧，与心临近。此外，还有横膈膜和内脏。胸骨及肋骨构成网状，保护着这些器官。"

"人脑由几部分组成？"

"人脑由三部分组成，即前脑、中脑和后脑。人脑具有五种功能，谓之内感官，即感觉、想象、安排、猜疑和记忆。"

"完全正确。请说说骨骼结构吧！"

讲到这里，眼见东方透出黎明的曙光，莎赫札德戛然止声。

第四百五十夜

夜幕垂降，莎赫札德接着讲故事：

幸福的国王陛下，医生问婢女泰沃杜德："人脑由几部分组成？"

"人脑由三部分组成，即前脑、中脑和后脑。人脑具有五种功能，谓之内感官，即感觉、想象、安排、猜疑和记忆。"

"完全正确。请说说骨骼结构吧！"

泰沃杜德说："人体骨骼由二百四十块骨头组成，分为三部分，即头骨、躯干骨和四肢骨。头骨分为颅骨和面骨。颅骨由额骨、蝶骨、两块颞骨、两块顶骨和枕骨等八块骨头构成，外加四块组成听觉器官的骨头。面骨分为上颌骨和下颌骨，上颌骨由十一块骨头组成，下颌骨只有一块骨头，外加三十二颗牙齿和舌骨。躯干骨分为脊柱、胸廓和盆骨。脊柱由二十四块被称作脊椎的骨头组成；而胸廓则由十二节胸椎、二十四条肋骨和胸骨组成，每边有肋骨十二条；盆骨由髂骨、耻骨和坐骨组成。四肢骨分为上肢和下肢，各有一对。上肢骨分为四部分：其一是肩，由肩胛骨和锁骨构成；其二是臂，由一块肱骨构成；其三是前臂，由桡骨和尺骨构成；其四是手骨，分为腕骨、掌骨和指骨。腕有八块小腕骨，每四块为一列地排成两列。掌由五块小掌骨构成。指有五个，除大拇指由两块指骨构成外，其余四指均由三块指骨构成。下肢骨分为三部分：其一是股骨，由一块股骨构成；其二是腿骨，由胫骨、腓骨和膝盖骨等三块骨头构成；其三是足骨，分为跗骨、跖骨、趾骨。踝部有七块跗骨，分为两种：一种有两块，另一种有五块；跖骨由五块构成；趾骨除大脚趾由两块趾骨构成外，其余四趾均有三块趾骨。"

"你再讲讲血管的情况吧！"

"血管的根源是大动脉，所有血管由此分出支叉，血管的数目极多，究竟有多少，只有创造它的安拉才晓得；正如前面提到过的，据说有三百六十条。安拉使舌头能说话，令双目像明灯，使鼻孔能呼吸，令双手成双翼，肝里储存着怜悯之情，脾里容纳欢笑，肾里包藏着奸狡，肺是扇子，胃是仓库，心脏则是周身的支柱，因此，心脏健康，周身有力；心脏染病，全身皆垮。"

"你能谈谈人体外部肢体和内部器官患病的征兆吗？"

"精明的医生，只要看看人的体肤情况，触摸人的双手，从皮肤的软硬、冷热、干湿情况，便可知其病情。此外，还有些内科病，外部表现十分明显：例如，眼睛发黄，则证明其患有黄疸病；

驼背,则证明患有肺痨。"

医生说:"答得非常正确!"

讲到这里,眼见东方透出黎明的曙光,莎赫札德戛然止声。

第四百五十一夜

夜幕垂降,莎赫札德接着讲故事:

幸福的国王陛下,医生说:"你能谈谈人体外部肢体和内部器官患病的征兆吗?"

"精明的医生,只要看看人的体肤情况,触摸人的双手,从皮肤的软硬、冷热、干湿情况,便可知其病情。此外,还有些内科病,外部表现十分明显:例如,眼睛发黄,则证明其患有黄疸病;驼背,则证明患有肺痨。"

医生说:"答得非常正确!"

医生又问:"病的外在表现如此,内在标志又是什么呢?"

泰沃杜德说:"断病的内在标志有六条,第一,看举止;第二,看分泌物;第三,查疼痛;第四,查位置;第五,看肿胀;第六,看症候。"

"你能谈谈伤头脑的因素吗?"

"原来吃下的东西未消化又要进食,饱上加饱也是使民族灭亡的原因。人想益寿延年,就应该早吃早饭,不晚吃晚饭,节制性欲;减少损伤,即不多抽血,不多放血;使自己的肚子保持'三三制'，即三分之一纳食，三分之一容水，三分之一盛气。因为人的肠子只有十八拃长，六拃容食物，六拃盛水，六拃纳气，是再好也不过的。人行走宜缓，缓行宜于心脏，宜于身体。《古兰经》经文云：'你不要骄傲自满地在大地上行走！'①"

"答得很对！黄疸病的征兆是什么？对于患者来说，什么最可怕？"

"皮呈黄色，嘴干而苦，食欲减退，脉搏过速，等等，这都是黄疸病的征兆。患了这种病，可怕的是发高烧，引起胸膜炎，出红疹，转为黄疸，造成肠溃烂，口干渴得厉害。"

"说得完全正确。你谈谈忧郁病的征兆吧！对于患者来说，最怕什么？"

"患了这种病，会产生虚假食欲，整日疑神疑鬼，忧虑惆怅。患者应呕尽腹内之物，如若不然，会引起癫病、毒瘤、脾疳、肠溃疡等疾病。"

"医学有几个分支？"

"医学可分为两部分：其一，诊断病体；其二，治疗病体，还其健康。"

"何时服药最有效？"

"树木返青、葡萄结果、运星高照之时，正是服药祛病的良机。"

"人用新器皿饮酒，何时最感香气飘飞，味道最佳？"

"饭后稍待片刻之时。有诗为证……"

泰沃杜德吟诵道：

> 饭后切莫急饮酒，以免病殃找上头。
> 饭过稍等一时辰，举杯把盏乐持久。

---

① 见《古兰经》"夜行章"第三十七节。

医生接着问："什么是避免生病的饮食法？"

泰沃杜德答："饿时方食，食不过饱。名医伽利努斯说：'欲进食者，切要细嚼慢咽，不可错记此言。'让我们以安拉的使者穆罕默德的训示结束此答，先知有言：'胃是百病之灶；定食乃千药之首；消化不良是万病根源。'"

讲到这里，眼见东方透出黎明的曙光，莎赫札德戛然止声。

第四百五十二夜

夜幕垂降，莎赫札德接着讲故事：

幸福的国王陛下，医生问："什么是避免生病的饮食法？"

泰沃杜德答："饿时方食，食不过饱。名医伽利努斯说：'欲进食者，切要细嚼慢咽，不可错记此言。'让我们以安拉的使者穆罕默德的训示结束此答，先知有言：'胃是百病之灶；定食乃千药之首；消化不良是万病根源。'"

"你对澡堂有何见解？"

"吃饱饭后不宜进澡堂。先知有训：'澡堂是好地方，能洁净体肤，使人想起火狱之苦。'"

"什么样的澡堂最好？"

"水是淡水，空间宽大，空气流通，有春、夏、秋、冬四季气候的澡堂为最理想。"

"什么样的食物最好?"

"妇女做的油少、易消化之食最好。最好的食物是肉汤泡馍;安拉的使者穆罕默德有训:'肉汤泡馍胜过其余食品,如同阿伊莎①胜过其余妻子。'"

"什么菜肴最好?"

"肉食,安拉的使者穆罕默德有训:'最佳菜肴是肉食,因为它是今世和来世的美食。'"

"什么肉最佳?"

"羊肉,但干肉除外,因肉干没有什么养分。"

"水果呢?"

"水果都好,但过季节的水果不宜食。"

"你对饮水有何见解?"

"不可大口大口喝水,不能一气喝完,因为那会使你感到头痛,甚至给你造成各种伤害。刚从澡堂出来,刚行完房,刚吃完饭,都不要喝水。另外,应该过十五分钟,老年人要过四十分钟后,才宜喝水。另外,刚从睡梦中醒来,也不宜喝水。"

"很好!关于饮酒,你有何见解?"

"关于饮酒,《古兰经》中的告诫也就足够了。经文说:'饮酒、赌博、拜像、求签,只是一种秽行,只是恶魔的行为,故当远离,以便你们成功。'② 安拉又云:'他们问你饮酒和赌博〔的律例〕,你说:"这两件事都包含着大罪,对于世人都有许多利益,而其罪过比利益还大。"'③ 有诗为证……"

----

① 阿伊莎(613—678),艾卜·伯克尔的幼女,伊斯兰教先知穆罕默德的一位妻子,圣训的主要传述人之一。
② 见《古兰经》"筵席章"第九十节。
③ 见《古兰经》"黄牛章"第二百一十九节。

泰沃杜德吟诵道：

唤声饮酒人，羞意难道无？须知你在喝，安拉禁之物。
劝你放弃之，莫要带此处。因为其中事，会惹安拉怒。

泰沃杜德又吟道：

我饮酒造罪，致使神志失。饮酒罪责重，才智尽消逝。

泰沃杜德接着说："饮酒也有好处，既可消散肾结石，壮肠胃，消愁闷，激发慷慨之情，增进健康，帮助消化，强健体魄，治疗关节炎病，清除体内污物；亦可助兴添乐，振奋精神，强肝开塞，健壮膀胱，红润容颜，清除头脑中的杂念，延缓华发早生。若不是伟大安拉禁酒，世上是不会有什么可以代替它的东西的。赌博嘛，大家都知道。"

"什么酒最好？"

"用白葡萄酿制，放上八十天以上，不像水，也不像世上任何东西的那种酒为最好。"

"你对放血有何说法？"

"那是对于血满的人说的，意思是他不缺血。谁想放血，就在月缺时，择个无云、无风、无雨的日子。若在十七日，恰逢礼拜二，效果最好。对脑、眼睛和智力来说，没有比放血更有益的办法了。"

讲到这里，眼见东方透出黎明的曙光，莎赫札德戛然止声。

第四百五十三夜

夜幕垂降,莎赫札德接着讲故事:

幸福的国王陛下,医生问婢女泰沃杜德:"你对放血有何说法?"

"那是对于血满的人说的,意思是他不缺血。谁想放血,就在月缺时,择个无云、无风、无雨的日子。若在十七日,恰逢礼拜二,效果最好。对脑、眼睛和智力来说,没有比放血更有益的办法了。"

泰沃杜德讲完放血的好处,医生说:"什么时间放血最好?"

"最好的时间是早餐前空腹时,因为那时放血能使人聪明,增强记忆力。相传,先知穆罕默德在世时,有人对他说自己的头痛或脚痛时,先知便嘱咐他:'你去放血吧!'放血之后,不要马上吃咸东西,也不要吃酸东西,因为吃咸东西会导致生病疮。"

"什么时候不宜放血呢?"

"礼拜六和礼拜三两天最不宜;谁在这两天里放血,一旦出事,只有埋怨自己。太冷、过热的时候,也不宜放血,最好选择春天不冷不热之时。"

医生说:"请谈谈房事吧!"

泰沃杜德一听,羞涩地低下了头,以对信士们的长官表示崇敬。过了一会儿,她说:"信士们的长官,凭安拉起誓,此题目我是无法谈的,我实在羞于启齿谈这个问题。"

哈里发说:"姑娘,请谈吧!"

泰沃杜德这才说道:"房事大有益处,乃值得称赞之事,不仅可以强身健体,亦可平息爱恋造成的燥热,增进爱情,舒展心胸,消除孤寂。不过夏秋两季中房事过频,害处之大甚于春冬。"

"房事的益处何在呢?"

"可以消忧解闷,平息爱火,祛怒愈伤,此外,还能改变冷酷性情。不过,房事过频,则会招致视力减弱,还会导致腿痛、头痛和背痛。莫与老妪行房,因那会招来致命之灾。伊玛目阿里说:'人间有四件伤体害命之事,饱肚入浴池,食过咸之物,失精过多,与病妇行房。因为这会削弱你的体力,损伤你的身体。老妪乃致命毒药。'还有人说:'莫与老妪结配,哪怕她身守宝藏!'"

"何为最佳房事呢?"

"女子年轻,身段健美,面颊红润,运星高照,乳房丰隆;这样的女子会为你带来健康,使你精神倍增。有诗为证……"

泰沃杜德吟诵道:

> 只要看一眼,便知意如何。
> 不用打手势,无须开口说。
> 娘子姿容美,百花园失色。

泰沃杜德吟完,医生问:"何时行房最好?"

"夜间当在食物消化之后,而白日当在午饭之后。"

"最好的水果是什么?"

"石榴和香橼。"

"顶好的蔬菜呢?"

"苣菜。"

"最好的花卉呢？"

"玫瑰和紫罗兰。"

"谈谈精液的根源吧！"

"男性体内有一根血管与其余血管相通，水由三百六十根血管集拢而来，然后将热血送入左睾丸中，在那里通过人体温度合成白色稠液，其气味类似于花粉。"

"说得太好啦！世间什么鸟儿射精、行房呢？"

"蝙蝠。"

"什么东西关着能活、呼吸空气则死呢？"

"鱼类。"

"何种爬虫是卵生？"

"卵生爬虫是蛇类。"

医生感到没有问题可问时，便沉默下来。

泰沃杜德说："信士们的长官，他已没有问题发问了，容我问他一个问题。若他答得上来，那就作罢；若答不上来，我可该扒下他的衣服了。"

讲到这里，眼见东方透出黎明的曙光，莎赫札德戛然止声。

第四百五十四夜

夜幕垂降，莎赫札德接着讲故事：

幸福的国王陛下，婢女泰沃杜德见医生无言，便对哈里发说：

"信士们的长官,他已没有问题发问了,容我问他一个问题。若他答得上来,那就作罢;若答不上来,我可该扒下他的衣服了。"

"请问吧!"哈里发慨然允之。

泰沃杜德说:"医生阁下,请你听好,猜猜这是何物,世上有一物,形状圆似球;既不见其脊,亦不见其底。价低分量轻,胸脯狭又细。并非逃跑奴,却常被绳束;不是盗与贼,手脚伴桎梏。从不上战场,身却被矛触;从不去战斗,本领无用途。分散而后聚,谦虚无媚骨。怀孕腹无子,倒斜不依柱。脏时便清洗,礼拜无法度。相搏无戒心,交不用阳物。坦然体态中,被咬叫声无。比友更高贵,比亲更远疏。夜来辞妻去,白日相抱住。纵在富人宅,把边守门户。"

医生倒是仔细听了,但沉默许久,什么也没有答出来,一时不知如何是好。只见他脸色惨白地低下头去,好半天没说一句话。

泰沃杜德说:"医生阁下,说呀!这究竟是何物呢?如若猜不出来,我只好扒你的衣服了。"

医生站起身来,对哈里发说:"信士们的长官,我证明这姑娘比我的医学知识丰富,其他方面也比我懂得多。我对她已无能为力。"

说完,脱下自己的衣服,匆忙而去。

这时,哈里发开口对泰沃杜德说:"姑娘,你的谜底究竟是什么,告诉我们吧!"

"信士们的长官,我说的是扣子和扣眼呀!"

泰沃杜德朝留在座位上的学者们扫视了一眼,问道:"诸位名士当中哪位是星相学家?请站起来吧!"

星相学家站起来,走到泰沃杜德面前,坐了下来。

泰沃杜德问道:"你是星相学家?"

"正是。"

"你有什么想问的,开口问吧!但期安拉默助你。"

"你就讲讲日出日没吧!"

"太阳出升自东方,落于西方;东方与西方成一百八十度。安拉有言道:'不然,我以一切东方和西方的主盟誓,我确是全能的。'① 安拉又说:'他曾以太阳为发光的、以月亮为光明的,并为月亮而定列宿,以便你们知道历算。'月亮是黑夜之主,太阳是白天之王;二者相追互赶。安拉说:'太阳不得追及月亮,黑夜也不得超过白昼,各在一个轨道上浮游着。'②"

"你告诉我:夜晚降临时,白天会怎样?白天到来时,夜晚会如何?"

"《古兰经》上有言曰:'你使夜入昼,使昼入夜。'③"

"你讲讲星宿吧!"

"天文学家为了观测天象及日、月、五星的运行,在黄道带与赤道带的两侧绕天一周,选取了二十八个星官作为观测时的标志,称为'二十八宿'。它又平均分为四组,每组七宿,与东、西、南、北四个方位和苍龙、白虎、朱雀、玄武(龟蛇)四种动物形象相配,称为四象。二十八宿以北斗斗柄所指的角宿为起点,由西向东排列,它们的名称和四象的关系是:东方苍龙:角、亢、氐、房、心、尾、箕。北方玄武:斗、牛、女、虚、危、室、壁。西方白虎:奎、娄、胃、昴、毕、觜、参。南方朱雀:井、鬼、柳、星、张、翼、轸。星宿的顺序是按照字母排列的,其中的秘密,只有安拉及深通此道的学者才晓得。黄道十二星座的名称则是:白羊座、

---

① 见《古兰经》"天梯章"第四十节。
② 见《古兰经》"雅辛章"第四十节。
③ 见《古兰经》"仪姆兰的家属章"第二十七节。

金牛座、双子座、巨蟹座、狮子座、室女座、天秤座、天蝎座、人马座、摩羯座、宝瓶座、双鱼座。平均每二又三分之一个星官被划分到一个星座中。比如：昂、毕加三分之一觜，属于白羊座；三分之二觜、参加三分之二井，属于金牛座；三分之一井、鬼加柳，属于双子座；星、张加三分之一翼，属于巨蟹座；三分之二翼、轸加三分之二角，属于狮子座；三分之一角、亢和氐，属于室女座；房、心加三分之一尾，属于天秤座。三分之二尾、箕加三分之二斗，属于天蝎座；三分之一斗、牛加女，属于人马座；虚、危加三分之一室，属于摩羯座；三分之二室、壁加三分之二奎，属于宝瓶座；三分之一奎、娄加胃，属于双鱼座。"

讲到这里，眼见东方透出黎明的曙光，莎赫札德戛然止声。

◆── 第四百五十五夜 ──◆

夜幕垂降，莎赫札德接着讲故事：

幸福的国王陛下，婢女泰沃杜德将星宿及所分属的星座向那位星相学家讲了一遍，干脆利落，清楚明白。

泰沃杜德说完星宿和分属星座，星相学家对她说："说得一清二楚。你再谈谈行星和其性质以及在星座中的位置、吉凶属性、升落情况吧！"

泰沃杜德说："谈话时间虽紧，但我还是要有问必答。至于你问到的行星，则总数为七颗：即太阳、月亮、水星、金星、火星、土星和木星。太阳热而干燥,合会时主凶,对望时主吉;它在每宫中逗留三十天。月亮冷而湿,主吉;它在每宫中逗留二又三分之一天。水星逢吉星主吉,逢凶星主凶;它在每宫中逗留十七天半。金星暖湿适中,主凶;它在每宫中逗留二十五天。火星主凶;它在每宫中逗留十个月。木星主吉;它在每宫中逗留一年。土星冷而燥,主凶;它在每宫中逗留三十个月。太阳所处方位是狮子座;它由白羊座升起,从宝瓶座落下。月亮的方位在巨蟹座;它从金牛座升起,从天蝎座落下;其凶险出自摩羯座。土星的主要方位在摩羯座和宝瓶座;它从天秤座升起,由白羊座落下;其凶险出自巨蟹座和狮子座。金星的主要方位在金牛座;它从双鱼座升起,由天秤座落下。其凶险出自白羊座和天蝎座。水星的主要方位在双子座和室女座;它从室女座升起,由双鱼座落下,其凶险源自金牛座。火星的主要方位是白羊座和天蝎座;它由摩羯座升起,由巨蟹座落下;其凶险源自天秤座……"①

星相学家见姑娘思维敏捷,知识渊博,口齿伶俐,于是计上心来,欲凭此计在信士们的长官面前羞辱姑娘一番。他说:"小姑娘,本月天会降雨吗?"

泰沃杜德低头沉思,久久没有开口,致使哈里发认为她答不上来。

星相学家得意地问:"小姑娘,你为什么不开口说话呀?"

泰沃杜德这才开口:"我只有取得信士们的长官的允许,方能回答你的问话。"

"这是怎么回事?"哈里发问。

泰沃杜德说:"我想向陛下要把宝剑,把这个星相学家杀死,因为他是个不虔诚的信徒。"

---

① 原文没有谈及木星。书中所谈星相与天文学知识有所不同。

哈里发笑了起来，周围的人也都笑了起来。泰沃杜德说："星相学家阁下，世上有五件事，只有安拉才知道。先知有训道：'五件事属奥秘，除安拉外谁也不知晓。即世界末日何时会降临谁也不知道，母亲腹内的孩子是男是女谁也不知道，人不知道明天自己会怎样，人不知道自己死于何处，任何人都不知道何时会下雨。'①"

"答得妙！我之所以这样问你，只是想考考你。"

"你要知道，立教法学家们有许多记录星辰的符号、标记，凭以观测岁月更替，人们从中获取经验。"

"获取了什么经验呢？"

"每天都有其从属。假若一年的正月初一正好是礼拜日，那么，它则从属于太阳，那是凶年的预兆。在这样的年份，必定帝王凶暴，官吏横行，瘟疫蔓延，干旱少雨，百姓不得安宁；农作物中只有扁豆有些收成，葡萄受损；从五月初到七月底②，夏布昂贵，而小麦却便宜。在这样的年份里，君王之间战事连绵。像这样的岁月会有什么吉祥之事，那只有安拉晓得。"

讲到这里，眼见东方透出黎明的曙光，莎赫札德戛然止声。

第四百五十六夜

夜幕垂降，莎赫札德接着讲故事：

---

① 见《布哈里圣训实录精华——坎斯坦勒拉尼注释》中"论除真主外谁也不知晓的五件事"一节。
② 此处的月份均指埃及科卜特历，与公历相差四个月时间。

幸福的国王陛下,星相学家问婢女泰沃杜德:"获取了什么经验呢?"

"每天都有其从属。假若一年的正月初一正好是礼拜日,那么,它则从属于太阳,那是凶年的预兆。在这样的年份,必定帝王凶暴,官吏横行,瘟疫蔓延,干旱少雨,百姓不得安宁;农作物中只有扁豆有些收成,葡萄受损;从五月初到七月底,夏布昂贵,而小麦却便宜。在这样的年份里,君王之间战事连绵。像这样的岁月会有什么吉祥之事,那只有安拉晓得。"

"若一年的正月初一恰逢礼拜一呢?"

"那么,这一日则从属于月亮,是政通人和、百废俱兴的好兆头,在这样的年份里,雨量丰富,五谷丰登,亚麻稍差;科卜特历四月里,小麦便宜;不过瘟疫还会流行,山羊和绵羊将会死去一半。此外,在这样的年份里,葡萄丰收,棉花价廉,只是蜂蜜稍歉收。"

"若一年的正月初一适逢礼拜二呢?"

"若逢礼拜二,则从属于火星,是不祥之兆。在这样的年份里,大人物相继辞世,哀声遍野,血流成河;粮食昂贵,雨水稀少。在这样的年份里,雨时多时少,蜂蜜、扁豆便宜,而亚麻籽却贵;大麦有收成,其余作物歉收;君王们之间的战事连绵不断,将士捐躯。此外,在这样的年份里,驴子死亡甚多。究竟原因何在,只有安拉晓得其中的秘密。"

"假若一年的正月初一适逢礼拜三呢?"

"若逢礼拜三,则从属于水星,乃不祥之兆。在这样的年份里,人们往往慌乱不安,敌对事件层出不穷;雨量适中,部分庄稼歉收;牲口死亡量大,儿童因病丧命亦多,海战频频发生;从科卜特历八月到十二月,小麦价格昂贵,其余粮食便宜。在这样的年份里,电闪雷鸣多,蜂蜜、萝卜、葱价高,而椰枣、亚麻和棉花却丰收。这当中的秘密,除了安拉谁也不得而知。"

"若正月初一恰逢礼拜四呢?"

"这一天从属于木星,乃大吉大利之兆。在这样的年份里,官吏和善,法官公正,平民及信士安然度日。在这样的年份里,福利普降,雨水充足,五谷丰登,瓜果满园,夏布、棉花、蜂蜜、葡萄便宜,水产丰富。这当中究竟有何秘密,只有安拉知道。"

"假使正月初一适逢礼拜五呢?"

"这一天则从属于金星,是不祥之兆。在这样的年份里,妖魔鬼怪横行,人们言谈虚妄。在这样的年份里,露水多,秋令好,有的地方丰收,有的地方歉收;海路和陆路多发生事故;在科卜特历三月和六月里,亚麻籽、小麦和蜂蜜的价格均昂贵,葡萄和西瓜无收成。至于原因何在,只有安拉晓得。"

"如果正月初一恰逢礼拜六呢?"

"这一天从属于土星,太不吉利。在这样的年份里,奴隶起来闹事,希腊及周边地区的人不得安宁;物价飞涨,天久旱不雨,乌云却密布天空,人死亡率增加;埃及、沙姆人惨遭君王虐待,农业收成不佳,粮食奇缺。至于原因,也只有安拉知道。"

泰沃杜德说到这里,星相学家低下头去,久久无言。泰沃杜德又说:"星相学家阁下,我来问你一个问题:如果你答不上来,我就扒掉你的衣服。"

"请问吧!"

"土星居于何方?"

"在七重天上。"

"木星居于何方?"

"在六重天上。"

"火星呢?"

"在五重天上。"

"太阳呢?"

"在四重天上。"

"金星呢?"

"在三重天上。"

"水星呢?"

"在二重天上。"

"月亮呢?"

"月亮居于一重天。"

"你答对啦!还有一个问题。"

"请问吧!"

"星辰分为几类?"

星相学家听后,沉默良久,没有答话。泰沃杜德说:"扒下你的衣服吧!"

星相学家无可奈何,只有从命。

泰沃杜德拿到星相学家的衣服,哈里发对她说:"姑娘,你来解答这个问题吧!"

泰沃杜德说:"星辰分为三类,其中一类悬挂在天上,就像明灯,照着地球;第二类,可以用来驱逐窃听天机的魔鬼;第三类是悬挂在空中,用来照亮海洋及那里的一切。"

星相学家说:"我还有一个问题,如果她能答得上来,我就对她心服口服。"

"什么问题?请讲!"泰沃杜德说。

讲到这里,眼见东方透出黎明的曙光,莎赫札德戛然止声。

第四百五十七夜

夜幕垂降，莎赫札德接着讲故事：

幸福的国王陛下，星相学家对婢女泰沃杜德说："我还有一个问题，如果她能答得上来，我就对她心服口服。"

"什么问题？请讲！"泰沃杜德说。

"你能说出四种性质相反的东西生出来的四种性质相对抗的东西吗？"

"热、冷、湿、干就是你问的性质相反的四种东西：安拉取热创造出火，火热而干；安拉取干创造出土，土冷而干；安拉取冷创造出水，水冷而湿；安拉取湿创造出空气，空气热而湿。之后，安拉创造出十二星座，即白羊座、金牛座、双子座、巨蟹座、狮子座、室女座、天秤座、天蝎座、人马座、天羯座、宝瓶座和双鱼座，并使它们分别具备四种相反的性质，即三座属火性，三座属土性，三座属气性，三座属水性。属火性者是白羊座、狮子座和人马座；属土性者是金牛座、室女座和摩羯座；属气性者是双子座、天秤座和宝瓶座；属水性者是巨蟹座、天蝎座和双鱼座。"

星相学家站起身来，说："这姑娘确实比我知识渊博。"

说罢，心悦诚服地离开了那里。

星相学家走后，泰沃杜德对哈里发哈伦·拉希德说道："信士们的长官，哲学家在哪里？"

话音未落，只见一个男子站起来，走到泰沃杜德面前坐下，说:"你来谈谈时光及其界限与日月吧!"

"时光是描绘黑夜、白昼流转的一个名词,是日和月在其轨道上运行的量化标准。正如安拉所示:'他们有一种迹象,我使白昼脱离黑夜,他们便忽然在黑暗中。太阳疾行,至一定所,那是万能的、全知的主所预定的。月亮,我为它预定星宿,直到它再变成像干枯的椰枣枝一样。'① "

"你谈谈人怎会生亵渎神灵的言行?"

"安拉的使者穆罕默德有言:'人的亵渎神灵言行的产生,宛如血液在人体血管里流动,于是人民便咒骂世界、时光、夜和时间。'使者又说:'你们谁也不要咒骂时光,因为时光就是安拉。你们谁也不要咒骂世界,应该说安拉是不默助我的人的。你们谁也不要咒骂时间,因为毫无疑问,时间一定会到来的。你们谁也不要咒骂大地,因为大地是安拉的一种标志。'安拉有言:'我从大地创造你们,我使你们复返于大地,我再一次使你们从大地复活。'② "

"世上有五个人或生物,也吃也喝,但既不出自背,亦非出自腹,你知道是什么吗?"

"是阿丹、舍姆欧③、撒立哈的母驼④、伊斯玛仪的羊⑤、艾卜·伯克尔⑥在山洞里看到的鸟。"

---

① 见《古兰经》"雅辛章"第三十七至三十九节。
② 见《古兰经》"塔哈章"第五十五节。
③ 舍姆欧,叶尔孤白之子。
④ 据《古兰经》记载,赛莫德人愚昧、迷信、崇拜偶像,先知撒立哈奉安拉之命对他们进行教化,但他们口出狂言,要撒立哈显示奇迹,才肯信服。撒立哈便指着一只高大肥壮的母驼,告诫他们不可伤害它。而赛莫德人经过密谋策划,杀死母驼,并进一步蓄意谋杀撒立哈及其信徒。突然一声霹雳,地动山摇,赛莫德人全部死于非命。而撒立哈及其信徒因得到安拉的拯救而安然无恙。
⑤ 伊斯玛仪,《古兰经》中记载的古代先知之一,在其父易卜拉欣遵从主命决心宰他献祭时,他毫不犹豫,欣然从命,以表示对安拉的忠诚和对父亲的孝顺。后因获准以羊代替,他遂得以脱身。
⑥ 艾卜·伯克尔(573—634),先知穆罕默德的挚友和助手,伊斯兰教历史上的第一任正统哈里发。

"天堂里有五种物,既非精灵,又不是天使,那是什么?"

"叶尔孤白的狼、洞中人的狗①、阿齐兹的驴子、撒立哈的母驼,还有先知的骡子。"

"有那么一个人,他做礼拜,既不在地上,也不在天上,你知道他是谁吗?"

"他是苏莱曼,他把礼拜毯铺在空中,在风上做礼拜。"②

"有一位男子,他做礼拜时,看一个女仆,那是非法的;中午时再看那女仆,却成了合法的;午后再看那女仆,又成了非法行为;而日落后看那女仆,又成了合法的。夜里看她,又成非法的;而次日晨再看她,又成了合法的。这究竟是怎么回事?"

"做晨礼时,他看那个女仆非法,因为那个女仆还是别人的女仆;中午看她合法,因为他把她买了回来;午后他将她释为自由人,故看她非法;日落时他娶她为妻,故看她理所应当;夜里他已宣布同她离婚,中断了夫妻关系,故看她已成非法行为;次日晨二人复婚,这时看她就是合法的。"

哲学家沉思片刻,接着问道:"有那么一座坟墓,它可以带着墓中人行走。这是一座什么坟墓?"

"那是吞下优努斯的巨鲸。③"

"有那么一个地方,太阳只升起一次;太阳第二次照到那里,要等到世界末日。那是什么地方?"

"那是海底,穆萨以手杖击打海面,顿时海水后退让出十二条

---

① 《古兰经》记载,七眠子山洞中避难时,有条狗陪着他们。
② 据《古兰经》记载,苏莱曼能驱使风,让"风在上午走一个月的路程,在下午也走一个月的路程"。
③ 优努斯,《古兰经》中记载的古代先知之一。他奉安拉之命,劝告族人信奉安拉。因劝化无效,便在未经安拉允许的情况下乘船出走。船至深海突遇风暴,为减轻船体重量,他多次占卜,均卜中他必须离船。他若有所悟,毅然纵身投海,当即被鲸吞入腹中。

大道，十二个部族各走一道，太阳照到了海底，穆萨及其民众得以过海脱险。海水复原，故第二次见太阳要等到世界末日。"①

讲到这里，眼见东方透出黎明的曙光，莎赫札德戛然止声。

第四百五十八夜

夜幕垂降，莎赫札德接着讲故事：

幸福的国王陛下，哲学家问婢女泰沃杜德："有那么一个地方，太阳只升起一次；太阳第二次照到那里，要等到世界末日。那是什么地方？"

"那是海底，穆萨以手杖击打海面，顿时海水后退让出十二条大道，十二个部族各走一道，太阳照到了海底，穆萨及其民众得以过海脱险。海水复原，故第二次见太阳要等到世界末日。"

"第一位衣边拖地的是谁？"

"哈吉尔的衣边第一个拖地，因其看行人害羞；自那之后，这便成了阿拉伯人的习惯。"

"什么东西只呼吸，但无生命？"

"那是《古兰经》'照耀时的早晨'② 这段经文。"

---

① 据《古兰经》载，法老率兵追击穆萨及其民众至红海边，海水遵安拉旨意分向两旁，展现出一条陆路，穆萨及其民众安全过海。《古兰经》又载，穆萨以手杖自磐石中击出十二道泉水，随之十二部落都知道了自己的饮水处。显然，本故事的原文与此有出入。
② 见《古兰经》"黯黮章"第十八节。"早晨呼吸"意为破晓、黎明。

2108

"一群鸽子飞来,其中一部分落在一棵树上,另一部分落在树下。树上的鸽子对树下的鸽子说:'如果你们当中飞到树上来一只,你们就成了我们总数的三分之一;假若我们当中一只飞下去,我们两边的数目就相等了。'姑娘,这群鸽子共有几只?"

"十二只!树上落着七只,树下落着五只。树下的鸽子飞上去一只,便剩下四只,是十二只的三分之一;树上的鸽子飞下来一只,树上树下各成六只,恰好相等。"

说到这里,哲学家扒下自己的衣服,快步离去了。

哲学家狼狈离去,泰沃杜德望着剩下的学者们,说:"诸位当中谁能谈各种艺术和学问?"

一位诗人走上前来,对泰沃杜德说:"小姑娘,你可不要把我和别人等同看待!"

泰沃杜德说:"你很可能又将成为我的手下败将!因为你装腔作势,恐怕没有什么学问。安拉必将助我扒下你的衣服;假若能有人给你送来衣服,那无疑对你有利。"

"凭安拉起誓,我一定能战胜你,让你成为一代又一代人的笑料。"

"快为你的誓言赎罪吧!"

"世上有五件东西,安拉在创造万物之前,便创造了它。那是哪五件东西?"

"水、土、光明、黑暗和果子。"

"安拉用万能之手创造了哪几种东西。"

"宇宙、幸福树、阿丹和伊甸园等,都是安拉用其万能之手直接创造的。安拉对它们说:'你们诞生吧!'它们便应声而生。"

"谁引领你信仰伊斯兰教的?"

"穆罕默德。"

"谁是穆罕默德的宗教之父?"

"那就是'圣祖''安拉的至交'易卜拉欣。"

"何为伊斯兰教?"

"那就是'做证词'中所说的:'我证万物非主,唯有安拉;我证穆罕默德是安拉的使者。'"

"何为你的开始与结局?"

"我始于一滴污血,终于一把秽土;初源于大地,终归于一片净土。有诗为证……"

泰沃杜德吟诵道:

来自土中入人间,有问必答舌灵验。
一日归真回入土,仿佛从来未见天。

诗人说:"有那么一件东西,开始是手杖,后来却有生命,那是什么?"

"那是先知穆萨的手杖,当穆萨把它投入谷地时,那手杖蒙安拉默许变成了一条蜿蜒的蛇。"

"《古兰经》中有文:'对于它还有许多别的需要。'① 这句话含义何在?"

"这句话的意思是说:穆萨曾把手杖栽到地里,手杖便开花,结果,树荫可以供他乘凉避热;当他疲倦之时,他可以拄着它;他睡觉时,手杖可以帮助他保护羊免遭猛兽侵袭。"

"哪位女性来自男性?哪位男子被处女生下?"

---

① 见《古兰经》"塔哈章"第十八节。本节全文:"他说:'这是我的手杖,我拄着它,我用它把树叶击落下来给我的羊吃,我对于它还有别的许多需要。'"

"夏娃来自男性,因为她是耶稣用亚当的肋骨创造出来的。玛利亚是处女,却生下了耶稣。"

"其间有四种火:其一,又吃又喝;其二,只吃不喝;其三,只喝不吃;其四,不吃不喝。请你告诉我,这都是什么火?"

"只吃不喝之火,乃人间烟火;又吃又喝之火,乃地狱之火;只喝不吃之火,乃太阳之火;不吃不喝之火,乃月亮之火。"

"何为自由的?何为规定的?"

"圣行是自由的,天命是规定的。"

"我给你出几个诗谜,你来猜一猜。"

诗人吟诵道:

平日住墓穴,味觉在头上。一时吃过饭,开口把话讲。
站起方行走,说话声不扬。一旦话讲完,复回坟中藏。
本来非活物,不求人敬仰。亦非过世者,怜悯无用场。

诗人话音未落,泰沃杜德说:"谜底是笔。"

诗人又吟诵道:

身着两层衣,血红世间无。双耳遮纱巾,有口总不语。
上插鹅毛翎,如鸡啄自腹。若要估其价,五角定打住。

"墨水瓶!"泰沃杜德一语猜中。

"听我这首长诗谜!"诗人吟诵道:

法学文学家,仁人与志士,
学者和智友,无人不识此。

世间有种鸟,天下皆见之;
　　无骨亦无肉,羽绒无半支;
　　烹熟可下肚,冷着也可食;
　　两色尚分明,似金如银质;
　　不活亦非死,此物你可知?

　　泰沃杜德说:"一个只值一菲勒斯的鸡蛋,何必费这么多口舌?"
　　诗人接着问:"安拉用多少言讲到穆萨?"
　　"据安拉的使者穆罕默德说,安拉讲穆萨用了一千五百一十五言。"
　　"同安拉谈话的十四种东西是什么?"
　　"七重天加七重地。天和地说:'我们奉命而来。'"

　　讲到这里,眼见东方透出黎明的曙光,莎赫札德戛然止声。

第四百五十九夜

　　夜幕垂降,莎赫札德接着讲故事:

　　幸福的国王陛下,诗人问婢女泰沃杜德:"安拉用多少言讲到穆萨?"
　　"据安拉的使者穆罕默德说,安拉讲穆萨用了一千五百一十五言。"

"同安拉谈话的十四种东西是什么?"

"七重天加七重地。天和地说:'我们奉命而来。'"

诗人对泰沃杜德说:"你来讲讲阿丹的诞生吧!"

"安拉用泥土创造了阿丹,泥土由泡沫而来;泡沫来自大海;大海来自黑暗;黑暗来自牛;牛来自鲸;鲸来自巨石;巨石来自宝石;宝石来自水;水来自陶罐。安拉有言道:'当他欲造化任何事物的时候,他的事情只是说声,"有!"它就有了。'①"

诗人说:"你听好!再猜几个诗谜。"

诗人吟诵道:

  吃不用嘴肚,却食动植物。给食它就活,给水即作古。

"这是火!"

诗人吟诵道:

  两个好朋友,平生无所好。漫漫长夜中,彼此相拥抱。
  一心保护人,免受灾难搅。旭日东升时,彼此相向跑。

诗人话音未落,泰沃杜德说:"这是双扇门!"

诗人问:"火狱有几座门?"

泰沃杜德顺口答道:"七座,尽包在下面一首诗中。"

她吟诵道:

  吉罕奈姆与来札,加希姆加赛伊拉。

---

① 见《古兰经》"雅辛章"第八十二节。

赛格尔与哈推姆,还有一座哈威亚。①

诗人说:"继续听我的诗谜。"
诗人吟诵道:

长辫脚后拖,里外来回跑。
有眼不流泪,总也不睡觉。
毕生不穿衣,却供人穿着。

诗人刚吟诵完,泰沃杜德便说:"针!"
"通往天堂的路多长多宽?"
"长达三千年的旅程,其中,一千年下坡路,一千年上坡路,一千年平道。通往天堂之路比剑刃窄,比头发丝细。"

讲到这里,眼见东方透出了黎明的曙光,莎赫札德戛然止声。

第四百六十夜

夜幕垂降,莎赫札德接着讲故事:

幸福的国王陛下,诗人问过婢女泰沃杜德通往天堂的路多长多宽,又问道:"穆圣在安拉面前求过几次情?"

---

① 吉罕奈姆、来札、加希姆、赛伊拉、赛格尔、哈推姆和哈威亚系火狱七座门的音译,也是火狱的别名。

"三次。"

"艾卜·伯克尔是第一个加入伊斯兰教的吗?"

"是的。"

"可是阿里①在艾卜·伯克尔之前就成为穆斯林了。"

"先知穆罕默德受启时,阿里才是个七岁的孩童。因为他从未崇拜过偶像,故安拉看他年纪小,给他指出了正道。"

"阿里与阿拔斯②相比,谁更高贵呢?"

泰沃杜德一听,意识到诗人的此问之中有阴谋。因为她知道,若说阿里比阿拔斯高贵,等于轻视哈里发的祖先,势必得不到信士们的长官的宽谅。于是,她低下头去,暗暗沉思,脸色红一阵,黄一阵。过了一会儿,她方才抬起头来,说:"你要问他俩谁更高贵,我要说二位先人各有千秋。我们还是谈谈我们自己的学问吧!"

听泰沃杜德这样一说,哈里发哈伦·拉希德站了起来,对泰沃杜德说:"凭安拉起誓,泰沃杜德姑娘,你回答得很好!"

诗人对泰沃杜德说:"姑娘,继续猜我的谜语吧!"

他吟诵道:

辫子随风摆,味道甜如蜜。形状似长矛,矛头无处觅。
天下所有人,均可获其益。莱麦丹月到,榨后人欢喜。

"甘蔗!"泰沃杜德脱口而出。

"我还要问你许多问题。"

---

① 阿里,伊斯兰教历史上的第四任正统哈里发,与艾卜·伯克尔、欧麦尔、欧斯曼并称使者穆罕默德的四大贤配,是穆罕默德的堂弟和女婿。
② 阿拔斯(573—652),穆罕默德的叔父,他的后代以他的名字命名了新建立的王朝。

"请吧!"

"什么东西比蜜甜?"

"孝顺儿子对父母的孝敬之意比蜜甜。"

"什么比宝剑锋利?"

"人的口舌。"

"什么比毒药来得快?"

"嫉妒者的眼睛。"

"什么快乐转瞬即逝?"

"房事快感。"

"什么事情欢乐三天?"

"女性用的脱毛剂。"

"什么日子最快乐?"

"做生意赚了钱。"

"什么事情带来一周欢乐?"

"新婚。"

"什么事情连虚伪的人都不能否认?"

"死亡。"

"什么是坟墓监牢?"

"不孝之子。"

"什么是内心的快乐?"

"顺从丈夫的妻子,对丈夫体贴入微,最令人感到快乐。"

"什么是无形的陷阱?"

"作恶的奴隶。"

"什么是比死亡还痛苦的疾病?"

"道德败坏。"

"什么是洗刷不掉的耻辱？"

"学坏了的女孩子。"

"什么东西不住房子，只住废墟，讨厌人类，源自七种大动物？"

"蝗虫。因为它的头像马头，脖子像牛脖子，两翅像鹰翅，脚却像骆驼，尾巴像蛇尾，肚子像蝎子的肚子，角像羚羊角。"

泰沃杜德思维敏捷，对答如流，百答百中，令信士们的长官大为敬佩。哈里发哈伦·拉希德对诗人说："喂，易卜拉欣，我的诗人，扒下你的衣服来吧！"

诗人易卜拉欣站起来，说："我为在座的人做证，这小女子确实比我博学，也比所有的学者懂得多。"

他说着，脱下了自己的衣服。

诗人对泰沃杜德说："姑娘，拿去吧！安拉不会因为这衣服而使你走运的。"

哈里发哈伦·拉希德令他穿上衣服。片刻后，哈里发对泰沃杜德说："在你许下的诺言中，只剩下象棋一项了。"

哈里发唤来象棋和双陆棋大师们，首先让象棋大师与泰沃杜德对弈。

象棋大师和泰沃杜德对面坐下，观战之人在一旁站立。

棋战开始，象棋大师移子进招，泰沃杜德心中有数，步步紧逼。结果没走多少步，象棋大师只有招架之功，没有还手之力，眼看着大师的"王"被泰沃杜德将死了。

讲到这里，眼见东方透出黎明的曙光，莎赫札德戛然止声。

第四百六十一夜

夜幕垂降，莎赫札德接着讲故事：

幸福的国王陛下，婢女泰沃杜德在哈里发哈伦·拉希德亲自观战的情况下与象棋大师对弈。棋战开始，象棋大师移子进招，泰沃杜德心中有数，步步紧逼。结果没走多少步，象棋大师只有招架之功，没有还手之力，眼看着大师的"王"被泰沃杜德将死了。

这时，象棋大师说："我想先让你尝尝甜头，以便提高一下你的兴趣，让你误认为天下无敌。再来一盘，我再让你瞧瞧我的棋艺。"

第二盘开棋了，象棋大师心想："好好睁眼瞧着！如若不然，你又要败在婢女丫头的手下了。"想到这里，他每走一步都要反复思量，时有举棋不定的表现。走着走着，象棋大师的"王"还是被泰沃杜德将死了。

眼见泰沃杜德又赢一盘，象棋大师惊异不已，开始意识到泰沃杜德棋艺果然非凡。

泰沃杜德笑了，说道："大师阁下，第三盘棋我和你打个赌，我让你右车左马和王后，假若你赢了我，你拿走我的衣服；如果你输给了我，我就扒掉你的衣服。"

象棋大师立即回答道："一言为定！我同意这个条件。"

二人摆好棋子，泰沃杜德拿开王后和一车一马，然后说："大师阁下，你先走！"

象棋大师举棋先走一步，同时心想："这一盘，我再赢不了这个小丫头，如何是好啊？"

泰沃杜德移动棋子，缓慢进招，吃掉了对方的王后，将小卒子推近对方棋子，故意喂给对方。

象棋大师果然开始吃对方卒子。泰沃杜德见此情景，说道："量器准确无误，稻米干干净净，你就吃个饱吧！人之子呀，贪食之鸟，会丧命的。难道你不晓得我喂你几个子，意在取你的"王"命吗？你瞧瞧呀，你的"王"又无处躲藏了。"

象棋大师输掉了第三盘，一时呆若木鸡。

泰沃杜德说："扒下你的衣服吧！"

象棋大师说："给我留下裤子吧！安拉会报偿你的。"

大师随后发誓，只要泰沃杜德在巴格达，他就再不同任何人对弈。说完，脱下自己的衣服，交给泰沃杜德，然后狼狈离去。

双陆棋大师走上前来，泰沃杜德问："大师阁下，倘若今天我赢了你，你将输给我什么呢？"

双陆棋大师说："我给你十件君士坦丁堡产的金丝绣花衣，十件天鹅绒衣，外加一千第纳尔。假若我赢了你，我只要求你给我写个证明，表明我曾经战胜过你。"

泰沃杜德说："一言为定！请你开棋吧！"

没有走多少着棋，双陆棋大师便认输了。他站起来，操着外国语对哈里发说："信士们的长官，这姑娘棋艺确实高超，天下无敌。"

片刻过后，哈里发哈伦·拉希德唤来琴师乐手，望着泰沃杜德，问："姑娘，你会弹奏乐器吗？"

"略会一二。"

哈里发吩咐宫仆取来那把珍藏多年的四弦琴，因为琴主离去，琴已搁置许久。诗人曾这样描述琴：

  安拉灌大地，棍棒地里埋；枝条随后发，正好遍地栽。
  鸟儿唱枝头，枝绿惹人爱。歌女唱它时，枝却现枯态。

宫仆抱着一个红绸缨袋走来。泰沃杜德接过袋子，从中取出一把四弦琴，但见琴体光亮无比，上面刻着这样一首诗：

  歌女抱琴枝鲜嫩，思与挚友喜相逢。
  一曲歌震席间客，无人不赞羞夜莺。

泰沃杜德就像乳母给婴儿喂奶那样，将四弦琴抱在怀里，兴奋不已，玉指轻弹，连奏十二支曲子，致使在座的人全都沉浸在欢乐之中。

旋即，泰沃杜德边弹边唱道：

  莫要离去莫疏远，深情永留我心间。
  切怜垂泪寂寞苦，厚意难表碍语短。

哈里发哈伦·拉希德欣喜非常，说道："姑娘，安拉为你祝福！安拉嘉奖你的渊博学识。"

泰沃杜德放下四弦琴，站起身来，走到哈里发面前，恭恭敬敬地向他行吻地礼。

随后，哈里发吩咐取来钱，赏给了泰沃杜德的主人艾卜·哈桑一万第纳尔。

哈里发问泰沃杜德："喂，泰沃杜德姑娘，你还有什么愿望吗?"

"信士们的长官,我希望陛下不要买我,把我还给我的主人。"

"一言为定!"

哈里发把泰沃杜德还给了艾卜·哈桑,并赏给她五千第纳尔,还将艾卜·哈桑纳为自己的挚友……

讲到这里,眼见东方透出黎明的曙光,莎赫札德戛然止声。

第四百六十二夜

夜幕垂降,莎赫札德接着讲故事:

幸福的国王陛下,哈里发问婢女泰沃杜德:"喂,泰沃杜德姑娘,你还有什么愿望呢?"

泰沃杜德说:"信士们的长官,我希望陛下不要买我,把我还给我的主人。"

哈里发说:"一言为定!"

哈里发哈伦·拉希德不但把泰沃杜德还给了艾卜·哈桑,并且赏给她五千第纳尔,还将艾卜·哈桑纳为自己的挚友,每个月给他一千第纳尔的俸禄。从此以后,艾卜·哈桑与泰沃杜德过着幸福的生活。

讲到这里,莎赫札德对舍赫亚尔国王说:"国王陛下,哈里发哈伦·拉希德见婢女泰沃杜德博学多才,口齿伶俐,喜欢至极,不但厚赏了她的主人,而且还问她有什么愿望和要求,最后把她还给了她的主人,给了她那么多钱,并把艾卜·哈桑纳为自己的挚友,发给他俸禄。哈里发如此豪爽,真是古今罕见。在阿拔斯王朝的哈里发们之后,人们还见过这样慷慨的帝王吗?愿安拉怜悯他们……"

听到这里,妹妹杜娅札德说:"姐姐,你讲的这个故事真精彩,真奇妙,真动人!"

莎赫札德说:"如蒙国王陛下厚恩,能够再留我一夜,我将要讲的故事比这个故事更精彩、更动人。"

舍赫亚尔国王说:"我希望你继续讲下去,让我听更美妙的故事。"

莎赫札德开始讲《死神与爱炫耀的国王》的故事:

相传,古代有位国王,有一天,他想率领文武大臣、国家要员外出,以便向百姓炫耀他的装束,于是命令朝臣们做好外出的准备。随后,这位国王令御衣保管给他取出最漂亮的衣饰,令御马官牵来纯种宝马,以备他亲自择用。

宫仆们听命,一一照办。国王亲自动手,挑选自己最喜欢的服饰和宝马,穿戴完毕,纵身上马,带着大队人马,浩浩荡荡出发了。国王那匹坐骑身披金鞍,上嵌无数颗珍珠、宝石,豪华无比,耀人眼目。国王挥动马鞭,策马上路,得意扬扬,飘然自若。这时,魔鬼来到他的身边,手摁住他的鼻孔,朝他的鼻子里吹了一口自高自大、孤芳自赏之气,国王顿时趾高气扬,踌躇满志,心想:"在当今世界上,还有谁能像我这样荣华富贵、春风得意呢?"

想到这里,这位国王不禁得意忘形,忘乎所以,目空一切,自觉天下无比。

就在这时,一个衣衫褴褛的男子出现在国王的马前。他向国王问安致礼。那男子上前抓住国王的马缰,国王厉声说:"松开你的手!你不晓得自己抓的是谁的马缰。"

那男子说:"我有事找你。"

国王说:"等我下马后,再对我讲。"

"这是个秘密,我只能对你耳语。"

国王低头伸过耳朵,那男子对他小声说:"我是死神!我想要你的命!"

国王一惊,忙说:"稍等一下!让我回宫同妻子、儿女和亲戚朋友告别一下。"

"你回不去了!你永远看不见他们了,你的大限已到……"

话音未落,死神抓起那位国王的灵魂便走,只见那国王翻身落马,顿时死去了。

死神取到那位爱炫耀的国王的灵魂,便来到一位善良的男子面前。男子向死神问过安好,死神说:"喂,善良的男子汉,我有事找你,还是件秘密事。"

善良的男子说:"有什么事情,只管对我耳语便是。"

"我是死神。"

"欢迎你,我的死神。赞美安拉,你终于到来了。好久好久以来,我就在盼着你。你久不光临,我实在是想念你,盼你到来呀!"

"你如果还有什么事情,就去办吧!"

"我没有比见到我那至高无上的主更重要的事情了。"

"我是奉命来取你的灵魂的,你打算让我怎样取走你的灵魂呢?"

"死神阁下,请你稍等!让我先去做小净,然后再做礼拜。当我正跪拜时,你就可以取走我的灵魂了。"

"我是奉主之命来取你的灵魂的,至于如何取,全听你的选择,我一定照你说的办。"

那善良的男子走去做小净、礼拜。男子正跪拜时,死神取走了他的灵魂,安拉将他送往万福之园,他备得安拉怜悯、宽恕。

莎赫札德接着讲《死神与奢侈君王》的故事:

相传,古代有位国王,横征暴敛,终于聚敛了无数金银,财物堆积如山。他把安拉创造的各种东西全都拿来,贪图个人享受,任意挥霍,生活奢侈无比。他想把自己聚敛的财富耗尽花光,于是建造了一座耸入云霄的巍峨宫殿,豪华富丽无比,专供自己享用。他给宫殿装上两扇严丝合缝的大门,并安排了宫仆、士兵和侍卫。

有一天,这位国王命令厨师做了最好的饭菜,大宴家眷、侍从、宾朋和宫役。国王坐在自己的宝座上,倚着靠枕,眼见盛宴场面,美味佳肴满桌,自言自语说:"天子啊,天子!我把世间的一切宝物都集聚在你的面前了,你就尽情享用这些宝贝吧!愿你长命百岁,好运永久陪伴着你……"

讲到这里,眼见东方透出黎明的曙光,莎赫札德戛然止声。

第四百六十三夜

夜幕垂降,莎赫札德接着讲故事:

幸福的国王陛下,有一天,这位国王命令厨师做了最好的饭菜,大宴家眷、侍从、宾朋和宫役。国王坐在自己的宝座上,倚着靠枕,眼见盛宴场面,美味佳肴满桌,自言自语说:"天子啊,天子!我把世间的一切宝物都集聚在你的面前了,你就尽情享用这些宝贝吧!愿你长命百岁,好运永久陪伴着你……"

国王话未说完,宫门外来了一个人,只见他衣衫褴褛,脖子上挂着一个布褡子,一看便知是个讨饭的叫花子。那叫花子使劲地叩击门环,"啪啪"的响声震撼了整个宫殿,就连国王的宝座也摇动起来。

宫仆们听到剧烈的叩门声,不禁大惊,慌忙向宫门跑去,大声喝道:"该死的东西,为什么这样敲门?真是没有礼貌!等我们的国王陛下吃完饭,把剩下的饭菜给你一点儿。"

敲门人说:"告诉你们的国王,让他出来和我说话。我有要事要对他说,刻不容缓。"

"叫花子,你究竟是什么人,敢命令我们的国王出来见你?"

"你们就这样对他说就行了。"

宫仆们回来禀报国王,国王对他们说:"你们何不呵斥他一顿,把他打走呢?"

话音未落,又一阵更强烈的敲门声传来,宫仆们拿着棍棒和刀剑赶去,准备把那个敲门人打走。

敲门人一声大喝,然后说:"你们站住,不要轻举妄动!我是死神!"

宫仆们一听,个个胆战心惊,人人缩头缩脚,魂不附体,周身抖作一团,旋即一动不动了。

死神来到国王面前,国王哀求道:"找一个人做我的替身,你取走他的灵魂吧!"

死神说:"我不取替身的灵魂。今天,我就是为取你的灵魂而来的。你与你聚敛的这些银钱、宝物之间是没有区别的。"

国王一听，长出了一口气，随之泪水簌簌落下。他说："安拉诅咒这些钱财！正是这些钱财引诱我走上了邪路，坑害了我，妨碍我崇拜安拉。我本以为钱越多越对我有益；到头来，留给我的却是悔恨和灾难。如今，我要空手而去，把这些金银财宝全都留给了我的敌人。"

这时，安拉令钱财开口说话了："你这个奢侈昏君，为什么诅咒起我来了呢？你还是咒骂你自己吧！伟大安拉用泥土创造了我和你，并使我落入你的手中。安拉本希望你借助我为你的来世做准备，用我去救助天下穷人、可怜者和老弱病残，用我去缴纳课税，兴修清真寺，筑路造桥，以便使我在来世成为你的助手。可是，你把我聚敛到你的手中，放在你的仓库里，任意挥霍，穷奢极欲。尽管如此，你非但不感谢我，反而背弃我，现在又要把我丢给你的敌人。因此，你悔恨交加，痛苦不堪。我有什么罪过，致使你咒骂我？"

国王还不曾动手吃眼前的美味佳肴，死神便取走了他的灵魂，只见国王顷刻翻下宝座，摔到地上，一命呜呼。这正如伟大安拉所说："当他们忘却自己所受的劝告的时候，我为他们开辟一切福利之门，直到他们因自己所受的赏赐而狂喜的时候，我忽然惩治他们，而他们立刻变成沮丧的。"①

莎赫札德紧接着讲《死神与暴虐君王》的故事：

相传，古代以色列有位暴虐国王。一天，他正坐在宝座上，忽见一个人闯进殿门，形容古怪，体态庞大，不禁惊恐不已，对之厌

---

① 见《古兰经》"牲畜章"第四十四节。

恶无比。国王离开宝座，走到那个人面前，问道："喂，大汉，你是何人？谁让你到我宫中来的？"

那个人说："是宫殿的主人让我来的，没有任何侍卫阻拦我。我见任何帝王，都用不着允许。我不畏惧任何人的权势，不怕任何帝王的威严，更不怕他们人多势众。任何暴君对我无可奈何，任何帝王也逃不出我的手心。我可以摧毁一切欢乐，让任何人群四分五裂，各奔东西。"

国王一听，面色顿时蜡黄，周身战栗不止，顷刻昏迷过去，不省人事。

过了一会儿，国王从昏迷中苏醒过来，问大汉："莫非你是死神？"

"正是！"死神答道。

"看在上帝的面儿上，你宽恕我一天吧！让我向上帝忏悔，求上帝宽恕我的罪过，容我把金库中的钱财还给它的主人，免除清算与惩罚之苦。"

"宽限一天？那真比登天还难！根本没门儿！你的寿数已尽，大限已经来临，没有宽限一说，休要再想拖延！"

讲到这里，眼见东方透出黎明的曙光，莎赫札德戛然止声。

第四百六十四夜

夜幕垂降，莎赫札德接着讲故事：

幸福的国王陛下，国王从昏迷中苏醒过来，问大汉："莫非你是死神？"

"正是！"死神答道。

那个暴君苦苦哀求死神："看在上帝的面儿上，你宽恕我一天吧！让我向上帝忏悔，求上帝宽恕我的罪过，容我把金库中的钱财还给它的主人，免除清算与惩罚之苦。"

死神说："宽限一天？那真比登天还难！根本没门儿！你的寿数已尽，大限已经来临，没有宽限一说，休要再想拖延！"

暴虐国王说："那就宽限我一个时辰吧！"

"一个时辰已经过去，而你还不知不觉呢！你的气数也快完了，只剩下最后一口气了。"

"我入土之后，谁将陪伴我呢？"

"陪伴你的只有你的公德。"

"可是，我没有什么公德呀！"

"那样的话，你无疑要入地狱，遭受主的惩罚。"

话音刚落，死神便取走了这个暴君的灵魂，只见他顿时倒在地上死去，宫中响起一片哭声、喊声。假若他们知道这个暴君的去向，他们会哭得更伤心，喊叫声也会更凄惨。

莎赫札德紧接着讲《亚历山大大帝与小国君王》的故事：

相传，亚历山大大帝征战途中，路经一弱小民族居住的区域，那个地区的百姓任何今世享受的条件都没有，他们都在自己的家门前挖好座座坟墓，而且不时去照看、打扫、修整，还在那里顶礼膜拜安拉。他们没有什么食粮，只是吃地里长的野菜和青草。

亚历山大大帝得知此情况，派人去见他们的国王，并请他来见自己。那位国王没有答应去见亚历山大大帝，而是说："我没有必要去见你们的大帝。"

亚历山大大帝得知小国国王不肯来,便亲自去访问他。大帝问道:"国王陛下,你好哇!你们的情况如何?我发现你们既无金,又无银,没有可供今世享受的任何东西,你们怎样生活呢?"

国王说:"今世的享受嘛,是任何人都不会知足的。"

"你们为什么要在门前挖那么多坟墓呢?"

"好让我们自己看见它,时时不忘记死亡,不淡忘来世,从而让贪恋今世享受之心远离我们,使我们专心膜拜伟大的安拉。"

"你们怎么光吃野菜和青草呢?"

"我们不想把我们的肚子变成动物、牲畜的坟墓呀!因为任何佳肴一过嗓子便失去了美味。"

说罢,国王伸手取来一个人的头盖骨,放在亚历山大大帝面前,对他说:"大帝陛下,你晓得这是谁的头盖骨吗?"

"不知道。"

"这是一位君王的头盖骨。该君王在世时,欺压百姓,横征暴敛,无恶不作,贪图今世浮华虚荣,安拉取走了他的灵魂,将之打入火狱之中。这就是他的头盖骨。"

说罢,国王伸手取来另外一个头盖骨,放在亚历山大大帝的面前,接着说:"大帝陛下,你知道这是谁的头盖骨吗?"

"不知道。"

"这也是一位君王的头盖骨。这位君王生前善待百姓,怜悯国之民众。安拉取走了他的灵魂,让他永居天堂,并且提高了他的等级和地位。"

说罢,国王把手放在亚历山大大帝的头上,问道:"你的头将成为这两个头盖骨中的哪一个呢?"

亚历山大大帝一听,号啕大哭起来,随后将国王搂在自己的怀中，说道:"国王陛下,你若愿意随我走,我定将我的内阁交给你掌管,和你平分我的王权。"

国王说:"使不得!使不得!万万使不得呀!我根本没有那种愿望。"

"为什么呢?"

"因为天下人都因为你的钱财太多而与你为敌。而我呢?我知足安贫,既没有任何财产,也对今世没有任何贪图和追求,故人们都是我的朋友。换句话说,我除了知足,一无所有。"

亚历山大大帝听罢,把国王紧紧抱在怀里,深情地吻了吻他的眉心,然后离去。

莎赫札德接着讲《明主知民情》的故事:

波斯科斯鲁艾努·舍尔瓦尼是位开明君主。

有一天,这位科斯鲁佯装病倒在床,于是召集来他的亲信、贤臣,吩咐他们到王国范围内的破落乡村去找破旧房舍,从那里弄块旧土坯来,以便用之配药。他对他们说,那是御医给他开的方子。

大臣们遍游王国各地,不久之后,相继回到科斯鲁身边。他们向科斯鲁禀报说:"我们转遍了王国的各个地方,没有发现一个破落村庄,更没有看到一座旧房,故没有找到半块旧土坯。"

艾努·舍尔瓦尼听后,兴奋不已,连声感赞世之主宰。他对群臣说:"我之所以派你们去王国各地寻找旧土坯,目的在于了解我们国家的情况,以便知道哪里有破旧房舍……"

讲到这里,眼见东方透出黎明的曙光,莎赫札德戛然止声。

第四百六十五夜

夜幕垂降，莎赫札德接着讲故事：

幸福的国王陛下，艾努·舍尔瓦尼听后，兴奋不已，连声感赞世之主宰。他对群臣说："我之所以派你们去王国各地寻找旧土坯，目的在于了解我们国家的情况，以便知道哪里有破旧房舍，好重新改建，兴修新房。既然国中已没有这样的旧房破屋，到处都是好房舍，那么，国家的大事就算办得不错，国泰民安，建筑达到了完美境地。"

讲到这里，莎赫札德对舍赫亚尔国王说："国王陛下，你知道，那些古代帝王之所以把他们的力量用于国家的民房建筑上，努力改善百姓的生活条件，就是因为他们深深知道，国家越繁荣昌盛，老百姓的心劲也就越高。他们认为那些学者、哲人说的话是完全正确的。因为学者、哲人们说：'宗教依靠国王，国王依靠军队，军队依靠钱财；国家兴旺，钱财才会多，而国家兴盛依靠国王公正廉明。'那些古代帝王不赞同任何臣僚暴虐横行，不希望他们的下属侵害老百姓的利益。因为他们知道老百姓是深深厌恶暴政的；一旦暴君当政，国家会破落，国人会分散，纷纷逃往别的国度，国家的收入就会减少，国库就要空虚，百姓的生活就会面临艰难。老百姓不喜欢暴虐君王，他们诅咒暴君，那么，国王就不能拥有自己的国家，国家的命运就会危在旦夕。"

莎赫札德接着讲《法官的妻子》的故事：

相传，以色列人当中有一位法官。他有一位年轻、貌美、正派、能够忍耐的妻子。

一天，法官要去耶路撒冷朝圣，便把官司业务留给弟弟，并将妻子托付给弟弟照顾。

小叔子深知嫂子貌美出众，因此对她由衷爱慕。哥哥走后，他便来到嫂子的住处，百般调戏她，而她却无动于衷，坚守贞操。这位小叔子仍不死心，频频诱惑、挑逗嫂子，而嫂子始终不动声色，根本不理睬他。当小叔子感到失望时，又怕嫂子把他的行为告诉哥哥，于是纠集了几个伪证人，硬说他嫂子与人私通，败坏门风，并且立即告到了国王那里。

国王亲理此案，判法官妻子受石击刑。于是，人们给她挖了个大坑，让她坐在坑里，随后人群以石击打，顷刻之间，这位法官的妻子被埋在乱石堆下，乱石堆成了她的坟墓。

夜幕垂降之时，这位法官妻子因遭乱石击打，周身疼痛难忍，发出阵阵呻吟声。这时，有一个去村里的人经过石堆旁，听见呻吟声，便朝石堆走去，然后刨开石堆，将法官妻子救了出来，背回家中，交给妻子为她调治。

经过一段时间调治，法官妻子恢复了健康。而救她回来的那个人的妻子正好有个孩子，便交给法官妻子照管。白天，孩子跟着她玩；夜里，孩子跟着她睡在另一个房间。

有一次，一个坏蛋见了法官妻子，见其姿色非凡，欲火中烧，便偷偷前来调戏她。法官妻子坚决不从，那坏蛋心中便生杀人之意。

一天夜里，那个坏蛋潜入法官妻子和孩子睡觉的屋里，乘她熟睡之机，拔出尖刀，扎死的却是那个孩子。当他意识到自己扎死的是个孩子时，心中不胜惊惧，立即逃了出去。而那位法官妻子正是由于上帝保佑，才免遭坏蛋毒手。

次日天明，法官妻子醒来，发觉孩子丧命，立即跑去报告孩子的母亲。

孩子的母亲听后，痛不欲生，一口咬定说："你这个坏女人，是你杀死了我的孩子！"

话音未落，抄起棍子便将法官妻子痛打一顿，还想将她杀掉，以偿子命。

这时，孩子的父亲回来了，将法官妻子从妻子的刀下救了出来，并且对妻子说："夫人，凭上帝起誓，她是绝不会干这种事的。"

法官妻子得以活着离开那家，一时不知该往哪里去。

法官妻子漫无目的地走去。当她路经一个村庄时，见人们围聚在那里，还有一个男子被绑在树上，不过还活着。她走上前去，问道："乡亲们，这个人怎么啦？"

人们告诉她："他犯下了大罪，要么被杀死，要么有人花钱把他赎走。"

话音刚落，法官妻子便掏出身上带的所有的钱，说道："你们收着这些钱，把他放掉吧！"

人们接到钱，果然为那个男子解开了绳索。

那男子立即在法官妻子面前表示忏悔，并立誓服侍她一生。旋即那男子为法官妻子建造了一座禅房，让她住在里面。从此以后，男子天天为她打柴，给她送吃的东西。法官妻子则隐身禅房，专心膜拜苦修，直至大功告成；无论是患了病的或受了伤的人，只要让她一看，便病祛伤愈。从此，隐身禅房的这位法官妻子，成了人们朝拜的神医。

讲到这里,眼见东方透出黎明的曙光,莎赫札德戛然止声。

第四百六十六夜

夜幕垂降,莎赫札德接着讲故事:

幸福的国王陛下,那男子立即在法官妻子面前表示忏悔,并立誓服侍她一生。旋即那男子为法官妻子建造了一座禅房,让她住在里面。从此以后,男子天天为她打柴,给她送吃的东西。

法官妻子隐身禅房,专心膜拜苦修,直至大功告成;无论是患了病的或受了伤的人,只要让她一看,便病祛伤愈。从此,隐身禅房的这位法官妻子,成了人们朝拜的神医。

说来也巧,也许是上帝的安排,暗害法官妻子的几个人都患恶疾:诬告她通奸、将她送往石击刑坑的小叔子,脸上生了疔疮;毒打她的那个孩子的母亲患了麻风病;存心调戏、害她的那个坏蛋遭病痛折磨难以站立。

法官从耶路撒冷朝圣回来,向弟弟问起嫂子,弟弟说嫂子已经死了。法官听后,悲痛万分,心想只有将她托付给上帝了。

时隔不久,隐身禅房的法官妻子名闻遐迩,致使天南地北的人都去找她看病消灾。

法官听说有一修行女子善医百病,便对弟弟说:"喂,阿弟,你何不去找那位善女瞧瞧你脸上的疔疮呢?也许上帝会假她之手治愈你的疾病。"

弟弟说："哥哥，那就劳你领我去吧！"

生麻风病的妇人的丈夫听到善女治病的消息，也带着妻子去禅房求医。

那个瘫痪在床上的坏蛋听说有位女神医，也求家人带他去访善女。

人们聚集在禅房门前；法官妻子能看见他们，而他们却看不见她。人们等了一会儿，一个侍仆来了，人们纷纷要求他准许他们进去见女神医。

这时，法官妻子戴起面纱，站在禅房门口，望着聚集的人们，一眼认出了她的丈夫，也认出了她的小叔子和那个坏蛋以及毒打她的那个女人。而他们，谁也不知道她是谁。法官妻子说："你们只有承认自己的罪过，才能得到心理上的轻松，从而祛除疾病。奴仆承认了自己的罪过，向上帝虔诚忏悔，上帝才会给他指出道路。"

法官听罢，对弟弟说："阿弟，你向上帝忏悔吧！不要坚持自己的叛逆行为。忏悔有利于你摆脱病痛。有诗为证……"

法官吟诵道：

日将好坏人，聚集在一起。上帝已揭开，世间一切秘。
作恶造孽者，在此地位低。心从上帝人，方得上帝喜。
何惧罪犯怒，主仍示真理。欲惹主怒者，不知主罚厉？
欲求尊荣者，听我奉劝你：尊荣在敬主，此言且牢记。

法官的弟弟听后，说："现在我说真话：我调戏了嫂子……"

他把调戏、陷害嫂子的经过从头到尾讲了一遍，最后说："这就是我的罪过。"

接着，患麻风病的女人说："我错怪了女仆人，把不是她的罪过加在了她的头上，故意毒打她一顿。这就是我的罪过。"

那个站不起来的坏蛋说："我曾偷偷闯进一个女人的房间，试图强奸她。被她拒绝之后，我乘夜色再次闯入她的房间，企图杀死她，不期杀死了那个女人照管的孩子。这就是我的罪过。"

法官妻子——禅房神医听后，说道："上帝啊，你已经看到了作孽者的低贱，就请你让他们见见遵从的好处吧！上帝啊，你是万能的，但期伟大上帝使他们身心痊愈。"

法官仔细端详眼前这位女子，女子问："你为什么这样看我？"

法官答道："我有位贤妻，假若不是她已经过世，我就会说，你就是我的贤妻。"

女子摘掉面纱，让法官认出自己正是他的妻子，要他赞美伟大上帝使他们夫妻喜重逢。

片刻后，法官的弟弟、坏蛋和那个女人苦苦哀求法官妻子原谅、宽恕他们。法官妻子宽恕了他们，他们便在那里虔诚膜拜上帝，全心坚持为法官妻子效力，直至死神将他们分开。

莎赫札德接着讲《信守誓言的妇人》的故事：

相传，有位先生这样讲述他的一次见闻：

在一个漆黑的夜里，我环绕天房时，忽有伤心的呻吟声传入我的耳里，只听有人边呻吟边诉说道："慷慨的安拉啊，为报答你的厚恩，我一定信守誓言。"

听到这种声音，我的心被感动得要跳出来，差一点儿停止了呼吸。

我镇静片刻,朝呻吟声传出的方向走去。走近一看,见呻吟的是个妇道人家。我向妇人问好道:"你好哇,安拉的女仆!"

妇人回礼道:"你好!愿安拉降福给你。"

"看在安拉的面儿上,请告诉我,你究竟要信守什么誓言?"

"假若你不对伟大安拉起誓,我是不会把秘密透露给你的。请你先看看我的怀中吧!"

我朝她怀中望去,但见她怀抱着一个熟睡的孩子。我向安拉起誓,妇人开始给我讲述她的经历:

我抱着孩子,乘坐一条船,前来圣寺朝拜,不期在海上遇到风浪,我们乘坐的那条船被打翻弄破了。

讲到这里,眼见东方透出黎明的曙光,莎赫札德戛然止声。

第四百六十七夜

夜幕垂降,莎赫札德接着讲故事:

幸福的国王陛下,那位妇人讲述自己的经历:

我抱着孩子,乘坐一条船,前来圣寺朝拜,不期在海上遇到风浪,我们乘坐的那条船被打翻弄破了。我还算幸运,抓住了一块木板,把孩子放上去,我也坐在了木板上。我怀抱孩子坐在木板上,任凭风浪吹打。

就在这个时候,船上的一个水手游了过来,对我说:"娘子,说实话,你在船上时,我就看上了你,现在终于得到了你。你一定要满足我的要求,把你许配给我;如若不然,我就把你抛入海中!"

我立即说:"你这个该死的东西,危难临头,难道你不该吸取经验和教训吗?"

那个可恶的小子说:"这样的事情,我遇到过多次,都逃了出来,根本不在乎。"

"我们正在灾难之中,应该期望用服帖而不是用反叛换取平安。"

那小子死乞白赖,再三强求,我怕出事,便哄骗他说:"稍等一下!等这孩子熟睡了再说。"

那小子从我怀里夺去孩子,顺手甩到了大海里。

我见孩子被丢到海里,心都碎了,愁上加愁,于是抬头仰望着天空,说道:"能把人与心分开的主啊,你就把我和这头凶猛的畜生分开吧!安拉啊,因为你是万能的。"

我刚祈祷完,只见一头巨大的海兽浮出海面,顷刻之间,将那个坏小子吞去,木板上只剩下我一个人。这时,我思念我的孩子,悲痛、惆怅不已,顺口吟诵道:

爱子已失去,思令耐心灰。我忧无可解,除非子复归。
主啊且看我,怜子难止泪。乞主让母子,重聚得安慰。

我独自在木板上坐了一天一夜。第二天早晨,我远远望见一条帆船,似乎心中闪现出一丝得救的希望。风和浪推着我身下的木板,渐渐向那条帆船靠近。当我漂到船下时,船上的人将我救上船去。我上船一看,发现我的孩子在那里,便情不自禁扑了过去,对船上的人说:"恩人们,这是我的孩子,他是从哪儿来到你们这里的呢?"

船上的人说:"我们正在大海上航行时,船突然被一头大海兽拦住,那海兽简直像一座大城市那样大。我们发现孩子坐在海兽的背上,正在那里吸吮着自己的手指头玩儿,我们便把他抱上了船。"

我听他们这样一说,便把自己的经历从头到尾给他们讲了一遍,万般感赞安拉赐予我的厚恩,立誓永远不离开天房,全力侍奉安拉。自那之后,除了安拉赐予我的恩惠之外,我再没有向安拉乞求过任何东西。

那位先生讲完那妇人的经历,说道:"听罢妇人的讲述,我伸手从口袋里掏出一些钱,想送给她,但她却说:'庸俗的人哪,我向你述说安拉赐予我的恩泽,难道你以为我想从他人手里得到施舍?'"

我未能说服她接受我的任何东西,只有离她而去。我边走边吟诵道:

> 几多主恩至,聪明亦难知。
> 几多易事难,宽舒心忧失。
> 几多苦缠身,夜来乐代之。
> 路窄遇困境,万能主支持。
> 先知代说情,求情仆酬志。

那位妇人静守天房,虔诚膜拜安拉,倾心尽力,直至魂归天堂。

莎赫札德紧接着讲《黑奴求雨》的故事:

相传，马立克·本·迪纳尔这样讲述他自己经历的一件事：

有一年，巴士拉久旱无雨，我们外出求雨多次，均未见天降下一滴雨。之后，我便和阿塔·席勒米、萨比特·拜纳尼、穆罕默德·本·瓦西阿、阿尤布·赛赫亚尼、哈比卜·法尔西、哈桑·伊本·艾卜·辛纳尼、阿特拜·欧拉姆以及萨里哈·马兹尼一起走到礼拜堂。当时，学堂的孩子们也出来了，和我们一道求雨。我们祈祷多时，不见天有降雨的任何迹象。时已正午，人们便各自回家去了，只有我和萨比特·拜纳尼留在礼拜堂。

夜幕垂降之时，我们看见一个黑奴走来。那黑奴面容俊秀，两条腿很细，肚子却很大；他腰束粗毛布围裙，浑身上下的打扮加起来也值不上几个钱。只见他取来水，做完小净，之后登上礼拜坛，轻轻跪拜、叩头、起来，各两次，继而仰望天空，祈祷道："我的神灵，我的主宰，我的天公！你财宝无数，曾给了你的奴仆多少恩泽！难道此时，你的财宝已经耗尽，或许宝库已经毁坏？我以你对我的厚爱祈祷，求你给我们降些雨吧！"

黑奴话音刚落，但见天空乌云骤聚，顷刻之间，大雨滂沱，像是皮水袋子在倒水。当我们走出礼拜堂时，只能蹚着水去骑牲口。

讲到这里，眼见东方透出黎明的曙光，莎赫札德戛然止声。

第四百六十八夜

夜幕垂降，莎赫札德接着讲故事：

幸福的国王陛下，马立克·本·迪纳尔继续讲述他自己经历的那件事：

黑奴话音刚落，但见天空乌云骤聚，顷刻之间，大雨滂沱，像是皮水袋子在倒水。当我们走出礼拜堂时，只能蹚着水去骑牲口。

我们停下脚步，站在那里，对黑奴祈雨即降之事感到惊奇。正在这时，那黑奴问我："喂，你怎么啦？"

我对黑奴说："你这个该死的！你说那些话，难道不感到害臊吗？"

黑奴望着我，反问我："我说什么啦？"

"你祈祷时说'我以你对我的厚爱祈祷'，你怎么知道安拉厚爱你？"

那黑奴对我说："喂，只顾自己的人，走你的，离我远一点儿吧！安拉支持我独尊一神，给我特别关照，这算什么？安拉答应我的祈求，正是对我厚爱的表示，难道你没有看见？"

黑奴停顿片刻，接着又说："安拉对我的厚爱与我对安拉的敬畏相等。"

我对他说："你再跟我谈谈吧！愿安拉怜悯你。"

他说："我身为奴隶，必须听主人的安排。"

说着，黑奴离开了。我们远远地跟在他的身后，直至他走进一个奴隶贩子的家门。当时，已是半夜时分，因为夜还长，我们便各自回家了。

第二天早晨，我们去见那个奴隶贩子，对他说："我们想从你这里买个奴仆使唤，你这里还有奴隶吗？"

那奴隶贩子说："有的！我这里有近百个奴隶，都是要卖的。"

说完，他让我们一个一个地看，一直看到第七十个，还没有看到我那个黑奴朋友。奴隶贩子说："我就这些奴隶，没有别的了。"

我们正想出门时，无意之间走进房后的一间破屋子里，忽见那个黑奴站在那里，我当即说："凭天房之主起誓，就是他！就是他！"

我马上回到奴隶贩子面前，对他说："请把这个奴隶卖给我吧！"

奴隶贩子说："喂，艾卜·叶海亚，他是一个无用的糟糕货，夜里只会哭个没完没了，白天只会调皮捣蛋，你买他何用？"

我回答："正因为这一点，我才要买他的。"

奴隶贩子差人去喊那个黑奴，只见那黑奴睡眼惺忪地走了出来。奴隶贩子把黑奴的缺点向我交代之后，对我说："你想要，就把他领走吧！"

我用二十第纳尔把黑奴买了下来。我问奴隶贩子："他叫什么名字？"

"他叫麦伊蒙。"

我拉着麦伊蒙的手离开那里，想把他领回家中。

麦伊蒙望着我，说："老爷，你为什么要买我呢？凭安拉起誓，我是不适于做伺候人的事的。"

我对他说："我把你买来，不是让你伺候我，而是我要全心全意伺候你。"

"那是为什么？"

"你不是昨晚在礼拜堂的那位朋友吗？"

"你看见过我？"

"我就是昨夜出言责斥你的那个人。"

他听了我的话，默不作声地向清真寺走去，跪拜了两次之后，说道:"我的主宰,我的神灵,我的安拉!你已把你我之间的秘密透露给世人,我现在怎能继续活在世上?除你之外,已有人知道你我之间的秘密。因此,我向你起誓,立刻取走我的灵魂吧!"

说完,麦伊蒙又叩起头来。

我等了他足有一个时辰,始终没见他抬头。我上前推他,发现他命已归真。于是,我伸展他的双手和双脚。等我再看他时,发现他笑了,与此同时,他周身皮肤变白,容光焕发,笑容可掬。正当我们感到疑惑不解时,只见一位青年走进寺门,对我说:"你们好!安拉嘉奖你们厚待我们的兄弟麦伊蒙。这就是他的殓衣。"

他们给他裹上殓衣,然后递给我两匹白布,我们一起将他的遗体裹好,之后将他安葬入土。

讲到这里,马立克·本·迪纳尔说:"时过多年,如今麦伊蒙的坟墓成了人们向安拉祈祷所求的地方,并且有诗流传。"

马立克·本·迪纳尔吟诵道:

> 友心寓天堂,与主无隔挡。
> 饮下醇美酒,主亲若身旁。
> 秘密共有之,紧锁心底藏。

讲完《黑奴求雨》的故事,莎赫札德紧接着讲《一对虔诚夫妻》的故事:

相传,在以色列一个部族中,有一个十分善良的男子,专心膜拜安拉,淡泊世间红尘。他有一位贤内助,对他言听计从,他们夫唱妻和,相亲相敬。夫妻俩靠做木盘和扇子维持生活。每天上午,夫妻俩一起加工，下午丈夫带着做好的东西走街串巷，高声叫卖，招徕买者。

这对夫妻一直坚持斋月。这一天，夫妻俩在斋戒中劳作了半日。日过正午，丈夫照例带着夫妻俩制作的盘子和扇子上街去卖。

这位男子精神抖擞，容光焕发，边走边高声叫卖。当他走过一富户家门前时，被女主人看见，不期对他一见倾心，深深爱上了他。当时，女主人的丈夫不在家中，她便把女仆叫到自己跟前，吩咐道："你想个办法，把那个卖东西的人带到家中来！"

女仆走出大门，将卖盘子和扇子的男子叫住……

讲到这里，眼见东方透出黎明的曙光，莎赫札德戛然止声。

第四百六十九夜

夜幕垂降，莎赫札德接着讲故事：

幸福的国王陛下，这位男子精神抖擞，容光焕发，边走边高声叫卖。当他走过一富户家门前时，被女主人看见，不期对他一见倾心，深深爱上了他。当时，女主人的丈夫不在家中，她便把女仆叫到自己跟前，吩咐道："你想个办法，把那个卖东西的人带到家中来！"

女仆走出大门，将卖盘子和扇子的男子叫住，说道："卖货的，我们的太太想买你几件东西，请你进门来，让我们的太太挑选一下吧！"

男子听女仆这样一说,信以为真,认为进大门无妨,便转身折回,进了那家大门,按照女仆的吩咐,坐了下来。女仆随后关上了大门。

片刻过后,女主人姗姗走来,上前抓住货郎的大袍,拉住他的手,就往屋子里领,还说:"喂,卖货的,我多想单独和你谈一谈呀!我等你等得都忍耐不住了。我这个厅堂已经用香熏过,饭菜已经备齐,美味可口。还有,我的老公也不在家,今夜都不回来,我可以把自己全都献给你。亲爱的,你有所不知,多少帝王、首领和富豪向我求爱,我都不曾看他们一眼……"

女主人滔滔不绝,说个不停,而男子却头都不抬,两眼直盯着地面,想到安拉十分羞愧,唯恐末日受到严厉惩罚。正如诗人所云:

> 一时不清醒,兴许大罪成。
> 为人当知羞,方可避错生。
> 知耻万能药,无羞药失灵。

男子一心想摆脱掉,于是对女主人说:"我想向你要点儿东西。"

"你要什么?"女主人问。

"我要点儿净水,带着它登上你家房顶平台,到那里去办一件事情,用水洗洗不能让你看见的污垢。"

"我家房子宽敞得很,明角暗落都有,还有干净的沐浴房,哪儿不能洗呀?"

"我的要求是在高处。"

女主人对她的女仆说:"你把他带到晒台上去吧!"

女仆把男子领到屋顶的最高处,给他端来一盆净水,便离去了。

男子做罢小净,跪拜了两次,然后望着地面,想跳下去逃身。但是,他一看离地面那么远,想到跳下去必会摔个粉身碎骨,不禁害怕起来。随后,他又想到背离安拉意志及末日遭惩罚的痛苦,自觉流血牺牲也心甘情愿。他说道:"主啊,我的主宰!我的处境,你看得一清二楚,什么事情都瞒不过你。主啊,你是万能的,全知的。"

说着,他吟诵道:

> 人心与良知,全都向着你。只有你知晓,人间秘中秘。
> 有声唤你名,无声心念你。冥冥无二主,找你诉胸臆。
> 有望盼实现,我心你知底。舍身难中难,我能事变易。
> 我求慈悲主,救我出险地!因为只有你,才具回天力。

男子吟诵完,纵身从房顶上跳了下去。就在这时,安拉派一天使,用翅膀将他托住,让他缓缓落在地面上,平平安安,没受半点儿伤。

当他平稳地站在地上时,连声赞颂伟大的安拉给予他的保护和关怀。

男子平安回到家中,见到妻子的时候,天色已晚,而且两手空空。妻子问他为什么回来这么晚,出门时带了那么多东西,却空手而归。丈夫把自己遇到的麻烦讲给妻子听,特别讲到自己从那么高的房顶上纵身跳下,蒙安拉护佑,安然落地,幸得脱身。妻子听后,说道:"赞美安拉使你免遭磨难!"

妻子又说:"喂,当家的,说不定邻居会看我们来呢!我们往日每天晚上都点火烧饭,倘若今夜不点火,他们会知道我们没吃的了。为了感赞安拉,我们一定不能让邻居知道我们断炊的情况,接着白天的斋戒,继续封斋。"

说完,妻子站起来,去点着火,以迷惑邻居。她边添木柴,边吟诵道:

我恋与我忧,埋在我心底。容我点灶火,搪塞四邻里。
主宰决断事,接受我乐意。主见我谦恭,心里定欢喜。

讲到这里,眼见东方透出黎明的曙光,莎赫札德戛然止声。

第四百七十夜

夜幕垂降,莎赫札德接着讲故事:

幸福的国王陛下,妻子站起来,去点着火,以迷惑邻居。她边添木柴,边吟诵道:

我恋与我忧,埋在我心底。容我点灶火,搪塞四邻里。
主宰决断事,接受我乐意。主见我谦恭,心里定欢喜。

夫妻一番忙碌之后,一同去做小净,然后开始礼拜。这时,邻居一妇人来借火,夫妻俩异口同声地说:"自己去灶膛点火吧!"

那位妇人刚一走近灶膛,就大声喊道:"太太,太太,快来收面饼吧，免得烤煳了！"

妻子听后，问丈夫："你听见那妇人说的话了吗？"

"听见啦！你快去看看呀！"

妻子走进灶房，只见灶膛中满是白面饼。她拿起几个白面饼向丈夫走去，口中不住感赞安拉的大恩大德。

夫妻俩吃饱又喝过水，连声赞颂安拉的恩赐。妻子说："我们一起向安拉祈祷，祈求安拉赐予我们一点儿东西，免去我们终日劳累却不得饱食之苦，让我们专心崇拜安拉，服从安拉的安排吧！"

丈夫说："好吧！"

丈夫虔诚祈祷，妻子随声附和。霎时之间，只见屋顶裂开一道缝，继之红宝石如雨点般落了下来，光芒四射，把房间照得通亮。

眼见此情此景，夫妻俩兴高采烈，欢喜不已，边高声赞颂安拉，边叩头跪拜。

午夜过后，夫妻俩方才上床就寝。妻子梦见自己进了天堂，那里摆着许多讲台和座椅。她问那些讲台和座椅是谁的，有人告诉她，那讲台是先知的，而那座椅则是为诚实、善良的人准备的。她问人们："我丈夫的座椅在哪里？"一个人对她说："这个就是。"她抬眼看去，只见那座椅的一边有一个裂口。她问："这是怎么回事呢？"一个人对她说："你们家房顶上掉红宝石的那个裂缝就是这个裂口。"

梦到此处，妻子因丈夫的那把座椅上有裂口缺陷而哭了起来，随即惊醒。她对丈夫讲了自己的梦境，并对丈夫说："当家的，你求安拉把这些红宝石收回原处去吧！纵使今世忍饥挨饿，住房简陋，也比在天堂里你坐那把有缺口的椅子好受。"

丈夫立即向安拉祈祷，顷刻之间，红宝石全都飞入房顶裂缝里，眼见房顶恢复了原状。

从此以后,夫妻俩安贫拜主,直至白头百年。

莎赫札德紧接着讲《哈加吉》的故事:

哈加吉·本·优素福下令捉拿一个要犯。要犯落网后,被带到哈加吉面前。哈加吉对犯人说:"喂,安拉的敌人,安拉终于把你捉拿归案了!"

继之,哈加吉对狱吏说:"把要犯带到监牢去,加上重镣,特置于一间牢房,不让他外出,也不准任何人去看他。"

狱吏将犯人送入监牢,找来铁匠,给犯人加上沉重的镣铐,用重锤砸紧。铁匠举锤加镣时,只见犯人抬头望着天空,说道:"世间的一切不都属于他吗?"

镣铐上好,狱吏将犯人投入单间牢房,让他独自待在那里。

狱吏离去,犯人心感惆怅、茫然,顺口吟诵道:

> 希望就是你,你是心所期。我全依靠你,因你恩泽长。
> 在你不生疏,我的情与况。得你看一眼,是我望与想。
> 他们囚禁我,考验严异样。离乡觉寂寞,惆怅漫心房。
> 当我孤独时,思你感舒畅。当我无眠时,夜谭你话长。
> 或许你乐意,我不放心上。我的心中事,唯你知情常。

夜幕垂降,狱吏安排专人看守犯人,然后自己回家安歇。

次日清晨,狱吏来监牢察看,发现那个犯人已无踪影,只有镣铐丢在那里,不禁惊慌失措,自认必死无疑。于是,他匆忙回到家中,向亲人做最后告别,然后带着殓衣,又将抹尸用的香粉放在衣袖里,去见哈加吉。

狱吏来到哈加吉面前,哈加吉只觉得涂尸粉的气味扑鼻而来,便问道:"喂,你身上带了什么东西?"

狱吏答道:"总督阁下,我带着殓衣和涂尸香粉。"

讲到这里,眼见东方透出黎明的曙光,莎赫札德戛然止声。

第四百七十一夜

夜幕垂降,莎赫札德接着讲故事:

幸福的国王陛下,狱吏来到哈加吉面前,哈加吉只觉得涂尸粉的气味扑鼻而来,便问狱吏:"喂,你身上带了什么东西?"

狱吏答道:"总督阁下,我带着殓衣和涂尸香粉。"

"你为何带这些东西呢?"

狱吏把犯人失踪的事如实禀报。

哈加吉听后,说:"你这个该死的看守官!莫非你没听见他说些什么?"

"我让铁匠给他加镣铐时,只见他仰望着天空,口中说:'世间的一切不都属于他吗?'"

哈加吉说:"正是他说的那个'他',乘你不在之机,将他放走了,难道你现在还不明白?"

后来,有诗人赋诗赞曰:

伟大安拉啊,带走多少难?如若没有你,坐立无从谈。

灾难频频至，无法数得全。你每救助我，避灾降安然。

莎赫札德讲完《哈加吉》的故事，紧接着讲《铁匠与善女》的故事：

相传，从前有一位虔诚的信徒，听说某城有个铁匠，能把手伸到火中，取出烧红的铁块，手却不会被烫伤，于是向那座城走去，去打听那个铁匠。经过一番询问和寻找，终于如愿以偿。

信徒来到铁匠打铁的地方，留心观察铁匠打铁，果然看见他用手从火中取出烧红的铁块，从容自如，和人们说的一模一样。信徒没有打搅铁匠，直至看着他把活儿干完，方才上前致意问安。信徒说："铁匠兄弟，今夜我想留宿贵府，你能容我借宿一夜吗？"

"欢迎，欢迎！"

铁匠说完，将信徒接到家中。一道吃完饭，便上床睡觉了。信徒不见铁匠叩头礼拜，心想："也许铁匠有意不让自己看见他平日的叩拜举动。"于是他在铁匠家里又住了两天。第二天和第三天，信徒也只是看见铁匠做一般天命和圣行规定的功课，夜间很少起来礼拜和修行。信徒不解地问："喂，铁匠兄弟，听说安拉使你得天独厚，而且我已亲眼见识了你出类拔萃的表现，看到了你的非凡行为，却不见你比常人有什么独到奇特的修行。那么，你的超人本领是从哪里得来的呢？"

"说来话长啊！"

铁匠开始给信徒讲自己的经历：

我当初迷上了一位女子，深深爱上了她，不由欲火中烧，多次向她调情，而她却虔诚至极，无动于衷。我淫乐不成，便怀恨在心。

有一年，干旱无雨，谷物歉收，饥荒遍地，食物匮乏。一天，我正在家中坐着，忽听敲门声传来。我走去开门，只见那位女子站在那里。那女子说："大哥，我饿得厉害，因此，我求到你的门下，但期你看在安拉的面儿上，给我点儿东西吃吧！"

我对她说："难道你不晓得我是多么爱你、想你吗？你要知道，我为你尝尽了苦头。你若不能满足我的要求，我是不会给你任何吃的东西的。"

她说："如果要我违抗安拉的意志，我宁愿一死了之。"

说完，女子转身离去。

两天之后，女子又来到我的门前，说的还是那些话，我的回答也没有改变。她进了我家，坐下之时，几乎要饿死了。我把食物端到她的面前，但见她两眼流泪，说道："看在伟大安拉的面儿上，给我一点儿东西吃吧！"

我说："凭安拉起誓，你若不能满足我的要求，我是不能给你东西吃的。"

"对于我来说，就是死了，也比受安拉的折磨要好！"

说完，女子离开眼前的食物，转身离去。

讲到这里，眼见东方透出黎明的曙光，莎赫札德戛然止声。

第四百七十二夜

夜幕垂降，莎赫札德接着讲故事：

幸福的国王陛下,铁匠继续讲自己的经历:

两天之后,女子又来到我的门前,两眼流泪,说道:"看在伟大安拉的面儿上,给我一点儿东西吃吧!"

我说:"凭安拉起誓,你若不能满足我的要求,我是不能给你东西吃的。"

"对于我来说,就是死了,也比受安拉的折磨要好!"

说完,女子离开眼前的食物,转身离去。她边走边吟诵道:

主恩天高厚,弥漫人世间。
我诉你得听,我行你得见。
身临大灾祸,其情不堪言。
我像干渴者,眼见一甘泉。
有口不沾水,任水空逝前。
有食吃不得,唯恐惹麻烦。
食味旋即逝,叛名留永远。

又过了两天,女子再来敲门。我走去开门,见她因饥饿连说话的声音都变得微弱了。女子说:"大哥呀,救我一命吧!我不能再抛头露面,去找你之外的人啦。看在安拉的面儿上,你能给我点儿吃的吗?"

"只有你满足了我的要求,我才能给你吃的。"我的答话依旧。

她进了我家,坐了下来。我家里已没有什么现成食物,我便做了些吃的东西,盛在大碗里。这时,安拉为我指点迷津,使我醒悟过来,我心想:"我真该死!这是个没有头脑和宗教信仰的女人,饿得再也忍受不下去了,却能一次又一次拒绝进食,你却不改违抗安拉意志的邪念。"想到这里,我说:"安拉啊,我向你忏悔!我的想法出轨了。"

随后,我端着吃的东西,来到那女子的面前,对她说:"请吃吧!你不要多虑!这一切都是属于伟大安拉的。"

女子抬眼望着天空,说道:"安拉啊,假若这话出于诚心诚意,那么,就请你免他受今世和来世的火灼之苦吧!因为你是万能的,有求必应的。"

我离开女子,走去熄灭灶膛里的火。当时正值严冬,寒冷异常,不慎一块火炭掉在我的身上,我却未觉得烫和疼痛,显然是伟大安拉答应了女子的祈求,使我免受今世火灼之苦。我随手抓起一块火炭,攥在手里,亦无灼烧和疼痛之感。之后,我走到女子面前,对她说:"好消息,好消息呀!安拉答应了你的祈求!"

讲到这里,眼见东方透出黎明的曙光,莎赫札德戛然止声。

第四百七十三夜

夜幕垂降,莎赫札德接着讲故事:

幸福的国王陛下,铁匠继续讲自己的经历:

我离开女子,走去熄灭灶膛里的火。当时正值严冬,寒冷异常,不慎一块火炭掉在我的身上,我却未觉得烫和疼痛,显然是伟大安拉答应了女子的祈求,使我免受今世火灼之苦。我随手抓起一块火炭,攥在手里,亦无灼烧和疼痛之感。之后,我走到女子面前,对她说:"好消息,好消息呀!安拉答应了你的祈求!"

女子扔下手里的食物,说道:"安拉啊,就像你知道我的意图、答复我的祈求那样,把我的灵魂带走吧!安拉啊,你是万能的。"

安拉当即带走了她的灵魂,女子归真而去。

诗人有诗赞曰:

有女祈求主,安拉果答应。
有男面对主,忏悔己丑行。
知客所求物,如愿眼前奉。
女子登男门,求食忧意生。
男子意不轨,邪念荡心中。
不解安拉意,悔意弥漫胸。
生计主掌握,各得其所终。

紧接着莎赫札德讲《修士与国王》的故事:

相传,从前以色列部族中有位非常有名的修士,修炼勤苦,淡泊尘世。只要他求安拉,安拉必应他所求,堪称有求必应,每每如愿。他常巡游于大山之中,夜间膜拜、修行不止。安拉役使一片云彩跟着这位修士,修士走到哪里,云彩便跟到哪里,为他降雨,供他做小净,供他口渴时饮用。

修士坚持了一段时间,热情减退,安拉便除去了他头上的那片云彩,也不再答应他的祈求。因此,修士感到苦闷忧伤,无限思念往日的修行岁月,心中有一种说不出的眷恋、惋惜、懊悔之情。

一天夜里，修士睡下，梦见有人对他说："如果你想让安拉恢复你头上的云彩，那就去某地找某国王吧！求国王代你向安拉祈祷，安拉就会降吉祥如意给你。"

修士听那个梦中人吟诵道：

> 且找善王去，诉说真实情。
> 他有事求主，必有雨降生。
> 他是王中王，无人堪并称。
> 你必有收获，欢乐加欣幸，
> 为之踏荒原，脚步永莫停。

修士跨过荒原沙漠，一路艰辛跋涉，终于来到梦中人指点的那个地方，打听到那位国王。人们把他带到王宫前，只见宫门口有个宫役，衣冠楚楚，坐在一把高椅子上。修士上前问好，宫役回礼后，问道："你有什么事？"

修士回答："我受了冤枉，特来找国王申冤。"

"今天不行。因国王每周只有一天时间审理案件。"

宫役还把国王审案的日子告诉了修士，让他等到国王审案的那天再来。修士对国王如此行事颇感不满，心想："受伟大安拉宠爱的人，怎好如此行事？"

但他无可奈何，只有离去，等待国王审案的日子到来。

国王审案的日子终于到了，修士按时来到宫门前，见那里人山人海，都在等待着准许入宫的时辰。

修士站在人们中间，等了没多久，见宰相在侍从们的簇拥下走了出来。那宰相身穿朝服，威风凛凛，高声对人们说："申冤告状的人们，请入宫吧！"

人们拥进了宫门，修士也随着人们进宫去了。进到宫中一看，只见国王端坐宝座，文武官员左右侍立，等级分明，位次有序。宰相站在那里，让人们一个一个地上前申诉。轮到修士时，宰相将他领到国王面前。国王望着修士，说道："云彩的主人，欢迎你！请坐吧！待我理完手头的案子，再听你申诉。"

修士听国王这样一说，一时不知如何是好。修士完全承认国王的崇高地位和赫赫功德。国王处理完手中的案子，站起来，拉着修士的手，向自己的内宫走去。宰相和文武官员紧跟其后。

来到内宫门前，只见一黑奴守在那里，身着宫服，外披铠甲，手握弓箭。一见国王到来，黑奴立即上前伺候，打开宫门。

国王领着修士进了内宫大门，来到一座小宫殿门前。国王上前亲手把门打开，拉着修士进了一座废弃的大建筑物。再往里走，到了一座房子里，那里只有礼拜毯和做小净的水钵以及一些椰枣树叶子。

国王脱下朝服，换上白色粗毛布大袍，戴上一顶烟囱形毡帽，坐了下来，让修士也坐下。

国王呼唤王后："喂，福拉娜！"

"来啦！"王后应声答道。

"你知道今天谁到我们这里来做客吗？"

"知道，是云彩主人。"

"不碍事的，你出来见客吧！"

王后走了出来，只见她步履轻盈，如同幻影飘移。她头蒙纱巾，面似新月，闪闪放光，身着粗毛布长袍，大方得体。

讲到这里，眼见东方透出黎明的曙光，莎赫札德戛然止声。

第四百七十四夜

夜幕垂降,莎赫札德接着讲故事:

幸福的国王陛下,国王呼唤王后出来见客,王后应声走了出来,只见她步履轻盈,如同幻影飘移。她头蒙纱巾,面似新月,闪闪放光,身着粗毛布长袍,大方得体。

国王对修士说:"修士兄弟,你是想了解我们的情况,还是让我为你祈祷,然后你马上离去呢?"

修士回答:"我想了解一下你们的情况,这也是我久所期盼的。"

国王说:"我出身于帝王世家,祖上世代为王,父亡子继王位,掌握朝廷大权,治理国家大事。王权传到我手中时,安拉使我厌恶王位,我想云游天下,让人们自己管理自己的事情。后来,我担心国家发生动乱,人民背弃法律,教律被废除,只好因袭旧制,勉强执掌王权。我为每位官员规定了薪俸,并在官府门前设置仆役守卫,镇压坏人,保护好人,还采取了种种惩恶扬善的措施。每当退朝之后,我便回到内宫,脱下朝服,换上这套服装。我的妻子福拉娜是我的堂妹,她很支持我勤苦修道,帮助我膜拜安拉。我们白天用椰枣树叶编织东西,卖掉换钱,买回食品,晚间借此糊口。我们已经这样生活了近四十个春秋。愿安拉怜悯你,你就和我们一起生活吧!我们一块儿卖我们的编制品,一道吃饭,然后你再去办你自己的事情!"

那天下午，来了一个童仆，拿走国王及王后编织的东西，带到市场上卖得一基拉特①，买回发面饼和焖蚕豆。修士和国王夫妇一道吃过，然后睡在宫里。

夜半时分，国王和王后起来，边叩头礼拜，边泪流不止。黎明时分，国王祈祷说："主啊，这是你的奴仆。他求你恢复他的那块云彩。你是万能的！主啊，答应他的祈求，让云彩重新回到他的头上吧！"

王后也在一旁喃喃低语："但愿如此！但愿如此！"

刹那之间，天上出现了一片云彩。国王对修士说："修士兄弟，好消息，好消息，云彩来啦！"

修士告别国王夫妇，头顶云彩离开，就像过去一样，他复得云彩遮阳。自那时起，修士只要祈求安拉，安拉必应其所求。修士欣然吟诵道：

主有精英奴,心游智慧园。
自己无动姿,绝密埋心田。
主前谦无声,知幽心灿烂。

莎赫札德紧接着讲《异教男女结良缘》的故事：

相传，从前哈里发欧麦尔·本·海塔布派穆斯林大军去攻打敌人。大军开至沙姆，将一座城堡围了个水泄不通。

在穆斯林大军中，有一对同胞兄弟，骁勇善战，威名远扬，令敌人闻风丧胆。

---

① 基拉特,此处为货币名。

被包围的那座城堡的首领对部将们说:"假若这对穆斯林兄弟被擒或被杀,那么,其余的穆斯林便不战而退。"

他们开始玩弄阴谋诡计,设埋伏,布陷阱,经过一番苦心折腾,终于俘获了一个,杀死了一个。

沦为俘虏的穆斯林被带往首领那里。首领见到他,说道:"假若把这小伙子杀死,简直是太可惜了。如果让他回到穆斯林军中,那将是祸患……"

讲到这里,眼见东方透出黎明的曙光,莎赫札德戛然止声。

第四百七十五夜

夜幕垂降,莎赫札德接着讲故事:

幸福的国王陛下,被包围的那座城堡的首领对部将们说:"假若这对穆斯林兄弟被擒或被杀,那么,其余的穆斯林便不战而退。"

他们开始玩弄阴谋诡计,设埋伏,布陷阱,经过一番苦心折腾,终于俘获了一个,杀死了一个。

沦为俘虏的穆斯林被带往首领那里。首领见到他,说道:"假若把这小伙子杀死,简直是太可惜了。如果让他回到穆斯林军中,那将是祸患,我想让他改信基督教,使他成为我们的助手和顶梁柱。"

一位大主教说:"将军阁下,我来策反,好让他背弃他原来的宗教。阿拉伯人嘛,多数好色。正好我有个女儿,生得花容玉貌,完美无缺。只要他一看见我的女儿,定被迷住。"

"好吧！我就把他交给你了。"

大主教把小伙子带回自己家中。他让自己的女儿穿上漂亮衣服，着意打扮一番。

大主教给小伙子端上饭菜，让女儿作为女仆在一旁伺候，随时听候主人的使唤。

这位穆斯林青年见此情形，暗自求安拉保佑。他合上双眼，专心膜拜安拉，诵读《古兰经》。他的声色极好，音调动人心弦，所以那位信基督教的姑娘深深爱上了他。

不知不觉七天过去了，姑娘说："假若他能让我加入伊斯兰教，那该多好！"

随之，她吟诵道：

心供你栖宿，灵为你赎身。一意恋着你，你会拒诚真？
我可别亲去，愿离原教门。我证主唯一，据足无疑问。
但期别拒绝，免冷热恋心。关门已开启，忧消福降临。

当这位信基督教的姑娘等得心焦、耐心已尽时，便拜倒在穆斯林青年的面前，说道："求你给我讲讲你的宗教吧！你听清我的话了吗？"

"你说什么？"青年问。

"向我讲讲伊斯兰教吧！"

穆斯林青年向姑娘讲了伊斯兰教教义，姑娘改信伊斯兰教，随后进行了沐浴。青年教她做礼拜，姑娘认真学习。姑娘说："阿哥，我之所以皈依伊斯兰教，就是为了你，意在接近你。"

穆斯林青年说："按照伊斯兰教规定，结婚必有证人、聘礼和主婚人，而我现在既找不到证人，也没主婚人，更没有聘礼。假若我能设法离开这个地方,我希望到伊斯兰教国家去,保证只娶你为妻。"

"我给你想办法。"

说完,她转身去见父母,对二老说:"这个穆斯林已经心软,愿意加入我们的基督教。我想让他如愿,但他说:'在我弟弟被杀的这个地方,这样做是不合适的。假若能离开这个地方,让我散散心,我会让你如愿的。'不妨让我跟他到另一个地方去,我保证让你俩和首领如愿以偿。"

父亲听后,去找首领,向他说明了情况。首领非常高兴,随后下令姑娘和穆斯林青年俘虏到姑娘提出的那个乡村去。

二人来到那个乡村,在那里熬过白天,夜幕垂降时分,又起程上路了。正像他们吟诵的那样:

　　人们如是说:时近当起程。
　　我道起程事,威胁几多重?
　　仅望跨荒原,一程又一程。
　　情侣向异乡,愿随之同行。
　　思恋做向导,道路分外明。

讲到这里,眼见东方透出黎明的曙光,莎赫札德戛然止声。

第四百七十六夜

夜幕垂降,莎赫札德接着讲故事:

幸福的国王陛下,穆斯林青年和姑娘进了那个乡村,在那里熬过白天,夜幕垂降时分,又起程上路了。

穆斯林青年骑上一匹骏马,让姑娘坐在自己的身后。经过一夜奔驰,终见东方透出了黎明的曙光。青年带着姑娘下了大路,让姑娘离开马背,二人开始做小净和晨礼。

正在这个时候,忽听武器的撞击声、马嚼子的叮当声、人的说话声及马蹄子的嘚嘚响声传入耳际。青年对姑娘说:"基督徒们追来了,已经赶上了我们,我们这匹马已经跑不动了,怎么办呢?"

姑娘说:"怎么,你害怕、惊慌啦?"

"是的。"

"你所谈的伟大安拉的能力和安拉善于救助信士的力量哪里去啦?你一定要向安拉求救!来吧,我们向安拉祈祷吧!但期伟大安拉救助我们!"

"好吧!凭安拉起誓,你说得很对!"

二人开始向安拉祈祷。青年吟诵道:

> 我总需要你,纵使戴皇冠。
> 你是我依靠,有你无他愿。
> 你是万能主,恩泽大无边。
> 我因罪受困,你宽恕光灿。
> 驱逐忧愁者,非你愁消难。

青年高声祈祷,姑娘对青年的祈祷坚信不疑。就在这时,飞驰的马蹄声已近在他俩的耳边。青年听到他那位在战场上捐躯的弟弟喊道:"哥哥,你不要害怕,不要悲伤!安拉已经派天使为你们俩证婚来了。伟大安拉为你俩感到自豪,把你俩比作他的天使,并且把对功臣和烈士的报偿给了你们俩。安拉将帮助你们俩飞越大地,你明天一早便可到达麦地那。你到了那里,见到信士们的长官欧麦尔·本·海塔布,请代我向他问安致敬,并且请对他说:'安拉嘉奖你为伊斯兰教做出的贡献!'我已经竭尽了自己的全部力量。"

片刻之后,天使们一齐高声向青年及姑娘致意问安。天使们说:"伟大安拉在创造你们的祖先阿丹之前的两千年,就已经让你们俩结为百年之好,共枕鸳鸯。"

这对青年夫妻听后,沉浸在无限欢乐之中,自认天意引路,心安理得。

黎明来临,二人开始做晨礼。

哈里发欧麦尔·本·海塔布惯于黎明时悄悄做晨礼,有时带着两个人去清真寺,诵读《古兰经》的"牲畜章"或"妇女章"①。与此同时,人们相继醒来,做完小净,纷纷从远处赶往清真寺。当他第一次叩拜还未结束时,清真寺里便已挤满了人。继之,他选择《古兰经》中的一短章诵读,开始做第二次叩拜。

那天清晨,哈里发欧麦尔·本·海塔布做晨礼时的第一拜和第二拜选的都是诵读《古兰经》的短章。晨礼毕,他望着伙伴、朋友们,说:"我们外出迎接新郎、新娘吧!"

朋伴们听完,无不感到惊奇,不解哈里发的话是什么意思。

他们跟在哈里发欧麦尔·本·海塔布身后,一直走出麦地那城门。

天亮了,东方透出曙光,青年见麦地那城头旗帜飘扬,便带着妻子向城门走去。

---

① 《古兰经》"牲畜章"和"妇女章"是较长的篇章,分别有一百六十五节和一百七十六节。

欧麦尔·本·海塔布和穆斯林们忙迎上前去，向青年致意问安。

进入城中，欧麦尔·本·海塔布举行盛大宴会，为这对新人接风洗尘，穆斯林们纷纷向新郎、新娘贺喜。

新郎、新娘入洞房，沉浸在洞房花烛的幸福中……

讲到这里，眼见东方透出黎明的曙光，莎赫札德戛然止声。

第四百七十七夜

夜幕垂降，莎赫札德接着讲故事：

幸福的国王陛下，朋伴们跟随在哈里发欧麦尔·本·海塔布身后，一直走出麦地那城门。

天亮了，东方透出曙光，青年见麦地那城头旗帜飘扬，便带着妻子向城门走去。

欧麦尔·本·海塔布和穆斯林们忙迎上前去，向青年致意问安。

进入城中，欧麦尔·本·海塔布举行盛大宴会，为这对新人接风洗尘，穆斯林们纷纷向新郎、新娘贺喜。

新郎、新娘入洞房，沉浸在洞房花烛的幸福中……

从此，夫妻俩生活在平安欢乐之中。安拉赐予夫妻俩满堂儿女，个个英勇超群出众，人人为主道而战，事业辉煌，保持了光荣传统，足以令后人为他们感到自豪。有诗赞曰：

> 见你站门前,边哭边诉谈。面对追求者,你从不开言。
> 究竟遭毒眼,还是遇磨难?挡你有屏障,情人家门前。
> 呼唤可怜人,且请高声喊:效仿广浩宇,忏悔发心田。
> 但期宽恕雨,洗刷往日玷。大雨滂沱时,罪身得净炼。
> 或有奇迹生,镣铐失灵验:被俘复自由,眼见出牢监。

他们过着恬静、怡然、幸福的生活,直至天年竭尽,各自归真。

莎赫札德紧接着讲《神医巧治公主病》的故事:

相传,名医赛伊迪·易卜拉欣·本·哈瓦斯这样讲述自己的一次经历:

有一段时间,我一心想到异教徒国家去看看。我心里一时充满矛盾,时而想外出,时而又打消外出的想法,如此反反复复,许久拿不定主意。最后,我终于下定决心,走出家园,迈出国门,到了异教徒国家。我到了那里,处处小心谨慎。尽管如此,基督徒却根本不抬眼看我,往往见着我就立即躲开。我漫游到一座城市,看见城门旁站着一群奴隶,个个身背武器,人人手握铁杖。他们看见我,朝我走来,问道:"你是医生吗?"

我回答说:"是的。"

"把他带到国王那里去!"

他们果然把我带到了王宫。我发现国王面容英俊,威风十足。国王看见我,开口便问:"你是医生?"

"正是。"我恭恭敬敬地回答。

"把他带到公主那里去!不过,见公主之前,要给他讲好条件。"

宫仆们闻声而动,将我领出去,对我说:"国王有个女儿,如今重病缠身,医生们束手无策。每每医生来为公主治病,医治无效者,均被国王处死。你看你该怎么办呢?"

我回答说:"国王令我去为公主治病,你们就让我去见公主吧!"

他们把我带到公主房门前,敲过门后,只听房中有人喊道:"你们就让那位医生进来吧!"

话音刚落,只听她吟诵道:

神医已来临,且去打开门。
不妨看看我,奇秘埋我心。
近者却疏远,远者反倒近。
在此觉孤独,当亲异乡人。
教缘连你我,教亲人更亲。
你我相聚首,责言一旁陈。
莫要埋怨我,恕我话无音。
瞬息消逝者,我从不留心。
唯有永恒物,始才动方寸。

这时,一位老人迅速将门打开,对我说:"请进吧!"

我走进房间,但见那里摆着各种鲜花,房间的一角垂着幕帘,帘后传出微弱的呻吟声。显然,那微弱的呻吟声源自一瘦弱的病体。

我面对幕帘坐下,想问候病人一声,忽然想起先知的训示:"不要主动向犹太教徒问安,也不要主动向基督徒致意。倘若在路上遇到他们,就要把他们挤到道路的最狭窄处。"想到这里,我没有作声。

这时,公主在幕帘后喊道:"喂,哈瓦斯,认一①和忠诚的问候语在哪儿?"

我一听,感到迷惑不解,随后问:"你是从哪儿知道我的名字的?"

公主说:"心清念正,则舌会道出心底秘密。昨天,我求主派一圣徒来,让我借圣徒之手摆脱疾病折磨。当时,房间的角落里响起呼喊声:'你不要难过!我将派易卜拉欣·本·哈瓦斯去为你治病。'"

我问公主:"你的情况如何?"

"四年前,我就认识了尽人皆知的真理。那真理给人指出正道,使人们感到可信可亲,是人们的忠实朋伴。从那之后,人们便改变了对我的看法,对我种种猜疑,把我说成疯子。每当有医生来为我看病,我便感到孤独、寂寞;每逢有人来看我,我总是感到惊恐不安。"

"是谁引导你找到了真理呢?"

"是真理的明显标志和确凿证据,它一旦向你指明道路,你就可以看见路标和向导。"

我正和公主谈话时,那位负责照顾公主的老人来了。老人问公主:"这位医生怎么样?"

公主说:"他断清了病因,用对了药,药到病除。"

讲到这里,眼见东方透出黎明的曙光,莎赫札德戛然止声。

---

① 认一,伊斯兰教专用语,承认安拉是唯一的主神。

第四百七十八夜

夜幕垂降，莎赫札德接着讲故事：

幸福的国王陛下，赛伊迪·易卜拉欣继续讲自己的经历：

我正和公主谈话时，那位负责照顾公主的老人来了。老人问公主："这位医生怎么样？"

公主说："他断清了病因，用对了药，药到病除。"

老人听后，脸上浮现出欣喜、快慰、欢悦的神情。

老人去禀报了国王，国王令其对我大加款待。

我一连七天去看公主。公主问我："喂，哈瓦斯，我什么时候能到伊斯兰教国家去呢？"

我说："你怎么出得去，谁又能让你出去呢？"

"引你进来见我的那个人，就能帮我出去。"

"那太好啦！"

次日天明，安拉遮住了人们的眼睛，没让任何人看见，我们便出了城门。这正如安拉所说："当他欲造化任何事物的时候，他的事情只是说声'有'，它就有了。①"

我没有见过比这位公主更能忍耐斋戒和坚持做礼拜的信士了。

自那之后，这位公主在圣寺附近的一座房子里住了七年，然后

---

① 见《古兰经》"雅辛章"第八十二节。

安然归真。圣城麦加大地笑纳了她的遗骸,伟大安拉给了她厚爱。正如诗人所云:

　　泪流病相显,为我请医来。揭开面巾看,气在驱神哀。
　　医生未曾瞧,断病不切脉。想象不及处,爱情秘自在。
　　病因弄不明,药方无法开。空想医无用,容我自消灾。

莎赫札德紧接着讲《山中先知奇遇》的故事:

相传,古代有位先知在一座高山上隐居修行。山下有一条泉水流淌。先知白天坐在山顶,边默赞伟大的安拉,边望着山下到泉边汲水的人们,而人们却看不见他在什么地方。

有一天,先知正坐在山上望着泉水处,忽见一位骑士翩翩而来,他翻身下马,将脖子上挂的钱袋取下,放在泉边,然后坐下休息喝水。片刻过后,那位骑士离去,却将钱袋忘在了那里。

过了一会儿,来了一个人,捡起那个钱袋,喝了几口水,若无其事地离去了。

时隔不久,一个樵夫背着一捆柴走来,坐在泉边喝水。

就在这时,那位骑士急匆匆地赶来。他见樵夫坐在那里,便问:"我刚才丢在这里的钱袋哪里去啦?"

樵夫答道:"我不知道。"

骑士抽出宝剑,手起剑落,樵夫立即一命呜呼。骑士翻了翻樵夫的衣服,没发现任何东西,便悻悻地上路了。

眼见此情此景,先知说:"啊,唯一的主啊!拿走钱袋的人从容离去,平安无事,而无辜的樵夫却枉遭杀害!"

安拉降示给先知说:"你只管忙于自己的修行,世间的事不属于你的管辖范围。你有所不知，骑士的父亲曾抢夺过那个过路人父亲的一千第纳尔，我特让那个人取回了他父亲失去的钱。那个樵夫曾杀死了骑士的父亲，故我让骑士为其父亲报了仇。"

先知听后，说："万物非主，唯有安拉。万赞归主，唯你知幽冥，能明断是非。"

讲到这里，眼见东方透出黎明的曙光，莎赫札德戛然止声。

第四百七十九夜

夜幕垂降，莎赫札德接着讲故事：

幸福的国王陛下，安拉降示给先知说："你只管忙于自己的修行，世间的事不属于你的管辖范围。你有所不知，骑士的父亲曾抢夺过那个过路人父亲的一千第纳尔，我特让那个人取回了他父亲失去的钱。那个樵夫曾杀死了骑士的父亲，故我让骑士为其父亲报了仇。"

先知听后，说："万物非主，唯有安拉。万赞归主，唯你知幽冥，能明断是非。"

诗人赋诗曰：

> 先知见此事，询问真实情。
> 眼见事出现，其中因不明。
> 借问慈悲主，无辜安丧生？
> 此获意外财，本被贪衣蒙。

那个正活着,无罪性命终。
　　钱属路人父,轻易得继承。
　　当年骑士父,樵夫手丧命。
　　呼声修行奴,莫问此情形!
　　人间秘密多,眼明难辨清。
　　安守我法则,服从我尊荣。
　　我们若裁判,利弊相伴生。

　　莎赫札德接着讲《艄公与圣徒》的故事:

　　相传,有位善良的人这样讲述自己的一次经历:

　　我本是埃及尼罗河上的一个艄公,每天划着小船,从东岸摆渡到西岸,又从河西摆渡到河东。

　　有一天,我正坐在船上,忽见一老者走来,满面红光,笑容可掬,他站住之后,向我问好。我回礼后,老者说:"看在伟大安拉的面儿上,送我过河吧!"

　　"好吧!"我立即答道。

　　"看在伟大安拉的面儿上,给我点儿东西吃吧!"

　　"可以!"

　　老者上了船,我把他摆渡到了河东岸。

　　老者身穿破袍一件,手里拿着一只皮水袋和一根拐杖。老者临下船时,对我说:"我有件事情,想托付你给我办一下。"

　　"什么事情,请讲吧!"

　　"明天中午,你来找我一趟,那时,你会发现我已经死在一棵树下。请你为我清洁尸体,取出我头下枕的殓衣,为我裹上,再为我祈祷,然后将我埋葬在沙地里。你把我的破袍、皮水袋和拐杖拿走,等有人来取时,你就把这三件东西交给来取的人。"

我听老者这样一讲,觉得非常奇怪。一夜过去,清晨我醒来,坐等老者指定的时刻到来。正午到了,我却把那件事情忘了个一干二净。将近晡礼时,我方才猛然想起,快速行至那棵树下,发现老者已死在那里。我取出他头下枕的殓衣,只觉一股香味扑鼻而来。我给他洗过尸体,为他裹好殓衣,一番祈祷之后,挖了一个坑,把他埋葬了。之后,我撑船摆渡到尼罗河西岸,怀抱着老者托付我转交的破袍、皮水袋和拐杖回到家中,其时已见夜幕垂降。

次日清晨,城门刚开,我看见一个年轻人朝我走来。我知道他的底细,他本是个不务正业的公子哥儿,只见他一身绫罗,手上还有指甲花的痕迹。青年问我:"你就是艄公吧?"

"正是。"我回答。

"把寄存物交给我吧!"

"什么寄存物?"

"破袍、皮水袋和拐杖。"

"谁留给你的?"

"我不知道是谁留给我的。不过,我昨夜参加一个婚礼,吃喝、歌唱到东方大亮,才躺下休息。我刚睡着,梦见一个人对我说:'伟大安拉已经取走一位圣徒的灵魂,要你去替代他的位置,快去找某艄公拿圣徒留下的破袍、皮水袋和拐杖,因圣徒把那些东西寄存在他那里了。'"

我取出那三件东西,交给了那个青年。青年脱下自己身上的衣服,换上破袍,然后别我而去。

我保存了那三件东西,却没有得到那份殊荣,深感难过,禁不住哭了起来。

夜幕垂降，我睡熟后，梦见伟大安拉对我说："喂，我的奴仆，我召回了我的一个奴仆，使你感到难过了吗？这是我的恩惠，我想给谁便给谁，我是万能的。"

我醒后，恍然彻悟，吟诵道：

至亲好友间，万事如意难。倘若明情理，无可任你选。
同意与拒绝，皆不受责怨。不悦你可走，安身实维坚。
不辨远与近，疏后爱在前。你若钟于情，正合我意愿。
或带去斩首，你握主动权。聚散一个样，任命无可怨。
爱你无别意，只求你喜欢。你若希远离，意下定成全。

莎赫札德紧接着讲《俗子成国王》的故事：

相传，从前以色列部族中有位富翁，家财万贯。他有个儿子，心地善良，忠实虔诚。富翁病危，把儿子叫到病榻前，儿子说："父亲，还有什么话嘱咐吗？"

富翁说："不管遇到好人还是坏人，都不要以安拉的名义发誓。你要好好记住，孩子。"

话音刚落，富翁便与世长辞了。

富翁去世后，他儿子成了以色列部族中坏蛋们谈论的笑柄。有一个人来到他家，对他说："你父亲欠下我的东西，你是一清二楚的，你应替你父亲还债。如若不然，你就要立誓。"

他想到父亲不能发誓的遗嘱，只好按那个人的要求，如数加以偿还。

就这样，三天两头有人来讨债，他终于将万贯家财耗尽，连生活都出现了困难。

他有个善良的贤妻，膝下还有两个儿子，年纪尚小。他对妻子说："讨债的人太多了，只要我手里有东西就给他们。可是，如今已没有什么了。如果还有人要东西，你我都要遭受磨难。依我之见，我们还是想办法救救我们自己吧！不妨逃到一个没有认识我们的人的地方去谋生。"

他随即带着妻儿乘船离去，一时不知道该去哪里。安拉一旦做出裁决，人力无可奈何。有诗云：

> 害怕敌人多，离开家门庭。兴隆与福分，就在逃离中。
> 莫畏行途远，异乡客情重。珠久居贝壳，登冠只是梦。

船到海上，遇到狂风巨浪，船被打得粉碎，他和妻子及两个儿子各抓住一块木板，随着风浪各奔东西，四分五散了。妻子漂游到一个地方，一个儿子漂泊到一个地方，另一个儿子被海上的一条船救起，而他则被海浪推到了一座孤岛上。

他登上那座孤岛，用海水做过小净，正要做礼拜时，忽见又有几个人从海里爬上岸来，肤色各不相同，他们上来便和他一道做起礼拜来。

讲到这里，眼见东方透出黎明的曙光，莎赫札德戛然止声。

第四百八十夜

夜幕垂降，莎赫札德接着讲故事：

幸福的国王陛下，船到海上，遇到狂风巨浪，船被打得粉碎，富翁的儿子与其妻子及两个儿子各抓住一块木板，随着风浪各奔东西，四分五散了。妻子漂游到一个地方，一个儿子漂泊到一个地方，另一个儿子被海上的一条船救起，而他则被海浪推到了一座孤岛上。

他登上那座孤岛，用海水做过小净，正要做礼拜时，忽见又有几个人从海里爬上岸来，肤色各不相同，他们上来便和他一道做起礼拜来。

他做完礼拜，走到岛上的一棵树下，摘了果子，开始填辘辘饥肠。之后，他发现一眼山泉，急匆匆跑过去，喝了几口泉水，一番感赞安拉。

三天之中，他做礼拜，那些人也跟着他做礼拜。

三天过去，他听到有人呼唤着他说："心地善良、孝敬老人、敬畏安拉的男子汉啊，不要难过，伟大安拉会偿还你失去的一切的。在这座岛上，有宝藏、钱财，安拉要你成为这些财宝的继承者，你去找吧！我们将给你派船来！你要善待人们，要让他们到你这里来。伟大安拉使他们的心都向着你。"

说完，又把宝藏、钱财埋藏的地点向他说了个一清二楚。

他行至指定的地方，安拉明其双目，他果然发现了宝藏。接着，过往船家纷纷光顾，他待他们极好。他对船上的人说："希望你们让人都到我这里来！"

接着，他说他要给人们什么什么，还要让他们如何如何，于是，各地的人相继而来，络绎不绝。不到十年时间，那座海上孤岛便变成了人烟稠密、买卖兴隆的国家，而他也成了那个国家的国王。自此以后，每一个到岛上来的人，都对他恭恭敬敬，而他对每一个人都真诚善待，这使他名闻遐迩，远近皆知。

他的大儿子漂泊到一个地方，被一个人收留。那个人教他读书识字，用心培养他。他的另一个儿子也幸免于被海水吞没，被一位商人收养。那商人将他抚养成人，教他经商。

他的妻子被一位商人救起，开始为商人保管钱财，而且那商人还向她保证不欺负她，要她顺从安拉的意愿。那商人无论到什么地方经商，都带着她去。

大儿子听说岛上那位国王待人甚好，便投奔岛上而去，而他却不知道那位国王是他的生身之父。大儿子上岛之后，国王将他叫去，把自己的秘密告诉了他，随后委任他为自己的文书。

另一个儿子得知岛上那位国王公正善良，也投奔去了，他也不知道那位国王究竟是何许人。他到了岛上，见国王果然像人们口传的那样，于是留在了那里。国王委托他保管宫中事物，但谁也不知道彼此间的血缘关系。

收留他妻子的那位商人听人说岛上那位国王待人宽厚，礼貌周到，心地善良，决定到岛上看一看。商人带上一些漂亮衣服和自认为价值连城的珍宝，带着那个妇人，乘船来到岛上。

商人上岸拜见国王，献上所带的贵重礼物。

国王见商人的礼物尽是无价之宝，非常高兴，当即给商人重赏。商人送的礼品中有许多珍贵药材，国王想让商人介绍一下药材的名称和功效，于是说："你今夜就住在我们这里吧！"

讲到这里，眼见东方透出黎明的曙光，莎赫札德戛然止声。

第四百八十一夜

夜幕垂降，莎赫札德接着讲故事：

幸福的国王陛下，商人上岸拜见国王，献上所带的贵重礼物。

国王见商人的礼物尽是无价之宝，非常高兴，当即给商人重赏。商人送的礼品中有许多珍贵药材，国王想让商人介绍一下药材的名称和功效，于是说："你今夜就住在我们这里吧！"

"国王陛下，我还有件事情，不便留宿，和我同来的，还有一位妇人，她现在在船上，我没有托付别人照顾她。那是一位好女子，为人和善，给我出过不少好主意，给我带来了吉祥如意。"

"我会派我的亲信去船上陪伴她，同时为你守货船。"

商人这才答应留下来在宫中过夜。

随后，国王派文书和宫中主管去船上，临行时嘱咐道："我委派二位去船上，今夜守护这位商人的货船。但愿二位尽职尽责！"

文书和主管前去，他俩登上货船，一个坐在船头，一个坐守船尾。

夜里，二人一番赞颂伟大安拉之后，一个对另一个说："国王派我俩来守卫这条货船，我们可千万不能睡觉啊！来，我们聊聊天，谈谈我们看到的吉事和凶事吧！"

"我遇到的最大凶事是一家四分五散。一场灾难，使我离开了我的弟弟、父亲和母亲。我的弟弟和你同名。十年前，我的父亲带着一家人乘船外出，不幸遇上狂风巨浪，我们乘坐的那只船被风浪打破，安拉使我们一家人各奔东西，不知下落。"

另一个听完后问道："你母亲叫什么名字？"

那个人说出他母亲的名字，他又问："你父亲呢？"

那个人一听到父亲的名字，立即扑了过去，将他抱住，激动不已地说："哥哥，你就是我的哥哥！凭安拉起誓，你真是我的亲哥哥！"

随后，他们俩将童年记忆里的事情各讲了一遍，兄弟二人相认了。

坐在船舱里的那位母亲听得一清二楚，但她未动声色，一声未吭。

第二天早晨，哥哥对弟弟说："弟弟，到我住的地方去谈吧！"

"好的。"

商人回到船上，见妇人满脸愁容，便问："你怎么啦？"

"你昨夜派来的那两个人对我心怀恶意，我心中十分难过。"

商人听后大怒，立即去国王那里，向国王报告两位亲信行为不端。

国王迅速传唤文书和主管前来宫中。其实，国王知道那两个人忠诚可靠、谦恭谨慎，因而十分喜欢他俩。

国王下令把船上的那位妇人带来，让她口述那两个人的不端行为。妇人来到国王面前，国王问："妇道人家，你说说那两个人有何不轨行为？"

"国王陛下，凭伟大安拉起誓，你就让他俩把自己说过的那些话重复一遍吧！"

国王把目光转向那两个人，说道："你俩说说吧！昨夜你俩都说了些什么？不要隐瞒，全都说出来！"

兄弟俩将昨夜说的话如实重复了一遍。

国王一听，立即站了起来，高喊一声，然后扑了过去，把兄弟俩紧紧搂住，欣喜难抑，说道："凭安拉起誓，你俩是我的儿子！"

妇人揭去面纱,说:"凭安拉起誓,我是他俩的母亲呀!"

一家人团聚了,一起过着幸福的生活,直到天年竭尽。

赞美伟大安拉!奴仆有求,安拉必应,绝不会让奴仆失望。有诗表达这种赞美之情:

> 万事有其时,物有灭与在。
> 不必多急性,苦去甜会来。
> 或许大灾降,祸中福根埋。
> 众眼怒视之,辱下藏慷慨。
> 遭愁折磨者,时来天降灾。
> 合满一家人,灾至四分开。
> 主复降福分,四下聚拢来。
> 主恩漫天下,近人证多哉。
> 虽近人不知,距离难表白。

莎赫札德紧接着讲《一个甩不掉的旅伴》的故事:

相传,艾卜·哈桑·德拉吉这样讲述自己的一次经历:

我常到圣城麦加去。因为我熟悉去麦加的路,知道饮水处,所以许多人跟着我一同去那里。

有一年,我想去麦加圣寺,顺路拜谒先知陵墓,心想:"我很熟悉路,就自己登程上路吧!"

我行至卡迪西亚①,走进一座清真寺,见一个残疾人端坐在壁

---

① 卡迪西亚,在今伊拉克境内纳贾夫城以西。

龛处。那个人看见我，对我说："喂，艾卜·哈桑，我求你让我跟着你去圣城麦加吧！"

我心想："我摆脱了许多朋伴，怎好让一个残疾人跟着我呢？"想到这里，我对他说："我不想让任何人跟着我！"

那个人不说话了。第二天早晨，我独自上路，一直走到亚喀巴城，进入一座清真寺。我进寺一看，那残疾人坐在清真寺的壁龛前。我心想："安拉啊，这个人怎么先我一步来到这里了呢？"

那个人抬起头来，微笑着望着我，说道："喂，艾卜·哈桑，你看哪，弱者能为之事往往令强者感到吃惊！"

眼见此情此景，我感到疑惑不解，一夜不曾安睡。第二天清晨，我照样独自上路。当我行至阿拉法特，走进一座清真寺时，又见那个人已坐在壁龛前，我立即拜倒在他的面前，对他说："先生，我求你让我跟你同行吧！"

我边说边亲吻他的双脚。他说："这办不到！"

我听完，哭了起来，因他拒绝我跟着他而泪洒胸襟。他劝我："不要难过！哭又有什么用呢？"

讲到这里，眼见东方透出黎明的曙光，莎赫札德戛然止声。

第四百八十二夜

夜幕垂降，莎赫札德接着讲故事：

幸福的国王陛下，艾卜·哈桑·德拉吉继续讲自己的经历：

我又看见那个人坐在壁龛前,便对他说:"先生,我求你让我跟你同行吧!"

我边说边亲吻他的双脚。他说:"这办不到!"

我听完,哭了起来,因他拒绝我跟着他而泪洒胸襟。他劝我:"不要难过!哭又有什么用呢?"

他吟诵道:

疏远来自你,你怎将泪淌?你求我回答,时辰不适当。
你见我体弱,疾病在身上。你言病在体,出入任难当。
君不见安拉,恩施奴向往?我体确有病,路途无干粮。
一清二楚现,无意瞒情况。主恩暗赐我,情怜世无双。
你且平安去,容我自一方。孤单异乡客,唯独心安详。

我离开他走去。我每到一个饮水处,便看见他已经到达那里。当我抵达麦加时,我再也看不到他的踪迹,听不到他的消息了。我遇到艾卜·叶齐德·布斯塔米、艾卜·伯克尔·舍卜里和一伙长老,向他们讲述了我的经历,述说了我的心事。他们对我说:"自此之后,你再也找不到那个人和你做伴旅行了。那个残疾人名叫艾卜·贾法尔。人们以他的尊严和福分求雨,往往有求必应。"

我听他们这样一说,不由得心生一种强烈欲望,很想见见那位先生,祈求安拉让我会他一面。

当我站在阿拉法特山上时,忽觉有一个人从我的身后拉我。我一回头,发现拉我的不是别人,正是那个残疾人艾卜·贾法尔。

我一看见残疾人艾卜·贾法尔,禁不住一声大叫,立刻晕了过去。

过了一会儿,我缓缓苏醒过来,不见艾卜·贾法尔的身影,心中惆怅难言,茫然无措,不知如何是好。我祈求安拉让我再见他一面。

几天过后,我觉得又有人从身后拉我,我回头一看,看到拉我的是艾卜·贾法尔。他对我说:"我请你到我那里去,向我谈谈你的要求。"

我求他为我祈祷三件事:其一,祈祷安拉让我爱贫;其二,让我有隔夜之粮;其三,赐我一见安拉威严的目光。

艾卜·贾法尔刚刚为我祈祷完,便不见他的身影了。

安拉答应了他的祈求。安拉使我自那年起,总有隔夜之粮。我不再期望安拉满足我的第三条要求,因为安拉大慈大悲,慷慨无比。

诗人云:

> 穷人身上衣,本是破烂衫。淡黄披衣表,月光浮人面。
> 夜祷不休止,泪脱眶如泉。守舍念主恩,长夜听主言。
> 穷人求助他,禽兽慕其颜。为之神消灾,承恩雨涟涟。
> 祈祷求灾去,暴君命被斩。众生皆病倒,他是医中仙。
> 一旦望其面,心清容光焕。厌恶他们者,相隔有罪山。
> 不识他们功,活该你遭难。桎梏缠手脚,怎将他们赶?
> 罪山妨碍你,希望难实现。若知他们力,答应当在先。
> 你会为他们,泪水淌河满。鼻子有毛病,花香何从辨?
> 世上锦衣饰,经纪知价钱。赶快投你主,命助你发端。
> 挣脱远离苦,一切如心愿。唯一万能主,待奴天地宽。

讲到这里,妹妹杜娅札德说:"姐姐,你讲的故事个个精彩,美妙动人!"

莎赫札德说:"如蒙国王陛下厚恩,能再留我一夜,我将要讲更精彩、更动人、更美妙的故事。"

舍赫亚尔国王说:"我想听下去。天色尚早,你讲就是了。"

莎赫札德开始讲《哈西卜·凯里穆丁遇蛇仙》的故事:

相传,很久很久以前,波斯有位贤哲,名叫丹亚尔。他有许多弟子,当时的哲学家们都十分崇敬他,不时向他讨教,因此他闻名遐迩。尽管如此,丹亚尔却美中不足,直到晚年,仍膝下无子。

一天夜里,丹亚尔想到自己没有儿子,无后人继承自己的学术大业,悲凉之感油然而生。他忽然想到伟大安拉是会答应人的祈求的,安拉的恩惠之门总是敞开着的,祈福之人可以得到安拉的恩施,有求者不会遭到拒绝……想到这里,他便虔诚祈祷,求安拉赐予他一个男孩儿,以期继承他的学术大业,并让他的儿子生活得宽裕幸福。

丹亚尔回到寝室,与妻子同房,果然妻子当夜怀孕。

讲到这里,眼见东方透出黎明的曙光,莎赫札德戛然止声。

第四百八十三夜

夜幕垂降,莎赫札德接着讲故事:

幸福的国王陛下,一天夜里,丹亚尔想到自己没有儿子,无后人继承自己的学术大业，悲凉之感油然而生。他忽然想到伟大安拉是会答应人的祈求的，安拉的恩惠之门总是敞开着的，祈福之人可以得到安拉的恩施，有求者不会遭到拒绝……想到这里，他便虔诚祈祷，求安拉赐予他一个男孩儿，以期继承他的学术大业，并让他的儿子生活得宽裕幸福。

丹亚尔回到寝室，与妻子同房，果然妻子当夜怀孕。

几日之后，丹亚尔乘船外出，不期遇上风浪，船被撞坏，人得以幸免，但大批书籍落入海中，被大海吞没了。所幸的是，丹亚尔抓到一块破船板，还捞到了残留的五页书，于是带着回家，这就是他的仅存之物了。

丹亚尔回到家中，把残存的五页书放在一个木匣子里，锁了起来。

妻子怀孕之身渐显，他对妻子说："你有所不知，我已病入膏肓，眼见大限来临，快要离开人间到天堂去了。你身怀有孕，说不定我死之后，你会生下一个男婴。若生一个男孩儿，你就给他取名为哈西卜·凯里穆丁，好好把他养大成人。孩子长大以后，他若问你父亲给他留下了什么遗产，你就把这五页残书给他。他读了这五页残书，明白了其中的意思，就会变成时代中最有学问的人。"

贤哲丹亚尔说罢，与妻子道别，然后一声大喊，当即闭上了眼睛，离开了这个世界。家人和朋友们哭泣落泪，为他洗沐尸体，举行隆重葬礼，将他安埋土中，然后各自回家。

过了没多久，他的妻子生下一漂亮男婴，她按丈夫生前嘱咐，为婴儿取名哈西卜·凯里穆丁。

孩子出生之后，母亲请来星占师们，给孩子算命运、卜吉凶。星占师们一番忙碌之后，对母亲说："夫人哪，这孩子会长命百岁，但年轻时会遇上不测之灾。若能挣脱灾难,必将成为当代大贤哲。"

星占师们走了。

母亲给哈西卜·凯里穆丁喂了两年奶后便断奶了。凯里穆丁五岁时,母亲把他送到学堂,让他学些知识,但他什么也没学到。母亲让他离开学堂,去学手艺,结果还是什么也没有学会。母亲眼见儿子这样没有出息,不禁哭泣落泪。

人们对这位母亲说:"你就给孩子娶个媳妇吧!娶了女人,他就有了养活妻子的忧愁,到那时候,他就自己找事干了。"

母亲听从众人劝告,托人给哈西卜·凯里穆丁提亲,然后给儿子娶了个媳妇。

过了一些时候,哈西卜·凯里穆丁并未找到任何事干。

邻居中有几位以打柴为生的樵夫。樵夫们来到这位母亲的面前,对她说:"给你儿子买头毛驴,买一条绳子和一把斧头,让他跟着我们一起上山砍柴吧!卖柴所得,他和我们平分,他分得的那一份,足以贴补你们的生活。"

母亲听后,十分高兴,立即到市场上买了毛驴、绳子和斧头,给了儿子,然后带着儿子去见樵夫们,把儿子托付给他们。他们对这位母亲说:"你不必为孩子担心!我们的主会给他生计的,因为他是我们长老的儿子。"

樵夫们带着哈西卜·凯里穆丁进到山中打柴。他们都靠打柴养家糊口。大家拴好驴子,便去打柴。第二天、第三天过去了,就这样,他们度过了一段时间。有一天,他们上山打柴,遇上下大雨,他们相继跑到一个大山洞里避雨。哈西卜·凯里穆丁离开他们,独自坐在山洞的一个角落,用斧头击打着地面,只听"咚咚"作响。他觉得山洞底下好像是空的。

当哈西卜·凯里穆丁确信山洞底下是空的时，他就用斧头刨了起来。他刨了一个时辰，看见一块圆形石板，上面有一个圆环。哈西卜·凯里穆丁看到带圆环的圆形石板，欣喜不已，急忙喊来樵夫同伴们。

讲到这里，眼见东方透出黎明的曙光，莎赫札德戛然止声。

第四百八十四夜

夜幕垂降，莎赫札德接着讲故事：

幸福的国王陛下，有一天，他们上山打柴，遇上下大雨，他们相继跑到一个大山洞里避雨。哈西卜·凯里穆丁离开他们，独自坐在山洞的一个角落，用斧头击打着地面，只听"咚咚"作响。他觉得山洞底下好像是空的。

当哈西卜·凯里穆丁确信山洞底下是空的时，他就用斧头刨了起来。他刨了一个时辰，看见一块圆形石板，上面有一个圆环。哈西卜·凯里穆丁看到带圆环的圆形石板，欣喜不已，急忙喊来樵夫同伴们。

樵夫们看见圆石板，争相下手，把石板搬起来，发现石板下有一座门。推开那座门一看，那里有一眼深井，里面装的全是蜂蜜。樵夫们见此情景，纷纷说道："这井里满是蜂蜜，我们赶快回城，找些家什来，把蜂蜜弄出来，拿去卖掉，然后分钱吧！我们留一个人在此守护,免得别人来取蜂蜜。"

哈西卜·凯里穆丁说:"就把我留下,让我看守吧!你们赶快去找家什。"

他们留下哈西卜·凯里穆丁看守蜜井,其余的人回城去取盛蜂蜜的家什。

他们取来桶、缸、坛、罐,一一装满蜂蜜,让驴子驮回城里去卖掉,然后再返回山洞。就这样,他们装运、出售,而哈西卜·凯里穆丁则一直守在山洞里。

一天,樵夫们相互议论。一个人说:"发现蜜井的是哈西卜·凯里穆丁。他明天进城,会向我们讨蜜钱的。"

另一个人说:"我有个办法能把他甩掉。"

"什么办法?"

"让哈西卜·凯里穆丁下井去,给我们装井底下剩的蜂蜜。我们就乘此机会,把他丢在井底,让他死在那里……"

樵夫们商定坑害哈西卜·凯里穆丁的阴谋之后,返回山洞的蜜井旁。他们对哈西卜·凯里穆丁说:"喂,哈西卜·凯里穆丁,下井吧!把井底下的蜂蜜全弄上来。"

哈西卜·凯里穆丁下到井底,经过一番努力,将蜂蜜全都装入桶里。这时,哈西卜·凯里穆丁对他们说:"井底下没有蜂蜜了,把我拉上去吧!"

结果,没有一个人答话。他们赶着驴子进城去了,将哈西卜·凯里穆丁一个人丢在了井底。

哈西卜·凯里穆丁呼救无人应答,哭着说道:"无能为力,只有依靠万能的安拉了!毫无疑问,我将死在这里……"

樵夫们回到城里,卖掉蜂蜜,哭着来见哈西卜·凯里穆丁的母亲，对她说："哈西卜·凯里穆丁遇难啦！"

"怎么回事？"

"我们正在山上打柴，忽然大雨滂沱，我们便躲进一个山洞避雨，不知怎的，你儿子的毛驴向山谷跑去，他急忙去追赶，不巧碰见一只野狼，不但将你儿子吃掉，还把他的毛驴也吃掉了。"

母亲一听，连连批打自己的面颊，向自己的头上扬土，高声哭喊着自己的儿子。

从此以后，樵夫们每天来给哈西卜·凯里穆丁的母亲送吃送喝。

樵夫们开了商店，不再打柴，变成了商贾，整日吃喝玩乐，笑声不绝。

哈西卜·凯里穆丁在井底哭叫不止。正当此时，突然一只巨蝎落下，他当即把巨蝎杀死。他心想："这井中本来盛满蜂蜜，哪里来的蝎子呢？"他朝落下蝎子的地方望去，仔细打量一番，发现那个地方透出一丝亮光。哈西卜·凯里穆丁抽出随身携带的砍柴刀，在那个亮光处剜了剜，剜成了一个洞口，随即钻了进去。他在洞中走了片刻，发现那里有条大走廊，便顺着廊子走去。走不多远，见到一扇黑色的大铁门，门上挂着白色的银锁，而锁上的钥匙是金的。

哈西卜·凯里穆丁迈步走到大铁门前，往门缝里看，只见一束亮光透出。他拿起钥匙，将银锁打开，推门走了进去。走了一个时辰，来到一个大湖边，见湖中有个东西闪闪放光，如同湖水荡起的银波。

哈西卜·凯里穆丁朝闪光的东西走去，走近一看，发现那是一个碧玉堆成的山丘，山丘上放着一把镶嵌着各种宝石的金座椅。

讲到这里，眼见东方透出黎明的曙光，莎赫札德戛然止声。

第四百八十五夜

夜幕垂降，莎赫札德接着讲故事：

幸福的国王陛下，哈西卜·凯里穆丁迈步走到大铁门前，往门缝里看，只见一束亮光透出。他拿起钥匙，将银锁打开，推门走了进去。走了一个时辰，来到一个大湖边，见湖中有个东西闪闪放光，如同湖水荡起的银波。

哈西卜·凯里穆丁朝闪光的东西走去，走近一看，发现那是一个碧玉堆成的山丘，山丘上放着一把镶嵌着各种宝石的金座椅。那把金座椅周围摆着许多椅子，有金椅、银椅、宝石椅……应有尽有，数都数不清。

哈西卜·凯里穆丁来到椅子旁，叹了口气，然后数了数椅子，知道那里有一万二千把椅子。

哈西卜·凯里穆丁来到当中的那把金座椅旁，坐在那把金座椅上，望着眼前那个大湖和那些金银宝石椅子，惊叹不已。过了一会儿，他觉得疲惫不堪，不知不觉睡着了。

一个时辰过后，忽有哨声、嘈杂声传来，将哈西卜·凯里穆丁惊醒。他睁开眼睛，坐了起来，只见每把椅子上坐着一条巨蛇，每条蛇足有一百腕尺长，他禁不住大吃一惊，倒吸了一口冷气，咽下唾沫，自认必死无疑，心中完全绝望，吓得周身颤抖。他看到坐在椅子上的每一条蛇的眼睛就像火炭一样明亮。他朝湖中望去，只见那里有无数条小蛇。

一个时辰过后，一条骡子似的巨蛇爬到哈西卜·凯里穆丁的面前，只见巨蛇背上驮着一只金盘，盘中坐着一条像水晶一样发光的蛇，生着人面，能说人话。

人面蛇走近哈西卜·凯里穆丁，向他问安致意。哈西卜·凯里穆丁应声还礼。一条蛇离开椅子，爬至金盘前，将金盘中的人面蛇托起来，放在一把椅子上。人面蛇用蛇语对蛇群喊了一声，只见众蛇纷纷离开椅子，向人面蛇祈祷、祝福。人面蛇示意蛇们坐下，蛇们便稳坐在各自的那把椅子上。

人面蛇对哈西卜·凯里穆丁说："青年人，你不要怕我们，我是蛇女王。"

哈西卜·凯里穆丁听完，放下心来。蛇女王示意蛇们给哈西卜·凯里穆丁取点儿吃的东西来，蛇们便送来了一盘盘苹果、葡萄、石榴、花生、榛子、核桃、巴旦木果仁和香蕉，放在哈西卜·凯里穆丁的面前。

蛇女王对哈西卜·凯里穆丁说："小伙子，欢迎你！你叫什么名字啊？"

哈西卜·凯里穆丁说："我叫哈西卜·凯里穆丁。"

"哈西卜·凯里穆丁，我们这里没有别的东西，只有这些水果和干果。你千万不要害怕我们哟！"

哈西卜·凯里穆丁听蛇女王这样一说，便吃了个足饱，然后连声赞颂安拉。

哈西卜·凯里穆丁吃完，蛇们撤走那些盘子。蛇女王对哈西卜·凯里穆丁说："哈西卜·凯里穆丁，请你告诉我，你是什么人？你从何处来到这个地方？你都经历过什么事情？"

哈西卜·凯里穆丁向蛇女王讲了自己的身世，父亲的情况，母亲如何生养他，后来如何送他进学堂；他说他当时才是个五岁的孩子,什么也没有学到;他又讲了母亲怎样把他送去学手艺,结果一无所获;又讲到母亲怎样给他买了毛驴,使他变成一名樵夫;后来自己怎样在山洞里发现蜜井,结果被樵夫们丢在蜜井里,他们都离去了;他还讲到如何杀死巨蝎,由蜜井里来到一座大铁门前;一直讲到与蛇女王对话的整个过程。之后,他对蛇女王说:"这就是我的身世和经历。至于以后如何,那就只有安拉知道了。"

蛇女王听哈西卜·凯里穆丁讲罢身世和经历,对他说:"至于今后嘛,那就只有好事了。哈西卜·凯里穆丁,我想让你在我这里住上一段时间,以便我把自己的经历及遇到的奇闻趣事讲给你听。"

讲到这里,眼见东方透出黎明的曙光,莎赫札德戛然止声。

❖❖ 第四百八十六夜 ❖❖

夜幕垂降,莎赫札德接着讲故事:

幸福的国王陛下,蛇女王听哈西卜·凯里穆丁讲罢身世和经历,对他说:"至于今后嘛,那就只有好事了。哈西卜·凯里穆丁,我想让你在我这里住上一段时间,以便我把自己的经历及遇到的奇闻趣事讲给你听。"

哈西卜·凯里穆丁说:"我听从你的安排!"

蛇女王开始给哈西卜·凯里穆丁讲布鲁基亚的故事:

相传,在埃及的米斯尔城,以色列部族的一个人当了国王。这位国王膝下有一子，名叫布鲁基亚。国王博学多才，同时又是一名虔诚的信徒。当他年迈体弱、濒临死亡之时，国家要员纷纷前来看望他。官员们坐定之后，国王对他们说："列位大臣，本王已近生命最后时刻，行将告别人间，步入来世。我仅有一事相求，那就是将我的儿子布鲁基亚托付给你们，望你们多加关照。"

然后他又说："上帝是万物唯一的主宰……"话音未落，一声大喊，魂归天国。

国王驾崩，群臣忙碌起来，洗尸盛殓，葬礼隆重。安葬国王之后，他们拥立布鲁基亚为新国王。

布鲁基亚国王光明正大，关怀百姓。在他执政期间，百业兴隆，国泰民安。

一天，布鲁基亚打开父亲留下的宝库，想看看里面究竟有一些什么东西。他打开其中一个宝库，发现里面有道门，推开门进去一看，只见那是一间幽室，那里有一根白色大理石柱，柱子上有一口乌木箱子。布鲁基亚拿下那口箱子，打开一看，发现里面有一只金匣子。他打开金匣子，看见里面有一本书。他拿出书来，翻开一看，书中的内容是讲述穆罕默德事迹的，说穆罕默德是最后一位使者。

布鲁基亚读了这本书，了解到穆罕默德的情况，便由衷地热爱起这位使者来。

布鲁基亚召集以色列人当中的牧师、学者和修道士，让他们看了那本书，并读给他们听。他对他们说："各位，我应该把我父亲的尸体从墓中挖出来，把他的尸骨烧掉。"

"为什么要烧掉呢？"

"因为他瞒着我，没有向我展示这本书。这本书是他从《圣经》和亚伯拉罕的典籍中节录出来的。他把这本书放在一座仓库里，没有向任何人展示。"

"国王陛下,先王已逝,安眠土中,他的事情就交给主吧!千万不要把他的尸骨挖出来。"

布鲁基亚听他们这样一说,知道他们会阻拦自己的行动,于是离开他们,去见母亲。

布鲁基亚对母亲说:"母亲,我在父亲的仓库里发现一本书,其中有描述穆罕默德的内容。穆罕默德是最后一位先知,我深深热爱他。因此,我想周游各地,去会一会这位先知。假若我见不到他,我会因留恋他的名声而死去的。"

布鲁基亚脱下国王的朝服,换上斗篷,穿起高勒皮靴,然后对母亲说:"母亲,你千万不要忘记为我祈祷、祝福呀!"

母亲泪如雨下,对儿子说:"你走之后,我会怎样呢?"

"我再也等不下去了。我已把我和你的事情托付给了上帝。"

说罢,布鲁基亚转身离去。

布鲁基亚离开家,向沙姆方向走去。谁也不知道他就是国王布鲁基亚。

他来到海滨,看见一条船停泊在那里,便登上船去。

船载着他们到了一座海岛,旅客们离开船舱,登上岛去,布鲁基亚和他们一起上了岸。

布鲁基亚独自在岛上走动,来到一棵树下,坐下休息,不知不觉困意来临,旋即进入梦乡。当他醒来,准备上船时,发现船已起航。这时,他发现岛上到处是蛇,有的像骆驼那样大,有的像椰枣树干那样粗,都在赞颂伟大的安拉,为穆罕默德祈祷、祝福,高声吟诵:"万物非主,唯有安拉;穆罕默德是安拉的使者。"

眼见此情此景,布鲁基亚惊奇万分。

讲到这里,眼见东方透出黎明的曙光,莎赫札德戛然止声。

第四百八十七夜

夜幕垂降，莎赫札德接着讲故事：

幸福的国王陛下，布鲁基亚独自在岛上走动，来到一棵树下，坐下休息，不知不觉困意来临，旋即进入梦乡。当他醒来，准备上船时，发现船已起航。这时，他发现岛上到处是蛇，有的像骆驼那样大，有的像椰枣树干那样粗，都在赞颂伟大的安拉，为穆罕默德祈祷、祝福，高声吟诵："万物非主，唯有安拉；穆罕默德是安拉的使者。"

眼见此情此景，布鲁基亚惊奇万分。

蛇们看见布鲁基亚，纷纷聚集在他的周围，其中一条蛇问他："你是何人？从哪里来？叫什么名字？到哪里去？"

布鲁基亚回答道："我叫布鲁基亚，是以色列人，因慕穆罕默德之名而离开家门，投奔这位圣人。尊敬的生物，你们是谁呢？"

蛇们异口同声地回答："我们都是地狱的居民，安拉创造了我们，意在对抗异教徒。"

"是谁把你们带到这里来的呢？"

"布鲁基亚，你有所不知：地狱里常常处于沸腾状态，每年仅仅呼吸两次，一次在冬季，一次在夏天。地狱不但炽热，而且宽大无比。当它呼气时，把我们吐出来；当它吸气时，又把我们吸进它的腹中。"

"地狱里还有比你们体形更大的生物吗？"

"我们之所以能在它呼气时被吐出来,正是因为我们体形小。地狱里比我们大的蛇多得很。有的蛇,我们当中最大者也可从它的鼻孔里出入,而它却感觉不到。"

"你们赞美伟大的安拉,又为穆罕默德祈祷、祝福,你们是从哪里知道穆罕默德的呢?"

"布鲁基亚,看来你有所不知,穆罕默德的名字就写在天堂的门上;如果没有穆罕默德,安拉也就不会创造人,也不会创造天堂、地狱、苍天和大地。世上的所有造物,都是安拉创造的,处处把自己的名字同他的名字联系在一起。因此,我们都热爱穆罕默德,祈求安拉赐福予他。"

布鲁基亚听蛇们这样一说,心中更加热爱和向往穆罕默德。

布鲁基亚告别蛇们,来到海边,见一条船停泊在岛旁,便和乘客们一道登船离去。

他们乘船到达另一座海岛。布鲁基亚登上岸去,漫步片刻,见那里到处是蛇,大的小的全有,数不胜数。他发现那里有一条白蛇,其色泽比水晶石还白,坐在一个金盘上;驮着金盘的是一条大如象的巨蛇,那条白蛇就是蛇女王。喂,哈西卜·凯里穆丁,那就是我。

哈西卜·凯里穆丁问蛇女王:"你对布鲁基亚说了些什么?"

蛇女王说:"哈西卜·凯里穆丁,听我告诉你,我看见布鲁基亚,向他问过安好,他回过我的礼,我便问他:'你是何许人?有什么事?从何方而来,到何方而去?你叫什么名字?'他说:'我是以色列人,名叫布鲁基亚。我是慕穆罕默德的大名而投奔他的。我在天书上看到了关于他的德行的描述。'布鲁基亚问我:'你是谁?你是干什么的?你周围的这些蛇都是干什么的?'我告诉他:'喂,布鲁基亚,我是蛇女王。你见到穆罕默德,请代我向他问好。"

布鲁基亚和我告别后,登上船,到了耶路撒冷。

耶路撒冷有一个人,懂得各门学问,尤其精通几何学、天文学、数学、化学和神学。他熟读《旧约》《新约》和《圣经》中的诗篇以及亚伯拉罕的天书。这个人名叫阿凡。

阿凡从家藏的一本书中看到描述先知苏莱曼的一段文字:谁戴上苏莱曼的戒指,人、精灵、鸟兽和所有生物都将听他的使唤。书上还写着:先知苏莱曼死后,人们把他装入棺材,带着棺木渡过七个大海安葬;当时,那枚戒指就戴在苏莱曼的手指上,不论是人还是精灵,谁都摘不下来那枚戒指;任何一位航海家,都无法驾船驶到安葬苏莱曼的那个地方。

讲到这里,眼见东方透出黎明的曙光,莎赫札德戛然止声。

第四百八十八夜

夜幕垂降,莎赫札德接着讲故事:

幸福的国王陛下,阿凡从家藏的一本书中看到描述先知苏莱曼的一段文字:谁戴上苏莱曼的戒指,人、精灵、鸟兽和所有生物都将听他的使唤。书上还写着:先知苏莱曼死后,人们把他装入棺材,带着棺木渡过七个大海安葬;当时,那枚戒指就戴在苏莱曼的手指上,不论是人还是精灵,谁都摘不下来那枚戒指;任何一位航海家,都无法驾船驶到安葬苏莱曼的那个地方。

阿凡还见一本书中说到有一种草,取一些榨出草汁,将之抹在脚上,便可在造物主创造的任何海上行走,而双脚不被水弄湿;只有在蛇女王陪同下,人才能弄到这种草。

布鲁基亚进入耶路撒冷城,坐在一个地方,开始膜拜、祷告。正当这时,阿凡朝他走来,向他致礼问安,他回了礼。

阿凡见布鲁基亚边顶礼膜拜边读《圣经》,便走上前去,开口问道:"小伙子,你叫什么名字?从何处来,又到何方去呀?"

布鲁基亚说:"我名叫布鲁基亚,从米斯尔城来,想找先知穆罕默德,以求会他一面。"

阿凡说:"到我家去吧!容我招待你一番。"

"不胜感谢!"

阿凡拉着布鲁基亚的手,将他领到自己的家中,待若上宾,殷勤周到。之后,阿凡问他:"请告诉我,你是从哪里知道穆罕默德的,致使你如此热爱他,一心想找他呢?谁又给你指的路呢?"

布鲁基亚把自己的身世与经历,从头到尾给阿凡讲了一遍。

阿凡听罢,惊异万分,觉得简直不可想象。他对布鲁基亚说:"你带我去见蛇女王,然后带我去见穆罕默德吧!穆罕默德受派遣的时间还远着呢!我们一旦得到蛇女王,把她装入笼中,就能带着她到山上去找那种草;有蛇女王和我们在一起,我们采到的每一种草,都会自动向我们报出自己的功用。我从自己藏的一本书中看到这样一段文字,说有一种草,采到之后,榨出草汁,将草汁抹到脚上,人便可以踏过伟大造物主所创造的每一个海,脚不会被水弄湿。我们抓到蛇女王之后,她就可以带我们去找那种草。我们找到那种草,榨出草汁,然后就可以放走蛇女王。我们把草汁抹在脚上,踏过七个大海,到达安葬先知苏莱曼的地方,从苏莱曼的手指上取下那枚戒指；有了那枚戒指，我们就可以像苏莱曼那样，呼风唤雨，降妖伏魔，为所欲为，实现我们的一切理想。之后，我们进入大西洋，饱饮长命之水，从此长生不老，一直活到世界末日，去见穆罕默德。"

布鲁基亚听阿凡这样一说，立即答应："喂，阿凡，我带你去见蛇女王，让你去看看她住的地方。"

阿凡走去，做了个铁笼子，又拿来两个杯子，一个杯子倒满酒，一个杯子倒满了奶。

阿凡和布鲁基亚一起走了几天几夜，来到蛇女王所在的岛上，二人相携登上岸，向前走去。走了一程，阿凡将铁笼子放在那里，将酒杯和奶杯放在铁笼子里，二人便在离铁笼子不远的地方隐藏起来。

一个时辰后，蛇女王向铁笼子爬来。当她靠近那两个杯子时，仔细审视一会儿，嗅到了奶味，方才离开巨蛇背上的金盘，爬进铁笼子，来到酒杯旁边，一口气喝干了杯中之酒。片刻之后，那蛇女王便晕倒睡着了。

阿凡见此情景，走到铁笼子前，将蛇女王锁在铁笼子里，然后带上蛇女王，和布鲁基亚一道离去。

蛇女王苏醒过来，发现自己被锁在铁笼子里，一位男子用头顶着铁笼子，布鲁基亚跟在一旁。

蛇女王看见布鲁基亚，说道："难道这就是不伤害人的报偿？"

布鲁基亚回答："蛇女王，你别害怕！我们决不伤害你。我们只想让你带我们去找那种草；只要将那种草的草汁榨出，涂抹在脚上，人便可以踏过造物主创造的任何大海，脚上不会沾水。我们采到那种草，就把你送回原地，放你走。"

阿凡和布鲁基亚带着蛇女王向生长那种草的大山走去。他俩经过任何一种草旁,那些草都自动说出自己的功用。走着走着,一种草说:"我就是那种草,谁把我采去,榨出汁来,将汁抹在脚上,就可踏过造物主所创造的大海,而双脚不会被水弄湿。"

阿凡一听,立即将头上的铁笼子放下来。随后,二人一齐动手,采了足够的草,榨出汁来,放入玻璃杯中,妥善保管,留作日后抹脚用。

布鲁基亚和阿凡带着蛇女王,行走了几天几夜,终于到达蛇女王居住的那座岛上。阿凡打开铁笼子,蛇女王爬了出去。

蛇女王爬出铁笼子,对他俩说:"你俩弄这种草汁做何用呢?"

二人回答道:"我们想把它抹在脚上,以便踏过七个大海,到先知苏莱曼葬身之地,去取他手指上的戒指。"

"你俩根本找不到那枚戒指。"

"为什么?"

"因为那是造物主专门给苏莱曼造的戒指,你们俩与之何干呢?当时苏莱曼曾祈求造物主,说:'主啊,给我一件任何人都没有的东西吧!因为你是最仁慈、最慷慨的。'"

蛇女王停顿片刻,又说:"有一种草,人若食之,可以长生不老,一直活到世界末日;假若你们能采到这种草,要比你们手中拿的这种东西有用得多。因为你们取那枚戒指的目的是达不到的。"

二人听蛇女王这样一说,双双后悔不已,随后离去。

讲到这里,眼见东方透出黎明的曙光,莎赫札德戛然止声。

第四百八十九夜

夜幕垂降，莎赫札德接着讲故事：

幸福的国王陛下，蛇女王停顿片刻，对阿凡和布鲁基亚说："有一种草，人若食之，可以长生不老，一直活到世界末日；假若你们能采到这种草，要比你们手中拿的这种东西有用得多。因为你们取那枚戒指的目的是达不到的。"

布鲁基亚和阿凡听蛇女王这样一说，双双后悔不已，随后离去。

蛇女王回到营地，见手下将士们力量大为减弱，强者变弱，弱者丧命。蛇们见女王回来，兴高采烈，纷纷聚拢而来，争先恐后地问："女王可好？到哪里去啦？"

蛇女王把与阿凡、布鲁基亚之间发生的事情一一讲述给它们听。

之后，蛇女王集合众将士，一起向嘎夫山走去。因为她要到嘎夫山过冬，而在哈西卜·凯里穆丁看见她的那个地方度夏。

蛇女王讲到这里，对哈西卜·凯里穆丁说："喂，哈西卜·凯里穆丁，这便是我的故事和经历。"

哈西卜·凯里穆丁听后，惊异不已。他对蛇女王说："我求你派一位助手送我回地上，让我回家去见亲人。"

蛇女王说："哈西卜·凯里穆丁，你只能跟我们一起去嘎夫山过冬了,不能回去。到了嘎夫山可以欣赏一下那里的丘陵、沙滩、树木、鸟兽,还可以赞颂万能之主。此外,你还可以看看那里难以数得清的妖魔、鬼怪和精灵。"

哈西卜·凯里穆丁听蛇女王这样一说,不禁忧愁缠心。他对蛇女王说:"阿凡和布鲁基亚离开你之后,他们跨过七个大海,找到苏莱曼的墓地了吗?如果能到苏莱曼的墓地,他俩能取下那枚戒指吗?"

蛇女王继续给哈西卜·凯里穆丁讲故事:

阿凡和布鲁基亚离开我以后,用草汁抹了脚,开始踏海,欣赏大海奇观。二人踏过一个又一个大海,终于踏过了七个大海。

刚踏过七个大海,便看见一座耸入云霄的高山;仔细望去,发现那是一座绿宝石山,上面山泉流淌,地上全是麝香粉。

二人到了那里,高兴极了。二人说:"我们终于到达目的地了。"

二人登上山去,远远看见一个山洞,便向山洞走去。

进山洞一看,那里有一把镶嵌着各种宝石的金椅子,周围放着无数把椅子。他俩发现先知苏莱曼就睡在那把金椅子上,身上盖着一件绣花绸衣,衣上缀着若干名贵宝石,右手搭在前胸上,指头上戴着那枚戒指。戒指光彩夺目,盖过了那些宝石的光辉。

阿凡教给布鲁基亚几句誓言和咒语,并且对他说:"我取戒指时,你要不停地念誓言和咒语。"

阿凡走向金椅子,刚靠近金椅子,忽见一条巨蛇从金椅子下钻了出来,一声大叫,声震四方,整个山洞剧烈地颤动起来。随后,巨蛇口喷火焰,对阿凡说:"你若不退下,我就将你灭掉!"

阿凡耳听警告,面对巨蛇,毫无惧色。

巨蛇口喷火焰，几乎要将整个山洞燃烧。它对阿凡说："你这个该死的！如若不赶快后退，我就把你烧死！"

布鲁基亚听巨蛇这样一说，立即退出山洞。阿凡没有退缩，而是走近苏莱曼，伸手触摸那枚戒指，想把它摘下来。突然巨蛇口吐火焰，向阿凡喷去。顷刻之间，阿凡变成了一堆灰烬。

眼见阿凡被烧成灰烬，布鲁基亚晕倒在地，不省人事。

讲到这里，眼见东方透出黎明的曙光，莎赫札德戛然止声。

第四百九十夜

夜幕垂降，莎赫札德接着讲故事：

幸福的国王陛下，巨蛇口喷火焰，几乎要将整个山洞燃烧。它对阿凡说："你这个该死的！如若不赶快后退，我就把你烧死！"

布鲁基亚听巨蛇这样一说，立即退出山洞。阿凡没有退缩，而是走近苏莱曼，伸手触摸那枚戒指，想把它摘下来。突然巨蛇口吐火焰，向阿凡喷去。顷刻之间，阿凡变成了一堆灰烬。

眼见阿凡被烧成灰烬，布鲁基亚晕倒在地，不省人事。

造物主急忙派天使下凡，来到布鲁基亚身旁，将他唤醒。

布鲁基亚苏醒过来，天使问他："你俩是从哪里来到这个地方的呢？"

布鲁基亚把情况从头到尾讲了一遍。他对天使说："我之所以来这里，只是为了找穆罕默德。阿凡告诉我，穆罕默德将作为最后一位使者被派往人间，只有活到最后的人，才能见到他；要想活到那时候，必须喝长命水；要想喝到长命水，必须弄到苏莱曼的戒指。因此，我跟着阿凡来到了这个地方。阿凡已经被烈火烧死，我尚且活着。我希望你告诉我，穆罕默德究竟在哪里？"

天使对他说："喂，布鲁基亚，你先回去吧！穆罕默德的时代还远着呢！"

话音未落，天使展翅飞向空中。

布鲁基亚痛哭落泪，后悔不已，不禁想起蛇女王的话来："谁也休想拿到那枚戒指！"

布鲁基亚一时不知如何是好，哭泣不止。他朝山下走去，一直走到海边，坐在那里，眼见高山、大海和岛屿，心中不禁惊愕……他躺在海边，睡了一夜。

次日清晨，布鲁基亚用草汁抹过脚，开始踏海而去。他走了几天几夜，惊叹海浪起伏，心中倍感新鲜奇异。

他踏着海来到一座天堂似的海岛上。他登上海岛，顿时被一片美景所吸引。他信步走去，只见那是个大岛：地上长满红番花；地上的石子儿不是红玉石，就是名贵宝石；篱笆都是茉莉花围成的；岛上遍地长的是名贵树木、奇花异草；那里还有流淌的泉水，泉边长有沉香树和迦南树；那里甘蔗成林，周围遍生百花，有玫瑰、水仙、素馨、丁香、百合和紫罗兰等，形状各异，五彩缤纷。那里树木参天，百鸟鸣唱枝头，鹿麂快乐地在林间嬉戏蹦跳；飞瀑湍泄，水清见底，人间奇妙景色尽集岛上；人行岛上，如在画中徜徉，他不禁流连忘返。

布鲁基亚眼见岛上美景，惊异万分，自以为阿凡带他来时未经此岛，显然是走错了路。他漫游岛上，边走边欣赏眼前的景色，直到夜幕垂降，这才攀上一棵高树，准备在树上睡觉过夜。

布鲁基亚正在树上思忆着岛上美景时，忽见海水翻腾，片刻后海面上浮出一个巨大海兽，它发出吼声，使得岛上的动物大惊。见此情景，布鲁基亚惊奇不已。片刻过后，海面浮出许多海兽，形色各异。它们各抓着一颗宝石，闪闪放光，如同盏盏明灯，把海岛照得通亮，简直如同白昼。

过了一会儿，岛上的动物纷纷走了出来，有狮子、老虎、豹子等各种陆上动物，数量之多，只有天公才能数得过来。陆兽向海边离去，与海兽相聚，它们一直谈到大天亮，方才各自散去。

夜下野兽聚谈的情景，使布鲁基亚深感恐惧。天亮之后，野兽散去，他急忙从树上下来，走向海边，将草汁抹在脚上，踏着第二个海离去。

他在海面上走了几天几夜，行至一座大山前。那座大山下有道深谷，谷中的石头全是磁石，那里还有种种野兽，其中有猛狮、野兔和老虎等。布鲁基亚登上山去，走了一处又一处，直到天色暗下来时，方才在一座山头坐了下来。那山头下临大海。他见岸边有被海浪推上来的鱼已经晒干，便去拾来填充辘辘饥肠。

布鲁基亚正坐着吃干鱼时，忽见一只老虎扑了过来，他急中生智，赶忙用草汁涂脚，踏上第三个大海逃走。

布鲁基亚踏行在海面上，夜幕漆黑，劲风狂吹。他行走了几天几夜，来到一座岛上，见那里树木成行，活树死树参半。他从树上摘了些果子吃下肚去，然后在岛上游玩，直至夜色降临，才停下脚步，在那座岛上进入了梦乡。

讲到这里，眼见东方透出黎明的曙光，莎赫札德戛然止声。

第四百九十一夜

夜幕垂降，莎赫札德接着讲故事：

幸福的国王陛下，布鲁基亚正坐着吃干鱼时，忽见一只老虎扑了过来，他急中生智，赶忙用草汁涂脚，踏上第三个大海逃走。

布鲁基亚踏行在海面上，夜幕漆黑，劲风狂吹。他行走了几天几夜，来到一座岛上，见那里树木成行，活树死树参半。他从树上摘了些果子吃下肚去，然后在岛上游玩，直至夜色降临，才停下脚步，在那座岛上进入了梦乡。

天亮之后，布鲁基亚放眼观看岛上风光，深感留恋，因此在那里逗留了十天时间，方才行至海边，用草汁涂脚，继而踏上第四个大海。他在海上走了一天一夜，到达一座海岛，只见那里的地面上全是白色沙土，岛上没有一棵树，也没有一株草。他在岛上行走了一个时辰，什么都没见到，看到的只有在沙地上筑巢的老鹰。

布鲁基亚觉得那座岛上没有什么可留恋的，于是在脚上涂了草汁，便开始踏行第五个大海了。

布鲁基亚在海面上行走了一天一夜，到达一座小岛，只见那里的土地和大山都像水晶石一样晶莹透明；岛上金石遍地，树木奇异，都是他旅行中不曾见过的，就连花的颜色也都是金黄的。他登上岛去，一直游玩到天黑。夜幕垂降，百花放光，如同天上的繁星，将岛上照得通明。布鲁基亚觉得奇怪，说道："这座岛上的花，被太阳晒干，落在地上，被风一吹，聚集在石头下，变成炼金药、点金石,人们可以将之采去,用它炼金。"

布鲁基亚在那座岛上一觉睡到大天亮。太阳出来,他用草汁涂脚,然后开始踏行第六个大海。行走了几天几夜,来到一座海岛,上去一看,见那座岛上有两座山,山上树木繁茂,树上的果子千奇百怪,有的像人头,似挂在头发上;有的像鸟儿,似挂在枝条上;有的像盛燃的火;有的像仙人掌;有的果子只要有一滴果汁滴落在人身上,人就会被烧成灰烬;有的果子在哭,还有的在笑。真是无奇不有,令布鲁基亚叹为观止。

布鲁基亚行至海边,看见一棵大树,便在树下一直坐到黄昏。夜色来临,他攀爬到树上,思考着造物主的伟大创造。正在这时,忽然看见海水翻腾,一群海仙女浮出水面,人人手捧宝石,闪闪放光,亮若明灯,姗姗来到树下。她们时坐时站,且舞且歌。布鲁基亚坐在树上,留心观赏。她们一直玩到东方大亮,方才返回海中。

布鲁基亚惊喜万分。他从树上下来,把脚抹上草汁,开始行走于第七个大海。他一直行走了两个月时间,不见山,不见岛,不见土地,不见河谷,也没看到海岸。他忍饥受饿,有时不得不抓海中的生鱼充饥。

布鲁基亚一番艰苦旅行,终于来到了一座海岛上,那里树木繁茂,河流纵横;他登上海岛,边走边欣赏岛上的景色。

时值正午,布鲁基亚行至一棵苹果树下,他伸手去摘果子,不料树上有人一声大喊:"你若走近这棵树,摘一个果子,我就把你撕成两半!"

布鲁基亚抬头望去,只见那个人很高,足有四十腕尺,禁不住胆战心惊,急忙后退了几步。布鲁基亚问:"你为什么不让我吃这棵树上的果子呢?"

那巨人说:"因为你是人,你的祖先是不听安拉的话而偷吃禁果的阿丹。"

"你是何许人？这座岛是谁的？这些树又归谁所有？你叫什么名字？"

"我叫舍拉希亚。这些树木和这座岛的主人是萨赫尔国王。我是萨赫尔国王的一个助手，他把这座岛托付给我管理。"

舍拉希亚问布鲁基亚："你是什么人？从哪里来到了这个地方？"

布鲁基亚把自己的经历从头到尾向巨人讲述了一遍。舍拉希亚说："你不要害怕！"

随后，舍拉希亚弄来一些食物，布鲁基亚吃了个足饱，便告别离去。

布鲁基亚走了整整十天。当他正在山间沙石上跋涉时，忽见一股烟尘腾空而起。他朝烟尘腾起处走去，耳边忽然传来呐喊和厮杀声。他来到一条长峡谷中，只见远处有许多骑士正在对战拼杀，喊声震天；他们手拿长矛、刀剑、弓箭和各种铁器，厮杀剧烈，地上血流成河。眼见此情此景，布鲁基亚胆战心惊，周身颤抖。

讲到这里，眼见东方透出黎明的曙光，莎赫札德戛然止声。

第四百九十二夜

夜幕垂降，莎赫札德接着讲故事：

幸福的国王陛下，舍拉希亚弄来一些食物，布鲁基亚吃了个足饱，便告别离去。

布鲁基亚走了整整十天。当他正在山间沙石上跋涉时，忽见一股烟尘腾空而起。他朝烟尘腾起处走去，耳边忽然传来呐喊和厮杀声。他来到一条长峡谷中，只见远处有许多骑士正在对战拼杀，喊声震天；他们手拿长矛、刀剑、弓箭和各种铁器，厮杀剧烈，地上血流成河。眼见此情此景，布鲁基亚胆战心惊，周身颤抖。

厮杀的双方看见有人向他们走来，便停止了战斗。一伙骑士朝布鲁基亚走去，一名骑士上前问道："你是何物？从何处而来，到何方而去？从哪条道路来到了我们这个国家？"

布鲁基亚回答道："我是人，因慕穆罕默德大名而出门寻他，不期迷了路，误入此地。"

骑士说："我们从未见过人，而人也没有来过这个地方。"

他们都觉得新鲜奇怪。布鲁基亚问："你们是什么呢？"

"我们是精灵①。"

"你们为什么要相互厮杀呢？你们住在什么地方？这条峡谷和这个地方又叫什么名字？"

"我们住在白大地，安拉每年都派我们来同妖魔作战。"

"白大地在何处？"

"在嘎夫山后，距嘎夫山有七十五年的路程。这片土地叫作'舍达德大地'，我们是来征服这片土地的。我们整日没有别的事情做，除了膜拜安拉。我们的国王名叫萨赫尔。我们要把你带到我们的国王那里，让他看看你。"

布鲁基亚和他们一起来到他们的住处，见那里满是绿丝绸帐篷，数量究竟有多少，只有安拉晓得。

---

① 精灵，《古兰经》中记载的一种与人类并存而不为人所见之物。

在一片绿帐篷中间,有一顶红丝绸帐篷,其宽足有一千腕尺。固定帐篷的绳索用蓝绸子拧成,而帐篷桩全是金或银的。好一座漂亮的大帐,布鲁基亚惊异不已。

他们把他带往那座红丝绸大帐,那正是萨赫尔国王的宝帐。

进到帐篷里,布鲁基亚抬眼望去,只见萨赫尔国王坐在一把镶嵌着珍珠、宝石的红色金椅上,右侧站着天神武将,左侧站的是哲人、文官和国家要员。

布鲁基亚走上前去,向萨赫尔国王问安,并行吻地礼。萨赫尔国王回过礼后,说:"小伙子,走近我一点儿。"

布鲁基亚走到萨赫尔国王面前,萨赫尔国王吩咐给他摆一把椅子,让他坐在自己的身边。

萨赫尔国王问布鲁基亚:"你是何物?"

"我是人呀!"布鲁基亚答道,"我是以色列人。"

"把你的情况给我讲一讲吧!你是怎样来这里的呢?"

布鲁基亚把自己的经历从头到尾向萨赫尔国王讲了一遍,萨赫尔国王听后惊诧不已。

讲到这里,眼见东方透出黎明的曙光,莎赫札德戛然止声。

第四百九十三夜

夜幕垂降,莎赫札德接着讲故事:

幸福的国王陛下,萨赫尔国王问布鲁基亚:"你是何物?"

"我是人呀!"布鲁基亚答道,"我是以色列人。"

"把你的情况给我讲一讲吧!你是怎样来这里的呢?"

布鲁基亚把自己的经历从头到尾向萨赫尔国王讲了一遍,萨赫尔国王听后惊诧不已。

旋即,萨赫尔国王下令设宴款待客人。片刻后,筵席摆好,只见盛着肉和菜的大盘子不是金的,就是银的,或是黄铜的,共计五十峰烤全驼、五十只烤全羊,盘碗共用了一千五百个。

布鲁基亚眼见那丰盛的筵席,由衷赞叹,十分惊异。

布鲁基亚和主人们一起吃饱喝足,连声赞颂伟大的造物主。

筵席撤去,端上水果,他们又吃了个足饱。之后,他们同声赞颂安拉及其先知穆罕默德。

布鲁基亚听他们提到穆罕默德的名字,心中不禁一惊,随后对萨赫尔国王说:"国王陛下,我想问你几个问题。"

"请问。"

"国王陛下,你们究竟是什么人?你们的祖先是谁?又是怎样知道穆罕默德的?你们为什么那样喜欢穆罕默德,并向他祝福,为他祈祷呢?"

"喂,布鲁基亚,安拉创造的地狱共分七层,层层叠起,层与层之间有一千年的路程。第一层名叫'吉罕奈姆',那是安拉专门为信士中那些反叛而至死不忏悔的人预备的;第二层名叫'来札',是为叛教徒准备的;第三层名叫'加希姆',是为雅朱者和马朱者[①]准备的;第四层名叫'赛伊拉',是为妖魔的同党准备的;第五层名叫'赛格尔',是为不礼拜的人准备的;第六层名叫'哈推

[①] 雅朱者、马朱者,《古兰经》提到的古代北方两个强悍民族,相传为先知努哈之子雅伏希的后代,是在中亚地区作恶的两个野蛮民族。他们打家劫舍,骚扰百姓,闹得一方鸡犬不宁。

姆'，是为犹太教徒和基督徒准备的；第七层名叫'哈威亚'，是为伪君子准备的。"

"'吉罕奈姆'是地狱最上面的一层，莫非人在那里受的折磨最轻？"

"是的。那里较其余的各层较轻；虽然如此，那里也有一千座火山，每座火山有七万道火谷，每道火谷里有七万座火城，每座火城里有七万座火城堡，每座火城堡里有七万座火屋，每座火屋里有七万把火椅，每把火椅上有七万种苦刑。布鲁基亚，在地狱各层之中，那里的刑具最轻，因为它是第一层。其余各层里的刑罚和折磨种类，那就只有伟大安拉知道了。"

听萨赫尔国王这么一说，布鲁基亚晕了过去，倒在了地上，不省人事了。

布鲁基亚苏醒过来之后，哭了起来。他问萨赫尔国王："国王陛下，我们的情况如何呢？"

"喂，布鲁基亚，你不要害怕！你要知道，每一个热爱穆罕默德的人，都不会遭烈火烧的，都将因为热爱穆罕默德而得到解放，加入穆罕默德教派者是不会遭火烧的。至于我们嘛，则是安拉用火创造的①。安拉最先在地狱里创造了两个兵：其中一个，名叫'海里特'；另一个，名叫'麦里特'。安拉使海里特呈狮子形，而使麦里特呈狼形。麦里特的尾是雌性的，形如龟，呈黑白斑点；海里特的尾是雄性，形如蛇，尾长有二十年里程。之后，安拉下令二尾相交，于是生出蛇和蝎，住在地狱里，安拉借之折磨地狱的人。之后，蛇和蝎生殖繁衍，生下七男七女，渐渐长大，女嫁给男。其中

---

① 《古兰经》有关"精灵"的章节中说：人是安拉用黑色黏土所造，精灵为安拉用烈火所造（见"石谷章"第二十六、二十七节）；又说：安拉"用陶器般的干土创造人"（见"至仁主章"第十四节），"用火焰创造精灵"（见"至仁主章"第十四、十五节）。

一个不服从生父的命令，因此变成一条虫，那就是易卜劣斯①。易卜劣斯本是安拉的亲信之一，因专心膜拜安拉，终于升天，接近安拉，成了安拉亲信者们的头领……"

讲到这里，眼见东方透出黎明的曙光，莎赫札德戛然止声。

第四百九十四夜

夜幕垂降，莎赫札德接着讲故事：

幸福的国王陛下，萨赫尔国王对布鲁基亚说："安拉下令二尾相交，于是生出蛇和蝎，住在地狱里，安拉借之折磨地狱的人。之后，蛇和蝎生殖繁衍，生下七男七女，渐渐长大，女嫁给男。其中一个不服从生父的命令，因此变成一条虫，那就是易卜劣斯。易卜劣斯本是安拉的亲信之一，因专心膜拜安拉，终于升天，接近安拉，成了安拉亲信者们的头领。后来，安拉用泥土创造了阿丹，随后命令易卜劣斯叩首致意，而易卜劣斯拒绝执行安拉的命令，因此被安拉驱逐、诅咒。他所生育繁衍的尽是魔鬼，安拉诅咒他。易卜劣斯的六个哥哥都是虔诚的精灵，我们是他们的子孙后代。布鲁基亚，这就是我们的祖根。"

---

① 易卜劣斯，《古兰经》中记载的恶魔，原意为"穷凶极恶者"。当安拉用泥土创造了人类始祖阿丹之后，曾命令众天使向阿丹叩头致意，只有混迹在众天使中的易卜劣斯不服从命令。不久他又教唆阿丹夫妇偷吃禁果，以致他们失误犯罪。

听萨赫尔国王这样一说，布鲁基亚不禁惊奇万分。片刻后，布鲁基亚说："国王陛下，我希望你能派一个精灵把我送回老家去。"

"我们只有听到安拉的命令才能行事。不过，布鲁基亚，你如果想离开我们这里，我可以给你一匹马，让你骑上，我命令它把你送到我国的边界上。到了那里，就会有一位名叫白拉赫亚的国王的人马迎接你。他们看见马，就会认出那是我的马，会把你接下马，将马送回我的手中。这就是我能做的事情，至于别的，我就无能为力了。"

布鲁基亚一听，哭了起来。他说："国王看着办吧！"

萨赫尔国王令精灵们牵来一匹马，让布鲁基亚骑上马背，并且嘱咐他："你千万不要离开马背，也不要打马，更不要呵斥它；如若不然，你会被摔死。你只管让它自己前进。马停下脚步之后，你再离鞍下马，走自己的路。"

"遵命！"布鲁基亚应声答道。

布鲁基亚骑上马，在帐篷之间穿行了好长时间。穿行中路经萨赫尔国王的厨房前，布鲁基亚看见那里吊着多口大锅，每口锅里炖着五十峰骆驼，锅底下烈火熊熊。眼见此景，布鲁基亚惊奇万分。

萨赫尔国王见布鲁基亚盯着厨房，目不转睛，以为他饿了。于是吩咐左右为他送去两峰烤全驼，给他挂在马背上。

布鲁基亚告别他们，一路顺利，平安到达萨赫尔国王国土的边界地带。

马停下脚步，布鲁基亚翻身下马，正在掸身上的征尘，忽见一帮大汉朝他走来。

那帮大汉看见那匹马，便知骑者来自何方，于是上前迎接，然后带着布鲁基亚去见他们的国王白拉赫亚。

布鲁基亚来到国王白拉赫亚面前，行礼问候。他见白拉赫亚国王端坐宝椅，周围文官武将侍立，左右有精灵护卫。

白拉赫亚国王让布鲁基亚走近自己，然后让他在自己的身旁坐下来。片刻后，白拉赫亚国王设宴款待来客，但见筵席丰盛，金杯银盏，好生气派，与萨赫尔国王的宝帐宴会不相上下。

布鲁基亚吃饱喝足，对白拉赫亚国王表示感谢。

筵席撤下，端来水果，宾主一道食用。

白拉赫亚国王问布鲁基亚："你知道这两天你走了多少天的路吗？"

"不知道。"布鲁基亚回答。

"你走了七十个月的路程……"

讲到这里，眼见东方透出黎明的曙光，莎赫札德戛然止声。

第四百九十五夜

夜幕垂降，莎赫札德接着讲故事：

幸福的国王陛下，白拉赫亚国王让布鲁基亚走近自己，然后让他在自己的身旁坐下来。片刻后，白拉赫亚国王设宴款待来客，但见筵席丰盛，金杯银盏，好生气派，与萨赫尔国王的宝帐宴会不相上下。

布鲁基亚吃饱喝足，对白拉赫亚国王表示感谢。

筵席撤下，端来水果，宾主一道食用。

白拉赫亚国王问布鲁基亚："你知道这两天你走了多少天的

路吗?"

"不知道。"布鲁基亚回答。

"你走了七十个月的路程。不过,你刚骑上马时,我还为你担心呢!我知道你是人,马想把你摔下马背,他们用这两峰骆驼把马镇住了。"

布鲁基亚听白拉赫亚国王这样一说,惊异万分,连声赞颂安拉保佑他过了险关。

白拉赫亚国王说:"把情况谈谈吧!你是怎样来到了我们的国家呢?"

布鲁基亚把自己的经历及怎样来到这个国家的过程从头到尾讲了一遍。

白拉赫亚国王听罢,惊愕不已。

布鲁基亚在那里住了两个月时间。

哈西卜听蛇女王讲到这里,惊奇万分。他对蛇女王说:"女王陛下,请你行行好,派一仆役把我送回地面上去,让我回家见见亲人吧!"

蛇女王说:"喂,哈西卜·凯里穆丁,你回到地面上,就会进浴池洗澡的;你有所不知,你一洗澡,就会让我死去。"

"我向你发誓,我终生不再进浴池洗澡。我应该洗澡时,就在家中洗。"

"你就是发一百回誓,我也不会相信的。因为这是不可能的。你是人,人是不守诺言的。你的始祖亚当向耶和华起过誓,但他背叛了自己的誓言。耶和华曾为他遮盖四十个早晨,让天使为他叩头,但那之后,亚当还是忘掉了自己的誓言,背弃了造物主。"

听蛇女王这样一说,哈西卜才默不作声了,不禁痛哭落泪,一连十天。

十天后,哈西卜·凯里穆丁对蛇女王说:"布鲁基亚在白拉赫亚国王那里住了两个月后,他怎么样啦?"

蛇女王接着给哈西卜·凯里穆丁讲布鲁基亚的故事:

两个月过后,布鲁基亚告别白拉赫亚国王,在旷野上行走一天一夜,来到一座高山前。

布鲁基亚朝山上望去,只见山顶上站着一位天使,口中不住地赞颂安拉,为穆罕默德祈祷祝福。天使面前摆放着一块板,板上写着黑和白两色字,天使目不转睛地盯着那块字板;天使转身生双翅,一只伸向东,一只伸向西。

布鲁基亚走到天使跟前,向他问安致意。

天使问布鲁基亚:"你是何物?从哪里来,到哪里去?你叫什么名字?"

布鲁基亚回答道:"我是人,是以色列人。我因慕穆罕默德而外出寻访,我叫布鲁基亚。"

"你是怎样来到这里的呢?"

布鲁基亚把自己的旅行经历及见闻向天使讲述了一遍。

天使听罢,觉得新奇。布鲁基亚问天使:"请告诉我,那块板上写的是什么?你在这里干什么?你的尊姓大名是什么呢?"

"我叫米卡伊勒①,被委派安排日与夜。我这个工作一直延续到世界末日。"

---

① 米卡伊勒,《古兰经》中记载的著名天使之一,亦译"米卡勒""米卡里"等,均系阿拉伯语音译。与吉卜利勒、伊斯拉菲勒和阿兹拉伊勒并称为"安拉的四大天使"。其在众天使中的地位仅次于吉卜利勒,居第二位。其专职使命是奉安拉派遣,观察宇宙万物,并配合吉卜利勒处理天庭的日常事务。相传他十分严肃,从无笑容,据说系见到火狱初造之时的情景而大为震惊所致。

布鲁基亚一听，大感惊异，同时对其严肃表情大惑不解。

布鲁基亚告别天使米卡伊勒，行走了一天一夜，来到一片大草原。他看见大草原上有七条大河，还有许多树木。

见此情景，布鲁基亚惊异不已。他向前走去，看见一棵大树，树下坐着四位天神。他走过去仔细打量，发现一个像人，一个像兽，一个像鸟，一个像牛。他们都在忙于赞颂安拉。其中一个念道："我的主啊，求你看在你的使者穆罕默德的面儿上，宽恕、原谅你所创造的像我一样的人吧！因为你是万能的。"

布鲁基亚听他在求安拉，并且提及穆罕默德的名字，感到十分惊奇。

布鲁基亚离开他们，行走了一天一夜，来到一座高山下，那就是嘎夫山。他登上山去，看见一位天使坐在那里，口中不住地赞颂安拉，为穆罕默德祈祷祝福，并且看到他的手时抓时伸。

布鲁基亚上前问安，天使回过礼后，问道："你是何物？从何处而来，去往哪里？尊姓大名？"

"我是人，以色列人。我名叫布鲁基亚，因热爱穆罕默德而外出寻访，不期迷了路。"

接着，布鲁基亚把自己的经历向天使详细述说了一遍。

布鲁基亚问天使："你是哪一位？这座山是什么山？你在这里干什么？"

"喂，布鲁基亚，你怎么不知道这就是嘎夫山呀？这座山环绕大地，安拉创造的大地发生地震、干旱，或欲使大地肥沃，或在那里发动战争，或使那里恢复和平，那我在原地行动便可达到目的。我手中掌握着大地的根基和脉络。"

讲到这里，眼见东方透出黎明的曙光，莎赫札德戛然止声。

第四百九十六夜

夜幕垂降,莎赫札德接着讲故事:

幸福的国王陛下,布鲁基亚把自己的经历详细向天使述说了一遍。

布鲁基亚问天使:"你是哪一位?这座山叫什么山?你在这里干什么?"

天使对布鲁基亚说:"喂,布鲁基亚,你怎么不知道这就是嘎夫山呀?这座山环绕大地,安拉创造的大地发生地震、干旱,或欲使大地肥沃,或在那里发动战争,或使那里恢复和平,那我在原地行动便可达到目的。我手中掌握着大地的根基和脉络。"

布鲁基亚问:"安拉还在嘎夫山创造了除你这块土地之外的土地了吗?"

"还创造了一块洁白如银的白大地,其宽其长,只有伟大安拉知道。安拉让天神住在那里,他们终日赞颂安拉,为穆罕默德祈祷祝福。每礼拜五夜里,他们都到这座山中来,向安拉祈祷到天明,自愿把他们赞颂安拉所得的报酬送给穆罕默德族人中的犯罪者,也赠给每一个进行礼拜五大净的信徒,以便他们得到解救。他们的这种情况一直延续到世界末日。"

"安拉还在嘎夫山之后创造过山吗?"

"嘎夫山之后有一座山,有五百年里程长。那是一座冰雪之山,可以阻挡地狱之火烧到大地上来;假若没有那座山,世界早就变成了一片灰烬。嘎夫山后有四十块大地，每块大地相当于世界的四十倍，其中有的是金色的，有的是银色的，有的是红宝石色的，一块大地一种颜色。安拉安置在那里的天神别无工作，只是赞颂安拉，为穆罕默德的族人祈祷祝福。他们根本不知道夏娃，也不知道阿丹，既不知日，也不知夜。"

天使稍稍停顿，接着说："喂，布鲁基亚，地分七层，层层叠起。安拉创造了一位天神，其形象和力量只有安拉知道；正是这位神灵将七层大地扛在自己的肩上。安拉创造了一块巨大岩石，置于那位天神的脚下。岩石的下面是一头牛，而牛则站在安拉创造的鲸鱼背上，鲸鱼身下便是安拉创造的大海。伟大安拉向尔撒介绍了那条鲸，尔撒说：'主啊，让我们看看那条鲸鱼吧！'于是，安拉令一天神带尔撒去看那条鲸鱼。天神得令，带着尔撒到鲸鱼所在的大海，对尔撒说：'喂，尔撒，看鲸鱼吧！'尔撒抬眼看去，却没看见鲸鱼。因为鲸鱼像闪电一样闪过。见此情景，尔撒晕倒在地，不省人事。尔撒苏醒过来之后，安拉启示他，说：'喂，尔撒，你看见鲸鱼了吗？你知道它的长和宽吗？'尔撒回答道：'主啊，凭你的尊严起誓，我没看见鲸鱼，只看见一头大牛从我身边闪过，长有三天里程，但我对那牛一无所知。'安拉说：'喂，尔撒，从你身边闪过的那个有三天里程长的东西，只是牛头。尔撒，你要知道，我每天创造四十条那样的鲸鱼。'尔撒听安拉这样一说，惊叹安拉的力量之大。"

布鲁基亚又问天使："安拉在鲸鱼所在的大海下面还创造了什么呢？"

"安拉在大海之下创造了大气，大气之下是火，火之下有一条巨蛇，名叫'法莱格'；若不是巨蛇畏惧安拉，它会吞食在它上面的大气、火、大海以及所负载的一切东西，你会什么也感觉不到。"

讲到这里,眼见东方透出黎明的曙光,莎赫札德戛然止声。

第四百九十七夜

夜幕垂降,莎赫札德接着讲故事:

幸福的国王陛下,布鲁基亚又问天使:"安拉在鲸鱼所在的大海下面还创造了什么呢?"

天使对布鲁基亚说:"安拉在大海之下创造了大气,大气之下是火,火之下有一条巨蛇,名叫'法莱格';若不是巨蛇畏惧安拉,它会吞食在它上面的大气、火、大海以及所负载的一切东西,你会什么也感觉不到。"

天使继续对布鲁基亚说:"安拉创造了那条巨蛇后,启示它说:'我有件东西,寄存在你这里,你要为我妥善保存。'巨蛇回答:'请吩咐吧!'安拉说:'张开你的口吧!'巨蛇张开嘴,安拉将地狱放入了巨蛇的腹中,并对它说:'你要把地狱保存到世界末日!'世界末日到来之时,安拉派天神用锁链将地狱拉到集合地点,让地狱打开大门,于是就有像大山一样的火焰从里面喷发出来。"

听天使这样一说,布鲁基亚大哭起来。

过了一会儿,布鲁基亚告别天使,向西走去。走不多时,来到一座紧锁着的大门前,只见两个动物模样的庞然大物坐在门旁,其中一个是狮形,另一个是牛形。布鲁基亚上前行礼问安,二物回礼之后问道:"你是何物?从哪里来,去往何处?"

布鲁基亚回答："我是人，因热爱先知穆罕默德而出门寻投，不期走迷了路。"

片刻后，布鲁基亚问道："你俩为何物呢？这座大门是怎么回事？"

"我俩在这里守卫这座大门。我们的任务只是赞美、膜拜安拉，为穆罕默德祈祷、祝福。"

布鲁基亚一听，甚感惊奇。他问："大门里面有什么东西？"

"不知道。"

"看在你们伟大的主的面儿上，给我将大门打开，让我看看里面有什么吧！"

"我们打不开这座大门，任何人都打不开，只有天使吉卜利勒①才能打开。"

布鲁基亚听后，向伟大安拉祈祷说："主啊，求你派忠诚的吉卜利勒来，为我打开这座大门，让我看看里面有什么东西吧！"

安拉答应了布鲁基亚的请求，马上派吉卜利勒下凡，为他打开两海汇合处的大门。

吉卜利勒来到布鲁基亚身边，问过安好，然后走到大门前，将大门打开。吉卜利勒说："请进吧！安拉命令我为你打开这座大门。"

布鲁基亚走了进去，吉卜利勒将大门关上，然后展翅飞向天空。

布鲁基亚走进一看，只见那里有一个大海，海水一半是咸的，另一半是甜的。大海周围有两座大山，那是两座红宝石山。

---

① 吉卜利勒，《古兰经》中记载的著名天使之一。因其在众天使中地位最高，故有"天使长"之称。其专职使命是奉安拉派遣，向众先知传达安拉的启示。吉卜利勒享有"圣灵"和"忠实的精神"等美称。

布鲁基亚走到那两座红宝石山下，只见那里有几位天使在赞颂安拉，于是上前问安致意。天使们回过礼后，布鲁基亚问："这个大海和这两座大山是怎么回事呢？"

天使们答："这个地方位于宝座之下。这个海伸向世上各个大海。我们把海水分成两部分，把咸水引向大海，把甜水引向土地。这两座山是安拉为保存这海水而创造的。我们的工作一直持续到世界末日。"

天使们问布鲁基亚："你从哪里来，又到何方去呢？"

布鲁基亚把自己的经历从头到尾向天使们讲了一遍。他向天使们问路，天使们告诉他："你就从海上走吧！"

布鲁基亚掏出随身携带的草汁，涂在脚上。他告别众天使，踏上海面，走了一天一夜。

布鲁基亚正在往前走，忽见一美貌青年出现在海面上，于是走向前去问安致意。

告别那个青年，他见四位天使行走在海面上，快如闪电。布鲁基亚走上前去，向他们问好，然后说："我想借伟大安拉的情面问问你们的姓名，你们由何处来，向何方而去？"

一位天使介绍说："我叫吉卜利勒，这一位名叫米卡伊勒，这第三位名叫伊斯拉菲勒，第四位名叫阿兹拉伊勒。东方出现了一条巨蛇，连续毁掉了一千座城市，将居民们全都吃掉了。安拉命我们前去捉拿那条巨蛇，然后将之投入地狱之中。"

听了天使的介绍，布鲁基亚大为震惊，惊叹天使们的力量之大。

之后，他继续前进，行走了一天一夜，来到一座岛上。他登上岛去，行进了一个时辰……

讲到这里，眼见东方透出黎明的曙光，莎赫札德戛然止声。

第四百九十八夜

夜幕垂降，莎赫札德接着讲故事：

幸福的国王陛下，一位天使介绍说："我叫吉卜利勒，这一位名叫米卡伊勒，这第三位名叫伊斯拉菲勒，第四位名叫阿兹拉伊勒。东方出现了一条巨蛇，连续毁掉了一千座城市，将居民们全都吃掉了。安拉命我们前去捉拿那条巨蛇，然后将之投入地狱之中。"

听了天使的介绍，布鲁基亚大为震惊，惊叹天使们的力量之大。之后，他继续前进，行走了一天一夜，来到一座岛上。他登上岛去，行进了一个时辰，看见一个脸上放光的标致青年。当布鲁基亚走近那青年时，只见他正坐在两座坟墓之间哭泣落泪。

布鲁基亚走上前去，向青年问安致意。青年还了礼。他问青年："你怎么啦？你叫什么名字？这两座坟墓是怎么回事？你为什么坐在这里哭呢？"

青年望着布鲁基亚，哭得泪湿胸襟。他对布鲁基亚说："兄弟，你有所不知，我的经历真是千奇百怪，非同一般。我希望你坐下来，跟我讲讲你的见闻，讲讲你为什么来到这个地方？你的尊姓大名，你要到何方去？之后，我再跟你讲讲我的经历。"

布鲁基亚坐下来，把自己的旅程从头到尾向青年讲述了一遍。他讲到父亲怎样去世，自己如何继承王位，后来又怎样打开宝库，发现一口箱子，箱子里有一本描述穆罕默德的书，自己怎样一下迷上了穆罕默德，怎样立即离开家门，开始寻找那位先知……一直讲到怎样行至青年的身边。布鲁基亚说:"这就是我的经历和见闻,至于今后情况如何,就只有安拉晓得了。"

青年听布鲁基亚这样一说,长长地叹了口气,他说:"可怜的兄弟,你看到了些什么呢?布鲁基亚,你有所不知,我见过先知苏莱曼,我见过数不胜数的东西。我的故事稀奇古怪至极,我希望你能坐下来,听我向你述说我的故事,把我坐在这里的原因告诉你。"

哈西卜听蛇女王讲到这里,惊奇不已。哈西卜说:"蛇女王,看在安拉的面儿上,你放我走吧!我希望你派一名仆役,把我送回地面。我向你发誓,我终生不进浴池。"

蛇女王说:"这是不可能的,我不相信你的誓言。"

哈西卜一听,哭了起来,蛇们也都为他哭了起来。蛇们向蛇女王求情道:"既然那小伙子已发誓不进浴池,我们求女王陛下吩咐我们把他送回地面上去吧!"

蛇女王名叫叶穆丽哈。

叶穆丽哈听蛇们这样求情,就走到哈西卜跟前,要他立誓。哈西卜便立了誓,随后蛇女王命令一条蛇将他送往地面。

当那条蛇来到哈西卜跟前要送他走时,他却说:"女王陛下,请你讲一讲布鲁基亚遇到的那个坐在坟墓之间的青年的故事吧!"

蛇女王说:"哈西卜,你有所不知,布鲁基亚坐在那个小伙子旁边,将自己的身世从头到尾讲给那个小伙子听,就是为了听青年讲他的身世。布鲁基亚讲完,青年开始讲自己的身世了。"

讲到这里,眼见东方透出黎明的曙光,莎赫札德戛然止声。

第四百九十九夜

夜幕垂降,莎赫札德接着讲故事:

幸福的国王陛下,蛇女王名叫叶穆丽哈。

叶穆丽哈听蛇们这样求情,就走到哈西卜跟前,要他立誓。哈西卜便立了誓,随后蛇女王命令一条蛇将他送往地面。

当那条蛇来到哈西卜跟前要送他走时,他却说:"女王陛下,请你讲一讲布鲁基亚遇到的那个坐在坟墓之间的青年的故事吧!"

蛇女王听哈西卜这样一说,随即说道:"哈西卜,你有所不知,布鲁基亚坐在那个小伙子旁边,将自己的身世从头到尾讲给那个小伙子听,就是为了听青年讲他的身世。布鲁基亚讲完,青年开始讲自己的身世了。"

青年这样向布鲁基亚讲述自己的身世:

可怜的兄弟,你见过什么稀奇古怪之事呢?我曾见过苏莱曼,我见过数不胜数的怪事。兄弟,你有所不知,我的父亲曾是国王,人称泰伊姆斯国王。他统治的国家名叫卡比勒王国,那里居住的是舍赫兰部族。舍赫兰部族中有一万名武将,每名武将镇守一百座城池和一百座城堡。

有七位小国国王向泰伊姆斯国王称臣,财富由东而来,源源不断。他为政清廉,公正无私。安拉赐予他权力和无数钱财,但他膝下无子。他希望安拉赐给他一个儿子，以便继承他的王位。

一天，他把许多位学者、占卜师、星相家、哲学家召来，对他们说："请诸位为我看看相，给我卜上一卦，看看日后安拉是否能赐给我一个儿子，也好继承我的王位？"

星相家们翻开书，看过泰伊姆斯国王的相貌，又观过星宿，然后对泰伊姆斯国王说："国王陛下，你命中有子；不过，这个儿子将由呼罗珊国王的女儿为你生下。"

泰伊姆斯国王听他们这样一说，兴奋不已，立即赏给星相家、学者和哲学家们无数钱财，他们高高兴兴地离去。

泰伊姆斯国王的宰相名叫阿尼札尔，文可治国，武可安邦。

泰伊姆斯国王把宰相阿尼札尔叫到面前，对他说："相爷阁下，

E. 达尔齐尔 绘

我想让你出使呼罗珊王国,代我向白赫鲁旺国王的女儿求婚。"

随后,泰伊姆斯国王把占卜师、星相家们为他卜的卦向宰相阿尼札尔说了一遍。

宰相阿尼札尔听泰伊姆斯国王这样一说,当即回去整理行装,然后带领大队人马来到京城外,随时准备起程。

泰伊姆斯国王备下一千五百驮丝绸、珍珠、宝石、金银、细软,还备下许多婚礼用品,分由骆驼、骡子驮着,交给宰相阿尼札尔,并且亲笔修书给呼罗珊国王。他写道:

卡比勒国王泰伊姆斯致信白赫鲁旺国王:

　　首先向陛下致意问安。我召来学者和星相家为我占卜,他们告诉我,我命中有子,而这儿子要由陛下的女儿为我生养。因此,我派宰相阿尼札尔携带大批聘礼前往贵国,代我前去向你的女儿求婚,全权委托他办理订婚的事宜。我希望陛下施恩于我的宰相,助他如同济我之急。万勿忽视,亦勿拖延,但期同心协力,万万不可拒绝。

　　白赫鲁旺国王,安拉将卡比勒王国交给我,令我代管舍赫兰部族万众,赐予我巨大王权……这一切,陛下一清二楚。一旦我与公主成亲,你我变成一家人,我每年将把大批钱财送到陛下的手中,足够陛下享用。

　　这便是我对陛下的全部希望。

书信写毕,加印封好,递给宰相阿尼札尔,随即令他起程前往呼罗珊王国。

宰相阿尼札尔率领大队人马,浩浩荡荡,一路平安,顺利抵达呼罗珊王国京城附近。

白赫鲁旺国王得知泰伊姆斯国王的宰相到来的消息，随即命令大臣们带上吃的、喝的和马饲料出城迎接远方客人。

他们见到宰相阿尼札尔，一番问候之后，帮他们卸下重载，为人马安排好食宿。宰相人等就地安营扎寨，休息十天。

十天过后，宰相阿尼札尔率众前往京城。白赫鲁旺国王隆重迎接泰伊姆斯国王的钦差使者，与宰相阿尼札尔热烈拥抱，衷心问候致安。

白赫鲁旺国王引领宰相阿尼札尔一行来到城堡里，宰相阿尼札尔送上泰伊姆斯国王送给白赫鲁旺国王的丝绸、珍珠、宝石、钱财等贵重礼品，然后递上那封求婚书信。

白赫鲁旺国王打开信一看，知泰伊姆斯国王向自己的女儿求婚，不禁欣喜万分，当即表示热烈欢迎，并且说："相爷阁下，保你任务顺利完成；即使泰伊姆斯国王要我的生命，我也在所不惜。"

白赫鲁旺国王转身去见女儿、王后和亲属们，将求婚消息转告她们，并征询她们的意见。她们异口同声地说："国王陛下，一切由你做主。"

讲到这里，眼见东方透出黎明的曙光，莎赫札德戛然止声。

第五百夜

夜幕垂降，莎赫札德接着讲故事：

幸福的国王陛下，十天过后，宰相阿尼札尔率众前往京城。白赫鲁旺国王隆重迎接泰伊姆斯国王的钦差使者，与宰相阿尼札尔热烈拥抱，衷心问候致安。

白赫鲁旺国王引领宰相阿尼札尔一行来到城堡里。宰相阿尼札尔送上泰伊姆斯国王送给白赫鲁旺国王的丝绸、珍珠、宝石、钱财等贵重礼品，然后递上那封求婚书信。

白赫鲁旺国王打开信一看，知泰伊姆斯国王向自己的女儿求婚，不禁欣喜万分，当即表示热烈欢迎，并且说："相爷阁下，保你任务顺利完成；即使泰伊姆斯国王要我的生命，我也在所不惜。"

白赫鲁旺国王转身去见女儿、王后和亲属们，将求婚消息转告她们，并征询她们的意见。她们异口同声地说："国王陛下，一切由你做主。"

白赫鲁旺国王立即返回，告诉宰相阿尼札尔亲事已定。

宰相阿尼札尔在白赫鲁旺国王那里逗留了两个月，然后向白赫鲁旺国王辞行："国王陛下，我们的使命已经完成，该回国了。"

"我马上安排你们回国！"白赫鲁旺国王一口答应。

白赫鲁旺国王立即着手布置送亲事宜，文官武将听候调遣，执行国王命令。白赫鲁旺国王下令召集百官，又请来法官，为公主和泰伊姆斯国王缔结婚约。之后，白赫鲁旺国王为来使备好行装，又把贵重礼品、古玩和钱财交给女儿，数量之多，足够驼载骡驮。接着，白赫鲁旺国王下令装点城郭，大街小巷张灯结彩，一派节日气氛。在隆重的欢送仪式中，宰相阿尼札尔带着公主走出呼罗珊王国京城，起程返回卡比勒王国。

宰相阿尼札尔顺利完成任务的消息传到泰伊姆斯国王耳中，国王立即下令举行隆重庆典活动，街巷张灯结彩，城郭装点一新。

结婚大典过后，新郎新娘入洞房，国王与公主沉浸在无比欢乐之中。

过了没有多少天，王后有喜。怀孕期满，王后分娩，生下一男婴，英俊至极，如同天上圆月。

泰伊姆斯国王见王后为自己生下一个男孩儿，心中大喜。随后，请来学者、星相家、占卜师等，对他们说："我想让你们给我这个孩子算算命，看看星相，测一测他今生命运如何。"

星相家们一番测算之后，认为孩子属富贵相，但起初要经过一场磨难，时间是在十五岁时。倘若那之后他还活在人间，必成一位比父亲还伟大的君王，大福大贵伴随终生；假如死去，逝者无计唤回，只有安拉得知。

泰伊姆斯国王听后，十分高兴，为王子取名姜杉，交给奶妈、保姆，叮嘱她们好好养育。

王子姜杉长到五岁时，泰伊姆斯国王便教他读书识字。王子心有灵犀，一点就通，过目成诵，不久即会读《四福音书》。后来，泰伊姆斯国王开始教他刺杀、滚打，当时他年龄不足七岁。继之，让他骑马打猎，时隔不久，他便精通了各种武艺，成了一名全能武将。泰伊姆斯国王见王子姜杉进步如此之快，心中甚是高兴。

有一天，泰伊姆斯国王命令部队外出狩猎。大队人马集合停当，泰伊姆斯国王和王子姜杉纵身上马，率领众将士来到旷野山林，开始狩猎活动，一直游玩到第三日的下午。

正当大队人马要返回京城之时，忽见一毛色奇异的羚羊在不远的地方跑过。王子姜杉看见那只羚羊，立即追了过去。泰伊姆斯国王的七个奴仆见王子去追羚羊，随后跟了过去。王子姜杉的马在前面飞奔，奴仆们的马奋力追赶，简直就像在赛马。

他们追到海边，眼看羚羊已无处可逃，就要落入他们手中之时，却见那羚羊跳进了海中……

讲到这里,眼见东方透出黎明的曙光,莎赫札德戛然止声。

第五百零一夜

夜幕垂降,莎赫札德接着讲故事:

幸福的国王陛下,正当大队人马要返回京城之时,忽见一毛色奇异的羚羊在不远的地方跑过。王子姜杉看见那只羚羊,立即追了过去。泰伊姆斯国王的七个奴仆见王子去追羚羊,随后跟了过去。王子姜杉的马在前面飞奔,奴仆们的马奋力追赶,简直就像在赛马。

王子姜杉带领奴仆们奋力追赶羚羊,他们追到海边,眼看羚羊已无处可逃,就要落入他们手中之时,却见那羚羊跳进了海中。

当时,海中有条渔船,那只羚羊跳到了那条渔船上。

王子姜杉及其奴仆们翻身下马,登上那条渔船,抓住了那只羚羊。

当他们想上马返回时,王子姜杉忽见海中有座大岛,便对奴仆们说:"我想上去看一看。"

"我们听从殿下的命令!"众奴仆异口同声地回答。

他们划船过去,登上大岛,游玩了一阵。当他们登船打算返回时,天色已暗下来,随即迷失了方向。当时大风骤起,将船卷回海中,他们只能睡在船上,熬过了一夜。

次日一早,他们醒来,不知道自己身在什么地方,只能在船上漂泊，完全迷失了方向。

泰伊姆斯国王不见自己的儿子归来，即派人马四下寻觅。他们分兵数路，到处去找王子姜杉，结果没有找到。当一队人马来到海边时，看到一个奴仆在那里守着几匹马。他们向那个奴仆询问王子姜杉及其余六个奴仆的下落，奴仆把发生的事情对他们讲了一遍。之后，他们带着那个奴仆，回到泰伊姆斯国王那里，把实际情况告诉了国王。

泰伊姆斯国王听后，禁不住泪洒胸襟，随即摘下王冠，咬着自己的手指，后悔不已。之后，国王站起来，去写了数封信，分发给各个海岛；并调来一百条船，令将士们分乘前去海上搜寻，全力寻找王子姜杉。

布置完毕，泰伊姆斯国王率领其余人马，闷闷不乐地返回京城。

王后得知王子下落不明，连连批打自己的面颊，泪水潸然落下，哭得死去活来。

搜寻王子姜杉的将士们在海上漂流了十天，未见王子踪影，只得空手而归，向泰伊姆斯国王报告消息。

王子姜杉和六个奴仆一直在海上漂泊，不久，狂风大作，将他们的船吹到一座海岛边，他们下船，在岛上发现一眼清泉，又见离泉水不远的地方坐着一个人。他们走上前去，向那个人问好，那个人回了礼。那个人和他们说话时，话音却似鸟语。王子姜杉听后，觉得十分奇怪。那个人不时地左顾右盼。

当他们正觉得迷惑不解时，忽见那个人分成了两半，一边一半。正在这时，只见各种怪人从山那边向清泉走来。他们到了清泉边，每个人都分成了两半，然后向王子姜杉及其奴仆们靠近，想把他们吃掉。

王子姜杉见此情景,急忙逃走,奴仆们随之逃走。那些两半人追了上去,吃掉了三个奴仆,剩下王子和三个奴仆。

王子姜杉带着三个奴仆登上船,将船划向海中。他们划行一夜一天,根本不知道在向哪里走。他们饿了,只得宰杀捉到的那只羚羊充饥。

他们随海风漂泊,终于来到了另一座海岛。

他们放眼望去,但见岛上树木繁茂,河流纵横,果实累累,遍地花园;那里有各种果树,树下清水流淌,宛如人间天堂。

王子姜杉见此般美景,非常喜欢眼前这座海岛,便对奴仆们说:"你们谁能登上岛去,然后向我报告情况?"

"我能上去,并且马上向王子报告情况。"一个奴仆说。

王子姜杉说:"一个人上去不行!你们三个人都上去,看看岛上究竟有什么,然后向我报告,我在船上等着你们。"

三个奴仆下了船,登上了海岛。

讲到这里,眼见东方透出黎明的曙光,莎赫札德戛然止声。

⇢—— 第五百零二夜 ——⇠

夜幕垂降,莎赫札德接着讲故事:

幸福的国王陛下,王子姜杉见此般美景,非常喜欢眼前这座海岛,便对奴仆们说:"你们谁能登上岛去,然后向我报告情况?"

"我能上去,并且马上向王子报告情况。"一个奴仆说。

王子姜杉对三个奴仆说:"一个人上去不行!你们三个人都上去,看看岛上究竟有什么,然后向我报告。我在船上等着你们。"

三个奴仆下了船,登上了海岛。

三个人在海岛上东走西逛,却没看见一个人。他们走到海岛中间,远远看见一座白色大理石砌成的城堡和多座用透明水晶石建造的房舍。城堡的中间是一座花园,树上结着各种干果和鲜果,还有各种香花和异草。那城堡里树木繁茂,果实累累,百鸟鸣唱枝头。那里还有一个巨大的湖泊;湖旁有一座大厅,厅里摆放着许多椅子;众多椅子中间有一把红金椅,上面镶嵌着各种名贵宝石。

奴仆们见那座城堡和花园那样美丽壮观,便在城堡里转了一下,但一个人影也没有看见。之后,他们离开那里,回到王子姜杉身边,将那里的情况一一禀报。

王子姜杉听罢,说道:"我一定要去看看这座城堡!"

王子姜杉离开船,在三个奴仆的陪伴下,登上海岛,走进城堡。

进了城堡,王子姜杉惊奇不已。他们在花果园里转了一会儿,吃了些水果,一直玩到夜幕垂降。

天色暗下来后,他们走到大厅里,王子姜杉坐上当中的那把红金椅,想到自己远离父亲的王宫,别亲离家,不禁凄然泪下。见王子姜杉落泪,三个奴仆随之哭了起来。

正当此时,忽听海边传来呐喊声。他们回头望去,只见无数猴子跑了过来。眼见此景,王子姜杉和奴仆大吃一惊,惶恐万状……

讲到这里,蛇女王说:"喂,哈西卜,这些情况都是坐在坟墓旁的那个青年讲给布鲁基亚的。"

哈西卜问:"王子姜杉怎样对付那些猴子的呢?"

蛇女王继续讲给哈西卜听:

那座城堡和海岛是那些猴子的,猴子们看见王子乘坐的船,走了过去,将船沉在了海里,然后去找乘船之人。

坐在椅子上的王子姜杉和奴仆们见猴子们进来,不禁大吃一惊,一时惊慌失措。

猴子们来到王子姜杉面前,向王子行过吻地礼,然后手抚前胸,在王子面前分两班站好。

片刻后,又来了一群猴子,抬着几只羚羊;它们宰掉羚羊之后,送入城堡,剥掉皮;再把肉切成块,烧熟,放入金盘和银盘里,摆上桌子,示意王子姜杉及其奴仆们进餐。

王子姜杉离开红金椅,吃起羚羊肉,猴子们和奴仆们随着吃了起来。

大家吃饱,撤去盘子,猴子们又端来水果。

他们吃过水果,连声赞颂安拉。

王子姜杉用手语问猴子们:"你们是哪路神仙?这个地方是谁的?"

猴子们用手语回答:"这个地方是达伍德之子苏莱曼先知的,他每年到这里来一次。在此玩儿些时候,然后离去。"

讲到这里,眼见东方透出黎明的曙光,莎赫札德戛然止声。

第五百零三夜

夜幕垂降,莎赫札德接着讲故事:

幸福的国王陛下,王子姜杉用手语问猴子们:"你们是哪路神仙?这个地方是谁的?"

猴子们用手语回答:"这个地方是达伍德之子苏莱曼先知的,他每年到这里来一次。在此玩儿些时候,然后离去。"

猴子们又说:"大王,你就留下当我们的国王吧!我们都为你效力;你只要下令,我们完全照办,决不迟疑。"

之后,猴子们站了起来,向王子姜杉行吻地礼,然后各自离去。

王子姜杉和奴仆们在椅子上一直睡到第二天大天亮。

次日清晨,忽见猴子王国的四位大臣领兵而至。顷刻间,厅堂里站满了猴兵猴将,一排又一排,把王子姜杉围在中间。猴子大臣用手势示意王子姜杉好好统治管辖它们。之后,猴兵猴将们相互呼唤着从"国王"姜杉面前经过,示意要全力效忠"国王"。

片刻后,又来了一群形状像马的狗,每条狗都拴着一根锁链。王子姜杉见之,惊叹那些狗的巨大形体。猴子大臣示意"国王"姜杉骑上一条狗,与它们一起行动。

王子姜杉和三个奴仆骑上狗,和猴兵猴将们一起出发了。猴子们像蝗虫一样,遍野密布,有的骑着狗,有的步行。见此壮观景色,王子姜杉更加吃惊。

他们走到海岸边，王子姜杉发现自己乘坐的那条船不见了，便问猴子大臣们："这里停泊的那条船到哪里去了？"

猴子大臣们说："国王陛下，你们到达我们这座海岛之后，我们知道你将成为我们的国王，我们很怕你们乘船逃离，便把那条船沉掉了。"

王子姜杉听猴子大臣们这样一讲，望着众奴仆，对他们说："我们没有办法离开这些猴子，只有等待安拉的解救了。"

他们继续前进至一条河边，只见河旁有一座高山。王子姜杉朝高山望去，看见那里有很多妖魔。便回过头去，问猴子大臣们："这些妖魔是干什么的？"

猴子大臣们说："国王陛下，这些妖魔就是我们的敌人；我们来这里，就是为了和它们决一死战的。"

王子姜杉一惊，仔细看去，只见那些妖魔形体巨大，都骑着马，有的生着牛头，有的生着驼面。

妖魔们见猴兵猴将们到来，便开始发动进攻。妖魔们站在河边，抄起柱子般的石头向猴子阵投来。妖魔与猴子之间的激战开始了。

王子姜杉见猴子们抵挡不住妖魔们的进攻，立即号令三个奴仆："搭弓放箭，射向那些妖魔，打退它们的进攻！"

三个奴仆利箭出弦，射向那些妖魔。仅过片刻，妖魔伤死众多，显然无力抵挡，纷纷抱头鼠窜。

猴子们眼见"国王"的号令威力巨大，纷纷渡河追赶妖魔溃军。王子姜杉和它们一道过河，直至把妖魔们全都赶跑。妖魔大败，死亡无数。

王子姜杉和猴子们继续前进，来到一座大山下。

王子姜杉朝大山望去，但见那里有一块雪花石碑，碑上写着：

进入此地者,即成猴子王国国王。要想离开猴子们,须走大山东侧路,三个月才能走到尽头,中途须经过毒蛇猛兽、妖魔鬼怪、魑魅魍魉盘踞的地带,最后到达环绕世界的大洋;或者走大山西侧路,四个月才能走完,其尽头是蚂蚁谷。进入蚂蚁谷,务必谨慎小心,以防蚂蚁侵害。出了蚂蚁谷,始见一座高山,那就是火焰山,须走十天时间,方能通过。火焰山的尽头有一条大河,水流异常湍急。此河每礼拜六干涸一次,河旁有一座城市,居民全是犹太教徒,没有一个穆斯林。该城是本地区唯一的城市。

进入此地者,只要留在这里,猴子们便可战胜妖魔。

立碑者苏莱曼·本·达伍德

讲到这里,眼见东方透出黎明的曙光,莎赫札德戛然止声。

第五百零四夜

夜幕垂降,莎赫札德接着讲故事:

幸福的国王陛下,王子姜杉看到碑文上写着:

……出了蚂蚁谷,始见一座高山,那就是火焰山,须走十天时间,方能通过。火焰山的尽头有一条大河,水流异常湍急。此河每礼拜六干涸一次。河旁有一座城市,居民全是犹太教徒,没有一个穆斯林。该城是本地区唯一的城市。

进入此地者,只要留在这里,猴子们便可战胜妖魔。

立碑者苏莱曼·本·达伍德

王子姜杉禁不住泪水簌簌落下。片刻后,他把碑文的内容告诉了三个奴仆。出于无奈,王子姜杉与奴仆们只有上马,随着猴兵猴将们返回城堡,而猴子们对自己的胜利无不感到欢欣鼓舞。

王子姜杉住在城堡里,做猴子国"国王",不知不觉一年半时间过去了。

有一天,"国王"命令猴兵猴将们骑马外出打猎,大队人马在"国王"姜杉和奴仆们的引领下出发了。

他们穿旷野,走荒漠,从一个地方走到另一个地方,终于看到了雪花石碑上写明的那个蚂蚁谷。这时,王子姜杉下令就地宿营,猴兵猴将们停下脚步,在那里住了下来,一连十天吃、喝、睡在那里。

一天夜里,王子姜杉把三个奴仆叫到一边,对他们说:"我们得逃走,穿过蚂蚁谷,去寻找犹太教徒居住的那座城市,但期安拉使我们摆脱这些猴子的纠缠,让我们去办我们的事情。"

"那太好啦!"三个奴仆异口同声地说。

夜过一更,王子姜杉悄悄起来,三个奴仆随之行动。他们带上武器,把宝剑和匕首佩在腰间,如同要上战场。

王子姜杉率三个奴仆一直从夜初走到东方透亮。

猴子们醒来不见"国王"及其三个奴仆,知道他们已经逃走。猴兵猴将们立即纵身上马,顺着西路,追赶而去,一直追到蚂蚁谷。

猴子们正快马追赶之时,忽见王子姜杉及其奴仆们正朝蚂蚁谷走去，见此情景，猴子们当即向王子姜杉发动进攻，想把王子姜杉及其奴仆们置于死地。这时，许多蚂蚁从地下钻了出来，多如飞蝗，遍地皆是，每只蚂蚁都有狗那么大。

那些蚂蚁看见猴子，立即发动进攻。猴子被那些蚂蚁吃掉一群，而那些蚂蚁也死掉了一些，但蚂蚁最终取得了胜利。一群蚂蚁抓住一只猴子，狠打猛揍，将那只猴子撕成两半；与此同时，十只猴子围住一只蚂蚁，最后也将那只蚂蚁撕成两半。就这样，激烈的战斗一直持续到夜幕垂降。

天色暗下来后，王子姜杉和奴仆们迅速向蚂蚁谷逃去。

讲到这里，眼见东方透出黎明的曙光，莎赫札德戛然止声。

第五百零五夜

夜幕垂降，莎赫札德接着讲故事：

幸福的国王陛下，那些蚂蚁看见猴子，立即发动进攻。猴子被那些蚂蚁吃掉一群，而那些蚂蚁也死掉了一些，但蚂蚁最终取得了胜利。一群蚂蚁抓住一只猴子，狠打猛揍，将那只猴子撕成两半；与此同时，十只猴子围住一只蚂蚁，最后也将那只蚂蚁撕成两半。就这样，激烈的战斗一直持续到夜幕垂降。

天色暗下来后，王子姜杉和奴仆们迅速向蚂蚁谷逃去。天明之时，他们已经到达蚂蚁谷腹地。

天亮时，猴子们追上了王子姜杉。

王子姜杉看见猴兵猴将，立即对奴仆们发令道："拔出宝剑，斩杀那些猴子！"

奴仆们拔剑出鞘，奋力向猴子们杀去，一个生着象牙般巨齿的猴子冲向一个奴仆，将奴仆咬成了两截。猴子们一齐冲向王子姜杉，王子迅速向谷底逃去。他发现谷底有一条大河，河旁有只巨大的蚂蚁。那蚂蚁看见王子，便向他袭去，欲将他吃掉。就在这时，一个奴仆拔出宝剑，将大蚂蚁斩成了两段。其他蚂蚁见之，一起冲向那个奴仆，奴仆随即丧命群蚁之口。

与此同时，群猴自山上下来，一齐向王子姜杉发动进攻。王子见此情景，立刻脱下衣服，和仅剩的一个奴仆，跳下河去，潜入水中。游到河心，王子见对岸上有棵大树，树枝伸到河边，他便急忙游过去，抓住树枝，奋力攀爬，终于登上岸去。

那个奴仆却不幸被激流冲走，丧命于山谷之间。

王子姜杉独自站在岸上，拧去衣服上的水，在太阳下晒干。

猴子与蚂蚁之间战斗激烈。猴子得胜后，返回猴子王国。

王子姜杉独自一人，坐在那里，一直哭到天黑。

夜幕垂降，王子姜杉因失去奴仆而感到孤寂，深感害怕，便躲入一个山洞，在那里一直睡到天明。

天亮后，王子姜杉走出山洞，一直跋涉了几天几夜，饿了用草根充饥，终于来到了那块石碑上提及的火焰山前。他继续朝前走去，闯过火焰山，来到那条每逢礼拜六干涸的大河边。

到了那里，只见那是一条大河，河那边有座城市，就是石碑上提到的那座犹太教徒居住的城市。

王子姜杉在河边等到礼拜六，河水果然断流干涸。他这才走过去，进了犹太人城，但城中空无一人。

他走进一座开启的大门，但见里面的人默默无语。王子姜杉说:"我是个异乡人,饿极了。"

那些人用手势对他表示:"你吃吧,喝吧,千万不要说话!"

王子姜杉坐下来,吃饱喝足,当晚就睡在了那里。

次日清晨,主人向他问安,对他表示欢迎。主人问:"你从哪儿来?又到何方去呀?"

王子姜杉听犹太人这样一问,不禁失声大哭,然后向主人诉说了自己的历险经过,并说出了父王所在的城市。

犹太人听后,大为吃惊,说道:"我们从没听说过有这么一座城市,不过,我们听过往的商队说,有那么一个名叫也门的国家。"

"这个国家离你们这里有多远?"王子姜杉急不可耐地问。

"商人们说,从那里走到这里要两年零三个月。"

"商队何时才来?"

"要等到来年了。"

讲到这里,眼见东方透出黎明的曙光,莎赫札德戛然止声。

第五百零六夜

夜幕垂降,莎赫札德接着讲故事:

幸福的国王陛下,犹太人听王子姜杉说出他父王所在的城市后,大为吃惊,说道:"我们从没听说过有这么一座城市,不过,我们听过往的商队说,有那么一个名叫也门的国家。"

"这个国家离你们这里有多远?"王子姜杉急不可耐地问。

"商人们说，从那里走到这里要两年零三个月。"

"商队何时才来？"

"要等到来年了。"

王子姜杉一听，又哭了起来，为自己和失去的奴仆感到无限悲伤，因远离父母和旅途上遇到的种种艰难感到无比难过。

犹太人说："小伙子，不要忧伤！等商队来了，我们让他们把你送回你的祖国去。"

就这样，王子姜杉在犹太人那里住了两个月，每天都外出转大街串小巷，观看城市风景。

有一天，王子姜杉照样到大街上去玩，正在左顾右盼时，忽听有人高声喊道："谁来做工？从早晨到中午，将得到一千第纳尔，外加一位美女。"

王子姜杉一听，心想："这准是一件要紧的活儿；如若不然，主人绝不会有如此重赏，一千第纳尔，还有一位美人儿！"

王子姜杉走上前去，对那个人说："我愿去干这个活儿！"

呼喊人听小伙子说愿意去干活儿，立即将他带到犹太商人家中。

王子姜杉随那个人进门，只见那家房舍豪华，有一位犹太商人坐在一把乌檀木椅子上。呼喊者上前对商人说："老爷，我在城中呼喊了三个月，今天才有这么一个青年人应招。"

商人对王子姜杉表示欢迎，将他引进一个装饰华丽的客厅，吩咐仆人们给他端饭来。

顷刻之间，饭菜摆满了桌子。

商人陪王子姜杉吃罢，洗过手，便令仆人送上酒来。

二人喝罢酒，商人走去拿来装有一千第纳尔的钱袋，还带着一个眉清目秀、文雅庄重的女子，一起交给王子姜杉，并且说："小伙子，这些钱和这个美人儿，都是给你所干活儿的报酬。"

王子姜杉接过钱袋，让女子坐在自己身边。商人又说："明天，你再替我干活儿吧！"

商人说罢，便离去了，王子姜杉与那个女子同枕共眠，喜度良宵。

第二天早晨，王子姜杉去浴室洗澡。商人吩咐家仆给他送去绸缎套装，待王子姜杉出来，给他穿在身上，然后将他带到客厅。商人又吩咐取来四弦琴和酒，王子姜杉与商人边弹唱，边饮酒，一直乐到夜半。之后，商人方才离去与妻子共寝，而王子姜杉则与那个女子共眠。

不觉已是天亮时分。王子姜杉沐浴毕，商人来到他的面前，对他说："小伙子，我想让你今天给我干活儿去。"

王子姜杉说："遵命！"

商人吩咐奴仆牵来两匹骡子，他和王子姜杉各骑上一匹，一前一后出发了。

王子姜杉随商人从早晨一直走到中午，方才到达一座一眼望不到顶的高山下。

商人跳下骡背，随后令王子姜杉下鞍。商人递给王子姜杉一把刀，对他说："你把这匹骡子宰掉！"

王子姜杉挽起袖子，走至骡子跟前，用绳子把骡子的四条腿捆上，然后将它按倒在地，接着一刀将骡子捅死，继之剥下皮，砍下四条腿和头。顷刻之间，一匹好好的骡子变成了一堆肉。

商人说："你把骡子的肚子剖开，然后你钻进它的肚子去，我把你缝在里面，你在里面坐上一个时辰。你在骡子的肚子里看到了什么，随时告诉我。"

王子姜杉剖开骡子的肚子，钻了进去。商人立即缝合口子，随后离开那里,远远地躲开了。

讲到这里,眼见东方透出黎明的曙光,莎赫札德戛然止声。

第五百零七夜

夜幕垂降,莎赫札德接着讲故事:

幸福的国王陛下,商人对姜杉王子说:"你把骡子的肚子剖开,然后你钻进它的肚子去,我把你缝在里面,你在里面坐上一个时辰。你在骡子的肚子里看到了什么,随时告诉我。"

王子姜杉剖开骡子的肚子,钻了进去。商人立即缝合口子,随后离开那里,远远地躲开了。

一个时辰过后,忽见一只大鸟俯冲下来,伸出爪子,抓住骡身,展翅飞向天空,不久落在高山顶上,开始啄食骡肉。

王子姜杉感到大鸟要将骡子肚子啄透时,立即钻了出来。大鸟见有人出来,惊飞而去。

王子姜杉站稳双脚,左顾右盼,不见一个活人,只见那里有几具被太阳晒干了的死尸。见此情景,王子姜杉心想:"无能为力,只有依靠伟大的安拉了!"

王子姜杉向山下望去,只见那个商人站在那里,像麻雀那样小,正望着他。那商人对他高声喊道:"给我扔二百块石头!"

王子姜杉从命,如数扔下二百块石头。其实,那不是一般的石头,都是红宝石、绿宝石、黄玉等名贵宝石。

王子姜杉对商人喊道:"给我指出下山的路,我再给你扔二百块石头!"

那商人把石头收集起来,绑在他骑的骡子背上,扬长而去,根本不理睬王子姜杉。

王子姜杉独自待在山顶,叫天天不应,呼地地无声,只有哭泣落泪。他在山顶上待了三天,方才开始寻找下山之路。他一直走了两个月时间,只能靠吃草根充饥。他终于走到了山的一边,远远望见一道峡谷,那里树木繁茂,果实累累,鸟雀成群,这才松了一口气,连声赞颂万能的安拉。

王子姜杉看见谷地,高兴极了,抬脚走去。

王子姜杉行走一个时辰,来到一个山口,见那里有条溪水流淌,就沿着溪流走下山去,到了他在山顶上看见的那道峡谷。

到了峡谷,忽见前面出现一座宫殿,高耸入云,巍峨壮观。

王子姜杉大步向宫殿走去,只见一位老人站在宫殿门前。他仔细打量那位老人,但见那老人举止潇洒,容光焕发,手中拄着红宝石拐杖。

王子姜杉走上前去,向老人问安致意,老人回过礼,对他表示欢迎,并且说:"孩子,请坐吧!"

王子姜杉在门旁坐了下来。老人问他:"这是一块人迹未至的地方,你从哪里来,又要到哪里去呢?"

听老人这样一说,想到自己的种种遭遇,王子哭了起来,泣不成声。老人说:"孩子,你哭得使我好伤心,不要哭啦!"

老人站起身来,去取来一些吃的东西,放在王子姜杉面前,说:"孩子,吃吧!"

王子姜杉吃了个足饱,连声赞颂安拉。

老人又问王子姜杉:"孩子,把你的情况跟我讲一讲吧!你究竟是怎样来到这个地方的呢?"

王子姜杉把自己的身世与经历,从头到尾向老人讲了一遍。

老人听后,惊异不已。

王子姜杉问老人:"老人家,这峡谷的主人是谁?这座宫殿又是谁的呢?"

"孩子,这峡谷及其里面的一切,包括这座宫殿,都是大帝苏莱曼·本·达伍德的。我叫奈斯尔,是百鸟之王。苏莱曼大帝把这座宫殿托付给了我……"

讲到这里,眼见东方透出黎明的曙光,莎赫札德戛然止声。

第五百零八夜

夜幕垂降,莎赫札德接着讲故事:

幸福的国王陛下,王子姜杉把自己的身世与经历,从头到尾向老人讲了一遍。

老人听后,惊异不已。

王子姜杉问老人:"老人家,这峡谷的主人是谁?这座宫殿又是谁的呢?"

"孩子,这峡谷及其里面的一切,包括这座宫殿,都是大帝苏莱曼·本·达伍德的。我叫奈斯尔,是百鸟之王。苏莱曼大帝把这座宫殿托付给了我。他还教我学会了世间的鸟语。每年鸟儿都要到这宫殿中来朝拜先知,然后离去。这便是我住在这个地方的原因。"

王子姜杉一听，大哭不止，边哭边说："老人家，我有什么办法回到故乡去呢？"

"孩子，你现在已接近嘎夫山。你要想离开这个地方，一定要等到百鸟朝王之时。那时候，我派一只鸟把你送回故乡。你就先在我这里住下吧！这里有吃、有喝，你还可以观赏这些宫殿楼阁，单等百鸟朝王之日到来就是了。"

王子姜杉在奈斯尔老人那里住了下来。他每天都到峡谷中游玩，吃树上的种种水果，欢欢乐乐，笑口常开。他在奈斯尔老人那里度过了一段幸福时光，直至百鸟朝王的日期临近。

奈斯尔老人知道百鸟朝拜的日子到了，便去对王子姜杉说："你拿着这串钥匙，打开宫中殿门，尽可一饱眼福。但要注意，有一座殿门是开不得的；如若不听我的告诫，将门打开，日后必有灾祸临头。"

奈斯尔老人一再叮嘱，反复强调。之后，他去迎接百鸟。

百鸟飞临，一类一类地按照顺序亲吻鸟王奈斯尔老人的手。

王子姜杉听罢奈斯尔老人的叮嘱，去参观宫殿里的房间。他打开宫中的每一道殿门，最后来到了奈斯尔老人不许打开的那座殿门前。

王子姜杉仔细观察那座殿门，发现门上是把金锁，不禁非常喜欢。他心想："这殿门比宫中的其余殿门都漂亮，里面究竟有什么东西，致使老头儿不让我进去看看呢？我一定要进去瞧上一瞧，看看里面究竟有什么宝贝。主对奴许下的诺言，那是一定要履行的。"

想到这里，王子姜杉伸出手去，打开金锁，推开门进了大殿。但见里面有一个大湖，湖旁有座凉亭，全用金、银和水晶石建成，红宝石窗，绿宝石和黄宝石柱子，地面用各种名贵宝石铺成大理石纹。凉亭的中央有个金砖砌成的喷水池，池中水清见底；池的周围站着金鸟银兽，水由那些鸟兽嘴里喷入池中；微风吹入鸟兽耳里，便有哨声发出，如同鸟兽在言语、鸣唱。凉亭旁有个厅堂，当中放着一张镶嵌着珍珠、宝石的玉床，床上支着一顶缀着宝石、珍珠的华贵绣金绿宝帐，那里铺的那条毯子便是苏莱曼大帝栖身的地方。

王子姜杉看见厅堂周围是一座大花园，那里树木繁茂，果实累累，溪水流淌；园中遍栽玫瑰、蔷薇、长寿花、紫罗兰等各种奇花异草，争奇斗艳，芳香四溢；微风吹来，树枝摇曳，翩跹起舞。

见此情景，王子姜杉大感惊异。他边走边欣赏着园中的种种奇观。他朝湖中望去，但见湖中的石子儿都是些名贵宝石。

王子姜杉在那座宫殿里看了许多东西，都令他感到新奇。

讲到这里，眼见东方透出黎明的曙光，莎赫札德戛然止声。

第五百零九夜

夜幕垂降，莎赫札德接着讲故事：

幸福的国王陛下，王子姜杉在那座宫殿里看了许多东西：金、银、水晶石建成的凉亭，红宝石窗，绿宝石和黄宝石柱，金砖砌成的喷水池……使他无不感到新鲜、惊奇。之后，他回到喷水池旁的厅堂里，登上玉床，钻进宝帐之中，在宝帐里睡了一觉。他醒来之后，站起走出厅门。坐在门前的椅子上，由衷赞叹这里风景秀丽，世间无双。

王子姜杉正坐在那里时，忽见空中飞来三只鸽子似的鸟儿。鸟儿旋即落在湖边，嬉戏片刻，然后脱去羽衣，顷刻变成了三个姑娘，宛如天上皓月，人间不曾见过。三个姑娘姗姗下到水中，游泳，嬉戏，有说有笑。

眼见姑娘们身段苗条，秀目含娇，肌肤白嫩，风姿俏丽，王子姜杉神魂颠倒，一时不知如何是好。

过了一会儿，姑娘们登上湖岸，在花园中漫步赏景。

王子姜杉见姑娘们登岸观景，不禁心荡神驰，身不由己地站了起来，向她们走去。

王子姜杉走近她们，致意问安。姑娘们回了礼。王子姜杉问："姑娘们，你们是何方仙女？从哪里而来？"

最小的姑娘答道："我们来自天国，到这里来游玩。"

王子姜杉惊叹天仙美貌，遂对小仙女说："小仙女，你可怜可怜我的不幸遭遇吧！"

小仙女说："你不要说这种话！你还是走开吧！"

听小仙女这样一说，王子姜杉不禁凄然泪下，一阵长吁短叹，吟诵道：

> 秀园窈窕女，身穿绿衣衫。
> 纽扣松松解，秀发披双肩。
> 借问姑娘名，姑娘叹对言：
> 曾使恋人心，焦灼似火炭。
> 向我诉恋思，怨我对石看。
> 我对姑娘说：你心比石坚！
> 安拉令石裂，石上淌清泉。

仙女们听王子姜杉吟完诗，一个个笑了起来，照样玩呀，唱呀，乐呀。

王子姜杉给她们送来一些水果，仙女们吃罢喝罢，当夜与王子姜杉睡在一起，直至天亮。

第二天早晨，仙女们重新穿起自己的羽衣，变成鸽子，飞走了。

王子姜杉见仙女们飞走，他的心也几乎和她们一道飞走了。王子姜杉一声大叫，晕倒在地，昏迷了整整一天。

王子姜杉昏倒在地上时，鸟王奈斯尔正在迎接鸟儿们。奈斯尔老人对鸟儿们说："我这里有个青年，命运把他从遥远的故乡带到了这个地方，我想托你们把他送回他的故乡去。"

"遵命！"鸟儿们异口同声地回答。

奈斯尔老人去寻找王子姜杉，终于来到了他不让王子姜杉打开的那座殿门前，发现殿门大开。奈斯尔老人进去一看，发现王子姜杉躺在一棵树下，昏迷不省人事。

老人取来一些玫瑰水，洒在王子姜杉的脸上，王子姜杉这才慢慢苏醒过来。

讲到这里，眼见东方透出黎明的曙光，莎赫札德戛然止声。

⸻ 第五百一十夜 ⸻

夜幕垂降，莎赫札德接着讲故事：

幸福的国王陛下，奈斯尔老人去寻找王子姜杉，终于来到了他不让王子姜杉打开的那座殿门前,发现殿门大开。奈斯尔老人进去一看,发现王子姜杉躺在一棵树下,昏迷不省人事。

奈斯尔老人取来一些玫瑰水,洒在王子姜杉的脸上,王子姜杉这才慢慢苏醒过来。

王子姜杉苏醒过来,左右望了望,见只有奈斯尔老人在他身旁,不禁忧心忡忡,情绪低沉,凄然吟道:

> 素洁妩媚女,似月当空照。
> 肌肤白且嫩,身段真苗条。
> 明眸水汪汪,夺魂世难找。
> 唇染宝石红,口美似樱桃。
> 长发乌又亮,盖得丰臀小。
> 求爱者当心,贪恋意宜少。
> 情丝虽绵长,心胜顽石高;
> 眉弓射利箭,远近皆空耗。
> 娇丽盖世间,相似谁知晓?

奈斯尔老人听罢王子姜杉吟诵的诗歌,说道:"孩子,我不是告诫过你,不要打开这座殿门,不要进门来吗?孩子,你都看到了什么,发生了什么事,全都告诉我吧!"

王子姜杉坐在地上,把见到三个仙女的经过向奈斯尔老人讲了一遍。奈斯尔老人听后,说道:"孩子,那三个姑娘就是仙女,每年都到这个地方来玩,玩到傍晚才返回故乡。"

"她们的故乡在哪里?"王子姜杉问。

"她们的故乡在哪里,孩子,我也不知道。"

奈斯尔老人又问王子姜杉:"孩子,站起来,跟我走,我让鸟儿把你送回故乡去！你还是丢开这相思之情吧！"

王子姜杉听奈斯尔老人这样一说，一声大叫，又昏迷了过去。

片刻后，王子姜杉苏醒过来，对奈斯尔老人说："老伯伯，我见不到这些仙女，就不回故乡了。老伯伯，我不再思念家人了，哪怕我死在你的面前。"

话音未落，王子姜杉哭了起来，边哭边说："我想见见我所钟情的仙女，哪怕每年只见一面。"

王子姜杉长吁短叹，吟诵道：

是是非非事，不叩情人门。但盼情爱缘，不涉人间春。
若非我心热，泪流起何因？心可熬日月，体遭情火焚。

王子姜杉吟完，第三次昏迷过去。

过了好大一会儿，王子姜杉苏醒过来，又是一阵叹息，然后吟诵道：

想起意中人，孤独得慰藉。
使我心神快，赶走寂寞意。
泪水模糊眼，我亦不叹息。
痛苦使我瘦，思令面容易。
相互别离后，仍享受甜蜜？

王子姜杉吟完诗，俯下身去，亲吻奈斯尔老人的双脚，泪水扑扑簌簌落下，边哭边说："老伯伯，可怜可怜我吧！这样，安拉也会怜悯你！帮我一把吧！你帮了我，安拉也会帮助你。"

奈斯尔老人说："孩子，说实话，我不认识那几个姑娘，也不晓得她们的家乡在什么地方。不过,孩子,既然你爱上了她们当中的一位,你就在我这里再住一年吧!因为来年这个时候,她们还会再来的。到那时候,你悄悄躲在花园中的树下,等她们脱下了羽衣,下水游泳、嬉戏、玩耍之时,你喜欢哪个姑娘,就把哪个姑娘的羽衣收起来。她们洗完澡上岸来穿衣服时,那个失去了羽衣的姑娘就会含笑用甜言蜜语对你说:'好兄弟,把衣服还给我,让我穿上它,遮盖羞体吧!'孩子,这羽衣,你要好好保存,千万不要还给姑娘;不然,你的目的就成了泡影,因为她会穿上羽衣,展翅飞回家乡,你就永远见不到她了。你拿到她的羽衣,紧紧夹在腋下,不要给她。等我迎接百鸟回来,为你们俩说媒,让她跟着你返回你的故乡。孩子,我只能做这样一件事。"

讲到这里,眼见东方透出黎明的曙光,莎赫札德戛然止声。

❖ 第五百一十一夜 ❖

夜幕垂降,莎赫札德接着讲故事:

幸福的国王陛下,奈斯尔老人对王子姜杉说:"孩子,说实话,我不认识那几个姑娘,也不晓得她们的家乡在什么地方。不过,孩子,既然你爱上了她们当中的一位,你就在我这里再住一年吧!因为来年这个时候,她们还会再来的。到那时候,你悄悄躲在花园中的树下,等她们脱下了羽衣,下水游泳、嬉戏、玩耍之时,你喜欢哪个姑娘,就把哪个姑娘的羽衣收起来。她们洗完澡上岸来穿衣服时,那个失去了羽衣的姑娘就会含笑用甜言蜜语对你说:'好兄弟,把衣服还给我,让我穿上它,遮盖羞体吧!'孩子,这羽衣,你要好好保存,千万不要还给姑娘;不然,你的目的就成了泡影,因为她会穿上羽衣,展翅飞回家乡,你就永远见不到她了。你拿到她的羽衣,紧紧夹在腋下,不要给她。等我迎接百鸟回来,为你们俩说媒,让她跟着你返回你的故乡。孩子,我只能做这样一件事。"

王子姜杉听奈斯尔老人这样一说,心安神定,在奈斯尔老人那里住了下来。

岁月不居,时节如流,转眼一年过去了。百鸟朝王的日子到来了。

奈斯尔老人来到王子姜杉面前,对他说:"孩子,你务必照我的叮嘱行事,记住了吗?我这就去迎接百鸟。"

"老伯伯,你的话我记住啦,我一定照办!"王子姜杉精神抖擞,答应得非常痛快。

说罢,奈斯尔老人转身走去迎接百鸟。

王子姜杉走到花园中,隐藏在大树上,谁也看不见他。

王子姜杉在那棵树后等了一天又一天,等到了第三天,也没有看见仙女们飞来,不禁忐忑不安,如坐针毡,时而哭泣,时而呻吟,心中甚为难过,直哭得昏迷过去,不省人事。

过了好大一会儿,王子姜杉慢慢苏醒过来,一会儿望望天空,一会儿注视大地,一会儿瞅瞅湖面,一会儿瞧瞧岸边,因为相思情重,心怦怦直跳,周身都颤抖起来。

就在这个时候,天空中飞来三只鸟,像是鸽子,但每只都有鹰那样大。

片刻过后,三只鸟落在湖边,左右看了看,见那里既无人影,也无神迹,随即脱去羽衣,变成了三个姑娘,体态婀娜,娇艳欲滴。旋即,她们脱下衣裙,赤裸着身子,一丝不挂;但见一个个体若凝脂,又白又嫩,冰雪肌肤,如银铸就,亭亭玉立,楚楚动人。她们缓缓下到湖水里,嬉戏玩耍,有说有笑,开心至极。

大姑娘说:"妹妹们,我真担心有人藏在这宫殿里偷看我们……"

二姑娘说:"姐姐,哪有那回事?自打苏莱曼时代起,这宫殿里既无人住,也无神栖。"

三姑娘说:"姐姐呀,就是有人藏在这个地方,那也只会要我的。"

三姐妹笑声朗朗,欢快无比。

藏在大树后的王子姜杉,虽然他能看见姑娘们,而姑娘们看不见他,但他抑制不住心中的激情,周身颤抖不止。

姑娘们向湖中游去,离她们的衣服渐渐远了。

王子姜杉站起来,闪电般地跑了过去,抄起三仙女的羽衣就跑。那三仙女是他心恋神爱的,名叫佘姆赛。

她们看见王子姜杉,不禁心中一惊,慌忙借湖水遮身,然后游向岸边。

仙女们仔细端详王子姜杉,发现他面如一轮圆月,英俊标致出众,便问道:"你是何人?你怎么来到这个地方,拿去我们三妹佘姆赛的衣服呢?"

王子姜杉说:"你们靠近我一点儿,听我细细地把我的身世和经历讲给你们听,并且把认识你们的原因告诉你们。"

三仙女佘姆赛说:"先生,亲爱的,请把衣服还给我,让我穿上,遮上羞体,再到你那里去吧!"

王子姜杉说:"仙姑娘,我不能还给你,我想你,如疯似狂。只有等鸟王奈斯尔老人来了,我才能还你衣服。"

2257

三仙女佘姆赛听后，说道："假若你不还我的衣服，那就请等一下，让我的两位姐姐登上岸去，穿上自己的衣服，再给我一件东西遮羞。"

"好吧！"王子姜杉愉快地答应。

王子姜杉离开仙女们，走回厅堂里。三仙女佘姆赛跟着二位姐姐登上湖岸。

三仙女佘姆赛站在岸上，如同满月，光彩照人；又像羚羊，挺秀活泼。

三仙女佘姆赛穿上大姐的一件薄衫，然后步履轻盈地走进大厅，见王子姜杉坐在椅子上，向他问过安好后，在他身旁坐了下来。她说："漂亮的小伙子，你坑了我，也害了你自己。不过，请把你的情况对我讲讲，也好让我听听吧！"

王子姜杉听三仙女佘姆赛这样一说，禁不住泪洒胸襟。

三仙女佘姆赛知道小伙子爱上了自己，便站起身来，拉住他的手，让他坐在自己身边，用衣袖为他擦泪，并且说："小伙子，别哭啦！把你的情况讲讲吧！"

讲到这里，眼见东方吐出了黎明的曙光，莎赫札德戛然止声。

❖ 第五百一十二夜 ❖

夜幕垂降，莎赫札德接着讲故事：

幸福的国王陛下，三仙女佘姆赛穿上大姐的一件薄衫，然后步履轻盈地走进大厅,见王子姜杉坐在椅子上,向他问过安好后,在他身旁坐了下来。她说:"漂亮的小伙子,你坑了我,也害了你自己。不过,请把你的情况对我讲讲,也好让我听听吧!"

王子姜杉听三仙女佘姆赛这样一说,禁不住泪洒胸襟。

三仙女佘姆赛知道小伙子爱上了自己,便站起身来,拉住王子姜杉的手,让他坐在自己身边,用衣袖为他擦泪,并且说:"小伙子,别哭啦!把你的情况讲讲吧!"

王子姜杉把自己的身世与经历向三仙女佘姆赛说了一遍。

三仙女佘姆赛听后,叹了口气,说:"先生,你若真的爱我,就请把衣服还给我,让我穿上它,和姐姐们一起回去见家人,把你爱我的事说给他们,然后回来,把你送回你的家乡。"

王子姜杉一听,大哭不止,边哭边说:"莫非你要把我坑害致死?"

"先生,我为什么要坑害你呢?"

"你穿上羽衣,立即离开我,我就会马上死去。"

三仙女佘姆赛一听,笑了起来,两个姐姐也随之笑了起来。

三仙女佘姆赛说:"你只管放心就是了,我一定与你结为夫妻。"

说罢,侧过身去,拥抱王子姜杉,把他紧紧搂在怀里,亲吻他的眉心和面颊,二人一直相互拥抱了一个时辰。

二人各自收回自己的手臂,并肩坐在那把椅子上。

大仙女走到园中摘了些水果,采了些鲜花,送给他们。大家吃着喝着,尽情地玩乐。

王子姜杉容貌英俊,身材修长,健美强壮。三仙女佘姆赛对王子姜杉说:"凭安拉起誓,我非常爱你,我永远不离开你了。"

王子姜杉一听,心花怒放,笑逐颜开。大家有说有笑,喜不自禁,开心销魂。

正当他们兴高采烈之时,鸟王奈斯尔老人迎接完百鸟后回来了。奈斯尔老人一来,大家立即站起来,向他问安,亲吻他的双手。

奈斯尔老人对他们表示欢迎,并且说:"大家坐下吧!"

奈斯尔老人对三仙女佘姆赛说:"这个小伙子非常喜欢你,看在安拉的面儿上,你就成全了他的美意吧!这个小伙子是位大人物,乃帝王之子。他的父亲是卡比勒国的国王,国土辽阔,王权威武。"

三仙女佘姆赛听奈斯尔老人这样一介绍,立即说:"我听从老人家的安排。"

说着,上前亲吻奈斯尔老人的手,恭恭敬敬地站在奈斯尔老人的面前。

奈斯尔老人对三仙女佘姆赛说:"如果你说的是真心话,那就以安拉的名义对我起个誓,说只要你活着,就永远不背弃他。"

三仙女佘姆赛立即起誓,说自己永远不背弃王子,一定要和王子结为眷属。

她起过誓后说:"老人家,我永远不离开他。"

奈斯尔老人听罢三仙女佘姆赛的誓言,表示完全相信,随后对王子姜杉说:"感赞安拉,是他成全了你与她之间的亲事。"

王子姜杉十分高兴。之后,二人在奈斯尔老人那里住了三个月,每日里有吃有喝,有说有笑,有玩有乐,快快活活。

讲到这里,眼见东方透出黎明的曙光,莎赫札德戛然止声。

第五百一十三夜

夜幕垂降,莎赫札德接着讲故事:

幸福的国王陛下,三仙女佘姆赛说她永远不背弃王子,一定要和王子结为眷属。

三仙女佘姆赛起过誓后,说:"老人家,我永远不离开他。"

奈斯尔老人听罢三仙女佘姆赛的誓言,表示完全相信,随后对王子姜杉说:"感赞安拉,是他成全了你与她之间的亲事。"

王子姜杉十分高兴。之后,二人在奈斯尔老人那里住了三个月,每日里有吃有喝,有说有笑,有玩有乐,快快活活。

不知不觉三个月过去了。三仙女佘姆赛对王子姜杉说:"我想到你的国家去,与你成亲,我们一起居住在你的家乡。"

"好极啦!"王子姜杉非常高兴。

王子姜杉与奈斯尔老人商议说:"我们想回家乡去。"

随后,将三仙女佘姆赛说的那番话对奈斯尔老人说了一遍。

奈斯尔老人听后,说:"回去吧!回去与三仙女成亲吧!"

"好的!"

三仙女佘姆赛要自己的羽衣,遂对奈斯尔老人说:"老人家,让王子把羽衣还给我,让我穿上吧!"

"姜杉王子,把羽衣给姑娘吧!"奈斯尔老人转脸命令道。

"遵命!"

王子姜杉快步走进大厅里,取来羽衣,给了三仙女佘姆赛。

三仙女佘姆赛接过羽衣，穿好后，对王子姜杉说："王子，请你坐在我的背上，闭起眼睛，捂上耳朵，以免听到天体旋转的轰鸣声。你要好好抓住我的羽衣，用手抱住我，以防跌下去。"

王子姜杉听从吩咐，坐在三仙女佘姆赛的背上。三仙女佘姆赛正要起飞时，奈斯尔老人对她说："且慢！听我给你讲讲卡比勒王国的情况，因为我担心你们俩走错了路。"

奈斯尔老人向三仙女佘姆赛讲述了去往卡比勒王国的方向和路线，并且把王子姜杉托付给她，随后二人道了别。

三仙女佘姆赛与两位姐姐告别说："你俩回去吧，把我与王子姜杉的情况告诉家人。"

说罢，三仙女佘姆赛展翅飞向天空，如风驰电掣，转眼消失在云海之中。

片刻后，两姐妹亦飞返家乡，把三仙女佘姆赛与王子姜杉的情况如实向父母禀告。

三仙女佘姆赛驮着王子姜杉从早上一直飞到傍晚。

这时，他们远远望见一道峡谷，那里树木繁茂，河水流淌。佘姆赛对王子姜杉说："我们落下去，到这道峡谷里观赏一下树木和花草，在那里过一夜吧！"

"就按你的想法办！"王子姜杉欣然赞同。

三仙女佘姆赛徐徐降落在谷地，王子姜杉离开三仙女的背，吻了吻她的眉心。二人在河边坐了一个时辰，便站起来，在谷中游玩观赏花木，摘树上的果子吃。二人一直玩耍到夜幕垂降，方才来到一棵树下，在那里一觉睡到天明。

东方透出曙光，三仙女佘姆赛站起来，让王子姜杉坐在自己的背上，王子姜杉从命。

王子姜杉坐好，三仙女佘姆赛振翅腾空而起，打清晨一直飞到中午。正在飞行时，只见奈斯尔老人告诉他俩的标志出现了。

三仙女佘姆赛从高空降落在一片宽阔的草原上，但见那里绿草如茵，羚羊欢跳，清泉流淌，果实累累，河宽水清。

王子姜杉离开三仙女佘姆赛的背，吻了吻她的眉心。三仙女佘姆赛说："亲爱的，你知道我们已经飞了多远了吗？"

"不知道。"王子姜杉随口答道。

"我们已经飞行了三个月的里程。"

"赞美安拉保佑我们平安。"

二人坐下来，边吃边喝，边玩边乐。

正在这时，忽见两个奴仆向他俩走来，一个是跟他到海边，为他看马的奴仆；而另一个，则是跟他一起狩猎的奴仆。

二奴仆一看见王子姜杉，当即认了出来，上前问安，然后说："王子殿下，承蒙你的许可，我们可以立即回去向国王陛下禀报你回来的消息吗？"

王子姜杉说："快去报告我的父王，就说我已来到了这里。再给我们带几顶帐篷来，我们要在这里休息七天，等待大队人马前来迎接，然后随大队人马回返。"

讲到这里，眼见东方透出黎明的曙光，莎赫札德戛然止声。

第五百一十四夜

夜幕垂降，莎赫札德接着讲故事：

幸福的国王陛下,二奴仆一看见王子姜杉,当即认了出来,上前问安,然后说:"王子殿下,承蒙你的许可,我们可以立即回去向国王陛下禀报你回来的消息吗?"

王子姜杉说:"快去报告我的父王,就说我已来到了这里。再给我们带几顶帐篷来,我们要在这里休息七天,等待大队人马前来迎接,然后随大队人马回返。"

二奴仆异口同声地说:"王子殿下,遵命!"

说罢,二人转身跃上马背,快马加鞭,返回宫中,见到泰伊姆斯国王,禀报说:"国王陛下,大喜大喜!"

泰伊姆斯国王一听,问道:"喜从何来?莫非我的儿子姜杉有了消息?"

"正是!王子殿下失而复出,现在就在附近的克拉尼草原上。"

泰伊姆斯国王听奴仆这样一说,欢喜若狂,激动不已,登时昏迷过去,不省人事。

泰伊姆斯国王从昏迷中慢慢苏醒过来,随即吩咐宰相赐赠二奴仆锦袍各一件,并封赏银钱若干。

宰相立即回答:"遵命!"

宰相转身离去,照国王命令赏给二奴仆锦袍和银钱,并对二人说:"你俩报喜有功,不管你们的话是真是假,这些钱就赏给你们了,拿着吧!"

二奴仆说:"我们说的是实话,刚才我们还在王子那里,向他问过安好,还亲吻了他的手。王子殿下要我们去送帐篷,他说他将在克拉尼草原休息七天,等待王公大臣们去迎接他。"

泰伊姆斯国王问二奴仆:"我儿子的情况如何?"

"王子殿下还带着一位女子,美若仙女,仿佛是从天堂下凡来的。"

泰伊姆斯国王听罢，即令击鼓鸣号，并且派报喜人分头前去向王后和王公大臣、要员以及他们的夫人报告王子姜杉回来的喜讯。顷刻之间，报喜人布满京城，人们都知道王子姜杉回来了。

泰伊姆斯国王立即带领人马，浩浩荡荡向克拉尼草原走去。

王子姜杉和三仙女佘姆赛正坐着，忽见大队人马走来，王子姜杉随即站起，朝人群走去。

他们一眼认出王子姜杉，纷纷离鞍下马，走来问安，并亲吻王子姜杉的手。

王子姜杉继续往前走去，终于来到了父王的面前。

泰伊姆斯国王看见儿子，当即跳下马鞍，一把将儿子搂在怀里，不禁泪水滚滚，父子俩抱头痛哭。

父子平静下来，各自上马，在大队人马的护卫下，行至河边。将士们离鞍之后，一起行动，撑起帐篷，插上旗帜，拍钹鸣笛，击鼓鸣号，一派喜庆气氛。

泰伊姆斯国王吩咐侍从取来一顶红绸大帐，特别为三仙女佘姆赛撑起。三仙女佘姆赛站起来，脱去身上的羽衣，缓步进入红绸大帐，坐了下来。

三仙女佘姆赛刚刚坐下，泰伊姆斯国王和王子姜杉相携走进帐篷。佘姆赛站起来，迎上前去，向泰伊姆斯国王行吻地礼。

泰伊姆斯国王坐下，王子坐在右侧，佘姆赛坐在左侧，国王表示热烈欢迎佘姆赛。

泰伊姆斯国王问儿子姜杉："孩子，你离开这么长时间，究竟出了什么事呢？"

王子姜杉把发生的事情从头到尾向父王讲述了一遍。

泰伊姆斯国王听罢儿子的讲述，顿感惊奇不已。泰伊姆斯国王望着三仙女佘姆赛，说："赞美安拉，多亏你的帮助，使我们父子平安相见了。这个功劳非同一般呀……"

讲到这里,眼见东方透出黎明的曙光,莎赫札德戛然止声。

第五百一十五夜

夜幕垂降,莎赫札德接着讲故事:

幸福的国王陛下,泰伊姆斯国王问儿子姜杉:"孩子,你离开这么长时间,究竟出了什么事呢?"

王子姜杉把发生的事情从头到尾向父王讲述了一遍。

泰伊姆斯国王听罢儿子的讲述,顿感惊奇不已。泰伊姆斯国王望着三仙女佘姆赛,说:"赞美安拉,多亏你的帮助,使我们父子平安相见了。这个功劳非同一般呀!你有什么事要我帮忙,只管说就是,也好让我有机会报答你的恩惠。"

三仙女佘姆赛说:"我希望陛下能在一座花园的当中建造一座宫殿,让水在宫殿底下流淌。"

"一定让你如愿以偿。"国王欣然应诺。

正在这时,王后和王公、大臣、文武官员的夫人们来了。

王子姜杉走出绸帐,迎接母后。母子相见,紧紧拥抱,久别相逢,喜泪纵横。王后欣然吟诵道:

> 欣兴日子来,我泪水横溢。
> 落泪已成了,我双眼特质。

苦闷时流泪,喜时亦难止。

母子相互倾诉离别思念之苦。泰伊姆斯国王向自己的大帐走去,而王子和母亲也向自己的帐篷走去。

母子正坐着聊述别后的情景之时,报喜仆役领着三仙女佘姆赛来了。他们对王后说:"王后,佘姆赛小姐向您请安来了。"

王后听了,立即站了起来,迎接三仙女佘姆赛,互问安好。

二人坐了一会儿,王后和文武大臣的夫人们便一起送三仙女佘姆赛回到红绸帐中,大家坐下谈笑,问长问短。

泰伊姆斯国王广赠礼品,博济百姓,为儿子平安回来而欣喜不已。

他们在那片草原上逗留了十天时间,吃喝玩乐,无忧无虑,欣喜若狂。

十天过去,泰伊姆斯国王命令大队人马收帐起程。泰伊姆斯国王纵身上马,大队人马左右护卫,浩浩荡荡回到了京城。其时,整个京城已披上节日盛装,大街小巷张灯结彩,高低建筑上旗帜飘扬,马队经过之地铺满华毯,远处近处鼓号齐鸣。见此情景,文武官员个个喜气洋洋。居民们纷纷走上街头,欢呼声此起彼伏。富人们也大发慈悲,广济博施,纷纷济助穷人。就这样,人们一直欢庆了十天光景。

三仙女佘姆赛见此情景,欣喜异常。

泰伊姆斯国王派人招募天下建筑工程师和各路匠人,吩咐他们在花园中建造一座华丽宫殿。他们领命之后旋即开始建造宫殿的准备工作。

王子姜杉得知建造宫殿的命令已经发布,便令工匠们将一块白云石凿空,加工成石箱,然后将三仙女佘姆赛用于飞行的羽衣放入石箱,埋在宫殿的基石下,宫殿的石拱门柱基便坐落在那石箱之上。

宫殿落成，经过一番布置，样样陈设齐全。一座完美的宫殿出现在花园之中，暗河流经宫殿之下，清流潺潺。

泰伊姆斯国王立即着手为王子姜杉举行盛大婚礼庆典，仪式隆重空前。

人们簇拥着新娘佘姆赛进入宫殿之后，相继散去。

佘姆赛进入宫殿，便嗅到了她那用于飞行的羽衣的气味。

讲到这里，眼见东方透出黎明的曙光，莎赫札德戛然止声。

第五百一十六夜

夜幕垂降，莎赫札德接着讲故事：

幸福的国王陛下，宫殿落成，经过一番布置，样样陈设齐全。一座完美的宫殿出现在花园之中，暗河流经宫殿之下，清流潺潺。

泰伊姆斯国王立即着手为王子姜杉举行盛大婚礼庆典，仪式隆重空前。

人们簇拥着新娘佘姆赛进入宫殿之后，相继散去。

佘姆赛进入宫殿，便嗅到了她那用于飞行的羽衣的气味。

佘姆赛嗅到羽衣的气味，知道了所藏的地方，便下定决心去取。

佘姆赛耐心等待到夜半，见王子姜杉已经深深进入梦乡，便走到拱门柱石旁，除去铅封，取出羽衣，穿在身上，登时腾空而起，落在宫殿顶上。她对着仆人们高声喊道："仆人们，你们把王子叫起来，让我同他告别一下吧！"

仆人们把王子姜杉从梦中唤醒,王子姜杉睡眼蒙眬地来到宫殿门外,但见新娘身穿羽衣,站在殿顶。他对新娘说:"娘子啊,你怎会这样行事呢?"

佘姆赛说:"亲爱的王子,我的心肝儿,我的宝贝儿,凭安拉起誓,我由衷爱你。我已把你平平安安送回你的家中,使你见到了你的父王和你的母后,我感到非常高兴。如果你也打心底里爱我,那就到高海尔·泰克尼城堡去找我吧!"

说罢,佘姆赛展翅飞向天空,回亲人那里去了。

听新娘佘姆赛那样一说,王子姜杉当即昏倒在地,不省人事了。人们马上去见泰伊姆斯国王,禀报王子姜杉的情况。

泰伊姆斯国王急速纵马赶至新落成的宫殿,见王子姜杉躺在地上,顿时泪如雨下。泰伊姆斯国王知道儿子深深爱着三仙女佘姆赛。

人们往王子姜杉脸上喷洒了玫瑰水。王子姜杉渐渐苏醒过来,见父王正守在自己的身边,随即因为新娘离去而痛哭落泪。泰伊姆斯国王问:"孩子,你怎么啦?"

王子姜杉泣不成声地说:"父亲,你有所不知,佘姆赛是位仙女,我深深爱上了她。她容貌俊秀,天生丽质,令我一见倾心,深深坠入爱河之中。我这里藏着她用于飞行的羽衣;没有那件东西,她是飞不起来的。我好不容易把那件羽衣藏在石箱里,又用铅封好,埋在拱门石柱下面,但还是被她发现,挖出来穿上飞到了殿顶。她临走时对我说:'亲爱的王子,我的心肝儿,我的宝贝儿,凭安拉起誓,我由衷爱你。我已把你平平安安送回你的家中,使你见到了你的父王和你的母后,我感到非常高兴。如果你也打心底里爱我,那就到高海尔·泰克尼城堡去找我吧!'说罢,展翅飞向天空,离我而去。"

泰伊姆斯国王说:"孩子,你不要忧伤,不要难过。我将找商贾和旅行家,向他们打听那个地方,弄明方位之后,我们去找仙女佘姆赛。我祈求安拉默助你,让你找到她,与她结为伉俪。"

泰伊姆斯国王离去,召集群臣,对他们说:"你们把京城中的商贾和旅行家都给我找到,向他们打听高海尔·泰克尼城堡究竟在什么地方。告诉他们,谁知道这个地方在哪里,我将赏他五万第纳尔。"

"遵命!"群臣异口同声道。

大臣们随即行动起来,按照国王的吩咐,遍走京城街巷和全国各地,逢商人和旅行家必打听高海尔·泰克尼城堡,但谁也说不出个究竟。之后,他们垂头丧气回来,向泰伊姆斯国王报告了一无所获的结果。

泰伊姆斯国王听后,便命令他们给王子姜杉招来许多美女、歌姬,一个个如花似玉,体态婀娜,娇艳欲滴,让她们陪伴王子姜杉玩乐,以解王子姜杉失去仙女佘姆赛之忧。

接着,泰伊姆斯国王派出若干探子,到各个国家、海岛和地区探问察访高海尔·泰克尼城堡所在的地方。他们辛苦奔走两个月,没有一个人能够回答他们。他们回来向泰伊姆斯国王报告之后,泰伊姆斯国王泣哭不止。

泰伊姆斯国王来到儿子的宫殿里,发现他正坐在美女中间,然而面无表情,心中想的只有三仙女佘姆赛。泰伊姆斯国王对儿子说:"孩子,没有一个人知道那座城堡在什么地方。可是我给你送来了比那位仙女更美的姑娘。"

王子姜杉听父王这样一说,不禁泪水簌簌落下,哭道:

耐心虽消逝,爱情依旧在;只因钟情深,体弱染病灾。
何日天作美,去会佘姆赛?离别愁火烈,将我身烧坏!

泰伊姆斯国王与印度国王之间素有仇怨，因为泰伊姆斯国王曾经侵犯过印度，杀死过许多人，掠夺过大批钱财。

印度国王叫库菲德，手握重兵，虎将无数。他有一千名大将军，每名大将军管辖着一千个部落，每个部落里有四千名勇士。他手下有四位大臣，还有若干文官、武将、王公、要员和大批军队。他统治着一千座城市，每座城市里有一千座城堡。库菲德是一位实力强大、威名远扬的国王。

印度国王库菲德得知泰伊姆斯国王正为儿子姜杉的婚事花费精力，一时顾及不到国务，整日愁闷不堪，于是召集文武大臣，对他们说："诸位爱臣，泰伊姆斯国王领兵犯我边界之事，想必各位记忆犹新，正是他杀死了我的父兄，抢掠了我们的国家。你们当中的每一个人都失去过亲人和财产，生活门路被堵，亲人朋友被俘。今天，我得知我们这位宿敌正为王子姜杉的婚事发愁作难，而且兵力锐减，正是天赐良机，我们报仇的时候到了。你们要准备好武器和粮草，随时等待出战的命令。事关重大，不可等闲视之。我们一定要一举攻克敌都，杀死他和他的儿子，征服他的国家，占领他的国土。"

讲到这里，眼见东方透出黎明的曙光，莎赫札德戛然止声。

第五百一十七夜

夜幕垂降，莎赫札德接着讲故事：

幸福的国王陛下,印度国王库菲德得知泰伊姆斯国王正忙于儿子姜杉的婚事,于是召集群臣,对他们说:"诸位爱臣,泰伊姆斯国王领兵犯我边界之事,想必各位记忆犹新,正是他杀死了我的父兄,抢掠了我们的国家。你们当中的每一个人都失去过亲人和财产,生活门路被堵,亲人朋友被俘。今天,我得知我们这位宿敌正为王子姜杉的婚事发愁作难,而且兵力锐减,正是天赐良机,我们报仇的时候到了。你们要准备好武器和粮草,随时等待出战的命令。事关重大,不可等闲视之。我们一定要一举攻克敌都,杀死他和他的儿子,征服他的国家,占领他的国土。"

"遵命!"大臣们异口同声地说。

众臣散去,分头备战。他们准备兵器,集结军队,一直忙碌了三个月。

万事俱备,一声令下,鼓号齐鸣,旌旗招展,库菲德国王亲率大军向卡比勒王国边界开去,那就是泰伊姆斯国王统治的国家。他们进军神速,很快踏上了卡比勒王国国土,所到之处无不抢劫一空,百姓生灵涂炭,老幼皆遭杀害,难得有人幸免……

消息传到京城,泰伊姆斯国王闻之大怒,立即召集文官武将、国家要员,对他们说:"库菲德国王已率重兵侵入我国领土,兵马不计其数,来势凶猛,想一举灭掉我们。敌军已入我境,诸位有何主意?"

百官异口同声地说:"大王陛下,依我们之见,立即出战,与敌人决一死战,把他们赶出我国领土!"

"既然如此,就请赶快着手准备出战,迎击敌人!"

泰伊姆斯国王打开国库,取出盔甲、盾牌、宝剑和各种兵器,武装将士。军队奉命集结,准备奔赴战场。

旌旗飘扬,鼓号齐鸣,笛声高奏,泰伊姆斯国王披挂整齐纵身上马，亲率大军出发，前往迎击敌人。

泰伊姆斯国王率领的大军开至库菲德国王的军队附近，在卡比勒王国边境的一条名叫泽赫兰山谷的地方安营扎寨。

安营扎寨完毕，泰伊姆斯国王修书一封，信中写道：

我要正告库菲德国王：你之作为纯系流氓痞棍行径。倘若你是父母生养，绝不会干出这样勾当，不会踏入我国领土，掠夺钱财，蹂躏无辜百姓。难道你不知道这全是你一手造成的暴行吗？假若我早知你敢于犯我边界，我会在你动兵数日之前，发兵阻击，禁止你入我国境。不过，如果你现在迷途知返，放弃挑衅行为，那还为时不晚，尚且可赞；倘若你不撤兵，那就沙场相见，我必克敌制胜，令你有来无还。

泰伊姆斯国王将信封好，交给使者前往送信，并派探马随同前往，以期探明敌情。

信使携带书信向库菲德国王军队的营地进发了。

接近库菲德国王安营扎寨之地时，远远地望见绿绸帐篷成片，数面蓝色旌旗迎风飘扬，绿帐篷群当中有一顶红绸大帐篷，四周有重兵守卫。

信使走近红绸大帐篷，一问便知那是库菲德国王的帅帐，左右文武大臣侍立。

信使掏出怀中的书信，捧在手中。侍卫见之，上前接过书信，呈递给库菲德国王。

库菲德国王阅罢信，提笔复信。信中写道：

我要正告泰伊姆斯国王：我们一定要报仇雪恨，踏平你的国土,捣毁你的宫殿,见老即杀,见小即俘。明天开始决战,让你在战场上见识一下我的威武。

书信写毕封好,交给泰伊姆斯国王的信使。信使接过书信,转身走出帅帐。

讲到这里,眼见东方透出黎明的曙光,莎赫札德戛然止声。

第五百一十八夜

夜幕垂降,莎赫札德接着讲故事:

幸福的国王陛下,库菲德国王阅完泰伊姆斯国王的信,提笔复信。信中写道:

我要正告泰伊姆斯国王:我们一定要报仇雪恨,踏平你的国土,捣毁你的宫殿,见老即杀,见小即俘。明天开始决战,让你在战场上见识一下我的威武。

书信写毕封好,交给泰伊姆斯国王的信使。信使接过书信,转身走出帅帐。

信使回泰伊姆斯国王那里,行过吻地礼,呈上库菲德国王的回信,并报告自己看到的情况:"国王陛下,我看到无数兵马,大帐绵延不断。"

泰伊姆斯国王读完信，勃然大怒，即令阿尼札尔宰相率精兵千骑于夜半直捣库菲德国王军营。如能得手，将给敌军以致命打击。

阿尼札尔宰相答道："得令！"

阿尼札尔宰相立即率勇士千骑，向库菲德国王的营地开去。库菲德国王的宰相名叫艾图尔凡，库菲德国王令他率领五千骑士直闯泰伊姆斯国王营寨，给他们以突然袭击。艾图尔凡宰相随即纵身上马，率兵向泰伊姆斯国王的营寨进发。

艾图尔凡宰相的大队人马行至半夜，刚走了一半路程，便与阿尼札尔宰相的部队遭遇了。两军相遇，齐声呐喊，一场激烈大战开始，一直厮杀到天大亮。

天亮之后，库菲德国王的军队大败，溃不成军，狼狈逃窜。

库菲德国王见自己的士兵逃回，不禁大怒，问道："你们这些该死的东西，怎么连大将都损失了呢？"

溃兵说："国王陛下，艾图尔凡宰相率领我们向泰伊姆斯国王的营寨进发，我们刚刚行至夜半，半路上便与泰伊姆斯国王的宰相阿尼札尔率领的大军遭遇了。他们兵马强壮，向我们发动猛烈进攻，战场又在泽赫兰山谷，不知不觉我们就被包围了。两军相遇，战斗激烈，一直从半夜厮杀到天明，我们的部队伤亡惨重。阿尼札尔宰相号令大象向我们进攻，大象冲来，力大难挡，踩死我们的战马数匹，我们只有逃跑。因为尘土飞扬，谁也看不见谁，杀声震天，血流成河。若不是我们跑得快，我们也早就倒在血泊之中了。"

库菲德国王听后，怒气冲冲地说："太阳爷不会保佑你们，相反会对你们发怒的！"

阿尼札尔宰相回到泰伊姆斯国王身边，报告了战况。泰伊姆斯国王祝贺他们凯旋归来，随后命令敲鼓鸣号，以示庆祝。经过清点，发现他们牺牲了两百名英雄骑士。

库菲德国王重新发兵，准备决战，他命令大军组成十五排，每排一万骑兵，摆成长蛇大阵，向前进攻；又命令三百名将军骑上大象，在前排冲锋，将士全部精选而出，个个雄壮，人人威武。

紧接着库菲德国王下令击鼓鸣号，旌旗开道。将士呐喊，要求开战。

泰伊姆斯国王则将部队排成十排，每排一万骑兵，由一百名将军骑马指挥。

两军阵势摆好，一排排出阵交战，两军相搏，马匹横冲直撞，一时显得地面狭窄。战鼓、号角齐鸣，人喊马嘶，哨笛助战，震耳欲聋；烟尘四起，遮天盖地。战斗一直从早进行到晚。夜幕垂降时分，方才鸣金收兵，两军各回自己的营寨。

库菲德国王清点人马，发现折兵五千，不禁怒气大作。

讲到这里，眼见东方透出黎明的曙光，莎赫札德戛然止声。

❖── 第五百一十九夜 ──❖

夜幕垂降，莎赫札德接着讲故事：

幸福的国王陛下，两军阵势摆好，一排排出阵交战，两军相搏，马匹横冲直撞，一时显得地面狭窄。战鼓、号角齐鸣，人喊马嘶，哨笛助战，震耳欲聋；烟尘四起，遮天盖地。战斗一直从早进行到晚。夜幕垂降时分，方才鸣金收兵，两军各回自己的营寨。

库菲德国王清点人马，发现折兵五千，不禁怒气大作。

泰伊姆斯国王清点,计损失精兵三千,亦怒发冲冠。

库菲德国王再次派兵出战,阵势如同第一次,人人求胜心切,个个摩拳擦掌。库菲德国王对大军喊道:"谁愿第一个出战,为我们打开厮杀之门?"

话音未落,一个名叫拜尔基克的武将骑着大象冲出。他跳下象背,向库菲德国王行过吻地礼,要求立即出战。库菲德国王允之。只见拜尔基克骑上大象,向战场冲去,并且高喊道:"谁敢同我决一高低?谁能与我一决雌雄?"

泰伊姆斯国王听到对方武将叫阵,回头望望自己的大军,说道:"哪一位勇士出阵与这个将军拼杀?"

话音未落,一位将军骑着一匹宝马,冲出阵列,来到泰伊姆斯国王面前,行过吻地礼,要求出战。泰伊姆斯国王允之。但见他跃马挥剑,直冲拜尔基克将军而去。

拜尔基克眼见一骑士冲来,问道:"你是何人?竟敢如此蔑视本将军,独自来与我交战?你叫什么名字?"

"本将军名叫艾端法尔·本·库哈勒。"

"哦,久闻大名!你我是名将交战,纵马厮杀吧!"

艾端法尔听后,从大腿下拔出飞镖,拜尔基克抽出宝剑,激烈厮杀开始。

拜尔基克一剑击中艾端法尔的头盔,却未伤着他的头发。

艾端法尔抓住机会,掷出飞镖,拜尔基克顿时鲜血直流,从大象背上摔了下去。

就在这时,杀出一个人来,喊道:"你是何人?竟敢杀死我的家兄?"

话音未落,举矛向艾端法尔刺去,一下刺到艾端法尔大腿的护甲上。

见此情景，艾端法尔抽出宝剑，手起剑落，一下将那个人斩成两截。来者登时滚落下马，倒在血泊之中，一命呜呼。

随后，艾端法尔掉转马头，返回自己的阵营。

库菲德国王见此情景，对着自己的大军喊道："跟我冲啊，杀呀！"

泰伊姆斯国王率大军挥矛上阵，两军厮杀开始。顷刻之间。人喊马嘶，刀剑相撞，杀声惊天动地；鼓号齐鸣，勇敢者冲锋陷阵，胆小鬼退离战场。壮士死亡无数，大地血流成河。

两军一直厮杀到红日西沉，方才鸣金收兵。

经过清点，泰伊姆斯国王得知自己损兵五千，毁掉旌旗四面；而库菲德国王发现自己折兵六千，均系奇勇猛士，另有九面旌旗遭毁。

双方激战三天之后，库菲德国王修书一封，派人送给一位名叫法兖·库莱卜的国王，佯称自己是他的娘舅，求其发兵支援。

法兖·库莱卜国王阅过信，立即集结大军，前往支援库菲德国王。

讲到这里，眼见东方透出黎明的曙光，莎赫札德戛然止声。

第五百二十夜

夜幕垂降，莎赫札德接着讲故事：

幸福的国王陛下，两军一直厮杀到红日西沉，方才鸣金收兵。

经过清点，泰伊姆斯国王得知自己损兵五千，毁掉旌旗四面；而库菲德国王发现自己折兵六千，均系奇勇猛士，另有九面旌旗遭毁。

双方激战三天之后，库菲德国王修书一封，派人送给一位名叫法兖·库莱卜的国王，佯称自己是他的娘舅，求其发兵支援。

法兖·库莱卜国王阅过信，立即集结大军，前往支援库菲德国王。

且说泰伊姆斯国王正坐在帅帐之中，忽有人来禀报："国王陛下，大事不好！"

"何事惊慌？"

"我看见远处忽起一缕烟尘，直冲天空。"

泰伊姆斯国王立即派一队人马前去探个虚实。

"遵命！"探马立即行动。旋即归来，禀报道："国王陛下，那烟尘铺天盖地，烟尘下出现七面旌旗，每面旗下有三队人马，正向库菲德国王的营地开去。"

法兖·库莱卜国王率领大军来到库菲德国王面前，致安之后，问道："你怎么啦？你在同谁作战？"

库菲德国王说："泰伊姆斯国王是我的宿敌，杀死了我的父兄，难道你不晓得？我来与他作战，正是为了报仇雪恨。"

"太阳爷保佑你！"

库菲德国王把法兖·库莱卜国王领入帅帐之中，他眼见援兵已到，心中欣喜不已。

一连两个月，王子姜杉没有看见父王，他也没有允许侍候他的美女进他的宫殿。王子姜杉深感忐忑不安，对侍从说："我的父王怎么啦？为什么这么长时间不到我这里来？"

侍从把印度国王库菲德入侵的消息告诉了他。王子姜杉说："把我的马牵来，让我去找我的父王！"

"遵命！"

侍从牵来宝马，王子姜杉心想："我何不策马到那座犹太人城去？到了那里，我再找那个雇佣我的商人，干第一次干过的那种活儿，说不定还会有大收获呢！"

想到这里，王子姜杉纵身上马，带着一千骑士出发了。人们都以为王子姜杉助战去了，谁也没有另外的想法。

王子姜杉率千骑策马扬鞭，一直飞驰到日落西山。他们终于在一片草原上停下来过夜。骑士们都安睡之后，王子姜杉悄悄起来，整理好服装，纵身上马，顺着通往巴格达的大路飞驰而去。因为他听犹太人说，每两年总有商队到他们那里去。王子姜杉心想："我到了巴格达，就随商队到犹太人的城市去。"他决心下定，纵马飞奔而去。

骑士们一觉醒来，既不见王子姜杉，亦看不到他的宝马，便骑上马，分头四下去找。他们找了很长时间，任何关于王子姜杉的消息都没听到。

骑士们只有前去见泰伊姆斯国王，禀报王子姜杉的事情。泰伊姆斯国王听后大怒，几乎嘴冒火星。只见泰伊姆斯国王摘下头上的王冠，无可奈何地说："无能为力，只有依靠万能的安拉了！我失去了儿子，面前又临大敌。"

文武大臣们劝慰道："大王陛下，忍耐吧！万福皆出于忍耐……"

泰伊姆斯国王见儿子不辞而别，随即率大军班师返回京城，不再与印度国王库菲德作战。回到京城，他下令关上城门，加固城墙，死守城中，避免与库菲德国王的军队交锋。

库菲德国王率军队围城挑战，要求与泰伊姆斯国王决一胜负，一连七夜八天。最后见城门总是不开，方才撤兵回到营寨，为伤员医伤。

敌军撤走之后，泰伊姆斯国王即令百姓休整武器，加固城墙，安装弩炮。

就这样，泰伊姆斯国王与库菲德国王之间的对峙局面一直持续了七个年头。

讲到这里，眼见东方透出黎明的曙光，莎赫札德戛然止声。

第五百二十一夜

夜幕垂降，莎赫札德接着讲故事：

幸福的国王陛下，库菲德国王率军队围城挑战，要求与泰伊姆斯国王决一胜负，一连七夜八天。最后见城门总是不开，方才撤兵回到营寨，为伤员医伤。

敌军撤走之后，泰伊姆斯国王即令百姓休整武器，加固城墙，安装弩炮。

就这样，泰伊姆斯国王与库菲德国王之间的对峙局面一直持续了七个年头。

让我们回过头，来看看王子姜杉的情况。

王子姜杉跨上骏马，挥鞭奔驰在旷野、大路上。每到一个地方，必打听高海尔·泰克尼城堡究竟在什么地方，但无一人能告诉他。人们只是说："我们压根儿没听说过这个地方！"

他又向人们打听犹太人城，有个商人对他说："那座城市在遥远的东方边境。"

另一个商人说："我们这个月就出发，你跟我们一道去吧！我们首先到印度的麦兹尔甘，然后到呼罗珊，从呼罗珊到舍姆欧城，再去华尔兹姆；犹太人城离华尔兹姆很近了，之间不过一年零三个月的路程。"

王子姜杉耐心等待，商队出发的日子终于来临了。王子姜杉随商队到了印度的麦兹尔甘城。

进入麦兹尔甘城，王子姜杉立即向人们打听高海尔·泰克尼城堡，结果谁也不知道这个地方。

他们继续前进，到达印度另外一个城市，问起那座城堡，人们都说："我们压根儿没听说过这个地方。"

王子姜杉一路辛苦跋涉，忍受饥渴，困难艰险不计其数，终于走出了印度。

王子姜杉继续旅行，到达呼罗珊，进了舍姆欧城，问起犹太人城，人们给他指了路。

他又走了几天几夜，到达了他摆脱猴子们的那个地方。继续走了几天几夜，来到犹太人城旁的那条河边，坐在岸上休息至礼拜六，终于感到周身有力量了。

王子姜杉过了河，来到第一次去过的那个犹太人的家中，向主人问了安好，又问候了他的家人。他们对他的到来感到高兴，给他拿来吃的和喝的。他们问他："这么长时间，你到哪里去啦？"

王子姜杉说："在安拉的天地之间啊！"

那一夜，王子姜杉在他们那里度过。

第二天上午,当王子姜杉在城里游逛时,听到有人喊叫道:"谁来干半天活儿,将得到一千第纳尔和一位美女。"

王子姜杉说:"我愿意干!"

"跟我来吧!"

王子姜杉跟着那个人进了一个犹太商人的家门,这是几年前他曾来过的地方。

呼喊者对商人说:"老爷,这个小伙子愿意为你干活儿。"

商人对王子姜杉表示欢迎,将他领入客厅,给他端来吃的喝的。

王子姜杉吃饱喝足,商人给他送来一千第纳尔和一位漂亮的姑娘,让姑娘陪他过夜。

天亮之后,王子姜杉把钱和姑娘送到寄居的犹太人家里,然后回到商人那里。随后,王子姜杉随商人骑着马来到那座高耸入云的山下。商人取出刀子和绳子,对王子姜杉说:"把这匹马按倒在地上!"

王子姜杉把马按倒,用绳子绑住,然后照商人的吩咐,把马宰了,剥下马皮,斩掉四肢和头,剖开马肚子。商人说:"钻到马肚子里去,我再把你缝在里面。你在马肚子里看见什么,要立即说给我听。这就是我雇你来干的活儿。"

王子姜杉钻进马肚子里,商人把马肚子缝了起来。

商人远远地躲开,藏了起来。一个时辰过后,一只巨鸟飞来,将马肚子衔起,高高飞上天空,然后落在山顶。

巨鸟落稳,便开始啄食马肉。王子姜杉感到马肚子快被啄开时,便钻了出来。巨鸟见之,惊飞而走。

王子姜杉站起来,向山下望去,只见站在山下的那位商人像麻雀那样小。王子姜杉高声问:"商人阁下,你想要干什么?"

商人说:"把你周围的石头给我扔一些下来,然后我给你指明下山之路。"

"你还想像五年前那样对待我吗？五年前，我被困在山顶，忍受饥渴，尝尽了苦头。你现在又把我弄到了这个地方，想害死我。凭安拉起誓，我什么也不给你扔。"

王子姜杉说罢，转身去找鸟王奈斯尔老人了。

讲到这里，眼见东方透出黎明的曙光，莎赫札德戛然止声。

第五百二十二夜

夜幕垂降，莎赫札德接着讲故事：

幸福的国王陛下，那商人要王子姜杉给他扔些石头，王子姜杉对商人说："五年前，你把我弄到这个地方，想置我于死地，你的心好坏呀！凭安拉起誓，我什么也不会扔给你！"

王子姜杉说罢，转身去找鸟王奈斯尔老人了。

王子姜杉走了几天几夜，心中苦闷，眼泪潸潸，饥食野果，渴饮河水，终于来到了苏莱曼的宫殿，看见奈斯尔老人坐在宫殿门前。

王子姜杉走向前去，亲吻奈斯尔老人的双手。奈斯尔老人热烈欢迎王子姜杉，连声问好。奈斯尔老人说："孩子，你和佘姆赛小姐一起离开了这里，心满意足，欢喜快乐。可是，你怎么又回来了呢？"

王子姜杉哭了，随后向奈斯尔老人讲述了他与佘姆赛之间发生的事情。他对奈斯尔老人说："佘姆赛飞走前，对我说：'如果你爱我，就到高海尔·泰克尼城堡找我吧！'"

奈斯尔老人听后，甚感惊奇，说道："凭安拉起誓，孩子，我不知道有这么一个地方。凭苏莱曼先知起誓，我从来没有听说过这个名字。"

王子姜杉说："我为爱情而来，我该怎么办呢？"

"你忍耐一下！等到百鸟朝王之时，我们向鸟儿们打听一下，也许有鸟儿知道高海尔·泰克尼城堡在什么地方。"

听奈斯尔老人这样一劝，王子姜杉定下心来，步入宫殿，走进他曾看见湖水和三个仙女的那个殿门。

王子姜杉在奈斯尔老人那里住了一段时间。

一天，王子姜杉正坐着，奈斯尔老人说："孩子，百鸟朝王的时间快到了。"

王子姜杉听后，非常高兴。

没过几天，百鸟飞来了。一类又一类的鸟儿向鸟王奈斯尔老人问安致意。王子姜杉向鸟儿们问起高海尔·泰克尼城堡在哪里，每类鸟儿都答："我们从来没有听说过这样一个城堡。"

王子姜杉痛哭流泪，忧伤难抑，昏倒在地，不省人事。

奈斯尔老人唤来一只巨鸟，它说："你把这个小伙子送到卡比勒王国去吧！"

随后，奈斯尔老人向巨鸟描述了卡比勒王国及去那里的路线。

"遵命！"巨鸟答道。

奈斯尔老人让王子姜杉坐在巨鸟的背上，叮嘱说："你要当心，好好坐稳，不要歪斜，以免跌下去。你还要塞住双耳，以免天体运行之声及大海的涛声干扰你的听觉。"

王子姜杉表示听明白了奈斯尔老人的嘱咐。旋即，巨鸟腾空而起，飞了一天一夜，落在一个名叫白德里的兽王那里。

巨鸟对王子姜杉说："我们迷路了，没有飞到鸟王所说的那个国家。"

巨鸟还想带着王子姜杉继续飞行,王子姜杉却说:"巨鸟,你走吧!让我在这里留下来,要么死在这里,要么自己回到祖国去。"

巨鸟把王子姜杉留在兽王白德里那里,展翅飞走了。

兽王白德里问王子姜杉:"你是谁?你和那个巨鸟从何处来?给我讲讲你的身世和经历吧!"

王子姜杉把自己的情况从头到尾向兽王白德里讲了一遍,兽王白德里觉得十分惊奇。兽王白德里说:"凭苏莱曼大帝起誓,我不知道有这么一个城堡。有谁能给我们当向导,我们必款待他一番,让他把你送到那里。"

王子姜杉听后,哭了起来。

过了一会儿,兽王白德里拿来几块牌子,对王子姜杉说:"孩子,你要好好保存这些牌子,把上面写的东西记住。等到百兽朝王之时,我们再向百兽打听那个城堡。"

讲到这里,眼见东方透出黎明的曙光,莎赫札德戛然止声。

❖❖ 第五百二十三夜 ❖❖

夜幕垂降,莎赫札德接着讲故事:

幸福的国王陛下,王子姜杉把自己的情况从头到尾向兽王白德里讲了一遍,兽王白德里觉得十分惊奇。兽王白德里说:"凭苏莱曼大帝起誓,我不知道有这么一个城堡。有谁能给我们当向导,我们必款待他一番,让他把你送到那里。"

王子姜杉听后,哭了起来。

过了一会儿,兽王白德里拿来几块牌子,对王子姜杉说:"孩子,你要好好保存这些牌子,把上面写的东西记住。等到百兽朝王之时,我们再向百兽打听那个城堡。"

刚过一个时辰,百兽们相继到来,向兽王白德里问安致意。

兽王白德里向百兽们问起高海尔·泰克尼城堡,百兽们说:"我们不晓得有这样一个城堡,压根儿没听说过这么一个地方。"

王子姜杉一听,不禁泪如泉涌,后悔自己没有跟着鸟王奈斯尔老人派遣的巨鸟继续飞行寻找。

兽王白德里劝慰王子姜杉道:"孩子,你不要发愁!我有个哥哥,名唤舍马赫。因他违抗苏莱曼大帝的意志,被抓去当了俘虏。在精灵当中,没有比他权力更大的了。因他统治着这个地方的所有精灵,也许他能知道那个城堡在哪里。"

说罢,兽王白德里给他的哥哥写了封信,将寻找城堡之事委托给他。然后让王子姜杉骑上一头野兽,带上信去找他的哥哥——精灵之王舍马赫。

那头野兽驮着王子姜杉行走数天数夜,来到了精灵之王舍马赫所在的地方。野兽在距精灵之王舍马赫相当远的地方停下脚步。王子姜杉离开兽背,行至精灵之王舍马赫面前,亲吻过他的手,将随身带的那封信呈上。

精灵之王舍马赫打开信一看,对王子姜杉表示欢迎,说:"孩子,凭安拉起誓,我压根儿没听说过这座城堡,更没见过。"

王子姜杉一听,伤心落泪。精灵之王舍马赫问:"孩子,给我讲讲你的身世和经历吧!你是何人?从何处而来,又到何处而去呢?"

王子姜杉把自己的情况一五一十地向精灵之王舍马赫讲了一遍。

精灵之王舍马赫听后,惊异不已,说道:"孩子,依我之见,就是苏莱曼大帝也没听说过这座城堡,更谈不上去过了。不过,我倒认识一位山中修道士,年高德劭;因为他博通咒语,所以所有的鸟、兽和精灵都听从他的使唤。他常对精灵之王们念咒语,迫使精灵之王们都服从他,所有鸟与兽都为他效劳。我曾对抗苏莱曼大帝,于是大帝将我俘获去;最终还是因为这位老修道士法术高超、咒语丰富,苏莱曼大帝才把我制服,我始为大帝效力。这位修道士遍游各地,天下道路、城池、城堡及方位,他无所不知,无所不晓。因此,我认为他能知道那座城堡的所在地。我设法让你去找他,但期他能为你指路,找到那座城堡。假若他找不到,那也就没有人能够找到了。因为那位修道士法术无边,天下鸟、兽都去朝拜他。他做了一柄拐杖,分为三截,把拐杖插在地里,对着第一截念咒语,地里就会冒出肉和血;对着第二截念咒语,地里就会冒出鲜奶;对着第三截念咒语,地里就会长出小麦和大麦。之后,拐杖会自动露出地面,他拄着拐杖回到他的修道院里。他那座修道院名叫钻石修道院。这位修道士有许多奇异的发明创造。他不愧为一个精明能干的魔法大师。他名叫耶阿姆斯。他通晓一切咒语和妖术。我会派一只四翼巨鸟送你到他那里去。"

讲到这里,眼见东方透出黎明的曙光,莎赫札德戛然止声。

第五百二十四夜

夜幕垂降,莎赫札德接着讲故事:

幸福的国王陛下，精灵之王舍马赫对王子姜杉说："我设法让你去找那位修道士，但期他能为你指路，找到那座城堡。假若他找不到，那也就没有人能够找到了。因为那位修道士法术无边，天下鸟、兽都去朝拜他。他做了一柄拐杖，分为三截，把拐杖插在地里，对着第一截念咒语，地里就会冒出肉和血；对着第二截念咒语，地里就会冒出鲜奶；对着第三截念咒语，地里就会长出小麦和大麦。之后，拐杖会自动露出地面，他挂着拐杖回到他的修道院里。他那座修道院名叫钻石修道院。这位修道士有许多奇异的发明创造。他不愧为一个精明能干的魔法大师。他名叫耶阿姆斯。他通晓一切咒语和妖术。我会派一只四翼巨鸟送你到他那里去。"

精灵之王舍马赫让王子姜杉骑在一只巨鸟背上，那巨鸟有四只翅膀。每只翅膀长三十腕尺，生有四条大象一样的粗腿。它一年之中只飞两次。精灵之王舍马赫有位助手，名叫泰姆舜，每天从伊拉克弄两峰骆驼来，宰掉劈开，喂这只巨鸟。

王子姜杉骑上巨鸟，精灵之王舍马赫吩咐它把王子姜杉送到修道士耶阿姆斯那里去。

巨鸟驮着王子姜杉腾空而起，飞了几天几夜，来到城堡山中的钻石修道院。

王子姜杉离开鸟背，进到修道院里，见修道士耶阿姆斯正在修功悟道，顶礼膜拜。王子姜杉走上前去，行过吻地礼，然后站在他的面前。

修道士看见王子姜杉，说道："孩子，欢迎你！欢迎你这位远方来客！请告诉我，你为什么到这里来呢？"

王子姜杉哭了，随后将自己的情况讲述了一遍。

修道士听罢，惊异不已。他说："孩子，说真的，我从未听说过有这样一座城堡,更没见过,虽然我经历过努哈时代,而且打努哈时代、苏莱曼大帝时代起,我就统管鸟、兽和精灵。我猜想,苏莱曼大帝也没有听说过这座城堡的名字。不过,孩子,你且等上一等,待鸟、兽和精灵们都到来之时,我去问问它们,说不定谁会知道这座城堡的情况。到那时候,安拉就会为你解难了。"

王子姜杉在修道士那里住了一段时间。

有一天,王子姜杉正坐着,鸟、兽和精灵们都来了。王子姜杉和修道士逐一问过,没有一个说知道,都说:"我根本没听说过这座城堡,更没看见过。"

王子姜杉一听,大失所望,哭泣不止,祈求安拉帮忙。

正在这时,最后一只鸟飞来了,它体态巨大,羽毛呈黑色。巨型黑鸟落下来,亲吻修道士的双手。修道士问:"你知道高海尔·泰克尼城堡在哪里吗?"

大鸟说:"修道士阁下,我们就住在嘎夫山后大地的水晶山上。我和我的弟弟小的时候,我的父亲和母亲每天外出打食,回来喂我们。有一天,父母外出打食,一连七天没有回来,我们饥饿难忍。第八天时,父母哭着回来了。我问:'你们俩怎么这么长时间不回来?'父母说:'我们遇见一个恶魔,把我们抢走,将我们带到了高海尔·泰克尼城堡,送到佘赫兰国王面前。佘赫兰国王看见我们,想把我们杀掉,我们说家里还有孩子,他这才免我们一死。'假若我的父母还活着,一定能告诉你们俩那座城堡的确切位置。"

王子姜杉听后,又是一场大哭。他对修道士说:"请你让这只大鸟把我送到它父母在嘎夫山后的水晶山上的窝巢去吧!"

修道士对大鸟说:"大鸟啊,你听从这个孩子的命令,把他送到他要去的地方吧!"

"遵命!"大鸟欣然答道。

黑色大鸟让王子姜杉坐在自己的背上，旋即拍翅腾空而起。它驮着王子姜杉飞了两天，降落在一片有鸟巢的土地上。

讲到这里，眼见东方透出黎明的曙光，莎赫札德戛然止声。

第五百二十五夜

夜幕垂降，莎赫札德接着讲故事：

幸福的国王陛下，王子姜杉听后，又是一场大哭。他对修道士说："请你让这只大鸟把我送到它父母在嘎夫山后的水晶山上的窝巢去吧！"

修道士对大鸟说："大鸟啊，你听从这个孩子的命令，把他送到他要去的地方吧！"

"遵命！"大鸟欣然答道。

黑色大鸟让王子姜杉坐在自己的背上，旋即拍翅腾空而起。它驮着王子姜杉飞了两天，降落在一片有鸟巢的土地上。

大鸟对王子姜杉说："喂，姜杉，这就是我们原来居住的窝巢。"

王子姜杉一看，号啕大哭。他说："我希望你把我送到你父母觅食的那个地方去。"

"遵命！"

黑色大鸟让王子姜杉坐在自己的背上，旋即拍翅腾空而起。它驮着王子姜杉飞去，飞了七天八夜，来到一座高山上。大鸟降落之后，对王子姜杉说："这个地方以外的土地，我就不认识了。"

王子姜杉只觉困意袭来，便在山上睡着了。

一觉醒来，王子姜杉看见远处闪着亮光，一时不知道那亮光离这里有多远，更不晓得就是他所寻找的那座城堡在闪闪放光。

原来，那就是王子姜杉所寻找的那座城堡放射出来的光芒。

那座城堡距离他所在的那座高山尚有两个月的里程。

那座城堡用红宝石砌成，房舍全部用赤金构筑，城内有宝石塔千座，全部用从海里挖出来的珍贵金属建成。因此，那座城堡叫作高海尔·泰克尼城堡，意为"珍宝之城"。因为它全部是用珍珠、宝石构筑的。该城是座巨大的城堡，国王名叫佘赫兰，他就是那三个仙女的父王。

三仙女佘姆赛飞离王子姜杉之后，回到家中，向家人讲述了王子姜杉的情况，她告诉家人，王子姜杉遍游天下，看到了许多奇观；还告诉家人，说王子姜杉爱她，她也爱王子姜杉；她还把发生的所有事情都讲给了父母。

父母听女儿这样一说，抱怨道："你这样行事，安拉是不允许的。"

父亲对侍从们说："你们当中谁发现有人来，立即将之带到我的面前！"

三仙女佘姆赛告诉母亲说王子姜杉深深地爱她，还说："王子一定会找我来的！因为我临离开他的宫殿时对他说过：'你如果真爱我，就请到高海尔·泰克尼城堡找我。'"

王子姜杉看见那片亮光，便朝那里走去，想看看究竟是什么。

三仙女佘姆赛派一个侍役前往盖德姆斯山去干活儿。

那侍役正往山中走时，忽见远处有个人，便快速朝那个人走去，主动上前问安。

王子姜杉见了，有些害怕，慌忙回礼。侍役问："你叫什么名字？"

"我叫姜杉。"王子姜杉回答道，"我曾遇上一位仙女，名叫佘姆赛。她相貌绝美，娇艳妩媚，我深深爱上了她。她住进了我父王的宫殿，之后，又飞走啦……"

王子姜杉把事情从头到尾向那个侍役讲了一遍，边说边哭，泪如雨下。

侍役见小伙子哭得那样伤心，不禁也难过起来。侍役说："小伙子，别哭啦！你的目标就要实现了。你有所不知，公主也很爱你，还把你来的消息告诉了她的父母亲。正因为公主爱你，城中的每一个人都很喜欢你。你只管放心就是了！"

侍役把王子姜杉扛在肩上，走进珠宝之城。报喜者迅速向佘赫兰国王及佘姆赛公主报告了王子姜杉到来的消息。

消息传来，满城欢喜。

佘赫兰国王令文臣武将出迎王子姜杉，随后亲自率领大队人马欢迎王子姜杉。

讲到这里，眼见东方透出黎明的曙光，莎赫札德戛然止声。

第五百二十六夜

夜幕垂降，莎赫札德接着讲故事：

幸福的国王陛下，王子姜杉把事情从头到尾向那个侍役讲了一遍，边说边哭，泪如雨下。

侍役见小伙子哭得那样伤心，不禁也难过起来。侍役说："小伙子，别哭啦！你的目标就要实现了。你有所不知，公主也很爱你,还把你来的消息告诉了她的父母亲。正因为公主爱你,城中的每一个人都很喜欢你。你只管放心就是了!"

侍役把王子姜杉扛在肩上,走进珍宝之城。报喜者迅速向佘赫兰国王及三仙女佘姆赛报告了王子姜杉到来的消息。

得知王子姜杉即将到来的消息,京城一片欢腾。佘赫兰国王令文臣武将出迎王子姜杉,随后亲自率领大队人马出了城。

三仙女佘姆赛的父亲佘赫兰国王见到王子姜杉,热烈拥抱他。王子姜杉恭恭敬敬亲吻佘赫兰国王的双手。佘赫兰国王赐赠给王子姜杉彩色绣金缀玉绸袍一身,并给他戴上国王们通常戴的王冠。之后,佘赫兰国王送给王子姜杉神王御用宝马一匹。

王子姜杉纵身上马,众侍从左右护卫,大队人马,浩浩荡荡,在佘赫兰国王引领下,进入王宫大门。

王子姜杉离鞍下马,只见那是一座宏伟的宫殿,宫墙全用红、绿宝石和名贵玉石构筑,而地面上铺的全是水晶石、黄玉和碧玉。

见此景象,王子姜杉惊奇万分,禁不住泪流满面。佘赫兰国王和三仙女佘姆赛忙为他擦泪,同时说:"别哭啦,也不要担忧啦!你已经到达了目的地。"

行至大殿中央,宫女、仆役们忙迎上来,让他坐在一张金椅子上,然后一旁站立,周到伺候。

王子姜杉见宫殿全用宝石建成,如此豪华罕见,一时不知该说什么。

佘赫兰国王走向自己的宝座,吩咐宫女、仆役让王子姜杉坐到自己的身旁来。他们立即引领王子姜杉更换座位。

佘赫兰国王让王子姜杉在自己的身旁坐下,随后吩咐摆上筵席。大家吃饱喝足,洗过手,三仙女佘姆赛的母亲走到了王子姜杉面前,向他问过安好,对他表示欢迎,然后说:"经过千辛万苦,你已经如愿以偿。久经磨难之后，你可以安度良宵了。赞美安拉，你终于平平安安到达了目的地。"

说罢，她走到女儿身边，将佘姆赛公主领到王子姜杉面前。

三仙女佘姆赛向王子姜杉问安致意，亲吻他的双手，然后羞涩地低下了头；在父母双亲面前，她感到不好意思。

三仙女佘姆赛的兄弟们走上前来，相继亲吻王子姜杉的手，一一向他问安。

王后对王子姜杉说："孩子，欢迎你！我的女儿佘姆赛慢待了你，看在我们的面儿上，你就不要责怪她啦！"

王子姜杉听王后这样一说，一声大喊，晕了过去。

佘赫兰国王见此情景，不禁大惊。宫女们急忙取来混着麝香的玫瑰水，往王子姜杉的脸上洒了一些，只见王子姜杉缓缓苏醒过来。他望着三仙女佘姆赛，说："赞美安拉使我如愿以偿，熄灭了我心中的思恋之火。"

三仙女佘姆赛说："你再也不会遭火烤啦！姜杉，我希望你把同我分别后的情况讲讲！你是怎样来到这个地方的呢？据我所知，多数精灵并不知道珍宝之城在何方。因为我们拒绝与所有君王交往，没有谁认识这条路，也不曾有谁听说过这个地方。"

王子姜杉把自己的情况以及怎样来到这里的经过，详详细细讲了一遍，并且谈到他父亲与印度国王库菲德之间发生的战争。此外，王子姜杉还把他在路上遇到的艰难困苦及看到的种种惊险与奇观讲了一遍。王子姜杉对三仙女佘姆赛说："喂，佘姆赛，所有这些，都是为了你呀，我的小姐！"

佘赫兰国王说："姜杉，如今你的目的已经达到，我将把佘姆赛公主许配给你。"

王子姜杉一听，兴奋不已。佘赫兰国王说："下个月，我就为你们举行婚礼庆典,让你与公主结为百年之好,然后让你带着她回你的家乡去。另外,我还要给你一千名魔将;假若你有令,能耐最差的魔将也可在顷刻之间将库菲德国王及其大军斩尽杀绝。今后,我每年都给你派一批魔军去,只用其中一个便可消灭你的所有敌人。"

讲到这里,眼见东方透出黎明的曙光,莎赫札德戛然止声。

第五百二十七夜

夜幕垂降,莎赫札德接着讲故事:

幸福的国王陛下,听佘赫兰国王要把三仙女佘姆赛许配给自己,姜杉王子欣悦不已。佘赫兰国王说:"下个月,我就为你们举行婚礼庆典,让你与公主结为百年之好,然后让你带着她回你的家乡去。另外,我还要给你一千名魔将;假若你有令,能耐最差的魔将也可在顷刻之间将库菲德国王及其大军斩尽杀绝。今后,我每年都给你派一批魔军去,只用其中一个便可消灭你的所有敌人。"

佘赫兰国王端坐宝椅,令大臣们立即装点城郭,举行盛大庆典活动,连续狂欢七天七夜。

"遵命照办!"

大臣们转身离去,开始为公主的盛大婚礼做准备。他们一直忙碌了两个月。

一切准备完毕,盛大结婚典礼开始,盛况空前。新郎新娘入洞房,从此一对恩爱夫妻过着欢快、甜蜜、舒适的生活,不知不觉两个年头过去了。

一天,王子姜杉对妻子佘姆赛说:"你父王已答应我们回家乡去,我们在那里住一年,在这里住一年,是吗?"

佘姆赛说:"是啊!"

当天晚上,佘姆赛把王子姜杉的话告诉了父亲,父亲说:"我是答应过呀!不过,稍等等!到下个月初,我给你们安排好随行人员,你们再起程不迟。"

佘姆赛把父王的话传达给王子姜杉,小两口兴奋不已,焦急地等待着起程回国日子的到来。

佘赫兰国王亲自安排侍候三仙女佘姆赛和王子姜杉的仆役,并为二人准备镶嵌着珍珠、宝石的红色大轿,轿上装有一顶绿绸宝帐,上面缀着名贵宝石,五彩缤纷,精美绝伦。

王子姜杉和佘姆赛坐上轿子,精神饱满,容光焕发。

佘赫兰国王选了四位魔役抬轿,各把一角,坐在轿上的佘姆赛公主向母后、父王、姐姐、兄弟和家人告别。佘赫兰国王纵身上马,护送女儿、女婿登程上路,吩咐魔役们抬轿起步。

佘赫兰国王一直陪着他们行至日挂中天,魔役们放下轿子,王子姜杉夫妇下来与父王告别。佘赫兰国王叮嘱王子姜杉好好照顾佘姆赛公主,并吩咐魔役们好好服侍佘姆赛公主和王子姜杉,随后下令起轿上路。佘姆赛公主和王子姜杉再次与佘赫兰国王道别,分手上路,各行其路,佘赫兰国王回返京城。

佘赫兰国王给佘姆赛公主三百名宫娥、彩女,还给了王子姜杉三百名魔兵。他们一起坐上轿子,抬轿的四位魔役带上他们,飞行在天地之间。

他们每天飞行三十个月的路程,一直飞了十天。

魔役当中有一位认识卡比勒王国。当卡比勒王国出现在视野里时,这位魔役即令轿子降落,最后落在卡比勒王国的一座大城市,那就是泰伊姆斯国王的京城。

讲到这里,眼见东方透出黎明的曙光,莎赫札德戛然止声。

❖—— 第五百二十八夜 ——❖

夜幕垂降,莎赫札德接着讲故事:

幸福的国王陛下,佘姆赛公主和王子姜杉带着三百名宫娥、彩女和三百名魔兵,坐上由四位魔役抬的轿子,飞行在天地之间。他们每天飞行三十个月的路程,一直飞了十天。

魔役当中有一位认识卡比勒王国。当卡比勒王国出现在视野里时,这位魔役即令轿子降落,最后落在卡比勒王国的一座大城市,那就是泰伊姆斯国王的京城。

话说泰伊姆斯国王败退京城,京城被印度国王库菲德的大军包围了个水泄不通。

被围困在京城中的泰伊姆斯国王向印度国王库菲德求和,而库菲德国王拒绝讲和。

泰伊姆斯国王知道别无退敌良策,心灰意懒,想一死了之,以期摆脱忧愁和痛苦。他站起身来,与臣僚们告别,又回到寝宫与王后告别。此时此刻,整个京城乃至王国内,处于一片哭泣、悲伤之中。

就在这个时候，魔兵魔将和魔役们降落在城内一处宫殿中。王子姜杉命令他们把大轿停降在宫院当中的空地上。

王子姜杉和佘姆赛公主以及宫娥、彩女们走出轿子，却见京城居民处于大军包围之中，危在旦夕。王子姜杉对佘姆赛公主说："亲爱的，你看哪，我父王正处于敌军围困之中啊！"

佘姆赛公主眼见王子姜杉的父亲和京城居民处境如此悲惨，即命令魔兵魔将向围城的库菲德大军发动进攻，杀死他们。她对兵将们说："魔兵魔将们，冲啊，杀啊，把敌军全部消灭光！"

王子姜杉向一个名叫盖拉塔什的魔将使了个眼色，要他立即去把库菲德国王抓来。

魔役们抬着轿子飞到城外，停落在一片空地上，搭起帐篷，耐心等待。

夜半时分，魔兵魔将们向库菲德国王及其大军发动猛烈攻击。每个魔兵抓起骑在大象背上的库菲德国王的将士，高高飞上天空，然后抛下来，他们一个个被摔得粉身碎骨。部分魔兵魔将则用铁器攻打敌军。

魔将盖拉塔什奉王子姜杉之命冲进国王大帐之中，见印度国王库菲德正坐在宝座上，便一跃将之抓住，旋即飞上天空。库菲德国王恐惧至极，不住地高声叫喊。盖拉塔什飞至轿子停放处，降落而下，将库菲德国王绑在轿子里。四位魔役将轿子抬到天空，霎时之间，库菲德国王发现自己已经离开地面，飘在空中，不禁惊慌失措，连连批打自己的面颊。

泰伊姆斯国王意外看见儿子归来,高兴至极,一声大喊,昏迷过去。

宫仆们给泰伊姆斯国王的脸上洒上玫瑰水，泰伊姆斯国王方才慢慢苏醒过来。眼见儿子站在面前，父子紧紧拥抱在一起，热泪滚滚淌落，浸湿了锦袍衣襟。

此时此刻，泰伊姆斯国王并不知道魔兵魔将在同库菲德国王的军队作战。

片刻后，佘姆赛公主站起来，走到泰伊姆斯国王跟前，亲吻他的手，说："父王陛下，请您登上殿顶，看看我父亲派来的魔兵魔将与敌人作战的情形吧！"

泰伊姆斯国王登上殿顶，和王子姜杉、佘姆赛公主一起观战……

讲到这里，眼见东方透出黎明的曙光，莎赫札德戛然止声。

第五百二十九夜

夜幕垂降，莎赫札德接着讲故事：

幸福的国王陛下，泰伊姆斯国王意外看见儿子归来，高兴至极，一声大喊，昏迷过去。

宫仆们给泰伊姆斯国王的脸上洒上玫瑰水，泰伊姆斯国王方才慢慢苏醒过来。眼见儿子站在面前，父子紧紧拥抱在一起，热泪滚滚淌落，浸湿了锦袍衣襟。

此时此刻，泰伊姆斯国王并不知道魔兵魔将在同库菲德国王的军队作战。

片刻后，佘姆赛公主站起来，走到泰伊姆斯国王跟前，亲吻他的手，说："父王陛下，请您登上殿顶，看看我父亲派来的魔兵魔将与敌人作战的情形吧！"

泰伊姆斯国王登上殿顶，和王子姜杉、佘姆赛公主一起观战，只见魔兵魔将们纵横驰骋，英勇杀敌：有的手持铁器猛击敌军的大象，顷刻间连人带象，血肉模糊，难以分辨；有的抓回一帮逃遁的敌兵，冲着他们大喊，活活将他们吓死；有的抓住敌军的二十来个骑士，腾空而起，然后抛向大地，将他们一个个摔得粉身碎骨。此情此景，泰伊姆斯国王、王子姜杉和佘姆赛公主全都看在眼里，一清二楚。

正当泰伊姆斯国王、王子姜杉和佘姆赛公主观战之时，待在大轿旁落泪的印度国王库菲德望见了他们。

战斗异常激烈，一直持续了整整两天时间。

战斗结束，王子姜杉命令魔役们把轿子抬到城堡当中的一片空地上，魔役们遵命从令，立即把轿子抬到指定的位置。

泰伊姆斯国王吩咐一个名叫舍姆瓦勒的魔将给印度国王库菲德戴上手铐脚镣，将之囚入黑塔，魔将立即执行命令。

随后，泰伊姆斯国王下令敲鼓示庆，并派人向王后报喜。仆役立即行动，去向王后报告王子姜杉回来的消息。王后闻讯大喜，遂骑马前来。

王子姜杉一看见母亲，母子俩紧紧拥抱在一起。因为过度兴奋，王后晕了过去，不省人事。

女仆们立即为王后喷洒玫瑰水，王后渐渐苏醒过来，然后抱住儿子，喜泪簌簌落下。

佘姆赛公主得知王后已来，立即上前向婆母致意问安。婆媳相互拥抱在一起，久久享受重聚的欢乐，然后坐下讲述别后情景。

泰伊姆斯国王下令打开城门，派报喜人遍走全国各地，报告敌军被全歼及王子归来的喜讯。过不多时，各地送给泰伊姆斯国王无数礼物和财宝。接着，各国君王、大臣、将相纷纷前来，向泰伊姆斯国王致意，祝贺他克敌制胜，庆贺王子平安归来。

人们奔走相告，祝贺问候，一直持续了很长时间。

泰伊姆斯国王再次为佘姆赛公主和王子姜杉举办盛大婚礼庆典，下令装点城郭，张灯结彩，街巷装饰一新。新娘新郎衣饰华贵，宫内宫外喜气洋洋。洞房花烛之夜，新郎送给新娘一百个宫女，个个娇艳欲滴，人人体态婀娜，吩咐她们好好伺候公主。

几天过后，佘姆赛公主来见泰伊姆斯国王，在国王面前为库菲德国王说情。她说："国王陛下，求你放了库菲德国王，让他回国去吧！倘若他日后还敢犯我边界，我定会命令魔将把他擒来。"

泰伊姆斯国王听后，稍加思索，回答道："就依你的主意！"

随后，泰伊姆斯国王派魔将舍姆瓦勒去带库菲德国王。

片刻后，库菲德国王戴着脚镣手铐来到泰伊姆斯国王面前，向他行吻地礼。

泰伊姆斯国王吩咐取下库菲德国王的镣铐，然后赏给他一匹瘸腿马，对他说："国王陛下，佘姆赛公主替你求情，看在她的面儿上，我放你回国去；倘若你再敢来犯我国，公主将派魔将再把你擒来。"

库菲德国王狼狈不堪，骑着瘸腿马回国而去。

讲到这里，眼见东方透出黎明的曙光，莎赫札德戛然止声。

❖❖ 第五百三十夜 ❖❖

夜幕垂降，莎赫札德接着讲故事：

幸福的国王陛下，印度国王库菲德惨败，成了泰伊姆斯国王的俘虏。看在佘姆赛公主求情的面儿上，泰伊姆斯国王决定释放库菲德国王，并送给他一匹瘸腿马，对他说："国王陛下，佘姆赛公主替你求情，看在她的面儿上，我放你回国去；倘若你再敢来犯我国，公主将派魔将再把你擒来。"

库菲德国王狼狈不堪，骑着瘸腿马回国而去。

此后，王子姜杉与佘姆赛公主和父王、母后一起过着幸福、美好的日子，共享天伦之乐。

坐在坟墓前的青年对布鲁基亚讲了这样一个长长的故事。

那青年停顿片刻，然后对布鲁基亚说："布鲁基亚兄弟，我就是故事中的王子姜杉。所有这些，都是我亲眼见到、亲身经历的。"

布鲁基亚听他这样一说，惊异万分。

敬慕穆罕默德大名的布鲁基亚问王子姜杉："兄弟，你与这两座坟墓何干？你为什么坐在这里呢？"

王子姜杉答道："布鲁基亚兄弟，你有所不知，我们本来过着幸福快乐的生活，每两年当中，一年在我的国家度过，一年去珍宝之城生活，往返都由魔役抬轿，飞行在天地之间，其乐无穷。"

"你们的国家离珍宝之城有多远呢？"

"我们每天飞行三十个月的里程，十天就可以达到珍宝之城。我们像这样生活了许多年。有一次，我们照例飞行，来到这个河畔，降落在地，走出轿子，欣赏这个岛上的风景。我们坐在河畔，吃饱喝足之后，佘姆赛公主说：'我想下河洗澡。'说着，她脱去衣服，婢女们也脱下衣服，相继下到河中游泳。我在河岸上散步，让婢女们陪伴着公主在河中戏水。不料，就在这个时候，一只巨大的河兽叼住了公主的腿，只听她一声大叫，顿时命丧水中。婢女们上岸时,她已停止了呼吸。我见心爱的妻子丧命,顿时晕倒在地,不省人事了。"

王子姜杉停顿片刻,接着说:"她们用水喷我的脸,我缓缓苏醒过来,失声痛哭。我吩咐魔役们抬上轿子,去见公主的亲人,把公主的不幸告诉他们。他们从命,抬起轿子飞去,报告了情况。时隔不久,公主的亲人来到了这个地方,为公主沐浴尸体,裹上殓衣,将她埋葬在这里。他们为公主举行完葬礼,要把我接到他们的国家去,我对公主的父亲说:'我希望你在公主的墓旁为我挖一个坟坑;我死之后,将我埋在这里,让我永远守在公主的身边。'佘赫兰国王即令魔役们动手,旋即挖好坟坑,正合我意。这就是我坐在这两座坟墓之间的原因。"

说完,王子姜杉凄然吟诵道:

> 列位先生们,听我致一言:
> 自打你们去,家邻俱消散。
> 亲朋无一人,昔日光不见。

布鲁基亚听王子姜杉这样一说,不禁惊异万分。

讲到这里,眼见东方透出黎明的曙光,莎赫札德戛然止声。

第五百三十一夜

夜幕垂降,莎赫札德接着讲故事:

幸福的国王陛下，布鲁基亚听王子姜杉这样一说，又吟诵了一首凄凉的诗，不禁惊异万分，随口说道："凭安拉起誓，我本以为自己遍走天下，无所不见。可是，我听了你讲自己的经历，仿佛我一下把自己见到的东西全都忘了。"

片刻后，布鲁基亚对王子姜杉说："姜杉兄弟，我希望你行行好，给我指一条安全之路吧！"

王子姜杉给布鲁基亚指了指路，二人依依惜别，布鲁基亚踏上了征程。

蛇女王讲到这里，哈西卜·凯里穆丁问道："这些故事，你是怎样知道的呢？"

蛇女王开始给哈西卜·凯里穆丁讲故事的来历：

二十五年前，我派一条大蛇去米斯尔，让它给布鲁基亚送一封信。大蛇拿上信，去把信送给嫔特·舍姆赫。嫔特·舍姆赫有个女儿在米斯尔。她便拿上信，到了米斯尔，打听到布鲁基亚的住址，顺利找到了布鲁基亚，问过安好，递上信件。布鲁基亚看过信，问："你是从蛇女王那里来的吗？"

"正是。"

"我有事情，正想找蛇女王一趟，和你一道去，好吗？"

"好啊！"

嫔特·舍姆赫带着布鲁基亚来到女儿家，向女儿问了安好，然后离开女儿那里。她对布鲁基亚说道："请你合上双眼！"

布鲁基亚合上双眼，片刻后睁开眼一看，他已来到我住的这座山上。

嫔特·舍姆赫带着布鲁基亚到了那条大蛇那里,向它问过安好,大蛇问她:"你把信送到布鲁基亚手里了吗?"

"送到了!而且他跟着我来了。"

布鲁基亚走上前,向大蛇问好,然后打听蛇女王的去向,大蛇说:"她到嘎夫山去了,还带着蛇兵蛇将。夏天到了,她就回这里来。每当蛇女王去嘎夫山时,就让我坐她的位置,直到她由那里返回。你如有什么事,我可以给你办。"

布鲁基亚说:"我希望你能给我一种草,谁喝了它的汁,就能身体强壮,头发不白,长生不老。"

大蛇说:"你把你和阿凡离开之后到苏莱曼大帝坟墓那里去的情况告诉我,只有这样,我才能给你弄来那种草。"

布鲁基亚听大蛇这样一说,便把自己的经历从头到尾讲了一遍,还把王子姜杉的情况讲给了它。之后,布鲁基亚说:"你就帮助我办那件事吧!办成之后,我也好回国去。"

大蛇说:"凭苏莱曼大帝起誓,我根本不知道去采那种草的路。"

之后,大蛇吩咐带他来的嫔特·舍姆赫:"你就把他送回国去吧!"

"遵命!"嫔特·舍姆赫一口答应。

嫔特·舍姆赫对布鲁基亚说:"合上双眼吧!"

布鲁基亚合上双眼,片刻后,他一睁眼,只见自己已来到古图卜山上,然后他回了家。

蛇女王从嘎夫山回来,坐在她位置上的大蛇上去欢迎,向蛇女王问好,并且说:"布鲁基亚向你问好啦!"

接着,它把布鲁基亚讲的旅途见闻全部告诉了蛇女王,其中包括与王子姜杉见面的情景。

讲到这里,蛇女王对哈西卜·凯里穆丁说:"喂,哈西卜·凯里穆丁,这些故事就是这样听来的。"

哈西卜·凯里穆丁说:"蛇女王,能把布鲁基亚回埃及的情况对我讲一讲吗?"

蛇女王开始给哈西卜·凯里穆丁讲布鲁基亚回埃及的情况:

布鲁基亚离别王子姜杉,走了几天几夜,来到一个大海边,他将随身带着的草汁涂到脚上,开始踏着海面行走,不多时到达一座海岛。登上海岛,只见那里树木繁茂,河渠纵横,颇似人间天堂。

布鲁基亚正在岛上转悠时,看见一棵大树,树叶大如帆船。当他走近大树时,发现树下摆着一桌筵席,美味佳肴,样样齐全。他还看见树上站着一只巨鸟:珍珠、翡翠身子,白银腿和爪,红宝石嘴,贵重金属羽毛,嘴里不住地赞颂安拉,并为穆罕默德祈祷祝福。

讲到这里,眼见东方透出黎明的曙光,莎赫札德戛然止声。

第五百三十二夜

夜幕垂降,莎赫札德接着讲故事:

幸福的国王陛下,蛇女王开始给哈西卜·凯里穆丁讲布鲁基亚回埃及的情况:

布鲁基亚离别王子姜杉,走了几天几夜,来到一个大海边,他将随身带着的草汁涂到脚上,开始踏着海面行走,不多时到达一座海岛。登上海岛,只见那里树木繁茂,河渠纵横,颇似人间天堂。

布鲁基亚正在岛上转悠时,看见一棵大树,树叶大如帆船。当他走近大树时,发现树下摆着一桌筵席,美味佳肴,样样齐全。他还看见树上站着一只巨鸟:珍珠、翡翠身子,白银腿和爪,红宝石嘴,贵重金属羽毛,嘴里不住地赞颂安拉,并为穆罕默德祈祷祝福。

布鲁基亚看见巨鸟,便问:"你是谁?何故在此?"

巨鸟答:"我是天堂里的一只鸟,你有所不知,安拉把阿丹赶出伊甸园时,阿丹只带着四片树叶,用以遮羞。那四片叶子掉在地上,其中一片被蚕吃了,后来吐出丝来;另一片被羚羊吃掉,产生了麝香;第三片被蜜蜂吃掉,蜂便酿出了蜜;第四片落在印度,那里就出产香料。我游遍了所有地方,最后安拉让我在这个地方定居下来。每个礼拜五的夜里,天下的圣徒都要到这里来,游览这个地方,在这里进餐。这是安拉对他们的款待,每礼拜五的白天和夜里都接待他们,然后才把筵席撤回天堂。此事已成定规,每周如是,年年不变。"

布鲁基亚吃了起来,吃饱之后,忽然,贤哲海杜尔走了过来。

布鲁基亚站起来,向海杜尔问了安好,想要离去时,巨鸟对他说:"布鲁基亚,你在海杜尔阁下面前坐一会儿吧!"

布鲁基亚坐了下来。海杜尔说:"把你的经历给我讲一讲吧!"

布鲁基亚把自己遇到的情况从头到尾讲了一遍,一直讲到坐在海杜尔面前之时为止,方才停下来。

布鲁基亚问:"先生,由此地到埃及的米斯尔城有多少路程?"

海杜尔回答道:"要走九十五年。"

布鲁基亚一听,不禁痛哭流泪。片刻后,他亲吻着海杜尔的手,说:"救救我这个远离家乡的人吧!安拉会给你报偿的。因为我已临近死亡，无计可施了。"

"你死之前，就祈求安拉让我把你送回米斯尔城吧！"

布鲁基亚边哭边向安拉祈祷，安拉果然答应了他的祈求，默示海杜尔把他送回家乡去。

海杜尔对布鲁基亚说："抬起头来，安拉已经接受了你的祈祷，默示我把你送回埃及去。起来，伸出手来，紧紧抓住我的衣襟，合上你的双眼！"

布鲁基亚抓住海杜尔的衣襟，合上了双眼。

海杜尔迈了一步，便对布鲁基亚说："睁开眼吧！"

布鲁基亚睁开眼一看，发现自己已站在自家门前。当他回过头去想同海杜尔告别时，发觉他已经踪影不见了。

讲到这里，眼见东方透出来黎明的曙光，莎赫札德戛然止声。

第五百三十三夜

夜幕垂降，莎赫札德接着讲故事：

幸福的国王陛下，海杜尔对布鲁基亚说："抬起头来，安拉已经接受了你的祈祷，默示我把你送回埃及去。起来，伸出手来，紧紧抓住我的衣襟，合上你的双眼！"

布鲁基亚抓住海杜尔的衣襟，合上了双眼。

海杜尔迈了一步，便对布鲁基亚说："睁开眼吧！"

布鲁基亚睁开眼一看，发现自己已站在自家门前。当他回过头去想同海杜尔告别时,发觉他已经踪影不见了。

布鲁基亚走进门,母亲看见儿子,不禁一声叫喊,因为过分高兴,晕了过去,不省人事了。

喷过玫瑰水,母亲方才慢慢苏醒过来。

母亲刚苏醒过来,便将儿子紧紧搂在怀里,泪水潸然淌落。布鲁基亚时哭时笑,惊喜交加。

家人、亲戚、朋友们相继到来,祝贺布鲁基亚平安回到家中。

布鲁基亚回来的消息迅速传遍全国,礼品从各地陆续送来,鼓乐齐鸣,热闹非常。

布鲁基亚把自己经历的奇闻怪事全部讲给他们听,一直讲到海杜尔把他送回家门口。大家听后,一个个惊奇不已,无不流着惊喜的眼泪。

哈西卜·凯里穆丁听完蛇女王给他讲的故事,惊愕万分,不禁热泪横流。

哈西卜·凯里穆丁对蛇女王说:"我想回家去。"

蛇女王说:"哈西卜·凯里穆丁,我担心你回去之后背弃誓言,进澡堂洗澡。"

哈西卜·凯里穆丁听后,立即再次立誓:终生不进浴池。

蛇女王对一条蛇下令道:"你把哈西卜·凯里穆丁送上地面吧!"

那条蛇带着哈西卜·凯里穆丁走了一个地方又一个地方,最后将他从一眼枯井送上地面。哈西卜·凯里穆丁走进城里,迈步向自己家走去。

时值下午,太阳放射出金黄色的光。

哈西卜·凯里穆丁敲过门,出来开门的是他的母亲。

母亲看见站在门外的是自己的儿子,高兴得大喊了一声,扑向前去，哭了起来。

妻子听见婆母的哭声，立即走出来，见丈夫站在那里，急忙上前问好，亲吻丈夫的手。他们都沉浸在欢乐之中。

哈西卜·凯里穆丁走进家，刚刚坐稳，便问起和他一起打柴的樵夫们，说他们把他丢在枯井里，然后都走了。

母亲说："他们来过我这里，对我说：'你的儿子在山谷里被狼吃掉了。'那些人如今成了商人、财主和店主，过上了好日子。他们每天都给我送吃的、喝的，一直持续到现在。"

哈西卜·凯里穆丁对母亲说："母亲，你明天去他们那里一趟，对他们说：'哈西卜·凯里穆丁从外地回来了，到我家来见见他吧！'"

第二天早晨，哈西卜·凯里穆丁的母亲便到樵夫们的家，把儿子嘱咐的那些话说给他们听。

樵夫们一听，面色蜡黄，慌忙说："我们就去，就去！"

他们每人送给哈西卜·凯里穆丁的母亲一套绣金绸衣，并且说："把这些衣服送给你儿子，让他穿吧！告诉哈西卜·凯里穆丁，我们明天就去看他。"

"好吧！"

母亲回到家中，把樵夫们的话告诉了儿子，还把他们送的衣服递给了哈西卜·凯里穆丁。

那几个改行经商的樵夫马上把几位阅历丰富的商人请来，告诉他们自己欠哈西卜·凯里穆丁的钱数，并与他们商量。

"我们现在该怎么向哈西卜·凯里穆丁交代呢？"

商人们说："你们每个人应把自己的一半钱财和奴仆送给哈西卜·凯里穆丁。"

大家一致同意这个意见。每个人都带上自己的一半钱财，来到哈西卜·凯里穆丁家里，向他问安，把带的钱财给了他。他们对哈西卜·凯里穆丁说:"走吧,和我们一起到城里去逛逛吧,到浴池洗个澡!"

哈西卜·凯里穆丁说:"我已经立过誓,终生不进澡堂。"

"那就到我们家里做客,好让我们款待你一番。"

"好吧!"

哈西卜·凯里穆丁跟着他们走去,每个人款待他一夜。就这样,他一连七夜得到款待。他成了财主和店主,全城的商贾纷纷前来拜访他,他把自己的经历和见闻讲给他们听,他很快成了商贾中的显贵名流。

这样的安逸生活持续了相当长一段时间。

有一天,哈西卜·凯里穆丁在城中游逛,路经澡堂,被澡堂老板看见了。

二人目光相遇,相互问安、拥抱之后,澡堂老板说:"请进浴池洗个澡,按摩一下,也好让我招待你一番!"

哈西卜·凯里穆丁说:"我已经发过誓,终生不进澡堂洗澡。"

"假若你不进我的澡堂洗澡,我的三个妻妾都要被我休掉了。"

哈西卜·凯里穆丁一时心里矛盾,不知如何是好。他说:"兄弟,你想让我的孩子成为孤儿,让我倾家荡产,把大罪套在我的脖子上吗?"

澡堂老板上前抱住哈西卜·凯里穆丁,亲吻不止,并且说:"我陪着你进浴池,有罪担在我的身上。"

话音未落,澡堂里所有的人都出来了,推的推,拉的拉,把哈西卜·凯里穆丁劝进澡堂。脱下他的衣服,将他推进了浴池。

哈西卜·凯里穆丁刚进浴池,在墙壁的一侧坐下,开始往头上浇水时,忽见二十名大汉闯了进来,对哈西卜·凯里穆丁说:"喂,男子汉,跟我们走一趟吧!你欠下了国王的债呀!"

他们立即派一个人去见国王的大臣。那个人走去，向大臣报告了情况，大臣立即骑上马，带着六十名仆役，风风火火地赶到澡堂，他们见到哈西卜·凯里穆丁，大臣上前向哈西卜·凯里穆丁问安致意，对他表示欢迎，并赏给澡堂老板一百第纳尔。

随后，大臣令下人给哈西卜·凯里穆丁牵来一匹马，让他骑上。

大臣、哈西卜·凯里穆丁和所有随行仆役骑上马，一路飞奔，不久到了王宫。

一行人相继翻身下马，步入王宫，旋即盛大筵席摆好，大家吃喝完毕，洗了洗手。

大臣送哈西卜·凯里穆丁两件礼袍，每件价值五千第纳尔。大臣对他说："你要知道，正是安拉把你派到了我们这里。你的到来，是安拉对我们的怜悯。国王陛下患麻风病，生命危在旦夕。我们由书中得知，国王的生命掌握在你的手中。"

哈西卜·凯里穆丁一听，如坠五里云雾，不知话从何来，一时惊恐万状。

大臣带着哈西卜·凯里穆丁和仆役走过七道门，来到国王寝宫。

这位波斯国王名叫克尔兹丹，国土跨七个大地区。他面前有一百个素丹①伺候，各坐一把赤金椅，另有一千名武将守卫，每名武将手下有一百名刽子手，各持宝剑和盾牌。

他们走进寝宫，只见国王克尔兹丹躺在床上，面盖绸帕，呻吟不止。

哈西卜·凯里穆丁见此庞大阵势，深知国王威武，心中一惊，于是立即走上前去，向国王行吻地礼，并为之祈祷祝福。

国王的宰相名叫舍姆呼尔。他走上前去，对哈西卜·凯里穆丁

---

① 素丹，小国国王的称号。

表示欢迎，让他坐在国王右侧的一把椅子上。

讲到这里，眼见东方透出黎明的曙光，莎赫札德戛然止声。

第五百三十四夜

夜幕垂降，莎赫札德接着讲故事：

幸福的国王陛下，他们走进寝宫一看，只见国王克尔兹丹躺在床上，面盖绸帕，呻吟不止。

哈西卜·凯里穆丁见此庞大阵势，深知国王威武，心中一惊，于是立即走上前去，向国王行吻地礼，并为之祈祷祝福。

国王的宰相名叫舍姆呼尔。他走上前去，对哈西卜·凯里穆丁表示欢迎，让他坐在国王右侧的一把椅子上。

宰相吩咐摆上宴席，大家吃饱喝足，然后洗手落座。

宰相站起身来，左右全都随之站起，以示敬重。

宰相走到哈西卜·凯里穆丁跟前，说道："我们都为你效劳，你要什么，我们一定提供；你就是要半壁江山，我们也在所不惜。因为国王的康复掌握在你的手中。"

说罢，宰相领着哈西卜·凯里穆丁来到国王跟前。

哈西卜·凯里穆丁撩开绸帕一看，但见国王面色如土，病重非常，不禁大惊。

宰相捧着哈西卜·凯里穆丁的手，亲了又亲，吻了又吻，然后说："我们希望你为国王治好病，到那时，你要什么，我们给你什么。这就是我们要求你做的事情。"

哈西卜·凯里穆丁说:"我虽是安拉的先知丹亚尔之子,但对学问一窍不通。他们曾让我去学医三十天,可我什么也没学会。我真希望我有学问,能为国王治病。"

宰相说:"你不必多说了!我们曾请来西方若干名医,他们均束手无策。看来,为国王医病,能者非你莫属。"

"我既不懂药,又不通医,如何为国王医病呢?"

"国王所需之药,就在你的手中。"

"我若知药何在,早就为国王施治了。"

"你知道国王需要什么药,而且一清二楚。国王需要的药是蛇女王;你知道蛇女王的住处,你见过她,曾在她那里待过。"

哈西卜·凯里穆丁听宰相这样一说,知道原因在于他进了澡堂,因此后悔不已,然而后悔也没有用了。哈西卜·凯里穆丁说:"国王所需之药,怎么会是蛇女王呢?我不知道什么蛇女王,压根儿就没有听说过这么个名字!"

宰相说:"你认识蛇女王,不要否认。我有证据,能够证明你认识蛇女王,而且你在她那里住了两年时间。"

宰相拿出一本书,打开翻阅片刻,然后说:"书中说蛇女王相遇一男子,那男子在蛇女王那里逗留两年时间,然后离开那里,返回地面。该男子若进澡堂,肚皮即刻变黑。"

片刻过后,宰相又对哈西卜·凯里穆丁说:"你瞧瞧你的肚皮吧!"

哈西卜·凯里穆丁一看自己的肚皮,果然是黑的。他对众人说:"我自生下来,肚皮就是黑的。"

宰相说:"我们往每家澡堂派仆役三名,要他们留心观察进澡堂洗澡的每一个人,发现黑肚皮者,立即向我们报告。你进澡堂后,他们发现你的肚皮是黑的,便马上派人回来报告了消息,我们这才把你请了来。我们今天把你请来,只希望把你走出地面的那个地方告诉我们,然后你就可以走了。我们有办法抓住蛇女王,把她带到我们这里来。"

哈西卜·凯里穆丁一听,对自己进澡堂之事深感后悔,王公大臣们纷纷围聚在哈西卜·凯里穆丁身边,要求他把蛇女王的情况告诉他们。哈西卜·凯里穆丁仍然说:"我根本不知道这件事情,压根儿就没有听说过。"

这时,宰相喊来刽子手,下令将哈西卜·凯里穆丁的衣服扒下来,痛打一顿,几乎将哈西卜·凯里穆丁打死。

宰相说:"哈西卜·凯里穆丁,我们有证据证明你知道蛇女王所在的地方,你为什么要否认呢?你只要把你出来的地方告诉我们,就放你走,由我们去抓她,决不伤害你。"

宰相一番安慰,让哈西卜·凯里穆丁坐下,又赠送给他绣金礼袍,哈西卜·凯里穆丁这才对宰相说:"我带你们去我出来的那个地方看看。"

宰相听后,兴奋不已,立即骑上马,带着哈西卜·凯里穆丁和数位大臣出发了。

他们一直来到一座山前,哈西卜·凯里穆丁进入一个山洞,边哭边叹气。王公大臣们相随跟进山洞,来到哈西卜·凯里穆丁出来的那口井旁。

宰相舍姆呼尔本是位魔法师,精通神学,知识渊博。只见他走上前去,坐了下来,立过誓,吹法气,口念咒语,振振有词。他念过第一遍咒语,又念第二遍咒,接着念第三遍咒。每当香燃尽,立刻接上一支香。

片刻后,宰相说:"蛇女王,请出来吧!"

宰相话音未落，忽见井水干涸，一座大门洞开，井里传出大喊声，如雷贯耳，致使人们以为井已崩塌，在场的人都倒在了地上，有的昏迷不省人事，还有一部分人死去了。这时，一条像大象一般的巨蛇从井里爬了出来，两眼和嘴里喷着火星，就像炭火一样红。巨蛇的背上驮着一个镶嵌着珍珠、宝石的金盘，盘中有条人面蛇，光芒四射，将山洞照得通亮，那就是蛇女王。

蛇女王左右观看，目光落在了哈西卜·凯里穆丁的身上。她说："你向我立过的誓言哪里去啦？你不是对我说此生不再进澡堂吗？不过，天命难违，凡命中注定之事，都是无法逃脱的。安拉已经注定我的命要丧在你的手里。根据安拉的裁决，我要以自己一死，来让克尔兹丹国王痊愈。"

说到这里，蛇女王号啕大哭起来，哈西卜·凯里穆丁随之也泣不成声。

可恶的宰相舍姆呼尔看见蛇女王，伸手就要去抓。蛇女王说："可恶的东西，你住手吧！如若不然，我喷一口火，顿时可将你化为黑灰。"

蛇女王又对哈西卜·凯里穆丁说："哈西卜·凯里穆丁，你过来。你用手抓住我，将我放在你们带的盘子里，然后顶在你的头上。我命中注定要死在你的手中，无计逃脱。"

哈西卜·凯里穆丁把蛇女王放在盘子里，顶在自己的头上；与此同时，那口井恢复了原状。

哈西卜·凯里穆丁顶着盘子，随着大队人马离去。路途中，蛇女王对哈西卜·凯里穆丁耳语道："哈西卜·凯里穆丁，虽然你背弃了誓言，但我还是要劝你几句，你要细听。你做出这样的事情，本来也是命中注定的，无可奈何。"

"蛇女王，你有什么话，就请讲吧！我好好听着呢！"哈西卜·

凯里穆丁回答。

"到了宰相家中,他会对你说:'把蛇女王宰掉,剁成三截!'你听后不要行动,要对他说:'我不会宰!'以便让他动手宰我,任他处置我。他把我宰掉,剁成段之后,克尔兹丹国王的使者就会到来,让宰相到国王那里去,于是他在去国王那里之前,会把我的肉放入锅中,把锅坐在炉子上。那时,他会对你说:'点着火吧!你把火点着,水煮开后,等肉汤里出现了泡沫,你就把泡沫舀出来,放在一个玻璃瓶里。等它冷却下来之后,你就把它喝下去;喝下它,你的肚子就不会再疼。第二次泡沫出现时,你把它舀到另一个玻璃瓶里,放在那里,等我从国王那里回来,我把它喝下去,以便治我的腰病。'之后,宰相将给你两个空玻璃瓶,他则去国王那里。他走之后,你再点上火,等锅里第一次出现泡沫时,你把它舀出来,放入一个玻璃瓶中,等它冷却,好好保存着,你千万不要喝它,因为喝它对你无益。等第二次泡沫出现时,你就把它舀到另一个玻璃瓶里,等它冷却,保存好,留着你喝。宰相从国王那里回来,找你要第二次玻璃瓶中的泡沫时,你要把第一个玻璃瓶中的给他,看看会出现什么情况……"

讲到这里,眼见东方透出黎明的曙光,莎赫札德戛然止声。

❖❖ 第五百三十五夜 ❖❖

夜幕垂降,莎赫札德接着讲故事:

幸福的国王陛下,蛇女王叮嘱哈西卜·舍姆斯丁:"宰相给你两个空玻璃瓶,他就会去国王那里。他走之后,你再点上火,等锅里第一次出现泡沫时,你把它舀出来,放入一个玻璃瓶中,等它冷却,好好保存着,你千万不要喝它,因为喝它对你无益。等第二次泡沫出现时,你就把它舀到另一个玻璃瓶里,等它冷却,保存好,留着你喝。宰相从国王那里回来,找你要第二次玻璃瓶中的泡沫时,你要把第一个玻璃瓶中的泡沫给他,看看会出现什么情况。之后,你把第二个玻璃瓶中的泡沫喝下去,到那时,你的心会变成知识宝库。然后,你把肉捞出来,放在铜盘子里,端进宫中送给国王,让他吃。国王吃下肉,你把他的脸用绸帕盖起来,等到中午时分,他的肚子就会凉下来。那之后,你再给他点儿酒喝,他便凭借安拉的力量,疾病消去,身体健康如初。哈西卜·凯里穆丁,我的这些叮嘱你要听清,牢牢记在心中。"

哈西卜·凯里穆丁说:"记住了!"

大队人马一直来到相府。

宰相舍姆呼尔对哈西卜·凯里穆丁说:"跟我进家吧!"

宰相和哈西卜·凯里穆丁进了相府,其余的人马各自离去。

哈西卜·凯里穆丁放下盘子,宰相指着盘子里的蛇女王,对哈西卜·凯里穆丁说:"把蛇女王给我宰掉!"

哈西卜·凯里穆丁说:"我不会宰,我这一生没宰过任何东西。你要想宰,你就自己动手宰吧!"

宰相走去,从盘子里抓起蛇女王,把她宰掉了。

哈西卜·凯里穆丁见此情景,号啕大哭。宰相笑了,说道:"你这个没头脑的,宰一条蛇,你哭什么呢?"

说着,宰相将蛇女王截成三段,放在一口铜锅里,然后将锅坐在火炉上,等着点火。

宰相正坐着，有个宫仆从国王那里来了，对宰相说："相爷阁下，国王陛下有请。"

"遵命！"

宰相站起来，将两个玻璃瓶递给哈西卜·凯里穆丁，叮嘱说："你点着火，等第一次泡沫出现时，你就把它舀出来，放在一个玻璃瓶里，等它冷却下来，你就把它喝下去。喝下它去，对你身体有益，不会疼痛，不生疾病。等到锅里第二次泡沫出现时，你把它舀到另一个玻璃瓶里，好好保存起来，等我从国王那里回来，我来喝它；因为我有腰疼病，喝了它，就会痊愈。"

宰相叮嘱完毕，随宫仆进宫去了。

哈西卜·凯里穆丁点着火，锅里第一次出现泡沫时，他舀了出来，放在一个玻璃瓶里，保存好。当锅里出现第二次泡沫时，哈西卜·凯里穆丁将之舀出，放在另一个玻璃瓶里。肉煮熟了，哈西卜·凯里穆丁把锅端了下来，坐等宰相回来。

宰相从国王那里回来，对哈西卜·凯里穆丁说："你干了些什么？"

哈西卜·凯里穆丁答道："一切都干完了。"

"第一个瓶子里的泡沫呢？"

"我刚才喝下肚了。"

"你的身体有什么变化？"

"我只觉得浑身上下发热，如同火燃。"

狡猾的宰相存心欺骗哈西卜·凯里穆丁。他说："把第二个瓶子中的泡沫给我，让我喝掉它，以治疗我的腰疼病。"

宰相把第一个瓶子中的泡沫喝下去，以为自己喝的是第二个瓶子中的泡沫。

宰相刚刚喝下去，瓶子便掉在了地上，登时他全身肿胀，倒地气绝。谚语说得好："谁为兄弟挖井，自己必跌进去。"

哈西卜·凯里穆丁见此情景，不禁大惊，不敢喝第二个玻璃瓶中的泡沫。他想了想蛇女王的叮嘱，心想："倘若第二个玻璃瓶中的泡沫有害，那么，宰相是不会留给自己喝的。"之后，他说："我把一切托付给了安拉，把里面的泡沫喝下去吧！"

哈西卜·凯里穆丁喝下去，安拉便打开了他心中的智慧之泉，同时开启了他的智慧之眼，他禁不住高兴得跳了起来。

接着，哈西卜·凯里穆丁把肉捞到铜盘里，端起铜盘，离开相府。他抬头仰天望去，但见七重天尽收眼底，那里的一切清清楚楚地显现在眼前。他看见了天体的运行方式，安拉向他揭示了一切。他看见了行星、恒星，知道了星球怎样运行。他看见了陆地、海洋的形状，从而精通了占卜学、天文学、数学等学科，知道了由此而产生的日食、月食等天文现象。

之后，哈西卜·凯里穆丁望着大地，认识了地下的矿产，大地上的植物、树木，知道了各种植物的特性和用途，从而精通了医学、化学、幻术以及炼金和银的技术。

哈西卜·凯里穆丁端着蛇肉来到王宫，进门之后，向克尔兹丹国王行了吻地礼，然后说："陛下的宰相舍姆呼尔一命呜呼了。"

国王听后，因宰相之死而大发雷霆，不禁泪流满面。接着，群臣和文武官员都哭了起来。

国王问："舍姆呼尔宰相刚才还在我这里，身体好好的，说去给我拿他煮的蛇肉，为什么突然死了呢？他遇到了什么横祸？"

哈西卜·凯里穆丁把宰相的情况一一向国王说明，说他喝了肉汤里的泡沫，周身肿胀，突然死去。

国王大怒，对哈西卜·凯里穆丁说："宰相舍姆呼尔死了，我会怎样呢？"

哈西卜·凯里穆丁说："国王陛下，你不必忧愁！我只要给你治疗上三天，保你身体一切疾病消失。"

国王听后，十分高兴，说道："就是几年后我的病能好，我也心满意足。"

哈西卜·凯里穆丁站起身，走去把铜盘端到国王面前，拿起一块蛇女王的肉，让国王克尔兹丹吃下去，然后用绸帕将国王的脸盖住，自己坐在国王身旁，让国王入眠。

国王从中午一直睡到日落时分，肉块在他的肚子里转了起来。

哈西卜·凯里穆丁叫醒国王，给了他一点儿酒喝，让他接着睡觉。国王从夜里一直睡到大天亮。

太阳出来了，哈西卜·凯里穆丁仍像昨天那样为国王治病。就这样，连续三天，给了国王三块蛇肉。

三天过后，国王的皮肤结痂，全部脱落了。接着，国王周身大汗淋漓，从头到脚全都流汗。他终于痊愈了，身体上一点儿疾病都没有了。

哈西卜·凯里穆丁对国王说："一定要进澡堂洗浴。"

哈西卜·凯里穆丁把国王带到澡堂，为他洗身。当国王走出澡堂时，身体光滑得就像银棒。

国王的身体恢复了健康，甚至比原先还要强壮。

国王穿上最漂亮的衣服，端坐在宝椅上，并让哈西卜·凯里穆丁坐在自己的身旁。

国王吩咐摆上筵席，他和哈西卜·凯里穆丁吃饱喝足，然后洗净双手。之后，国王吩咐端上酒来，他和哈西卜·凯里穆丁把盏对饮。

得知国王已经痊愈，文武大臣、国家要员、部族首领等纷纷前来祝贺，继之击鼓鸣笛，装点城郭，庆祝国王恢复健康。

当人们进宫庆贺国王痊愈时,国王对他们说:"各位文官武将、国家要员,这位就是为我治好病的哈西卜·凯里穆丁。我已委任他为宰相,替代已逝的舍姆呼尔的职位……"

讲到这里,眼见东方透出黎明的曙光,莎赫札德戛然止声。

第五百三十六夜

夜幕垂降,莎赫札德接着讲故事:

幸福的国王陛下,得知克尔兹丹国王已经痊愈,文武大臣、国家要员、部族首领等纷纷前来祝贺,继之击鼓鸣笛,装点城郭,庆祝国王恢复健康。

当人们进宫庆贺国王痊愈时,国王对众文武大臣说:"各位文官武将、国家要员,这位就是为我治好病的哈西卜·凯里穆丁。我已委任他为宰相,替代已逝的舍姆呼尔的职位。谁热爱他,就是敬重我;谁服从他,就是服从我。"

"遵国王圣命!"百官异口同声道。

他们全都站了起来,去吻哈西卜·凯里穆丁的手,向他问安,祝贺他荣任宰相。

国王赐赠给哈西卜·凯里穆丁一件贵重华丽锦袍,用金线织成,上缀珍珠、宝石数颗,价值最低的一颗也值五千第纳尔。此外,国王还送给哈西卜·凯里穆丁三百宫仆、三百宫女,一个个花容月貌,还送给他三百名埃塞俄比亚婢女、五百匹满载银钱的骡子，另有牲口若干，其中有山羊、绵羊、水牛和黄牛。

之后，国王又吩咐大臣、文武官员、国家要员和各部族首领向哈西卜·凯里穆丁表示祝贺。

哈西卜·凯里穆丁纵身上马；文官武将们骑马相随，一直把哈西卜·凯里穆丁宰相送至国王下令装修一新的相府。

哈西卜·凯里穆丁端坐宰相宝座，文武百官走上前去，亲吻宰相的手，祝贺他入主相府，他们都表示要为宰相效力。

哈西卜·凯里穆丁的母亲非常高兴，祝贺儿子荣任宰相。继之，亲戚们前来，向哈西卜·凯里穆丁表示衷心祝贺。

哈西卜·凯里穆丁骑马行至宰相舍姆呼尔的官邸，将里面的东西全部运到新相府，然后将门封上。

哈西卜·凯里穆丁本是个目不识丁、一无所知的人，凭借伟大安拉的力量，一下子变成了精通各门学问的渊博之士。

哈西卜·凯里穆丁的学识名闻四方，远近都知道他精通医学、几何学、占星学、化学、神学等学问。

有一天，哈西卜·凯里穆丁对母亲说："母亲，我父亲是一位大学者，他给我留下些什么书呢？"

母亲听儿子这样一说，去拿来一个木匣子，匣子中装的就是从落海的书中捞回来的那仅存的五页书。母亲说："你父亲给你留下的就是这匣子中的五页书。"

哈西卜·凯里穆丁打开木匣子，拿出那五页书，看过之后，对母亲说："母亲，这几页仅是书的一部分，其余的书呢？"

"你父亲带着所有的书过海，结果船被风浪打破，书籍沉入大海，安拉救了他一命，而书就只剩下这五页了。你父亲外出回来时，我正怀着你。你父亲对我说：'说不定你会生个男孩儿。你留下这几页书，好好保存着。等孩子大了，问起我留下的遗产时，你就把这五页书给了他,并对他说,你父亲就留下这些东西。'"

哈西卜·凯里穆丁学会了所有知识。自那之后,他过着富裕、舒适、快乐的生活,直至天年竭尽。

舍赫亚尔国王听莎赫札德讲完哈西卜的故事,连声称赞道:"这故事真是古怪奇妙啊!"

莎赫札德说:"这与航海家辛迪巴德的故事相比,就算不上什么奇妙了。"

"航海家辛迪巴德有什么故事?"

"听我仔细讲来!"

莎赫札德开始讲《辛迪巴德航海历险》的故事:

相传,哈里发哈伦·拉希德时代,在巴格达城,有个人名叫辛迪巴德。他家境贫寒,靠卖脚力为生,故人称其为"脚夫辛迪巴德"。

有一天,脚夫辛迪巴德头顶重物,加上天气炎热,周身大汗淋漓,实感疲惫不堪。当他路过一个商人家门前时,发现那里打扫得干干净净,而且洒过清水,顿觉凉爽宜人。门旁有张石凳,脚夫辛迪巴德把重物放在石凳上,以便在那里休息一下,也好吸几口清凉空气。

讲到这里,眼见东方透出黎明的曙光,莎赫札德戛然止声。

第五百三十七夜

夜幕垂降,莎赫札德接着讲故事:

幸福的国王陛下,有一天,脚夫辛迪巴德头顶重物,加上天气炎热,周身大汗淋漓,实感疲惫不堪。当他路过一个商人家门前时,发现那里打扫得干干净净,而且洒过清水,顿觉凉爽宜人。门旁有张石凳,脚夫辛迪巴德把重物放在石凳上,以便在那里休息一下,也好吸几口清凉空气。

脚夫辛迪巴德刚把重物放下,便觉得一股清风从门里吹来,而且香气扑鼻,身心顿感振奋。

脚夫辛迪巴德在石凳的一端坐下来,只听宅门里传出悠扬的琴声和柔美的歌喉,而且伴着欢声笑语,还听到各种清脆的鸟啭雀鸣。赞美伟大的安拉,其中有斑鸠、夜莺、燕子、金翅雀、麻鹬、鹧鸪等。

脚夫辛迪巴德惊异万分,心里激动兴奋。他情不自禁地站起身来,走到门前,探头向宅院望去,只见宅院是座花园,百花争妍,奴婢成群,还有一些只有在帝王宫里才能看到的东西。

又过了一会儿,一股饭菜香味随清风飘来,沁人肺腑,诱人食欲,脚夫辛迪巴德不禁垂涎欲滴。

脚夫辛迪巴德跪在地上,翘首望天,双手高举,祈祷道:"主啊,万能的造物主啊,普施之主,你给人生计,从不计较。安拉啊,我祈求你宽恕我的一切罪过,我衷心向你忏悔。主啊,你的裁决和你的能力是不可抗拒的。你从不问你要做什么,因为你是万能的。主啊,你要谁富谁就富,你叫谁穷谁就穷;你要谁贵,要谁贱,全凭你的意旨。万物非主,唯有安拉。主啊,你多么伟大!你多么权威!你的安排何等周到!你要你的奴仆享受荣华富贵,全凭你的意愿。这家的主人富贵荣华之至,房舍溢香,食精味美,花天酒地,奴婢成群。人间的一切,全由你按自己的愿望创造。有的人终日辛劳,却食不饱肚,衣不遮体;有的人清闲无比,却吃香喝辣,车马代步,而有的人却受苦疲惫。主啊,我是一个可怜的脚夫,是个终日劳苦、低贱至极的人啊!求你护佑,求你恩赐……"

说到这里,脚夫辛迪巴德凄然吟诵道:

世间多少人,辛苦度一生!
寄人屋檐下,身处篱荫中。
我累世罕见,疲惫若奔命。
终日超负荷,负担实沉重。
他却享滋润,吃喝伴尊荣。

T.达尔齐尔 绘

人皆精血来,他与我相同。

如今天地别,酒与醋不同。

今我面对你,诋毁本不容。

你是真判官,裁决求公正。

脚夫辛迪巴德吟完诗,转身顶起重物就要走时,忽见门中走出一童仆,容貌端庄,衣饰华美。

童仆上前拉住脚夫辛迪巴德的手,说道:"请进来吧,我家老爷叫你,有话要对你说。"

脚夫辛迪巴德想拒绝与童仆一起进门,但未能推辞,只得把东西放在门廊下,随童仆进到了院中。

走进院中,但见庭院幽雅,而且颇有几分庄严气氛。穿过鲜花盛开、芬芳四溢的庭院花园,来到一座大厅门前。脚夫辛迪巴德朝大厅望去,但见那里坐满了达官贵人;那里摆放着各种鲜花、水果以及晶莹透明的葡萄美酒;各式各样管弦乐器一应俱全;各种肤色美女按一定位次坐在那里,个个如花似玉,酷似天仙下凡。

脚夫辛迪巴德走进大厅,见正座上坐着一位大人物,相貌堂堂,仪表端庄,豪气洋溢,两鬓斑白,气度非同一般。脚夫辛迪巴德望之,不禁一惊,心想:"凭安拉起誓,这个地方简直就是人间天堂,至少是帝王的宫殿!"

脚夫辛迪巴德恭恭敬敬向主宾致礼问安,为他们祈祷祝福,向他们行吻地礼,然后微微低下头,腼腆、谦恭地站在那里。

讲到这里,眼见东方透出黎明的曙光,莎赫札德戛然止声。

第五百三十八夜

夜幕垂降，莎赫札德接着讲故事：

幸福的国王陛下，脚夫辛迪巴德走进大厅，见正座上坐着一位大人物，相貌堂堂，仪表端庄，豪气洋溢，两鬓斑白，气度非同一般。脚夫辛迪巴德望之，不禁一惊，心想："凭安拉起誓，这个地方简直就是人间天堂，至少是帝王的宫殿！"

脚夫辛迪巴德恭恭敬敬向主宾致礼问安，为他们祈祷祝福，向他们行吻地礼，然后微微低下头，腼腆、谦恭地站在那里。

主人招呼脚夫辛迪巴德到自己身边落座，脚夫辛迪巴德这才走上前去，坐在主人一旁。主人和他亲切交谈，对他表示欢迎。

主人吩咐仆人把各种美味食品摆到脚夫辛迪巴德的面前，脚夫辛迪巴德口赞安拉，吃了个足饱。吃完饭，脚夫辛迪巴德说："万赞安拉！"

脚夫辛迪巴德洗完手，再谢主人盛情。

主人问脚夫辛迪巴德："兄弟，欢迎你，欢迎你！你叫什么名字？做什么事啊？"

脚夫辛迪巴德答道："主公阁下，我叫辛迪巴德·白里，是个脚夫，用头为雇主顶运东西，挣钱养家糊口。"

主人微微一笑，说："脚夫兄弟，你和我同名，我也叫辛迪巴德，只不过我是个航海家，全名叫辛迪巴德·白海里。脚夫兄弟，我想问你，刚才在门外吟诗的就是你吗？"

脚夫辛迪巴德满面羞色，回答道："主公阁下，请勿责备！整日劳累不堪，加之囊中羞涩，致使人也变得没有礼貌。恕我多有冒犯。"

"没什么，没什么！不要不好意思，你已成了我的兄弟，无论说什么，我也不会怪罪你的。你在门外吟诵的那首诗，我听了之后，自觉很喜欢那首诗，就请你再吟诵一遍吧！"

脚夫辛迪巴德欣然从命，又将那首诗吟诵了一遍。

主人听后，十分高兴，说："脚夫兄弟，你有所不知，我有一段十分奇异的经历，容我慢慢向你详细述说，向你讲讲我享受这种幸福生活，坐在这个舒适的座位上之前，我所经历的往事。我是经历了千辛万苦，重重困难，方才有了这种好日子的。在已往的岁月里，我曾经饱尝辛苦与磨难。我曾七次航海旅行，去异国经商，每次远航，都有惊心动魄的历险，令人难以想象的历险故事，想来真有些后怕呀！所有这些都是命中注定的，命中注定的事，是无法逃脱的。"

"请主公慢慢给我们讲吧！"

航海家辛迪巴德开始讲述自己的航海历险故事：

诸位宾朋，先生们，听我讲讲我的第一次航海历险吧！

家父本是巴格达城有名的巨商，家财万贯，财源广进，正所谓"生意兴隆通四海，财源茂盛达三江"。家父不幸英年早逝，那时我的年龄还很小，但留给我大批钱财、房产和庄园。

我长大成人，手中有家父留下的大笔财产，生活相当宽裕，吃香的，喝辣的，衣饰华丽，交朋会友，整日和好友一起吃喝玩乐，自认好景常在，快乐永远伴随着我，从未有过什么忧虑。

一段时间过去，我终于清醒过来，发现钱财已被耗尽，家境每况愈下，眼见山穷水尽，一时不知如何是好。

我清醒过来时，方才感到大吃一惊。在我走投无路之时，忽然想起童年听过的关于苏莱曼大帝的故事。苏莱曼说："三事比三事好：死亡之日比诞生之日好，活狗比死狮好，坟墓比贫困好。"

想到这里，我振奋起精神，随后把我的所有家具、衣饰、房产和手中现有的一切都卖掉了，共卖得三千金币。当我想到出海赴异国经商时，有一位大诗人的诗句突然响在我的耳边：

若做人上人，须受苦中苦。想得尊位者，熬夜切莫怵。
要想得珍珠，潜海唯一路。求贵不吃苦，此生必虚度。

这首诗给了我莫大力量，让我决心下定，立即开始行动。我采购了货物，备下旅行所需要的物品。我决计走海路，于是登上商船，和一伙商人一起顺流而下，很快到了巴士拉城。

离开巴士拉城，我们在海上航行了几天几夜，经过一个又一个海岛，从一个海航行到另一个海，走过一片土地又一片土地，走过一个又一个国家，每到一个地方，下船登岸，我们以货易货，以货换钱，又买又卖。

有一天，我们航行至一座海岛，只见那座海岛上树木成林，百花争妍，简直就像天堂里的花园。船长把船停泊在海边，抛下铁锚，拴好缆绳，放下踏板，乘客纷纷下船登岸，搭灶点火。大家的分工各不同，有的洗刷用具，有的架锅做饭，也有的去海岛各处观看风景，我则随着观景的人来到海边。

过了不大一会儿，饭菜做好，乘客们聚集在一起，又吃又喝，边谈边乐。

我们正玩得开心之时，忽听船长站在船板上大声呼喊："乘客们,快上船吧!快,快,快!赶快丢下你们的活计,逃命吧!你们所在的地方,并不是什么海岛,而是浮在海面上的一条大鱼,因为鱼背上堆了沙土,看上去像座海岛,还长出了树木花草。可是,你们在鱼背上一生火,它觉得烧得慌,就动起来了。过一会儿,它会把你们全翻到海里,到那时大家都会淹死。你们赶快逃生吧,免得死于非命!"

讲到这里,眼见东方透出黎明的曙光,莎赫札德戛然止声。

☞ 第五百三十九夜 ☜

夜幕垂降,莎赫札德接着讲故事:

幸福的国王陛下,航海家辛迪巴德接着讲述自己的第一次航海历险:

我们正玩得开心时,忽见船长站在船板上大声呼喊:"乘客们,快上船吧!快,快,快!赶快丢下你们的活计,逃命吧!你们所在的地方,并不是什么海岛,而是浮在海面上的一条大鱼,因为鱼背上堆了沙土,看上去像座海岛,还长出了树木花草。可是,你们在鱼背上一生火,它觉得烧得慌,就动起来了。过一会儿,它会把你们全翻到海里,到那时大家都会淹死。你们赶快逃生吧,免得死于非命!"

乘客们听船长这样一喊,立即丢下手中的一切活计,扔下一切东西，离开锅灶，向船跑去。有的人上了船，有的人没有上船，只见那座"海岛"一摇动，片刻后全部沉入海中，代之而来的是汹涌的滚滚波涛。

我没能登上船，随着"海岛"上的一切被淹没在大海之中。

俗语云"天无绝人之路"，正好用在此处。伟大安拉救了我，给了我一块木板，使我绝处逢生。那是人们洗澡用的大木盆上掉下来的一块木板，我双手紧紧抓住，坐了上去，以脚当桨，迎着风浪，在海上划行。

再看那条船，船长令水手们撑起船帆，载着登上船的乘客，像箭出弦似的离去了，对落入海水中的那些人看都不曾看一眼。

我一直望着那条船，直至船帆消失在我的视野里，我自感只有一死，别无生路。

不知不觉天色黑下来。我在海上漂游了一天一夜，多亏风浪助我一臂之力，将我吹打到一座海岛边的岩石下，只见岛上树枝垂向海面，我便抓住一根树枝，用尽平生力气，攀枝而上，好容易才登上了海岛。

登上岸之后，我只觉得两腿酸软，而且腿上有多处被鱼咬的伤痕。由于过度疲劳和忧虑，竟然没有感到鱼曾咬过我。我四肢无力，惊恐万状，一下子瘫倒在地上，好像死去了一般，失去了知觉。

我昏睡了一夜，第二天太阳出得老高时，方才苏醒过来。醒来一看，发现我的两条腿都肿了起来。我费了好大劲儿，方才站起，但不能走路，只好爬行。

那座岛上果树繁茂，果实累累，清泉处处，水质甘美。我吃野果充饥，饮泉水解渴。

J.G.品维 绘

就这样，我熬过了几天几夜，自感神志已经清醒，体力也已恢复，于是站起来，去折了一根粗树枝，当作拐杖，拄着它在林间散步，边走边观赏那里的美妙景色。

有一天，我走到海岛边，远远看到一个黑影，以为那是一只野兽或是什么海兽，便向那黑影走去。我走近一看，发现那是一匹大马，拴在离海岸不远的岛边。我刚接近那匹马，但听一声长嘶，吓了我一跳。就在这时，忽见一个人从地下钻了出来，冲着我大声喊道："喂，你是什么人？怎么来到了这个地方？"

当那个人走近我时，我回答道："先生，我是异乡人。我是坐船来的，不幸和一些乘客落到海里，幸得安拉相救，赐予我一块木板，方才免于一死。我抓住了那块木板，被风浪吹到了这座海岛边。"

那个人听我这样一说，拉住我的手，说："那就跟我走吧！"

他将我领入一条地道，进入一个大厅，让我坐在大厅中央。片刻后，他给我拿来吃的东西。当时，因为太饿，我抓起东西就吃，吃饱了肚子，精神才好起来。他问我的情况，我把自己的经历从头到尾讲了一遍。他听了觉得非常新奇。我讲完自己的情况，对他说："先生，看在安拉的面儿上，请勿见怪！我既已把自己的情况告诉了你，就请你把自己的情况也告诉我吧！你是何人？为什么住在这地下大厅里？为什么把马拴在海边呢？"

那个人对我说："你有所不知，我们有好些人，分散居住在本岛上的各个地方。我们都是麦赫拉江国王的马夫，国王的所有马匹都在我们掌管之下。每个月的月圆之时，我们把健壮的雌马牵来，拴在这个岛上，人则藏在这个厅里，谁也看不见我们。当雄海马嗅到雌马的气息时，便登上岸来；见此处无人，便扑过来，与雌马交配。交配完，雄海马想把雌马带走，但雌马拴着走不掉，于是雄海

2335

马嘶鸣不止,并用头和脚撞击雌马。我们听到嘶鸣声,知道交配过程已经终结,便跑出地下大厅,将雄海马赶走。这时,雌马已经怀上马驹,不管生下的马驹是雄的还是雌的,价值都等同一座金库,宝贵至极,世上无双。现在正是雄海马出海之时。但愿我能带你去见麦赫拉江国王……"

讲到这里,眼见东方透出黎明的曙光,莎赫札德戛然止声。

第五百四十夜

夜幕垂降,莎赫札德接着讲故事:

幸福的国王陛下,航海家辛迪巴德继续讲自己第一次航海历险:

那马夫对我说:"你有所不知,我们有好些人,分散居住在本岛上的各个地方。我们都是麦赫拉江国王的马夫,国王的所有马匹都在我们掌管之下。每个月的月圆之时,我们把健壮的雌马牵来,拴在这个岛上,人则藏在这个厅里,谁也看不见我们。当雄海马嗅到雌马的气息时,便登上岸来;见此处无人,便扑过来,与雌马交配。交配完,雄海马想把雌马带走,但雌马拴着走不掉,于是雄海马嘶鸣不止,并用头和脚撞击雌马。我们听到嘶鸣声,知道交配过程已经终结,便跑出地下大厅,将雄海马赶走。这时,雌马已经怀上马驹,不管生下的马驹是雄的还是雌的,价值都等同一座金库,宝贵至极,世上无双。现在正是雄海马出海之时。但愿我能带你去见麦赫拉江国王。你要知道,假若你在这里看不见我们,你是谁也遇不到的,还可能死在这里,谁也不知道。幸好你碰见了我,使你能够活下来,能跟我回到我的国家。"

他稍稍停顿,然后问我:"你愿意去找麦赫拉江国王吗?"

"当然愿意!"我说。

我连声为他祝福,感谢他的大恩大德。

我俩正交谈时,一匹雄海马跃出海面,登上了岸,一声长嘶之后,直扑雌马。交配之后的情景,与那个人说的完全一样。交配完之后,它想带雌马下海,但雌马被拴着,无法带走,雌马开始扬蹄、嘶鸣。这时,马夫手持宝剑和盾牌,冲出地道,同时高声呼唤同伴:"快出来轰海马呀!快,快,快!"

他边喊边用宝剑击打盾牌。

马夫的伙伴们闻声而至,个个手握长矛,人人奋勇冲击,只见雄海马像水牛一样,迅速跑开,顷刻潜入水中。

马夫刚坐下不久,他的伙伴们便赶来了,每人牵着一匹骏马。

他们看见我在那里,便打听我的情况;我把向马夫说的那些话,全都讲给了他们。

他们走近我,摆上吃的喝的,我和他们一道吃了起来。

吃饱喝足之后,他们相继站起,一一纵身上马,让我也骑上一匹马,和他们一道离开那里,直奔麦赫拉江国王的都城。

我们来到了麦赫拉江国王的都城。他们已派人进城向国王报告了我的情况。

他们将我带到国王面前,我向国王行过礼,国王回礼后,对我表示欢迎,并询问我的情况。我把自己的经历和见闻从头到尾向国王述说了一遍。

国王听完我的讲述，惊异不已。他说："孩子，你九死一生，意外平安生还。若不是你的命大，如此大灾，你是绝对逃不脱的。感赞安拉保佑你平安无事。"

国王待我十分客气，把我拉到身边，一番好言安慰，话中透出深情，并委任我为港口总监，负责登记过往船只。

我留在那里，全心全意为国王效力，颇得国王信任。他对我体贴入微，照顾周到。国王给我华服锦衣穿戴；在国王那里，我成了最有脸面的人，能替人说情办事了。

就这样，我在国王那里住了下来。每当我去海边时，总是向商人、旅行者和航海家打听巴格达方面的情况，期望有人能向我谈谈那里的事情，好让我和他们一道回到我的祖国，但谁也不知道那里的事，更没有遇到一个要去巴格达的人。

我一时不知如何是好，厌恶了长期远离故土的生活。

我这样度过了一段时间。有一天，我去见麦赫拉江国王，在那里见到了一伙印度人。我向他们问了安好，他们回过礼，对我表示欢迎。我对他们做了自我介绍，他们问起我的祖国的情况……

讲到这里，眼见东方透出黎明的曙光，莎赫札德戛然止声。

❖ 第五百四十一夜 ❖

夜幕垂降，莎赫札德接着讲故事：

幸福的国王陛下，航海家辛迪巴德继续讲自己的第一次航海

历险：

有一天，我去见麦赫拉江国王，在那里见到了一伙印度人，向他们问了安好，他们回过礼，对我表示欢迎。我对他们做了自我介绍，他们问起我的祖国的情况，我对他们说了个一清二楚。我问他们国家的情况，他们告诉我，他们的国家里有许多民族：其中一个民族名叫"沙克里亚"，该民族品格高尚，既不压迫人，也不虐待人；还有一个民族，名叫"婆罗门"，他们决不喝酒，是个欢快、和善的民族，善于驯养骆驼、骡马和大牲畜。他们还告诉我，印度人分为七十二派。我听后觉得十分新鲜。

我在麦赫拉江国王的王国里看见一座海岛，名叫卡比勒岛。岛上的居民和旅行者告诉我，那里铃鼓声声，琴乐悠扬，通宵达旦，彻夜不绝；还说岛上的居民个个聪明，人人能干。我在那片海上看见一条鱼，长足有二百腕尺。我还看见一条鱼，面似猫头鹰。在那次旅行中，我看到的奇景太多了，说来话可就长了。

我手拄拐杖，按照旧日习惯，不断地观赏岛上风光。

有一天，我站在海边，忽见一条商船驶来，船上坐着许多人。

船驶至京城海港，船长下令降下风帆，靠到岸边，抛下锚链，放好了踏板。水手们开始卸货，我站在旁边，慢慢查看，一宗宗、一件件登记查验。

我问船长："你们的船上还有别的货物吗？"

船长说："先生，船舱里还有货物，不过货主在我们路经一海岛时被淹死了。我们打算把那些货物卖掉，将钱捎给他在巴格达的亲人。"

我问船长："货主叫什么名字？"

"他叫辛迪巴德·白海里，他已经掉进海里淹死了。"

听船长这样一说，我又仔细打量了船长一番，终于认出了他，不禁大叫大喊，然后说道："船长，我就是你说的那个货主，我就是辛迪巴德·白海里！我和一些商人下了船，登上那座海岛。原来我们停留的那座海岛是条大鱼。大鱼一动，你大声呼喊我们，结果有的人上了船，有的人掉到了海里。不过，安拉使我化险为夷，用一块木板救了我一条命；那块木板是乘客洗澡用的大木盆上掉下来的。我坐上那块木板，双腿当桨，借助风浪，漂游到一座海岛，登上岛去。又蒙安拉保佑，我遇到了麦赫拉江国王的马夫们，就是他们把我带到这座城市来的，又是他们把我带到麦赫拉江国王面前。我把我的经历讲给国王之后，国王待我甚厚，委任我当了京城港口的监督，我开始为国王效力，麦赫拉江国王很喜欢我。你船中的那些货物是我的，是我赖以谋生的资本。"

讲到这里，眼见东方透出黎明的曙光，莎赫札德戛然止声。

第五百四十二夜

夜幕垂降，莎赫札德接着讲故事：

幸福的国王陛下，航海家辛迪巴德继续讲自己的第一次航海历险：

我又仔细打量了船长一番，终于认出了他，不禁大叫大喊，然后说道："船长，我就是你说的那个货主，我就是辛迪巴德·白海里！我和一些商人下了船，登上那座海岛。原来我们停留的那座海岛是条大鱼。大鱼一动，你大声呼喊我们，结果有的人上了船，有的人掉到了海里。不过，安拉使我化险为夷，用一块木板救了我一条命；那块木板是乘客洗澡用的大木盆上掉下来的。我坐上那块木板，双腿当桨，借助风浪，漂游到一座海岛，登上岛去。又蒙安拉保佑，我遇到了麦赫拉江国王的马夫们，就是他们把我带到这座城市来的，又是他们把我带到麦赫拉江国王面前。我把我的经历讲给国王之后，国王待我甚厚，委任我当了京城港口的监督，我开始为国王效力，麦赫拉江国王很喜欢我。你船中的那些货物是我的，是我赖以谋生的资本。"

船长听后，十分惊愕，他不以为意地说："无可奈何，只有依靠伟大的安拉了。人世间的忠诚消失了，良心也不知道哪里去了……"

我听后一惊，忙说："船长，你怎么这样说呢？我不是把我的经历告诉你了吗？"

"你听我说货主落水了，你就说自己落了水，妄想把货物白白拿走，难道不害臊？我亲眼看见货主和一些乘客落入水中，没有一个人能够幸免，你怎敢冒充货主？"

我耐心地说："船长，你听我说，只要你听明白我的话，就能知道我说的全是实话。撒谎是伪君子的品性。"

紧接着，我把和船长从巴格达城出发，直到那座鱼背沉入海水中的整个过程，详详细细地向船长讲了一遍，还把船长向乘客们喊的那话重复了一遍。说到这里，船长及商人们这才相信我说的是实话，而且认出了我，连声祝贺我平安脱险。他们异口同声地说："凭安拉起誓，我们根本不相信你会幸免，但安拉给了你新的生命。"

之后，他们把货物给了我，我发现货包上写的字依然那样清晰，而且一件不缺。

我打开货包，从中取出一件最贵重的东西，让水手们陪着我去见国王，把那件东西作为礼物送给国王。我告诉国王说，那条船就是我乘坐的商船，并说我的货物全部到齐，完好无损；送给国王的礼物，就是从那批货中取出来的。

国王听我这样一说，惊奇不已，证明我过去说的全是真话，知道我是个诚实的人。国王更加喜欢我，赐给我许多好东西，作为对我的礼物的回赠。

我卖掉我的货物，赚了许多钱，随后从麦赫拉江国王的京城里采购了许多货物。

当船上的商人准备起程时，我把新采购的货物装上船，然后去见麦赫拉江国王，衷心感谢他的恩情和善待，并且向他告别，准备返回祖国，与亲人团聚。国王和我依依惜别，送给我许多当地特产。

我告别国王，登上商船，船日夜航行，终于平安顺利抵达巴士拉城。我登上岸，在巴士拉城住了一些时候，对自己平安返回祖国感到无比高兴。

在巴士拉城稍作休息之后，我们带着大批贵重货物，离开巴士拉，逆水而上，顺利回到了和平之城巴格达。

我进了家门，亲朋们纷纷前来看我，向我表示祝贺。

我稍事休息，体力得以恢复之后，卖掉带回来的货物，赚了很多钱。我立即着手重建家业，买了男奴、婢女，购置了房产、地产，比原来的还要多。我开始会朋聚友，比过去玩耍的时间还要多，致使我把旅途中所遭遇的辛苦、艰险和离乡的忧愁都消除了。我开始安享清福，吃美食，喝美酒，舒舒服服，自自在在，快快乐乐。

宴请亲戚，听歌赏乐，致使我把旅途的辛劳和危险忘了个一干二净。

我这样度过了很长一段时间。

这便是我的第一次航海旅行的历险故事，但期诸位明天听我讲述我的第二次航海故事。

航海家辛迪巴德讲完自己的航海历险故事，随后留下脚夫辛迪巴德吃晚饭，并赠送他一百砝码黄金。

航海家辛迪巴德对脚夫辛迪巴德说："你今天为我们带来了愉快。"

脚夫辛迪巴德表示感谢，拿起航海家辛迪巴德赠送的金子，离去了，边走边想着自己的处境和别人的经历，心中甚感惊奇。

第二天，脚夫辛迪巴德一觉醒来，已是东方大亮。他快步来到航海家辛迪巴德家中，主人对他表示热烈欢迎，让他坐在自己的身边。

其余的朋友到齐之后，主人吩咐仆人端来菜肴，摆好酒席，大家边吃边喝，快乐极了。

航海家辛迪巴德开始讲自己第二次航海历险的故事：

诸位宾朋，各位兄弟，我昨天讲过，第一次航海回来，我赚了一大笔钱，重整家业，购置了房产，买了许多奴仆、婢女，开始过起了幸福生活。我整日沉浸在歌舞、酒席的欢乐之中，把航海的辛劳与艰险忘了个一干二净。

讲到这里，眼见东方透出黎明的曙光，莎赫札德戛然止声。

第五百四十三夜

夜幕垂降,莎赫札德接着讲故事:

幸福的国王陛下,航海家辛迪巴德继续讲自己的第二次航海历险:

诸位宾朋,各位兄弟,我昨天讲过,第一次航海回来,我赚了一大笔钱,重整家业,购置了房产、买了许多奴仆、婢女,开始过起了幸福生活。我整日沉浸在歌舞、酒席的欢乐之中,把航海的辛劳与艰险忘了个一干二净。

过了不长时间,有一天,我的脑海里又萌发了远行异国的念头,想去做生意,观览异域风光,再多赚些钱,用来改善生活。

我决心下定,便取出相当数量的一笔钱,采购了一批货物和旅行用的物品,绑扎停当,运到了海边。我看见一条崭新的船停泊在那里,船帆整洁漂亮,船上坐着许多人,各种设备齐全。我立即将货物搬上船去,就在那天,我和一些商人一道起程远航了。

旅途倒也顺利,航过一座座海岛,路经一个个地方。我们每到了一个地方,就结交朋友、官吏和买卖人,又买又卖,以货易货,没有遇到什么麻烦。

有一天,命运把我们带到了一座海岛上。那海岛上树木繁茂,果实丰富,风景秀丽,鲜花遍地,鸟雀鸣唱,但一座房子也看不见,更不见炊烟。船长把船停泊在岛边,商人和乘客们纷纷登上海岛，观看岛上的景色，盛赞万能的安拉的造化神工。

我随一些乘客也上了岸，独自一人来到林间一眼清泉边坐了下来。我带着一些吃的东西，坐在那里吃伟大安拉分给我的那一份饭食。当时，微风和暖，天气晴朗，不知不觉困意来临，我周身放松，边沐浴着微风和沁人肺腑的花香，边徐徐进入了梦乡。

我一觉醒来之时，心中不禁一惊，发现周围一片静悄悄，既无人影，亦无神迹。我急忙走到海边，发现船也不见了，原来那条船已经扬帆起航了，船长和那些商人、旅客都没有想起我还没有上船，他们把我忘到了脑后，将我一个人丢在了孤岛上。我左顾右盼，除了我，一个人也看不见。霎时间，我陷入了极度忧虑之中。恐惧、痛苦一齐涌上了我的心头，我万念俱灰，肝胆欲裂。我当时身无分文，孤零一人，形影相吊，既没吃的，又没喝的，对生已感到失望，不知如何是好。我害怕得要命，心想："俗语说：'瓦罐不打一辈子不漏。'可是，谁能保证瓦罐每次都不打呢？我第一次上荒岛时，因为遇到了麦赫拉江国王的马夫，才幸免于一死；而这一次，还想遇到人把我带到有人烟的地方，恐怕就比登天还难了。"

想到这里，我哭了起来，号啕不止，痛苦难耐，开始埋怨自己，悔恨自己当初轻举妄动：本来坐在家里，有吃有喝，衣饰华美，无忧无虑，平平安安，何苦非要来受这份累，担这份心呢？我万分后悔自己刚刚摆脱了第一次航海的苦难，又离开巴格达，再次来到海上遭难。

我已经濒临绝境，口中说道："我们属于安拉，我们都要回到安拉那里去！"

我有些发疯了。我费了好大力气，站起身来，在岛上走来走去，再也坐不下来。

我走了一会儿，看见一棵大树，爬了上去，放眼远望，映入眼

2345

帘的只有蓝天、绿树、百鸟、岛屿和岸沙。我凝神朝岛内望去，只见远处出现一个白色庞然大物，觉得十分新鲜，于是立即从树上下来，向着那个庞然大物走去。

我一直走到那个庞然大物附近，发现那是一座巨大的白屋顶建筑，高耸入云。我绕着它转了一圈，却未看到门，建筑表面十分光滑，无法攀登上去。我量了量它的周长，足有五十大步。当时，夕阳西下，白天即将过去，我很想进建筑物里面看一看。就在这时，太阳突然被遮住，天空一片黑暗，我以为是一片乌云遮住了太阳。正是夏天，怎么会出现这种现象，我一时迷惑不解，心中甚感惊异。

我抬起头，朝天空望去，但见一只巨鸟飞来，身体大，翅膀极宽，原来遮住了太阳的就是那只巨鸟的翅膀，而且整座岛都笼罩在它的阴影之下。

见此情景，我惊愕不已。我想起一个旅行者给我讲过的一个故事……

讲到这里，眼见东方透出黎明的曙光，莎赫札德戛然止声。

第五百四十四夜

夜幕垂降，莎赫札德接着讲故事：

幸福的国王陛下，航海家辛迪巴德接着讲自己第二次航海历险：

我一直走到那个庞然大物附近,发现那是一座巨大的白屋顶建筑,高耸入云。我绕着它转了一圈,却未看到门,建筑表面十分光滑,无法攀登上去。我量了量它的周长,足有五十大步。当时,夕阳西下,白天即将过去,我很想进建筑物里面看一看。就在这时,太阳突然被遮住,天空一片黑暗,我以为是一片乌云遮住了太阳。正是夏天,怎么会出现这种现象,我一时迷惑不解,心中甚感惊异。

我抬起头,朝天空望去,但见一只巨鸟飞来,身体大,翅膀极宽,原来遮住了太阳的就是那只巨鸟的翅膀,而且整座岛都笼罩在它的阴影之下。

见此情景,我惊愕不已。我想起一个旅行者给我讲过的一个故事,说是某座岛上有一种大鸟,名叫鲲鹏,体大无比,常捕大象来喂雏鸟。想起这个故事,我方才意识到那不是什么白色建筑物,而是鲲鹏鸟蛋,所以打内心里赞叹安拉的伟大造化之妙。

正在这时,那只大鸟落在那白色圆屋顶上,用巨大的翅膀抱住那颗巨大的鸟蛋,两脚踩地,孵在蛋上入睡了。

赞美不眠的人!

我站起来,走上前去,解下缠头巾,扯成布条,搓成绳子,把自己的身子紧紧捆在大鸟的腿上,心想:"但期大鸟能把我带到城市或有人烟的地方去!只要到了那些地方,总比困在这座孤岛上要好。"

那一夜,我不曾合眼,怕大鸟在我不注意时带着我飞走。

次日清晨,东方透出曙光,大鸟醒来,叫了一声之后,随即带着我拍翅飞上蓝天,飞得很高很高。致使我认为它到了云天之上。

大鸟飞了不长时间,带着我落在一块高地上。我怕它再飞走,趁它不知不觉之时,解开绳子,离开它的腿。我抖了抖身子,迈步向前走去。

J.G.品维 绘

我走到旁边，静静观察大鸟。我看见大鸟抓起一个什么东西，旋即拍翅飞上了天空。我留心望去，原来大鸟爪子里抓的是一条巨蛇，只见大鸟抓着巨蛇快速向大海方向飞去。见此情景，我觉得非常奇怪。

我继续信步朝前走去，忽然发现自己站在一个高高的悬崖上，下面就是万丈深谷，一眼望不到底；旁边有一座山峰，耸入云天，一眼望不见顶，谁也无法攀爬上去。

眼见无路可走，我开始埋怨起自己来："待在那座岛上多好，真是多此一举！那岛上总比这荒无人烟的山头要好吧！因为那里有吃的东西，肚子饿了可以摘树上的果子吃，口渴了可以喝泉水，本来是个好地方，我为什么非到这么个鬼地方来呢！这个地方，既没有树木，也没有果子，更没有泉水。无能为力，只有依靠伟大的安拉了。我真是刚刚摆脱一种灾难，如今又面临更可怕的灾难！"

我站起来，抖了抖精神，向深谷走去。

走到谷底一看，那里遍地都是钻石，就是能够钻透金属、宝石、瓷器和割玛瑙的"金刚钻"，其硬度极大，铁和石头都奈何不得它；除了"弹石"，什么东西也无法将之弄碎。可是，就是那道山谷里，蟒与蛇遍地都是，每条都有椰枣树干那样粗，纵然大象到了那里，也会被巨蟒、大蛇一口吞下肚去。但那些蟒蛇都是夜间出来觅食，白天总是藏在巢穴中，唯恐被鲲鹏、鹫、雕啄而食之。

不知为什么，此时此刻，来到这么一个地方，我对自己的举动感到更加懊悔了。心想："凭安拉起誓，我放着太平日子不过，真是自投罗网啊！"

眼见白天即将过去，红日快要西沉。我走在山谷中，左右观看，想找个地方过夜，边走边留心寻觅。我因为害怕蟒蛇出洞，心急火燎，心慌意乱，忘掉了渴，也忘掉了饿。

我正走着，忽见附近有个山洞，忙躲了进去。进去一看，洞口甚宽，便钻了进去；洞口旁有块大石头，随手推了推，将洞口堵住。我心想："在这个洞里过夜，就用不着担惊受怕了。等天亮之后，再找出路吧！"

不料回头朝洞里面一看，发现那里有一条巨蛇正在孵蛋。我心中大惊，随后周身抖作一团，于是低下头去，把自己的一切全部交给了天命。

那一夜，我未曾合眼，蜷缩在一个角落里，动都不敢动，好不容易才挨到天明，搬开洞口的那块石头，逃了出去。因为又饥又渴，又困又累，我走起路来像醉汉，跌跌撞撞，踉踉跄跄。

我正在山谷中走着，忽见一块肉自天而降，落在我的眼前。我四下张望，却没看见一个人影，心中十分纳闷。这时，我忽然想起曾听商人和旅行者对我讲的一个故事。他们告诉我，世上有个石谷，深不见底，危险重重，到处堆满钻石，但人是没有办法下去采的，但有的经营钻石的商人有办法采到钻石。

讲到这里，眼见东方透出黎明的曙光，莎赫札德戛然止声。

第五百四十五夜

夜幕垂降，莎赫札德接着讲故事：

幸福的国王陛下,航海家辛迪巴德继续讲自己的第二次航海历险：

忽见一块肉自天而降，落在我的眼前。我四下张望，却没看见一个人影，心中十分纳闷。这时，我忽然想起曾听商人和旅行者对我讲的一个故事。他们告诉我，世上有个石谷，深不见底，到处堆满钻石，人是没有办法下去采的，但有的经营钻石的商人有办法采到。他们把新宰的羊肉抛到山谷底，因为羊肉新鲜柔软，能把钻石粘住。之后，商人们就离开原地，躲藏到一个地方，等上半天，鹰、鹫、雕之类的食肉猛禽就会俯冲下去，用爪子抓住大块羊肉，飞上山顶。商人们见猛禽抓着粘满钻石的羊肉快落下时，便立即大喊大叫着跑去，鹫、鹰立即丢下羊肉惊飞而逃。这时，商人们跑去，自去捡自己抛下的那块羊肉，取下上面粘的钻石，把羊肉丢给猛禽猛兽吃。商人们则带着钻石高高兴兴地回家去了。商人们就是用这种办法得到钻石的。

想到这个故事，我自感生命有救，于是向肉走去。我边走边捡钻石，装满了衣袋，凡能放东西的衣袖、腰带、缠头巾、裤腿及一切能装东西的地方，全部装满了钻石。正当这时，我看见一大片羊肉，便用缠头巾把那大块羊肉绑在自己的胸前，随即仰面躺下，手也紧紧抓住那块羊肉。

片刻之后，一只巨鹰俯冲下来，用爪子抓起我抱着的那块羊肉，拍翅飞上天空，带着我飞上了天。

过了不大一会儿，巨鹰落在山上，正想啄食时，忽听一阵大喊声传来，同时飞来棍棒，巨鹰惊慌展翅，直飞天空。

我急忙解下缠头巾，只见衣服被弄得血迹斑斑。

我刚站起来，正要掸掉身上的土，忽见一个人跑了过来。他见我站在那块羊肉旁边，不禁惊恐万状，连问好的话都没有说一句。他搬起那块羊肉，发现上面没有一颗钻石，便大声喊道："天哪，真倒霉呀！无能为力，只有依靠伟大的安拉了！但求安拉保佑我免遭魔鬼伤害!"

他拍掌跺脚,悔恨不已,捶胸顿足地叹息道:"多么不幸啊!这究竟是怎么回事呢?"

我走到他面前,向他问好。他问我:"你是什么人?你是怎么来到了这个地方?"

我对他说:"你不要害怕!不要惊惶!我是个好人,我本是个商人,我有一段奇异和非同寻常的遭遇。我来这里的原因也是非常奇怪的。这座山谷也有十分有趣的故事。你不要害怕,我会使你感到高兴的。我身上带着许多钻石,给你一点儿,就能使你满足了。我随身带的每颗钻石,都比你想得到的那种钻石好。你不要害怕,不要着急!"

听我这么一说,那个商人顿时面绽笑容,先对我表示感谢,然后为我祈祷、祝福,和我攀谈起来。

商人们听见我和他们的同伴攀谈,纷纷走来。他们每个人都向山谷里投了鲜羊肉。

他们走到我的面前,向我问好致敬,祝贺我平安无恙。

他们带着我离去,边走边谈,我把自己历险的前前后后情况详详细细地讲给他们听,还把途中所遇到的艰险一一告诉了他们,把来这座山谷的原因也跟他们说了个一清二楚,他们听后无不感到惊奇。

因为那块羊肉救了我的命,我特别感谢那块羊肉的主人,送给他许多钻石,他对我千感谢万感谢,连声为我祝福祈祷。

商人们对我说:"兄弟,凭安拉起誓,你是命大福大造化大,能够逢凶化吉,遇难成祥。在你之前,掉进这座山谷里的人,我们还没有见过一个能够生还的。感赞安拉,使你死里逃生。"

他们找了一个安全的地方,我和他们一起过夜,庆幸自己平安逃离蛇谷,顺利到达有人烟的地方,心中不胜欢喜。

第二天，天蒙蒙亮时，我们顺着那道山谷走，看到山谷里有许多蟒蛇在爬行。

我们一道走去，来到一座海岛大果园，那里景美水清，绿树婆娑，百花争妍，林木竞翠，酷似人间天堂。那里生长着许多樟脑树，枝繁叶茂，树荫浓密宽大，足容百人乘凉。有谁想从树上得到点儿什么，只要在树干上打个洞，便有汁液溢出，那就是樟脑蜜，稠成胶状。樟脑树汁液流光，便枯死，变成烧柴。

在那座海岛上，有一种野兽，名叫独角兽，就是我们常说的犀牛。犀牛就像我们这里的黄牛、水牛一样，都是吃草的牲口，只不过犀牛比骆驼的体躯还要大，头顶上长着一个粗角，长有十腕尺。

在那座海岛上，还有好几种牛。商人们说，那种叫独角兽的犀牛能把大象顶起来。据说，犀牛把大象顶在角上，照样可以吃草，好像没有任何感觉；等大象死在犀牛角上，经太阳晒，大象身上的油脂流到犀牛头上，继而流入犀牛眼里，犀牛因而眼睛变瞎，再也吃不动草，只有躺在海边。这时，那种名叫鲲鹏的巨鸟便飞来，用爪子抓起犀牛，飞回巢中，用犀牛及大象肉喂养雏鸟。

此外，我还在那座岛上看见许多种水牛，那都是我们这里所没有的品种。

我用自己捡来的钻石换了许多货物，还换了那些商人的许多货物。商人们帮我运走卖掉，赚了许多钱。

我一直跟着那些商人，饱赏异国风光和安拉创造的种种奇迹。我们从一个谷地走到另一个谷地，从一座城市来到另一座城市，边买边卖，又买又卖，终于到达了巴士拉城。

我在巴士拉住了几天，然后回到了和平之城巴格达。

讲到这里，眼见东方透出黎明的曙光，莎赫札德戛然止声。

第五百四十六夜

夜幕垂降,莎赫札德接着讲故事:

幸福的国王陛下,航海家辛迪巴德继续讲自己的第二次航海历险:

我用自己捡来的钻石换了许多货物,还换了那些商人的许多货物。商人们帮我运走卖掉,赚了许多钱。

我一直跟着那些商人,饱赏异国风光和安拉创造的种种奇迹。我们从一个谷地走到另一个谷地,从一座城市来到另一座城市,边买边卖,又买又卖,终于到达了巴士拉城。

我在巴士拉住了几天,然后回到了和平之城巴格达。

我进了巴格达城,回到我住的那条胡同,进了我的家门。我身上仍有许多贵重的钻石和钱财,还带着大批当地没有的紧俏货。

我见到亲人、朋友,开始慷慨解囊,广济博施,又向亲友赠送了许多礼物。随后,我开始吃美食,穿锦衣,会朋聚友,开心畅谈,把航海遇到的种种艰险忘了个一干二净。

人们听到我平安回来的消息,纷纷前来向我表示祝贺,并向我打听异国趣闻及我在旅途中所经历的险事,我向他们一一述说,他们人人惊叹不已。

这就是我的第二次航海的历险,但愿明天向诸位讲我的第三次航海故事。

航海家辛迪巴德讲完，在座者无不感到惊奇。

主人辛迪巴德留下诸位贵客与他共进晚餐，然后赠送给脚夫辛迪巴德一百砝码黄金。脚夫辛迪巴德惊叹航海家的冒险经历，接过黄金，道过谢，并为之祝福祈祷，随后告别离去。

脚夫辛迪巴德一连两天去航海家辛迪巴德府上做客，听他讲航海历险的故事，吃美食，既免除了头顶货物之苦，还有一锭黄金收获，心中甚喜，不觉一觉睡至东方大亮。

第三天，脚夫辛迪巴德起来洗过脸，做过晨礼，按照航海家辛迪巴德的吩咐，向航海家辛迪巴德府上走去，按时来到他的客厅。脚夫辛迪巴德向航海家辛迪巴德问过早安，航海家辛迪巴德热烈欢迎他，然后一起坐了下来。

宾朋相继到齐之后，端上酒菜，大家边吃边喝，边玩边乐，航海家辛迪巴德开始讲自己的第三次航海奇遇：

诸位宾客，兄弟们，听我讲第三次航海奇遇！第三次航海经历要比前两次新鲜、奇异得多。

我昨天对诸位讲过，第二次航海归来之后，我过起了极为富裕、舒适、开心、快乐的日子。一则为平安而归而高兴，二则带回大量钻石，赚了许多钱，安拉把我失去的财产全给我补上了。

我在巴格达城住了一段时间，日子虽轻松愉快，却又想外出旅行、经商赚钱了。有个成语说"欲壑难填"，大概就是这个意思吧！

我外出决心下定，采购了许多适于海外销售的货物，包装好后，带着那些货物离开了和平之城巴格达，到了巴士拉。

在巴士拉海边，我看见一条船停泊在那里，船上坐着许多商人和乘客，看上去都是些慈眉善目的好人和宗教人士，我便登上那条船，蒙伟大安拉护佑，随他们开始了海上远航。

我们航过一个海又一个海,路经一座岛又一座岛,看见一座城市又一座城市;每到一处,必下船上岛观光,既买又卖,总是兴致勃勃,乐而忘忧。

有一天,我们正航行在海上,大海波涛汹涌,风高浪急,船长站在船边,望着远处的海面,不时地扯打自己的面颊,又扯胡子,又撕衣服,大声喊叫不止。

我们忙问船长:"船长,究竟出了什么事?"

船长高声对乘客们说:"乘客们,风太大,把我们的船卷到了猴山附近,情况十分不好!看来命运要把我们送到猴山去了。若船靠近了猴山,必然凶多吉少,难得有一个人平安回来呀……我预感到我们都难得生还……"

船长话音未落,船已靠近岸边,一群猴子一拥而上,把我们乘坐的船包围起来了。我抬眼朝岸上望去,看见猴子多如蝗虫,铺天盖地,船上、地上、水里都站满了猴子。因为猴子数量过多,所以我非常害怕,担心如果我们伤害一只猴子,或者驱赶、殴打其中的一只,猴子们就会和人拼命,把我们全都杀死。俗语云"寡不敌众",在这里叫人体会尤深。有道是多可胜勇啊!

我们怕猴子们抢我们的给养和货物,所以不敢采取任何行动。

那些猴子形容丑陋,周身生着黑色卷毛,黑面孔,小眼睛,体躯矮小,仅有四拃长,令人望而生厌。猴有猴语,我们完全听不懂,且无法理解。

顷刻间,猴子们顺缆绳爬上来,用牙咬断缆绳,继之把船上所有的绳索咬断,船顺风漂至岛与山之间,搁浅在它们的海岛之下。

接着,猴子们把船上的乘客和商人全部抓走,带到岛上去,把船上的所有东西全部抢走,把我们丢在了岛上。一时间,我们看不见船了,也不知道猴子们把船弄到哪里去了。

我们在岛上,肚子饿时,以野果充饥,口渴之时,取河水解渴。

有一天,我们正在岛上游逛时,忽见一座房子出现在眼前。我们向那座房子走去,走近一看,但见房舍建筑精美,围墙高大,两扇乌木大门敞开着,好生气派庄重。

我们走进大门,只见一个大厅出现在面前,宽敞无比,四壁上均有高大的窗子。大厅的当中,有一座高台,上面放着许多盘盏杯碟,还有挂在炉灶上的炊具,周围堆放着许多骨头。我们仔细查看厅堂,没见一个人影,心中大惊。

我们在厅堂里坐了片刻,因为疲劳过度,躺在厅堂里,不知不觉进入了梦乡。

我们一觉醒来,已见红日快要落山。这时,忽然觉得地动山摇,随之天空中一声巨响传入耳际,旋即见一巨人从房顶上下来,他肤色深黑,个子高大,活像椰枣树,两只眼睛就像两柄火炬,亮光闪烁;嘴如井口,生着野猪似的巨大犬齿,巨齿獠牙;嘴唇如同骆驼唇,下唇耷拉至胸前;两只耳朵就像两只平底船,垂至双肩;手指就像鹰爪,又长又尖。

眼见此等丑陋相貌,我们人人胆战心惊,魂不附体,个个呆若木鸡,一时不知如何是好。

讲到这里,眼见东方透出黎明的曙光,莎赫札德戛然止声。

第五百四十七夜

夜幕垂降,莎赫札德接着讲故事:

幸福的国王陛下,航海家辛迪巴德继续讲自己的第三次航海历险:

我们在厅堂里坐了片刻,因为疲劳过度,躺在厅里,不知不觉进入了梦乡。

我们一觉醒来,已见红日快要落山。这时,忽然觉得地动山摇,随之天空中一声巨响传入耳际,旋即见一巨人从房顶上下来,他肤色深黑,个子高大,活像椰枣树,两只眼睛就像两柄火炬,亮光闪烁;嘴如井口,生着野猪似的巨大犬齿,巨齿獠牙;嘴唇如同骆驼唇,下唇耷拉至胸前;两只耳朵就像两只平底船,垂至双肩;手指就像鹰爪,又长又尖。

眼见此等丑陋相貌,我们人人胆战心惊,魂不附体,个个呆若木鸡,一时不知如何是好。

那巨人下到地面,在厅中的高台旁站了一会儿,便站起向我们走来。他伸手把我和几个商人同伴抓起来,翻过来调过去地打量,就像屠夫审视牛羊的膘一样查看我们。此时此刻,我在他的手里,简直不够他一口吃的。

我因为长途旅行,劳累不堪,骨瘦如柴,巨人发现我那样瘦,便把我放下来;然后抓起另一个同伴,照样翻转着一番查看,然后又放下来。

就这样,那巨人一个个地审视,终于看见船长。他见船长膘肥体壮,膀大腰圆,又有力量,很是喜欢,不禁喜形于色。于是像屠夫抓羊那样,将船长抓在手里,然后把他抛在地上,用脚踩住他的脖子,顺手抓来一根铁扦子,由喉咙插进去,扦尖从臀部露出来,然后生着火,把插着船长的铁扦子架在火上烤起来。

烈火熊熊，加之油滴在火上，正所谓火上浇油，火苗更旺。仅过一会儿，船长被活活烤死，肉都熟了。巨人举起铁扦子，放在面前，就像吃烤鸡那样，伸出巨爪，撕下一块一块的肉，吃了起来。

巨人吃完肉，又啃起骨头来，把骨头啃得干干净净，方才将骨头丢在厅堂一角。巨人坐了一会儿，然后躺在高台旁边睡着了，随后发出雷鸣般的鼾声，如同被宰的牛羊或牲畜发出的凄惨悲鸣。

那巨人一觉睡到天明，然后离开了厅堂。

我们确信那巨人走远时，便和商人们交谈起来。我们都为自己的生存而忧虑，哭泣落泪，我们悲观至极。有一个人说："早知今日，何不当初跳海而死？即使我们被猴子们吃掉，也比让巨人放在火上烤着吃了好！凭安拉起誓，这种死太惨啦！不过，一切由安拉决定，人无能为力，只有依靠伟大安拉了。我们默默死去，谁也不知道。我们没有办法逃出去，只有死在这个地方啦！"

另一个人说："我们应该想个主意。我倒有个办法，设法把巨人杀掉，也好解除后顾之忧，为穆斯林们除掉一个大害。"

我对他们说："兄弟们，听我说一句。如果我们非要把巨人杀死的话，那么，我们就应该先弄些木料，做一个木筏子，然后再下手杀巨人，成功后便乘木筏子离开这里，任凭安拉把我们带到什么地方去。或者我们就待在这个地方，等有过往的船只来时，我们搭船而去，当然是求之不得的。假若我们没有力量杀死巨人，那么，我们只能跳海，宁可淹死在海里，也要摆脱被巨人烤熟吃掉的厄运。到那时，倘若我们平安无事，那再好不过；倘若以身殉难于大海，我们也算死得壮烈。"

大家听我这样一说，异口同声地说道："这个主意好！这是个好办法！先做个木筏子，准备逃离的工具！"

J.G.品维 绘

我们立即动手，弄来木料，竟然做成了一条小船。之后拉到海边，装上一些干粮，我们又返回那座厅堂。

夜幕垂降之后，忽觉一阵山摇地动，只见那个黑色巨人走来，活像一条商人的恶狗，把我们一个个抓在手里，翻过来调过去地看了一遍，最后挑中一个，插在铁扦子上，烤熟吃了。旋即，巨人躺在高台旁，酣然入睡，鼾声如雷，惊天动地。

见巨人已经睡熟，我们蹑手蹑脚走过去，拿了两根铁扦子，放在火上烧红，然后提着火红的铁扦子走到熟睡的巨人头旁，用尽我们的全身力量，把火红的铁扦子狠狠刺入巨人的双眼里。只听巨人一声惨叫，吓得我们一个个心惊肉跳。

巨人挣扎着站起来，但他的双眼已经瞎了，什么也看不见，只能四下摸索着抓我们，我们左窜右跑，他看不见我们，也抓不住我们了。

我们依旧十分害怕巨人，自认只有死路一条，没有生存希望。

那巨人摸到门口，边喊着边出了门。那叫声响若惊雷，大地为之颤抖，令我们胆战心惊。巨人走出厅堂，我们也跟着出了门。

片刻后，那巨人带着一个黑色女巨人来了。那女巨人容貌更丑，身材高大。我们一看见那个女巨人，害怕极了，立即跑去把小船推入海里，迅速登上船，向海中划去。那对巨人没有放过我们，他们手握巨石向我们的船砸来，结果我们的大部分伙伴被巨石砸死，只剩下我和另外两个同伴活着。

讲到这里，眼见东方透出黎明的曙光，莎赫札德戛然止声。

第五百四十八夜

夜幕垂降，莎赫札德接着讲故事：

幸福的国王陛下，航海家辛迪巴德继续讲自己的第三次航海历险：

那巨人摸到门口，边喊着边出了门。那叫声响若惊雷，大地为之颤抖，令我们胆战心惊。

巨人走出厅堂，我们也跟着出了门。

片刻后，那巨人带着一个黑色女巨人来了。那女巨人容貌更丑，身材高大。我们一看见那个女巨人，害怕极了，立即跑去把小船推入海里，迅速登上船，向海中划去。那对巨人没有放过我们，手握巨石向我们的船砸来，结果我们的大部分伙伴被巨石砸死，只剩下我和另外两个同伴活着。

我们三个幸存者划着小船，来到一座岛上，在岸上走了一会儿，天色便黑了下来。我们感到疲惫，不知不觉睡着了，进入了梦乡。可睡下不久，突然从梦中惊醒过来，只见一条又粗又长的大蛇将我们三个人包围起来了。

那大蛇向我们的一个同伴袭来，一口将他吸进嘴里，眼看着他的肩膀进了蛇口，顷刻之间，整个身子进入了蛇腹，他的肋骨发出"咯咯"的断裂声，我们都听得清清楚楚。

大蛇吞下一个人，便爬走了。

见此情景，我一时惊呆了，深为同伴丧身蛇腹而感到难过，同时也为我们自己的生命担忧。

我对那个同伴说："凭安拉起誓，这真是太奇怪了！想不到这种死法比被巨人烤着吃更惨哪！我们刚刚逃出巨人的魔掌，却又落入了巨蛇的腹中！毫无办法，只有依靠伟大的安拉了。"

我的同伴说："我们挣脱了巨人，也幸免于落入海中淹死，可是，眼前这场灭顶之灾，如何逃得过去呢？"

我俩赶快离开那里，向岛心走去。我们只能采摘野果充饥，喝溪水解渴。到哪里去安身呢？天快黑时，我们看见一棵大树，便爬了上去，想到树上安睡一夜。我更小心，爬到了最高的树枝上。

夜幕垂降，那条大蛇又出现了。那蛇一番左顾右盼之后，向着我们所在的那棵大树爬来，沿着树干缠绕而上，又将我唯一的同伴吸进了嘴里，顷刻之间，他的整个身子就被蛇吞下去了，骨头在蛇腹中碎裂的响声清晰可闻。

这情景，我看得一清二楚。

那蛇爬走了，我上到树的高处，提心吊胆地睡了一夜。

第二天，太阳一出来，我从树上下来，依然害怕得要命。我觉得生还无望，失望至极，恨不得投海自尽；但想到生命是宝贵的，我不能轻生。在那大蛇活动的地方，如何保存自己呢？我终于想了个办法，在自己的脚上、腿上、身上和头上绑上木板和树枝，就像是藏在木屋子里，然后躺在地上，安睡起来。

夜色来临，那大蛇出来觅食，照样向我爬来，在我的四周爬了几圈，因为我周身全被木料捆着，自然难以下口。我眼见大蛇在我周围转圈，吓得魂不附体，死去活来。

那大蛇时而离我远去，时而又掉头回来。来来往往数次，始终无法下口，因为我是被木板、树枝包着的。

又是一夜过去了,东方透出了黎明的曙光,大蛇最终失望,愤怒地离去了。

我伸出手,解下身上的木板,已被吓成了半死之人。因为那一夜我过得太辛苦,那大蛇几乎吓破了我的胆。

我挣扎着站起来,向海边走去。来到海边,向大海望去,遥见浪中有一船影,于是折下一根大树枝,用尽全身的力气,向着他们挥动,同时高声呐喊:"救人哪,救人哪!"

船上的人终于看见了我,船向岸边靠来。他们说:"我们一定要过去看一看,也许那里有人。"

他们靠近岸边,听到了我的呼喊声,船靠了岸,把我接上船去。他们问长问短,我把自己的经历从头到尾向他们讲了一遍。他们听完我的历险经历,无不感到惊奇。他们给了我衣服,让我穿上;又给了我吃的,我吃了个足饱;他们还递给我冰凉的水。我吃饱喝足,精神顿时感到好了起来。多亏安拉恩泽浩荡,使我绝处逢生,我连声感谢安拉,在自认生还无望之时,得以活命,倍感欣慰,心中不胜喜悦,仿佛过去发生的种种事情都像是在梦中。

我们乘船继续前进,一路顺风,蒙伟大安拉的护佑,平安到达一座海岛。那海岛名叫萨拉赫泰岛,船长将船停泊在那里。

讲到这里,眼见东方透出黎明的曙光,莎赫札德戛然止声。

◆── 第五百四十九夜 ──◆

夜幕垂降,莎赫札德接着讲故事:

幸福的国王陛下,航海家辛迪巴德继续讲自己的第三次航海历险:

船上的人们递给吃的、喝的,我吃饱喝足,精神顿时感到好了起来。多亏安拉恩泽浩荡,使我绝处逢生,我连声感谢安拉,在自认生还无望之时,得以活命,倍感欣慰,心中不胜喜悦,仿佛过去发生的种种事情都像是在梦中。

我们乘船继续前进,一路顺风,蒙伟大安拉的护佑,平安到达一座海岛。那座岛名叫萨拉赫泰岛,船长将船停泊在那里。

船上的所有商人和乘客都下了船,带上自己的货物到岛上去做买卖。

船长望着我,说道:"喂,兄弟,你对我们说,你遇到了许多危险,真是绝处逢生,大福大命。我想帮助你一下,好让你回到家乡去,那样,你会永远为我祈祷祝福的。"

我当然很高兴,随口说:"好吧!我会永远为你祝福祈祷的。"

船长说:"坐在我这条船上的商人,不料在一座岛上失踪,至今下落不明,不晓得是死是活,任何消息也听不到。我想把他的货物交给你,你把它带到岛上去卖掉。我们从卖得的钱中拿出一些,作为你的辛苦费和回家的路费;余下的钱,我们把它带回巴格达,设法打听到货主或他的家属,把钱交给他们。你愿意把他们的货物带到岛上去,像别的商人一样,把东西卖掉吗?"

"愿意!"我毫不迟疑地回答,"船长先生,我要感谢你的大恩大德!"

随后,船长吩咐水手们和搬运工把那些货物搬下船,交到我的手里。

这时，负责登记货物的人问船长："船长先生，这些货物是怎么回事？货主的名字如何写呀？"

船长答："你就写'辛迪巴德·白海里'！这位商人本来坐在这条船上，因为在一座海岛上有几个乘客落水了，他也是当日失散的人，再也没有打听到他的消息，生死下落不明。我想托这位异乡客代货主把它卖掉，一部分钱给这位异乡客作为酬劳，另一部分钱我们带回巴格达。如果能找到本人，就把钱交给货主；如果找不到货主，我们就设法转交给他的家人。"

登记人听后，连连点头，说："说得好，想得妙！这是个万全之策！好办法！"

我听船长说的正是我的名字，心想："凭安拉起誓，我就是辛迪巴德·白海里呀！"

我忍耐了一会儿，商人们下了船，他们聚在一起，合计买卖事宜时，我便走到船长面前，问船长："船长阁下，你了解你托我代卖的那些货的货主的情况吗？"

船长回答道："我不了解他的什么情况，只知道他是巴格达人，名叫辛迪巴德·白海里。我的船停泊在一座海岛边上时，他和许多商人落了水，至今没有得到他的任何消息。"

我听后，抑制不住内心的欢悦，心想："正是我呀！"于是，我一声大喊，说道："船长先生，我就是落水的那个辛迪巴德·白海里，我没有被淹死。当你的船停泊在海岛边时，商人及乘客们下了船，我也跟着他们下了船。我带着一些吃的东西，一个人找了一处幽静的地方坐了下来。吃完东西，不知不觉困意来临，在那里睡着了。等我醒来之时，站起来四下望去，既看不见船，也看不见一个人影……船长，这就是我的货物。凡是带着钻石的商人都在钻石山上见过我，他们能证明我就是辛迪巴德·白海里，因为我曾把自己的经历以及和你们在一起的事情告诉过他们,而且对他们说过是你们把我忘在了岛上。他们都知道我当时睡着了。"

商人和乘客们听我这样一说,有的认为我说的是真话,也有的认为我在撒谎。

正当此时,一个商人听到我提起钻石谷,走到我的跟前,看了看我,对大家说:"兄弟们,听我说上几句。我曾对诸位讲过旅途中的稀奇见闻。我说过,人们把刚宰好的羊肉投入钻石谷里,我也和他们一道向钻石谷里抛羊肉,结果我的那块羊肉没有粘上钻石,而是粘上来一个男子汉。当时,你们都认为我在编瞎话。有这么一回事吗?"

大家异口同声地说:"有这么一回事!我们当时多数不相信。"

那个商人说:"粘在我那块羊肉上的那个男子汉,不是别人,就是眼前这个人。他送给我许多世上罕见的贵重钻石,目的在于补偿我的损失。我让他跟着我到了巴士拉城,之后他告别我们,回巴格达城去了,我们就回自己的家乡去了。就是他,他当时告诉过我,他叫辛迪巴德·白海里。他曾跟我说过,他因为睡觉而误了船。诸位朋友,现在这个人来到了这里,就是为了让你们相信我的话是真的。我能证明,这批货物就是他的。他与我们在钻石山见面时,就说过这件事。他说的话全是真的。"

船长听商人这样一说,马上站起来,走到我的跟前,仔细端详了我一番,然后问我:"你的货物有什么记号吗?"

我立即把货物上的记号向船长述说了一遍,并且把在巴士拉上船时,船长向大家说的那番话,向他重复了一遍。这时他才相信我说的是实话,认定我是辛迪巴德·白海里,然后热烈拥抱我,祝贺我平安脱险。

船长对我说:"先生,凭安拉起誓,你的经历实在太离奇了,真是世所罕见。赞美伟大安拉使你与我重聚,让你的货物和钱财又回到了你的手中。"

讲到这里,眼见东方透出黎明的曙光,莎赫札德戛然止声。

第五百五十夜

夜幕垂降,莎赫札德接着讲故事:

幸福的国王陛下,航海家辛迪巴德继续讲自己的第三次航海历险:

我立即把货物上的记号向船长述说了一遍,并且把在巴士拉上船时,船长向大家说的那番话,向他重复了一遍。这时他才相信我说的是实话,认定我是辛迪巴德·白海里,然后热烈拥抱我,祝贺我平安脱险。

船长对我说:"先生,凭安拉起誓,你的经历实在太离奇了,真是世所罕见。赞美伟大安拉使你与我重聚,让你的货物和钱财又回到了你的手中。"

我上岸卖掉货物,那一次我赚了许多钱,我为此高兴极了,庆幸自己平安逃生,钱财和货物又回到了我的手里。

离开那里,我们边旅行边做买卖,又经过许多海岛,到达了信德国。我们在那里又买又卖,还看到了无数奇观:我们在海里看见一条牛形大鱼,还看见一头像驴子一样的海兽。我在那里还看见一种鸟,出入海中，在水面上产卵、孵化，永远不离海水，从不登地面。

离开信德，蒙伟大安拉护佑，继续航行，一路顺风，平安抵达巴士拉城。

我在巴士拉城住了几天，然后回到巴格达城。我走进胡同，进了家门，向家人、亲戚和朋友致意问安。我为自己平安脱险、顺利返回家中感到高兴无比。

我回到家中，休息了几天，便开始广济博施，赠送礼品，为鳏寡之人和孤儿提供衣食，交朋会友，一直过着有吃有喝、快快乐乐的生活。我吃美食，喝美酒，住华屋，骑宝马，日日花天酒地，天天高朋满座。快乐的日子，使我把航海的辛苦与艰险忘了个一干二净。

我这次航海经商赚的钱不计其数。

这就是我第三次航海旅行的奇遇。如果诸位有兴趣，明天我将给大家讲述我第四次航海历险的故事；第四次航海比这次更为惊险、生动、诱人。

航海家辛迪巴德讲完自己的经历，照例送给脚夫辛迪巴德一百砝码黄金，并吩咐摆上筵席，宾主共进晚餐。

晚宴后，脚夫辛迪巴德揣着黄金回到家中，一夜安睡至次日天亮。

东方大亮，脚夫辛迪巴德起床，做罢晨礼，随后向航海家辛迪巴德宅邸走去。

航海家辛迪巴德见脚夫辛迪巴德到来，表示欢迎，让他坐在自己的身边。宾客到齐，摆上酒席，大家边吃边喝，航海家辛迪巴德开始向他们讲述自己第四次航海的经历：

诸位宾朋，各位兄弟，我回到巴格达城，聚朋会友，访问邻居，终日沉浸在欢乐之中。我第三次航海赚了许多钱，开始过起宽裕、舒适的日子，美滋滋、乐融融，把航海的危险全部忘到了脑后，整天吃喝玩乐，与朋友对坐聊天，过着十分惬意的日子。

过了不长时间，我便厌倦了这种平静、舒服的日子，又想外出做生意、赚大钱了。我决心去航海，于是采购了一些适于海外销售的货物。备好了货，离开巴格达，前往巴士拉，开始了我的第四次航行。我这次带的货物比往常任何一次都多。

到了巴士拉，我把货物装到船上，和巴士拉的一些巨贾一起开始了远航。船载着我们，乘风破浪，航行了数天数夜，从一座岛屿来到另一座岛屿，航过一个海又一个海。

有一天，海上忽然刮起暴风，船长担心船被风暴打沉，急忙抛锚，将船停在海中。我们见风很大，连连向安拉祈求平安。就在这时，狂风大作，将船帆撕成碎片，商船倾覆，乘客及货物相继落水，我也掉入了海中。

我在海里挣扎了半天时间，正当我绝望之时，幸得安拉赐予我一块破船板，我和几个幸存的商人一起坐了上去……

讲到这里，眼见东方透出黎明的曙光，莎赫札德戛然止声。

第五百五十一夜

夜幕垂降，莎赫札德接着讲故事：

幸福的国王陛下，航海家辛迪巴德继续讲自己的第四次航海

历险：

到了巴士拉，我把货物装到船上，和巴士拉的一些巨贾一起开始了远航。船载着我们，乘风破浪，航行了数天数夜，从一座岛屿来到另一座岛屿，航过一个海又一个海。

有一天，海上忽然刮起暴风，船长担心船被风暴打沉，急忙抛锚，将船停在海中。我们见风很大，连连向安拉祈求平安。就在这时，狂风大作，将船帆撕成碎片，商船倾覆，乘客及货物相继落水，我也掉入了海中。

我在海里挣扎了半天时间，正当我绝望之时，幸得安拉赐予我一块破船板，我和几个幸存者一起坐了上去，方才保下了这条命。那块破船板不但救了我，还救了几个商人朋友。我和这几个商人用脚划水，乘风破浪，在海上漂游了一天一夜。

第二天上午，风更大，浪更高，风浪把我们抛向一座海岛边。我们一夜没有合眼，又累又冷，又渴又饿，心中恐惧不安，一个个就像半死之人。

我们登上海岛，沿着岸边走去，发现那里植物茂密，野果种类繁多，正好填充我们的辘辘饥肠。

我们在海岸边睡了一夜。

次日清晨，阳光撒遍海岛，我们醒来之后，向岛心走去。我们边走边左右观看。我们正漫不经心地走着，忽然看见面前出现了一座房子。我们加大步子，向那里走去。走了没有多长时间，我们就站在了那座房舍的门前。

我们刚刚在门前一站，忽见一伙赤身裸体的大汉从门里走出来，他们什么也没问，便抓住我们，继之就把我们带到他们的国王面前。

国王命令我们坐下，我们相继坐了下来，而我们的心中却充满了难以表述的恐惧。

片刻之后，国王吩咐仆人端来许多美味佳肴，都是我们没有见过、更没有吃过的美食。我虽然饿，却不想吃，一口未动，而我的同伴们却不然，他们大口大口地吃了起来。我正由于安拉的怜悯，没有吃那些东西，才有幸存活下来。我的那些同伴却不幸得很，吃了那些东西，一个个变得神志不清，狂吃暴饮，完全变成了另外一种人。

过了一会儿，大汉们送来椰子油，边让我们喝，边把椰子油涂到我们的身上。

那些同伴喝下椰子油，片刻后，一个个眼睛歪斜，吃起东西来完全失去了常态，狼吞虎咽，形如饕餮。

见此情景，我深为他们忧虑，为他们感到惋惜和遗憾。我独自处于清醒状态，唯恐大汉们折磨我，心中不胜害怕。

我一番打量，猜测那些大汉都是拜火教徒。他们的国王是个妖精。所有到他们国家来的人，或者在山谷、道路上被大汉们看见或遇到的人，都要被带到国王那里，让他们吃那种东西，往他们的身上涂抹那种椰子油。这些人因为吃得过多，致使神志恍惚，肚子发胀，变得像傻子，一味想多吃那种东西和那种油，直至发胖变粗，然后被宰掉，放在火上烤熟，供国王吃。国王的下人则生吃人肉，不烤不煮。

眼见此情此景，我深为自己和同伴们担忧。因为我的同伴们都已丧失理智，只有听任那些赤身大汉的处置。

大汉们将我及同伴们交给一个人，那个人每天赶着我们在岛上放牧，像放牧牲口一样。我因心中害怕，肚子里没食，身体渐渐瘦弱下来，变得皮包骨头。

他们见我那样瘦小,便丢下了我,把我忘了,谁也没想起来我,也不把我放在心上。

有一天,我终于想办法偷偷地逃离了那个地方。我在岛上奔跑,远远离开了那里。

我正走着,看见远处的一个山丘上坐着一个放牧人。我定睛细看,认出他就是放牧我的同伴们的那个人,他的周围有很多像我的同伴们那样的人。

那个人看见我,知道我神志清醒,没有像我的同伴们那样中毒而变态,便远远地打手势告诉我:"向后转,沿着右侧那条路就可以走上光明大道。"

我按照那个人指的方向走去,看见右侧有一条路,顺着它走去。

我心里害怕,快跑一阵,再慢走一阵,以求得以休息,然后再跑一阵。就这样一直走到那个为我指路的人看不见我的地方,我也看不见他了。

眼见夕阳西沉,夜幕徐徐垂降,我坐了下来,开始休息,想睡一觉了。

因为害怕,那天夜里,我神经紧张,加上又累又饿,怎么也睡不着。

夜半时分,我站起身来继续走,在岛上一直走到大天明。

红日从东方升起,万道金光照亮了高山,也映红了大地。我又累又饿又渴,拔起岛上的青草充饥,以维持生命。

就这样,我白天黑夜不停地走,走了七天七夜,饿了就拔青草吃。

第八天早上,我一眼望去,忽见远处出现几个人影,便抬腿向前走去,一直走到天黑,才走近他们。走到那里时,因为前两次的遭遇，我心有余悸，只敢远远地观望。我仔细看了一阵，看清了那是一伙采胡椒的人。

我走近那些采胡椒的人，他们一看见我，便快步向我走来，立即把我围住，问我："你是什么人？从哪儿来？"

我告诉他们："我是异乡人，是一个可怜的异乡客。"

接着，我把自己经历的种种危险与磨难向他们讲了一遍。

讲到这里，眼见东方透出黎明的曙光，莎赫札德戛然止声。

第五百五十二夜

夜幕垂降，莎赫札德接着讲故事：

幸福的国王陛下，航海家辛迪巴德继续讲自己的第四次航海历险：

我走近那些采胡椒的人，他们一看见我，便快步向我走来，立即把我围住，问我："你是什么人？从哪儿来？"

我告诉他们："我是异乡人，是一个可怜的异乡客。"

接着，我把自己经历的种种危险与磨难向他们讲了一遍。

他们听后，惊讶地问："真是罕见呀！你是怎样摆脱那些赤身裸体大汉的呢？他们人数众多，吃人肉，喝人血，凡经过他们地域的人，谁也不能幸免。你又是怎样走出那个魔怪之地，死里逃生的呢？"

我把自己如何同他们周旋的经过讲给他们听。我告诉他们，那些人抓去了我的同伴们，让他们吃一种食品，还灌他们一种油，而我没吃他们一口东西。

他们听后，无不感到惊异，纷纷向我表示祝贺，庆贺我平安脱险。

之后，他们让我待在他们那里。他们干完活儿，给我端来许多好吃的东西，我因为太饿，大口大口地吃了起来。我在他们那里休息了一会儿，他们便把我带到船上，然后一起去了他们居住的海岛。

到了岛上，他们把我带去见他们的国王。到了国王那里，我向国王问安好，国王对我表示欢迎，热情款待我，问长问短。我把自己的经历向国王讲了一遍，国王以及在座的人听后无不惊异万分。

国王让我坐在那里，随后吩咐仆役们端来饭菜。我吃饱喝足，洗了洗手，连声感赞安拉的浩荡恩泽，同时感谢国王的慷慨招待，盛赞他的大恩大德。

我离开国王，游览京城，发现那是一座繁华的城市，人口众多，市场繁荣，物资丰富，生意兴隆，各种东西应有尽有。见此情景，我心中高兴极了，庆幸自己有缘来到这样的一座城市，不禁心情舒畅。看见那里的居民，我觉得分外亲切，我简直变成了他们当中的一员。我在他们中间受到特别尊重，城中的上层人物对我尤其和善。

在那里，我发现城中的大小人物都骑着马，无论地位高低，他们的马均不鞴鞍，我感到很奇怪。

我去问国王："国王陛下，你们这里的马为什么都不鞴鞍呢？马鞍能给乘者带来舒适，并使人精神焕发啊！"

国王说："我们这里的人压根儿没有见过马鞍，更没有用过，哪会有那种东西呢？"

我马上说："国王陛下，如蒙您允许，我可以为您制作一具马鞍,供您乘用,请您看看这东西究竟怎样!"

"好吧!那就请动手吧!"

"请国王陛下给我找些木料来!"

国王立即吩咐下人弄来了我所需要的一切。

我又请国王唤来一个聪明的木匠,我坐在木匠的身旁,手把手教木匠制作马鞍。我把羊毛弹好,做成毛毡,填充好鞍褥,取来皮子,将皮子绷平擦亮,再压上条纹;然后叫来铁匠打扶手和马镫子,抛光镀锡;最后系上丝带和装饰物,一副漂亮的马鞍便告完成。

马鞍制作完毕,牵来一匹上乘御马,将马鞍鞴在马背,扎好皮带,挂上马镫子,再套上笼头,随后牵到国王面前。

国王见御马精神抖擞,十分高兴,爱不释手,连声向我道谢。

国王兴致勃勃地纵身上马试骑,笑得前仰后合,开心极了。

之后,国王送给我许多珍贵礼物,作为给他制作马鞍的报酬。

国王的宰相见到马鞍,立即要我给他制作一副,我一口答应,为他做了一副马鞍。

马鞍消息不翼而飞,不胫而走,文武百官无不要求我为他们做马鞍,一时马鞍成了众所追求之物。我一一满足了他们的愿望,很快人得一鞍。

我开始以制作马鞍为业,教木匠制作鞍架,教铁匠打制马镫子和扶手。我们制造了许多马鞍,卖给达官贵人和骑手,赚了许多钱。

时隔不久,我的名字被许多人所知,他们都很喜欢我、敬重我,而且我在国王那里备得赏识,文武百官和国家要员更是尊重我。

有一天,我欢欢喜喜地坐在国王那里,国王对我说:"喂,好兄弟,你已成了我们的贵客,简直成了我们当中的一员。我们如今已感到离不开你,希望你不要再离开我们的国家。我有一事相求,请你不要驳我的面子。"

J.G.品维 绘

我说:"国王陛下,有事尽管直讲,我是不会违背你的意愿的。因为你待我恩重如山啊!赞美安拉,我已成了你的一个仆从。"

国王说:"我希望你在我们这里成家立业,我将给你找一位天生丽质、美艳动人、性情贤淑、家财万贯、才貌双全的漂亮女子做你的妻子,让你在这里定居下来,就住在我的王宫里。你千万不要拒绝我的好意,不要不给我面子呀,我的好兄弟!"

听国王这么一说,我害羞极了,没有作声,也没有答话。

国王见我默默无言,又说:"好兄弟,千万不要拒绝我的好意呀!"

我这才开口答话:"国王陛下,一切听国王安排!"

国王马上差人唤来法官和证人,为我物色了一位花容玉貌、娇艳妩媚、美艳动人、文静有礼、多才多艺、家财万贯的名门闺秀,立即订婚,写就了婚书。

讲到这里,眼见东方透出黎明的曙光,莎赫札德戛然止声。

第五百五十三夜

夜幕垂降,莎赫札德接着讲故事:

幸福的国王陛下,航海家辛迪巴德继续讲自己的第四次航海历险:

国王见我默默无言,又对我说:"好兄弟,千万不要拒绝我的好意呀!"

我这才开口答话:"国王陛下,一切听国王安排!"

国王马上差人唤来法官和证人,为我物色了一位花容玉貌、娇艳妩媚、美艳动人、文静有礼、多才多艺、家财万贯的名门闺秀,立即订婚,写就了婚书。

随后,国王赐予我一座宫殿,还赠送给我许多奴仆、婢女,并举行盛大结婚典礼,我开始过起欢乐、轻松、自由的生活,把航海的疲劳、艰险全忘记了。我心想:"回国时,我一定要把我的妻子带走。"

俗语说:生死有命,富贵在天。命中注定的事情,是无法逃脱和避免的。谁也不知道自己会落在哪里。

我很爱我的妻子,妻子也很爱我,夫妻恩爱,相敬如宾。我们生活在幸福之中,美滋滋,乐融融,甜蜜蜜。这样生活了相当长一段时间。

过了不长时间,我的一位邻居的妻子死了。那邻居是我的一位好朋友,我马上去邻居家吊唁。我发现邻居形容憔悴,无精打采,满面愁云。我好言安慰他:"兄弟,不要过分悲伤,要节哀呀!安拉一定会给你补偿,给你一位更好的妻子,让你长命百岁,夫妻白头偕老。"

邻居听我一劝,反倒大哭起来。他对我说:"朋友,我只能活一天了,怎么还能再娶妻室,安拉怎会再给我弥补损失呢?"

我惊讶而且疑惑,忙问:"怎好说这种不吉利的话!你是否有些糊涂了?你不是好好的吗,健健康康的,怎好说只能活一天了?"

"朋友,我以我的生命起誓,你明天就要和我永别了,再也看不见我了。"

"怎么会呢?"

"你有所不知：他们今天就要埋葬我的亡妻，同时也将让我陪葬。这是我们这里的风俗习惯。朋友，在我们的这个国度里，妻子死了，她的丈夫要陪葬；丈夫死了，妻子也要陪葬，只要死一口子，另一口子也就不能品尝生活的滋味了。"

听他这样一说，我大为惊愕，愤然说道："凭安拉起誓，这种风俗太糟糕了！这种习惯，谁能接受呢？"

我俩正交谈时，送殡的人们来了。他们安慰我的丧妻邻居一番，按照他们的习惯送葬出殡。他们把棺木抬到城外，来到一个依山傍海的地方，掀开一块石盖，露出一个石井口，随后将棺木顺下井去；继之用一根绳子绑住那位邻居的腰，将他也放入石井中，再放下一个大水罐和七张发面饼；之后送葬的人们把石盖盖好，恢复原状，便离去了。

看到这种情景，我惊呆了，心想："凭安拉起誓，这死法比他的妻子之死还叫人难过啊！"

我回去拜见国王，对国王说："国王陛下，贵国怎么把活人与死人葬在一起呢？"

国王说："兄弟，你有所不知，这是我国的风俗习惯呀！丈夫死了，妻子陪葬；妻子死了，丈夫陪葬。这样我们就可以使夫妻永不分离。这是我们从祖先那里继承下来的习惯和风俗。"

"国王陛下，像我这样的异乡客，如果我的妻子死了，你们也会照样让我陪葬吗？"

"是的。若是那样，我们就得把你与你的妻子葬在一起，就像你看到的那样。"

听国王这样一说，我陷入了极度的忧虑之中，神志恍惚，一时不知如何是好。我开始害怕，真担心会发生国王说的那种情况，让我活着葬身在异乡。

后来，我不时地自我安慰，心想："但期我能死在妻子的前头，也可免活埋之苦……谁知道谁先死、谁后死呢？"

没过多久，我的妻子病了。仅仅过了两天，我的妻子就去世了。许多人前来吊唁，安慰我和妻子的娘家人。国王也来了，按照他们的习惯来吊唁抚慰我。他们请来女祭师，为我的亡妻沐浴洗尸，给她穿上最豪华的衣裳，戴上宝石项链，然后入殓，抬上山去，揭开石井盖，将棺木放入石井中。

事毕，人们纷纷围拢在我的身边，我的朋友和妻子的家人也都来向我告别，这意味着要活葬我了。

我冲着他们大声喊道："我是异乡人！我不服从你们的风俗习惯！"

他们根本不听我的话，抓住我，立即用绳子把我捆起来，给我拴上七张发面饼和一罐子水，随后将我顺进了那口石井里。他们在井口大声喊："把绳子解开！"

我不想解绳子，他们就把整条绳子扔在了井里，盖上井盖，扬长而去了。

讲到这里，眼见东方透出黎明的曙光，莎赫札德戛然止声。

第五百五十四夜

夜幕垂降，莎赫札德接着讲故事：

幸福的国王陛下，航海家辛迪巴德继续讲自己的第四次航海

历险：

我冲着他们大声喊道："我是异乡人！我不服从你们的风俗习惯！"

他们根本不听我的话，抓住我，立即用绳子把我捆起来，给我拴上七张发面饼和一罐子水，随后将我顺进了那口石井里。他们在井口大声喊："把绳子解开！"

我不想解绳子，他们就把整条绳子扔在了井里，盖上井盖，扬长而去了。

山下那口石井很深。我下到井底一看，发现那里有许多死人，气味奇臭，令人窒息。

我在深井之下，开始埋怨自己，我心想："放着舒适的日子不过，自找苦吃，自作自受，真是活该！"

井底漆黑，分不出日夜。我只能一点点地吃东西，不到饿得难以忍耐时，绝对不吃东西；我每次只能喝一点点水，不到渴得难耐时，绝不喝水。因为我担心把大饼和水喝光，会使我活活饿死。我叹息道："无能为力，只有依靠伟大的安拉啦！谁让我在这里取乐于洞房花烛呢？我真是刚出虎穴，又落入了狼窝。凭安拉起誓，这种死法实在太惨啦！就是落海葬身鱼腹，或者死在山上被妖怪吃掉，也要比活活渴死、饿死在一个深井里好哇！"

我一直在埋怨自己，不住地责备自己。

困意来临，我便睡在死人尸骨上。我一次又一次求安拉默助。我觉得黑井中苦难无法忍耐，我希望马上死去。

当我饿得难受、渴得唇干舌燥时，便去摸发面饼和水罐，吃两口饼，喝一口水。我振作精神站起来，在石井里踱来踱去，发现那井底宽大空荡，只是地上遍布死人骨骸。

我在井底一角收拾了一个地方，远离那些尸骨，不时地睡上一觉。

七张发面饼快吃完了，一罐水也快喝尽了，自知死期也要临近了……

有一天，我正坐着想水和食物用尽之后怎么办时，忽见井盖移开，一线亮光透来。我心想："这是怎么回事？"

我抬头望去，见井口站着许多人。正把一具男尸和其活妻往石井里扔，那女人哭叫着，声音凄惨刺耳。他们给那个女人身上绑着很多发面饼和水罐。

我望望那个陪葬的女人，那女人却根本不看我一眼。人们盖上井盖便离去了。

人们走后，我站起来，抄起一根人的大腿骨，走到那女人的面前，狠狠朝那女人的头部打去，一下将她击倒在地，她昏迷了过去。接着又是几次狠击，那女人死了。随后，我拿起她带来的饼和水罐，取下她的宝石项链和金银饰物，自觉又可以活上几天了。

我回到原来的地方躺下，依旧节食节水，唯恐很快把干粮吃完，自己活活被渴死、饿死。

我在那口石井下生活了相当长一段时间。只要有陪葬的活人进来，我就将其打死，夺来大饼和水，用以维持我的生命。

有一天，我从梦中醒来，听到井底有一种什么东西在沙沙作响，不禁一惊，心想："怎么这里还有声音？"我手握骨头棒子去打，好像是只什么野兽，听到我的动静，仓皇逃走了。我尾随野兽而去，但见有一丝亮光射入井中，如同星光，时隐时现。我朝亮光走去，亮光渐大，我终于看清，那里有一个小洞，我心想："这里定有个洞口，或许像他们把我丢进井里的那种洞口一样，我可以从这里出入，有活命的希望了……"

我沉思片刻,向亮光射进来的地方走去。走近一看,那里果然有个洞口,位于山后,是野兽用爪子刨成的。此处是野兽进来偷吃死尸的出入口。

看见那洞口,我的心境豁然开朗,心定神安,心情愉快,自以为逃生的希望就在眼前了。

此时此刻,我仿佛还在梦中。随后,我用骨头棒子把那个洞口挖大。我终于从那里钻了出去,发现前面就是大海,脚下是一座大山,横在两海之间,将海岛与城市隔开。那是个任何人都无法到达的安全地带。我连声赞颂安拉,心中兴奋不已。

我的精神振作起来,我随即返回石井,把我储存的大饼和水全部搬了出来,继而又把死人身上的衣服扒下来,换在自己身上,又把死人的首饰等贵重陪葬品全部搬出石井。经过一番搬运,我发现那个出口旁堆满了珍珠、项链、宝石、金银首饰、华衣锦服。一连数天,我每天都进入那石井里,见到陪葬的人,不论男女,一律杀死,把他们的干粮、水罐和贵重的东西,全部运出石井。

讲到这里,眼见东方透出黎明的曙光,莎赫札德戛然止声。

❖❖ 第五百五十五夜 ❖❖

夜幕垂降,莎赫札德接着讲故事:

幸福的国王陛下,航海家辛迪巴德继续讲自己的第四次航海历险:

我的精神振作起来，我随即返回石井，把我储存的大饼和水全部搬了出来，继而又把死人身上的衣服扒下来，换在自己身上，又把死人的首饰等贵重陪葬品全部搬出石井。经过一番搬运，我发现那个出口旁堆满了珍珠、项链、宝石、金银首饰、华衣锦服。一连数天，我每天都进入那石井里，见到陪葬的人，不论男女，一律杀死，把他们的干粮、水罐和贵重的东西，全部运出石井。

我这样度过了一段时间，吃的和喝的全不愁了。我静坐在海边，等待安拉解救。

有一天，我正坐在海边想着自己的事情，忽见海浪中出现了一条船。我立即把从死人身上扒下来的一块白布绑在一根棍子上，高高举起，向着那条船使劲儿地左右挥动，同时大声呼喊道："救人呀！救人呀！"

船上的人看见我站在山头上，而且听见了我的喊声，便放下一条小船，几个人划着小船到了岸边。当他们离我很近时，船上的人问我："你是什么人？你怎么坐在这个地方呢？你是怎样来到这座山上的？我们从来没有看见有人来过这个地方。"

我对他们说："我是个商人。我乘坐的那条船遇到风浪不幸沉入海中，我因抓到一块木板而保住了生命。由于安拉护佑，我带着我的东西，经过一番辛苦，爬到了这个地方。"

随后，他们想办法将我接上小船，并把从我石井里搬出来的金银珠宝等东西全都装在了小船上。

我和他们一起登上大船，见到船长。船长问我："喂，小伙子，你怎么来到了这个地方？这是一座大山，山后有座城市。我曾多次出入此海，经过此地，我从没有看见过人站在这里，只有鸟兽才能出入呀！"

我随即把海上遇险、蛇谷逃命的情况,详详细细地给船长讲了一遍。船长听后,惊异不已。

我对船长说:"船长先生,我是个商人。我坐的那条船被风浪打碎,沉入海中,我的布匹和衣物也全都掉进海里。我抓到一块木板,将东西放上去,正是天命帮助我登上了这座山,我一直在这里等着,等待有人路经这里,把我带走。你们把我从死亡线上救出来,恩深似海,情重如山,请收下这些东西,作为我对你们的酬谢吧!"

我没把我在那座城市里和石井中的经历告诉他们,怕船上坐着的那座城市里的人听去。

我执意把我在石井里弄到的那些东西全部送给船长,并且说:"船长先生,是你把我从山上救了下来,你的恩深似海,请收下这些东西,作为我对你的酬谢吧!"

船长不要,他说:"我们不收任何人的东西和礼物。只要我们在海上或岛上见到人,我们就把他接上船,缺衣的给衣穿,缺吃的给吃的;到了安全的地方,我们还要送给他们礼品。我们做好事,完全看在安拉的面儿上。"

听船长这样一说,我连声为船长祈祷祝福,并祝船长长命百岁。

我们继续航行,过了一岛又一岛,航行了一海又一海。我希望得救,果然平安脱险。回想起和我的亡妻在石井里度过的那些日子,我不寒而栗,魂飞魄散。我真是死里逃生,从鬼门关爬出来的人啊!

命大不怕惊险,借助伟大安拉的力量,我终于到达巴士拉。上岸后,我在巴士拉城休息了几天,便返回了和平之城巴格达。

踏进家门,见到亲人朋友,他们纷纷向我表示祝贺,庆幸我脱险成功,平安而归。

我带回大批金银和财物,开始济孤救贫,赠衣服、舍金银、聚朋伴、宴亲友，我沉浸在幸福欢乐之中。家中天天高朋满座，厅堂日日美食待宾，庭院歌声缭绕，门前车马如流。

这就是我第四次航海旅行的经历。

脚夫兄弟，你就照例在我这里吃了晚饭再走吧！若有兴趣，明天我将讲我的第五次航海历险故事，可比这第四次更惊险、更奇异。

航海家辛迪巴德讲到这里，吩咐仆人给脚夫辛迪巴德一百砝码黄金，并立即摆上筵席，请宾客进餐。

大家吃喝罢，宾客洗完手，交口称赞今日的故事比往日更惊险、更奇异，随后相继离去。

脚夫辛迪巴德揣着黄金回到家中，心里有说不出的高兴。一夜安睡，一觉睡到大天亮。

旭日东升，映红大地。脚夫辛迪巴德起床，做过小净、晨礼，随后径直朝航海家辛迪巴德的宅邸走去。

脚夫辛迪巴德向航海家辛迪巴德问过早安，航海家辛迪巴德让脚夫辛迪巴德坐下。宾朋到齐，摆上筵席，大家坐下，边吃边喝，边玩边乐。

在一片欢悦声中，航海家辛迪巴德开始讲第五次航海历险。

讲到这里，眼见东方透出黎明的曙光，莎赫札德戛然止声。

❖ 第五百五十六夜 ❖

夜幕垂空，莎赫札德接着讲故事：

幸福的国王陛下,航海家辛迪巴德开始讲自己的第五次航海历险:

诸位宾朋、兄弟们,我第四次航海回来之后,过着平静、安乐的日子,天天赏美食,日日聚高朋,可以说自在而舒适,把航海的险境全忘光了。抱着自己赚来的钱花用,心定神安,扬扬自得。

可是,时隔不久,我厌腻了那种平静生活,又想外出旅行、奔走异国他乡、观赏风光、做生意赚钱了。

我很快下定决心,采购了一批适合于海外销售的货物,捆绑完毕,离开巴格达,顺流而下,到了巴士拉。我在巴士拉又采购了一些新鲜货。

我走到海边,看到一条新造的大船,高大无比,一见就觉得心中十分喜欢,我立即解囊将那条船买了下来。那条船的一切都是新的,我雇了船长和水手,并让我的家仆将货物装上船。这时,走来一伙商人,他们要求搭我的船远行经商,向我交了租舱费。一切准备工作完毕,我们兴高采烈地扬帆起航了。

一路顺风,我们过了一岛又一岛,航过一海又一海,边走边观赏风土人情,边走边做买卖。

有一天,我们航至一座大岛,岛上一片空旷,没有居民,却看见一座巨大的白色圆屋顶建筑物。

我有经验,一看就知道那是一枚鲲鹏鸟蛋。

商人们登上岛去,不知道那是鸟蛋,便用石头击打,蛋被打破,蛋清溢出,还露出了鲲鹏的雏鸟。他们把雏鸟拉出来宰掉,每人分得许多鸟肉。

当时,我坐在船上,不知道他们干了什么,他们也没向我说他们干过什么事。这时,一个乘客对我说:"先生,起来吧,我们一起下船去看看那座白色建筑物吧!"

我站起来,登上岸去,一看商人们还在用石头砸蛋壳,便大声对他们说:"不要砸啦!那是鲲鹏鸟蛋!大鸟体大无比,一旦飞来,会把我们的船弄破的。我们的命都保不住!"

他们根本不听我的话,还是不停地用石头砸。

正在这时,太阳突然隐去,天如乌云遮日,大地一片黑暗。我抬头望去,看看究竟是什么东西遮住了太阳,只见是一只大鲲鹏鸟的翅膀遮住了太阳光,致使天色黑暗了下来。

那鲲鹏鸟看见蛋被砸破,高声鸣叫,只见雌鸟应声飞来,两只巨大的鸟在船上空盘旋,叫声如同惊雷。

我急忙跑回船上,叫起船长和水手,对他们说:"快把船开走,以免丧命!"

船长立即行动,商人们迅速跑回船上,船马上驶离了岛边。

鲲鹏鸟见我们的船驶到海上,遂隐去片刻。我们加大船速,想摆脱掉那两只大鸟,迅速离开荒岛。但片刻刚过,两只大鸟飞了回来,爪中抓着小山似的石头,朝我们的船猛砸下来。

船长立刻掉转船头,巨石落入距离船很近的大海中,掀起冲天波浪,几乎将船打翻。因为石头落水力大且猛,海水出现一个大洞,海底都露出来了。

雌鸟飞过来,爪里抓着一块稍小一点儿的石头,投将下来,时运不济,石头正好落在船尾,船登时被砸得粉碎,整条船碎成了四十块,船上的人和货物全部落水。

我试图逃生,蒙安拉默助,幸得抓住一块船板,坐了上去。我用双脚当桨,风浪助我前进,划到了一座海岛边。

船就沉没在荒岛附近的海中,命运也把我抛向那座岛。我登上岸时，已是奄奄一息，因为饥渴、劳累，我已濒临死亡之门。

我在岸边躺了一会儿，稍感精神、体力好转，便站了起来，向岛上走去。

那座岛上风光秀丽，树木繁茂，果实累累，河渠纵横，百鸟鸣啭，绿草如茵，简直像人间天堂。我摘了树上的果子充饥，饮了几口河水。我感赞安拉大慈大悲，连声称颂安拉的大恩大德。

讲到这里，眼见东方透出黎明的曙光，莎赫札德戛然止声。

第五百五十七夜

夜幕垂空，莎赫札德接着讲故事：

幸福的国王陛下，航海家辛迪巴德继续讲自己的第五次航海历险：

我在岸边躺了一会儿，稍感精神、体力好转，便站了起来，向岛上走去。

那座岛上风光秀丽，树木繁茂，果实累累，河渠纵横，百鸟鸣啭，绿草如茵，简直像人间天堂。我摘了树上的果子充饥，饮了几口河水。我感赞安拉大慈大悲，连声称颂安拉的大恩大德。

我在岛上一直坐到夕阳西下，夜幕垂空。因为过分疲劳，加之心中害怕，我变得简直像个死人。

岛上静悄悄的，听不到任何声音，更见不到一个人影。

因为又困又累，我在岛上不知不觉地躺下睡着了。

当我醒来时，见天色已大亮。我站起来，漫步在林木之间，忽然看见一条小溪，小溪旁坐着一位面容庄重严肃的老人，腰间缠着一条用树叶扎成的围裙。我心想："莫非这老人也是因为船被弄沉而登上这座岛的吗？"

我走上前去，向老人问安致意，老人只用手势回礼，没有开口说话。我问他："老人家，你为什么坐在这里呢？"

老人摇着头，显得很悲伤。他用手势示意我把他背到另一条溪水边。我心想："我不妨做件好事，把他扛到他想去的地方，说不定他会给我报偿呢！"

我走过去，让他坐在我的脖子上，把他扛到了他指定的地方。我对他说："老人家，请慢慢下来吧！"

他却不下来，反而用两条腿紧紧夹住我的脖子。

这时，我细看他的脚，发现他的皮肤像水牛皮那样，又黑又粗糙，我不禁心中大惊。他使劲儿地夹着我的脖子，我很想把他扔下去，可是他夹得更紧了，使我喘不过气来。我两眼昏花，失去了知觉，旋即昏倒在地，不省人事。

老人松开双腿，用力击打我的背和肩膀。我觉得一阵剧痛，苏醒过来。我挣扎着站起来，老人仍然骑在我的脖子上，我只觉得周身没有力气。

老人用手示意我把他扛到树林中的果树下，并且示意我：如不从他，他就用脚踢我，意思说他的脚比鞭子还厉害。

他骑在我的脖子上，示意我按他指的方向走，稍有怠慢，他就踢我。在他手里，我就像俘虏一样。

我扛着他走进林子，走了一个地方又一个地方。他骑在我的脖子上拉屎撒尿，白天黑夜都不下来。他想睡时，就把双腿夹紧；睡不多久，醒来便敲打我，让我马上扛着他走，把他扛到另一个地方。我尝尽苦头，却不能违抗他的意志。我埋怨自己，当初真不该扛他，更不该同情他。

老人总是骑在我的脖子上，我太累了。我心想："我对他这么好，他怎么以怨报德呢？凭安拉起誓，此生此世我不再帮助任何人了。"我真希望安拉马上赐我一死，也好让我摆脱这种辛苦和劳累。

一天，我扛着他来到岛上的一个地方，那里有很多又大又老的南瓜，其中还有干南瓜。我搬来一个老南瓜，把瓜瓤挖空，拿到葡萄树下，将南瓜皮里装满葡萄，封上口，放在太阳下晒了几天，葡萄变成了醇香的葡萄酒。从那天起，我每天都喝几口葡萄酒解乏，因为那老鬼一直缠着我，把我累苦了。

每当我喝醉了酒，我的力量就特别大。

有一天，老鬼见我喝酒，便用手势问我喝的是什么东西，我对他说："这可是好东西！可以强身健体，解忧消愁。"

我已有些醉意，于是扛着老鬼在林中又唱又跳起来，开心极了。

老鬼见此情景，示意我把南瓜递给他，让他也喝一点儿。我害怕他伤害我，只得把葡萄酒递给他。出乎意料的是，他把南瓜里的葡萄酒喝了个精光，把南瓜皮扔在了地上。

老鬼喝完酒，兴奋得在我的脖子上摇头晃脑。他醉了，而且醉得很厉害。他的肢体放松下来，在我的肩上左右摇摆。

我知道老家伙已经醉得不省人事，便趁机用力扒开他的双腿，将他甩在了地上。

讲到这里，眼见东方透出黎明的曙光，莎赫札德戛然止声。

第五百五十八夜

夜幕垂空，莎赫札德接着讲故事：

幸福的国王陛下，航海家辛迪巴德继续讲自己的第五次航海历险：

老鬼见我喝酒，示意我把南瓜递给他，让他也喝一点儿。我害怕他伤害我，只得把葡萄酒递给他。出乎意料的是，他把南瓜里的葡萄酒喝了个精光，把南瓜皮扔在了地上。

老鬼喝完酒，兴奋得在我的脖子上摇头晃脑。他醉了，而且醉得很厉害。他的肢体放松下来，在我的肩上左右摇摆。

我知道老家伙已经醉得不省人事，便趁机用力扒开他的双腿，将他甩在了地上。

此时此刻，我简直不敢相信自己已经得救。

我怕他醒来折磨我，从树林里找来一块大石头，用尽全力向他头上砸去。老鬼登时血肉模糊。

老家伙死了，安拉是不会怜悯他的。

我得救了，顿感轻松了许多，漫步走到我原来休息的地方。

此后，我常在岛上走来走去，饿了摘野果子吃，渴了喝溪水。就这样，我在岛上度过了好长一段时间，等待过往船只把我捎走。

有一天，我坐在海边，思考自己的经历，心想："安拉何时帮我实现返回祖国、会见亲人朋友的愿望呢？"正当此时，我猛然看

J.G.品维 绘

到一条船向着海岛驶来。没过多长时间,船靠岸了,从船上下来一些乘客,上了海岛。我立即向他们走去。

他们看见我,快步朝我走来,纷纷围住我,问我的情况,问我为什么来到这座岛上。我把我的经历向他们讲了一遍,大家无不感到吃惊。他们对我说:"骑在你脖子上的那个老人名叫'海翁',落在他手里的人,除了你,还没有能够生存下来的。你能活下来,多亏了安拉。"

他们给了我衣服和食品,我吃饱之后,换上衣服,和他们一起上了船。

我们航行了几天,命运把我们送到了一座海滨城市,那里楼阁林立,高大无比,而且所有房舍都濒临着大海。那座城名叫"猴城"。听人们说,每当夜晚来临,城中居民就走出家门,驾船躲到海上过夜,因为他们害怕猴子夜里来袭击。

我听人们这样一说,觉得实在新鲜,便下船到城里观景去了。

不料船开走了。我后悔自己下船独自行动,因而误了船。眼见夜色来临,想到自己以前遭受猴子袭击的痛苦,我害怕得坐在地上哭了起来。

这时,一位当地人朝我走来,他问我:"先生,你是异乡人吧?"

我答道:"是的。"

"你是怎样到本城里的呢?"

"我是异乡人,还是个可怜的人。我坐的一条船停在岸边,我下船进了城,来此观景。等我回去时船却开走了,把我留在了这里。"

"那就跟我上船走吧!你夜里待在城里,猴子下山来会要人的命的。"

"好吧!"

我站起来,跟着他上了他们的船,船立即离开了海边。船在离海岸大约一海里的地方抛下锚，我在那里和他们一起过夜。

次日天亮，他们便把船靠到了岸边，上岸去做自己的事情。

他们每天都这样生活。如果有人夜晚留在城里，下山的猴子就会把他折磨死。白天，猴子离城上山，摘园中的果子吃，睡在山上；夜幕垂空，它们就返回城里。

这座城位于苏丹国的海岸边。

我在这座城里经历的最奇怪的事情之一，要算是在过夜船上和一个人的谈话。当时，我坐在一个人的船上，那个人问我："你是外乡人吧？你来这里有什么事呢？"

我说："我是异乡人。凭安拉起誓，我在这里没有事做，也不知道能做什么事。我是个商人，有钱有货。我本来有条船，船上装着很多钱财和货物，结果船毁在海里，全部东西都沉入了大海。多亏安拉默助，我抓到一块船板，方得死里逃生。"

这时，那个人站了起来，走去拿来一个棉布口袋，对我说："你拿着这口袋，在城里捡些小石子儿装在里面，然后背着口袋和本城的人一块到城外去，见他们怎么干，你就怎么干。说不定，这个办法能帮助你返回家乡，去和亲人团聚。"

我很纳闷儿，不知道这个办法怎能让我与家人团聚。

那个人带着我进了城，我捡了一口袋小石子儿。这时，一群本城人走来，那个人把我托付给他们，对他们说："这是位异乡客。请你们带他去学学采集果子的技艺吧！但期他能学会一点儿谋生的本事。事成之后，我一定厚报你们。"

"好吧！"众人异口同声道。

他们对我表示欢迎。他们每人都拿着一个布口袋，里面都装满了小石子儿。我跟着他们，也捡了一口袋小石子儿，然后走出城去。

我们一直走到一个山谷，那里大树参天，谁也爬不上去，那里猴子成群,闹哄不止。一见我们,猴子们立即纷纷逃离,爬上树去。

人们取出小石子儿,向树上的猴子们投去。猴子们见人用石子儿投它们,它们便摘下树上的果子,用果子投人。没过多大一会儿,果子落了一地,全是椰子。

我见人们这样干,我也学着干,选了一棵椰子树,上面有许多只猴子。我来到树下,抓起小石子儿,一个个地投向那些猴子,于是那些猴子摘下树上的椰子,用椰子投我。投完口袋里的小石子儿,落下一大堆椰子。我也学人们那样,把椰子收集起来。

我把椰子背回城里,送给为我指点工作的人,以感谢他的指教。那个人对我说:"你把这些椰子拿到市上卖掉换成钱吧!每天去采些椰子,把卖得的钱攒起来,留下日用。"

说完,他递给我一把钥匙,同时嘱咐说:"我家有个小地方可以用,这是钥匙,你拿着。剩下的椰子,你把它存放在那里。以后每天都跟着他们去采集椰子,就像今天这样。采集来的椰子,要把不好的挑出来,余下的拿到集市上卖了,卖得的钱,平时花用,花不完的存起来。你存放的那些椰子,日后可帮助你返回故乡。"

我忙道谢:"你想得真周到,安拉会报偿你的。"

从那天起,我每天照那个人说的去捡小石子儿,然后外出采椰子。我每天捡一口袋小石子儿,然后跟着当地的一伙人上山,用上面说的办法采集椰子。当地人热心帮助我,给我找了椰子多的树,让我去引逗猴子采摘。

我这样干了一段时间,已存下大量的椰子,也卖掉许多,得了很多钱,还采购了许多准备日后销售的货物。我的时光过得很有意义,大有时来运转之感。

一天,我正在海边站着,见一条船向猴城驶来,不久便停靠在岸边。船上的乘客和商人纷纷下船,出售自己的货物,采购椰子及别的东西。

我立即回去见那位朋友,告诉他有条船到来的消息,并对他说,我想乘船回国。那位朋友说:"那就遂你的意愿了。"

我与朋友告别,谢过他的善德,然后又去见船长,租用他的船舱,随后把椰子和货物装上船。不久,船起航了。

讲到这里,眼见东方透出黎明的曙光,莎赫札德戛然止声。

第五百五十九夜

夜幕垂空,莎赫札德接着讲故事:

幸福的国王陛下,航海家辛迪巴德继续讲自己的第五次航海历险:

一天,我正在海边站着,见一条船向猴城驶来,不久便停靠在岸边。船上的乘客和商人纷纷下船,出售自己的货物,采购椰子及别的东西。

我立即回去见那位朋友,告诉他有条船到来的消息,并对他说,我想乘船回国。那位朋友说:"那就遂你的意愿了。"

我与朋友告别,谢过他的善德,然后又去见船长,租用他的船舱,随后把椰子和货物装上船,不久,船起航了。

船载着我们航行过一海又一海,路经一岛又一岛。每到一处,我必上岸做买卖,用椰子换了很多货物。赞美安拉,不但补回了我的损失，而且比原来的钱财和货物还要多。

我们经过一座海岛，那里盛产桂皮和胡椒。一位商人朋友告诉我，他们发现每串胡椒上面，都有一大片叶子：下雨时，大叶子替胡椒遮雨；晴天时，大叶子翻转在一旁，让胡椒晒太阳。我听后觉得十分新奇。

在那座岛上，我用椰子换了大量的桂皮和胡椒。

我们又经过一座海岛，名叫"阿斯拉特岛"，那是盛产盖马尔沉香的地方。经过五天航行，我们到达另一座海岛，那里盛产中国沉香，它比盖马尔沉香质量要好，但是此岛上的居民要比阿斯拉特岛上的居民坏得多，因为他们道德堕落，喜欢酗酒，对宣礼、祈祷一窍不通。

不久之后，我们航行到了珍珠之乡，我送给潜水工一些椰子，并对他们说："请你们为我潜一次水，看看我的命运如何吧！"

潜水工说了声"愿您吉星高照"，便潜下去了，结果捞出许多大珍珠。潜水工对我说："先生，凭安拉起誓，你真是福大命大！"

他们把给我打捞的珍珠装上船，我们便起航了。

船平安顺利地抵达巴士拉。我登上岸，在那里住了没有多久，就急忙赶回巴格达。

我回到家中，向亲人和朋友致意问安。亲友们热烈祝贺我平安回到家中。

我把带回来的货物和钱财存放妥当后，又开始济孤救贫，为鳏寡之人提供衣食，广为施舍，向亲人赠送礼品。

感赞安拉，我这次虽损失了一条大船，可赚到的钱远远超过损失，粗略计算了一下，约比原来的本钱多出四倍。因为钱多，我心神快慰，把旅途上的辛酸与艰难忘了个干干净净。

在我第五次航行归来的最初的日子里，我每日招待亲友，家中常常盛友如云，高朋满座。

这就是我第五次航海旅行中的奇遇。

现在就请诸位与我共进晚餐。但愿明天同一时辰，我向诸位讲述我第六次航海的历险。我敢说，那要比第五次航海惊险得多。

航海家辛迪巴德讲到这里，晚宴已经摆好，宾主开始进餐。

吃罢晚饭，洗罢手，航海家辛迪巴德吩咐仆人给脚夫辛迪巴德取来一百砝码黄金，脚夫辛迪巴德高高兴兴接到了手里，揣到怀中，告辞回家去了。

第二天清晨，脚夫辛迪巴德起床后做罢晨礼，径直向航海家辛迪巴德的府邸走去。

脚夫辛迪巴德见到主人，相互问候致安，随后坐了下来。二人正谈话时，宾客相继到齐。摆上酒席，大家边吃边喝，边谈边乐，在一片欢快气氛中，航海家辛迪巴德开始讲自己的第六次航海历险了：

宾客们，兄弟们，我第五次航海回来，赚了许多钱，每日沉醉于筵席之中，把旅途中的辛苦完全忘掉了。我这样度过了相当长一段时间。

一天，我正与好友们一起谈笑、娱乐时，忽报一批商人在门外求见，我立即请他们进来。商人们一个个风尘仆仆，看上去豪情满怀，我顿时想起自己航海归来时见到亲朋的场面，心中立即又产生了出海经商的念头。

说走就走。我立即采买了许多适于海外销售的好货，捆扎完毕，即刻带着货物离开巴格达，赶到了巴士拉。

我在巴士拉海边看到一条大船，船上有很多商人，他们都带着许多货物，我也就登上了那条船，离开巴士拉。

讲到这里，眼见东方透出黎明的曙光，莎赫札德戛然止声。

❖ 第五百六十夜 ❖

夜幕垂空，莎赫札德接着讲故事：

幸福的国王陛下，航海家辛迪巴德继续讲自己的第六次航海历险：

说走就走。我立即采买了许多适于海外销售的好货，捆扎完毕，即刻带着货物离开巴格达，赶到了巴士拉。

我在巴士拉海边看到一条大船，船上有很多商人，他们都带着许多货物，我也就登上了那条船，离开巴士拉。

船载着我们从一个地方航行到另一个地方，走过一个城市又一个城市。我们在所到之处必上岸连买带卖，同时观光赏景，从不空过。

我们的旅途平安顺利，无忧无虑。

有一天，我们的船正在海上航行，船长忽然大喊大叫，只见他摘下缠头巾，连连揪自己的胡子，批打自己的面颊，满面愁云，跌倒在甲板上。

商人们见此情景，纷纷围拢上来，问船长："船长先生，出什么事啦？你哪里不舒服？"

船长站起来说:"各位乘客,我们的船迷失了航向啦!进入了一个航道不明的海区。但求安拉为我们导航。如若安拉不给我们指路,让我们驶出这个陌生的海区,我们非死在这里不可!你们赶快祈祷安拉拯救我们吧!"

船长走去爬上桅杆,想放下风帆,不料狂风大作,海浪滔天,将船舵打碎,船被卷到一座山下。

船长从桅杆上下来,说道:"无可奈何,我们已经临近死亡深渊,只有依靠伟大的、万能的安拉了!任何人都不能改变命中注定之事,我们已经跌到了死亡的深渊,无法自拔,无法挣脱了。"

大家听船长这样一说,都哭了起来,无不感到绝望,纷纷相互道别。

船撞在巨石上,顿时化为零碎船板,船上的货物全部落入海中,乘客们相继落水,有的人被淹死,有的人爬上那座山,我就是爬上山去的乘客当中的一个。

我们爬上山一看,那是一座大海岛,旁边有许多被撞碎的船只。海边上有成堆的东西,都是被海浪推上来的,其中有货物,还有钱财,数不胜数,令人眼花缭乱。

我登上岛向前走去,看见一道泉水,由山顶缓缓流向山下。

乘客们相继登上岛来,分散在各处,见海边堆积着大量货物、钱财,无不惊异,一个个欣喜若狂,如癫似疯。

我看见那道泉水清澈见底,水下有多种宝石,色彩斑斓,就像石子儿一样陈列在水道上,光芒四射,照得泉边的土地闪闪发亮。

在那座海岛上,我看到许多中国沉香和盖马尔沉香。那里还有一道龙涎香泉。因为太阳光炽热,龙涎香就像蜡水一样流淌,沿着泉水两侧,直泻向海边,芳馨四溢。鲸鱼嗅到龙涎香味,游来将之吞食,然后游回海中。龙涎香在鲸鱼腹内发热,鲸鱼则将之喷出,接着便凝固在海面上,颜色和形状都发生了变化,继之被海浪推到海边。那些认识这种东西的商人和旅客,看见之后便把那些东西采集起来,留着拿到市场上去卖。至于那些未被鲸鱼吞食的龙涎香,则在泉水边流动,凝固在地上;太阳一晒,融化流淌,整个河谷里散发着浓郁的馨香;日落之后,再次凝固。

那个溢出龙涎香的地方,谁也没有办法接近,因为那座岛被大山包围着,没有人能登上那些大山。我们在岛上边走边欣赏伟大安拉的造化神工。面对那一切,我们不知道如何是好,心中万分恐惧。

我们在岛上采到一点儿可吃的东西,存放起来,每一天或两天吃上一口,唯恐吃光之后,被活活饿死在那里。

我们的伙伴当中有谁死去,我们便为他洗浴尸体,用被海浪打上来的那种布为之包裹装殓。我们当中的很多人死去了,活着的人也都因为肚子疼而体弱日甚一日。

一段时间过去,众多上岛的人一个个死去,仅剩下我一个人,干粮也快用完了。我形影相吊,孤苦伶仃,暗自落泪,我说:"假若我死在同伴们之前,那该多好!因为那样他们可以为我洗尸、送葬啊!无能为力,只有依靠伟大的安拉了。"

讲到这里,眼见东方透出黎明的曙光,莎赫札德戛然止声。

第五百六十一夜

夜幕垂空,莎赫札德接着讲故事:

幸福的国王陛下,航海家辛迪巴德继续讲自己的第六次航海历险:

我们的伙伴当中有谁死去,我们便为他洗浴尸体,用被海浪打上来的那种布为之包裹装殓。我们当中的很多人死去了,活着的人也都因为肚子疼而体弱日甚一日。

一段时间过去,众多上岛的人一个个死去,仅剩下我一个人,干粮也快用完了。我形影相吊,孤苦伶仃,暗自落泪,我说:"假若我死在同伴们之前,那该多好!因为那样他们可以为我洗尸、送葬啊!无能为力,只有依靠伟大的安拉了。"

过了一些时候,我在岛上为自己挖了个深坑。我心想:"一旦体力不支,知道大限快要来临,我就躺在这个坑里,死在这里,凭借风沙将我掩埋。"

我不时责怨自己,怪自己没有脑子,责备自己远离故土家园,奔波在异国他乡。本来不愁吃,不愁穿,何必一次又一次地冒险,一次比一次地艰难呢?我简直不敢相信自己还能够脱险逃生。我万分后悔自己第六次出海远航。因为我已经是腰缠万贯、不愁吃穿之人,家中的钱财一辈子都花不完、用不尽,何必再出来吃这种苦呢?

我望着那条小河,左思右想。我心想:"凭安拉起誓,凡河必有源头,也必有尾,总是从发源之地流向有人烟的地方。顶好的办法就是做一木筏,能坐下我一个人就行。我坐在木筏上,顺流而下,倘若能借此得救,那就赞美伟大安拉;如若不然,死在河里,也比死在这里好啊!"

我又开始悲伤起来。

J.G.品维 绘

片刻过后，我站起来，从岛上搜集来一些中国沉香木和盖马尔沉香木，用从破船上解下来的绳索将沉香木扎成木排，然后在上面绑几块破船板，放在沉香木排上，捆扎结实，一个木筏就绑完了，比河面稍窄一点点。我把从岛上捡来的珍珠、宝石、钱财和一些龙涎香放在木筏上，把剩下的干粮也装上去。我捡的那些珍珠都像小鹅卵石那么大，世所罕见，无与伦比。

随后，我将木筏推入河中，拿两块木板当桨，开始划起来。此时此刻，我按照诗人的诗中所云行动起来：

且离此地去，此地道不公。抛弃旧房舍，凭吊造房翁。
栖地随处有，体魄无再生。夜灾不可惧，万难总有终。

该殁此地人,异域无坟坑。要事莫托使,自心唯忠诚。

　　我坐在木筏上,边划行,边思考自己的事。

　　木筏行着行着,进入一个山洞,那里漆黑一片,伸手不见五指。后来经过一处极其狭窄的河道,洞顶也很低,几乎擦着我的头,我担心木筏被卡住,把自己困死在山洞里,但已无法让木筏退回去,只有趴在木筏上,任其自然地漂流下去。因为太累,我趴在木筏上睡着了。

　　木筏顺水而下,不知道漂流了多少时间。当我醒来的时候,忽见一片光明,看见那里有一片空旷的土地。我的木筏靠在河边,有许多印度人和埃塞俄比亚人围在我的周围。

　　他们见我站起来,便朝我走来,和我说话,而我却听不懂他们在说什么。我自觉是在梦中,我不懂他们的话,也就没有答话。

　　这时,一个人走上前来,用阿拉伯语对我说:"你好啊,兄弟!你打哪儿来呀?为什么来到了这个地方?我们都是种田人,是来浇地的。发现你睡在这个木筏上,便把木筏拴在这里,等着你慢慢醒来。请告诉我们,你为什么到这里来呢?"

　　我回答说:"先生,看在安拉的面儿上,先给我弄点儿吃的东西吧!我太饿了!等我有了劲儿,你再问我吧!"

　　那个人给我送来了甜面饼。我吃饱之后,又休息了一会儿,方觉得身上有了力气。我连声赞颂安拉,庆幸自己离开了那条小河,来到他们中间。接着,我把自己的经历向他们讲了一遍,还把我在那条小河上的情况讲了讲。

　　讲到这里,眼见东方透出黎明的曙光,莎赫札德戛然止声。

第五百六十二夜

夜幕垂空,莎赫札德接着讲故事。

幸福的国王陛下,航海家辛迪巴德继续讲自己的第六次航海历险:

我离开了那条小河,登上小岛,遇见一群印度人和埃塞俄比亚人。他们当中有人懂阿拉伯语,问起我的情况。他们给我送来了甜面饼,我吃饱之后,又休息了一会儿,方觉得身上有了力气。我连声赞颂安拉,庆幸自己离开了那条小河,来到他们中间。接着,我把自己的经历向他们讲了一遍,还把我在那条小河上的情况讲了讲。

他们听后,相互议论说:"我们一定要把他送到我们的国王那里去,让他把自己的情况告诉我们的国王。"

他们带着我,扛上木筏,带上宝石、珍珠、龙涎香,领着我去见国王。我把自己的经历从头到尾向国王讲了一遍。

国王听后,首先向我问好,祝贺我平安脱险,接着问我的情况及经历。

我把我的经历和看到的一切都告诉了国王,国王听后惊异不已。我从木筏上拿来一些珍珠、宝石、沉香和龙涎香赠送给国王。国王笑纳,对我加倍敬重,让我住在王宫。我与文武大臣结谊交友,他们非常喜欢我,我从此不离王宫。

岛上的人纷纷前来，络绎不绝，向我打听我国的情况，我全都告诉了他们。我也向他们打听他们国家的情况，他们也向我讲述了详情。

有一天，国王向我问及我国的情况和巴格达哈里发的治国情况，我告诉国王，哈里发公正无私，励精图治，因而国泰民安。国王听后，高兴地对我说："凭安拉起誓，你们的哈里发颇有见地，情况令人感到高兴。正是因为你的介绍，我深爱你们这位哈里发。我想备些礼物，请你带给这位哈里发。"

我说："国王陛下，我一定效劳！我要亲自把礼物送到哈里发手里，并转达你对他的敬意。"

我住在国王那里，国王待我如上宾，我在那里住了很长一段时间。

有一天，我坐在王宫里，听说有一条船要开往巴士拉，心想："乘这条船回国，那是再好不过的了！"

我决心下定，立即去见国王，亲吻国王的手之后，对国王说："国王陛下，我出来时间已久，倍思亲人，想乘本城一些商人备下的一条船回国去。"

国王说："大主意由你来拿。你给我带来许多愉快。你若想留下，我们也十分欢迎。"

我说："凭安拉起誓，国王陛下待我情浓意厚，恩深似海，令我感激不尽。不过，我十分想念祖国、家乡和家人。"

国王听我这样一说，随后唤来船长，代我办好一切手续，叮嘱船长要好好照顾我。国王送给我很多东西，代我付了船费，并差人把送给哈里发哈伦·拉希德的礼物搬上船去，托付给我，要我转交。

告别了国王及与我来往甚密的那些朋友，我登上船，和商人们一道开始了远航。

我把一切全都托付给了伟大的安拉,扬帆起航。海上风平浪静。我们航过一海又一海,走过一岛又一岛。承蒙安拉默助,平安抵达巴士拉。我下了船,在巴士拉小住了几天,然后带着东西,顺利回到和平之城巴格达。

我带着货物和钱财走进我住的那条胡同,朋友和亲人们纷纷出来迎接,祝贺我平安返回。

回到家中,稍事休息,我即带上那位国王赠送给哈里发哈伦·拉希德的礼物,到了哈里发宫,将礼物亲手交给了哈里发。

我回到家中,拿出赚的钱来,广济博施,分赠礼品,大宴宾客。

过了几天,哈里发派人召我进宫。我见到哈里发哈伦·拉希德,哈里发问我:"那些礼物是何人所送,又从哪里带来?"

我禀报说:"信士们的长官,那是一位岛国国王送给陛下的礼物。岛国的名字,我不知道,也不知道去那里的路。只因为我的船沉入大海,我漂流到一座荒岛上。后来,我做了个木筏,坐着木筏顺河而下,才到了那个岛上王国。"

我把此次航行的经历从头说起,讲到我如何离开那条小河,怎样见到岛国国王,在那位国王宫中生活一段的情况及国王如何托付我给哈里发带来礼物之事,向哈里发详细讲了一遍。

哈里发哈伦·拉希德听后觉得非常新奇,遂令史官记录下来,永久藏入皇家书库,以供后人阅读。末了,哈里发设宴招待我,使我感到万分荣幸。

我在巴格达住了一段时间,一直沉浸在欢乐歌娱、美食盛宴之中,把第六次航海中的历险忘了个干干净净。

宾客们,这就是我第六次航海的历险情况。明天,请诸位听我讲第七次航海历险,也是最惊险的一次海上航行。

航海家辛迪巴德讲完,吩咐仆人摆上筵席,遂请在座所有宾客与他共进晚餐。

宴会毕,航海家辛迪巴德照例赠送给脚夫辛迪巴德一百砝码黄金。

脚夫辛迪巴德揣着黄金回到家中,一觉睡到天明。众宾朋相继离去,无不感到惊奇。

讲到这里,眼见东方透出黎明的曙光,莎赫札德戛然止声。

第五百六十三夜

夜幕垂空,莎赫札德接着讲故事:

幸福的国王陛下,航海家辛迪巴德讲完自己的第六次航海历险故事,大宴宾客,并赏给脚夫辛迪巴德黄金一百砝码。脚夫辛迪巴德和宾客相继离去,无不感到惊奇。

脚夫辛迪巴德一夜安睡,不觉一觉睡到天明。

第二天起床后,脚夫辛迪巴德做过晨礼,径直向航海家辛迪巴德的府邸走去。

宾客到齐,航海家辛迪巴德开始讲自己的第七次航海历险故事:

诸位兄弟,我第六次航海回来,开始过起了轻松、快乐的生活,天天盛友如云,日日高朋满座,又吃又喝,又玩又乐,无拘无束,日夜沉浸在享乐和清闲的生活之中。

没过多久,我厌恶了这种平静生活,又想外出观景、航海赚钱、听新鲜事、多明白一些事理。于是,我带着货物,离开巴格达,到了巴士拉,和一些商人朋友搭伴登船出海航行了。

我和商人朋友们相处融洽,一路顺风,可谓风平浪静,到达了一座城市,名叫"中国城"。

我们离开中国城,继续在海中航行,在船上高兴地谈论着旅途见闻和观感。正在这时,海上突然狂风大作,接着下起瓢泼大雨,我们的衣服和货物都被打湿了,于是赶快用帆布和毡子把货物盖起来。与此同时,我们虔诚地祈祷安拉默助我们度过这场灾难。

正在这时,船长走来,挽起了袖子,束了束腰,爬上桅杆,左右观望了一阵。片刻之后,只见船长对着乘客们拍打自己的面颊,撕扯自己的胡须。我们问他:"船长,出什么事啦?"

船长大声说:"你们赶快祈祷安拉默助我们摆脱这场灾难吧!你们相互道别,做最坏的打算和准备吧!你们有所不知,风太大,把我们的船吹离了航向,卷到了天涯海角……"

船长从桅杆上下来,打开一个箱子,取出一条棉布口袋,只见他解开袋口,取出一把像灰烬一样的土,用水打湿,稍等片刻,闻了闻。接着,他从箱子里拿出一本小书,翻开看了看,对我们说:"乘客们,这本小书里记载着这样的咄咄怪事,说是到这一地区者无一能够生还,必死在此处。这块地方名叫'帝王域'。这里有苏莱曼大帝的坟墓,有体大无比的鲸鱼,船一到这里,巨鲸就将船连同船上的一切吞下去……"

听船长这样一说,人人惊惶不安。船长话未说完,我们的船便开始剧烈颠簸起来,随之一声巨吼,似晴天霹雳,吓得我们一个个魂不附体,自感大限来临。片刻后,只见一条大山似的巨鲸朝船扑了过来。

眼见这种情景,我们一个个惊惧不已,禁不住大哭起来,自认必死无疑,别无他路。我们失魂落魄,眼见第二条巨鲸向船扑来,谁都没有见过这么大的鲸鱼。船上的人全都慌了神,纷纷哭着相互告别。

接着,第三条巨鲸出现了,比前两条还要大。

见此情景,我们人人心惊胆战,个个魂飞魄散。

那三条鲸鱼开始围着船转圈,当第三条鲸鱼正张口吞食我们的船时,忽然狂风大作,把帆船卷得老高老高,继之急速抛下,正巧撞到一块巨礁上,船当即被撞成碎片,人和货物全部落入水中。

我奋力挣扎,甩掉身上的长袍,只留下薄薄的衣裤,幸得抓住一块破船板。我爬了上去,用双脚双手当桨,任凭风吹浪打,忽高忽低,漂游在波涛之上,不知自己会漂到哪里。

当时,我又渴又饿,疲惫不堪,开始自我埋怨起来:"辛迪巴德·白海里,辛迪巴德·白海里,你着了什么魔呀?你有吃有喝有玩有乐,何必要自找苦吃,受这份苦,担这份惊呢?你每次航海,均历尽艰险磨难,死里逃生,却从不忏悔;即使忏悔,也是虚心假意,你也活该遭受这种种磨难了!这是安拉为你命中注定的,以便让你摆脱桎梏。这些都是贪欲为你带来的磨难。你已经有了很多钱,还贪图什么呢?"

讲到这里,眼见东方透出黎明的曙光,莎赫札德戛然止声。

第五百六十四夜

夜幕垂空，莎赫札德接着讲故事：

航海家辛迪巴德接着讲自己的第七次航海历险：

我们的船被撞成碎片，人和货物全部落入水中。

我奋力挣扎，甩掉身上的长袍，只留下薄薄的衣裤，幸得抓住一块破船板。我爬了上去，用双脚双手当桨，任凭风吹浪打，忽高忽低，漂游在波涛之上，不知自己会漂到哪里。

当时，我又渴又饿，疲惫不堪，开始自我埋怨起来："辛迪巴德·白海里，辛迪巴德·白海里，你着了什么魔呀？你有吃有喝有玩有乐，何必要自找苦吃，受这份苦，担这份惊呢？你每次航海，均历尽艰险磨难，死里逃生，却从不忏悔；即使忏悔，也是虚心假意，你也活该遭受这种种磨难了！这是安拉为你命中注定的，以便让你摆脱桎梏。这些都是贪欲为你带来的磨难。你已经有了很多钱，还贪图什么呢？"

想到这里，我说："我清醒过来了！我向安拉诚心忏悔。这次若能生还，从今以后，我再也不提、不想外出航海做生意之类的事了！"

我一直哭着向安拉祈祷，回忆起我过去所享受的轻松、宽舒、快乐、开心的生活。

我在海上漂游了两天，后来登上了一座海岛，但见那里树木茂盛，河渠纵横，青草满地。我吃了些野果，喝过几口河水，精神逐渐振作，意志坚强起来，心情也愉快多了。

我在岛上散步时，发现岛上有一条大河，河水甘甜甘甜的，但水流湍急。我不禁想起上次航海曾经做过的那个木筏，心想："何不再弄些木料，扎成一个木筏呢？也许用同样的办法可以漂流到有人烟的地方，得以生还。假若如愿以偿，我就向安拉忏悔，立誓今后不再出海；如果因之而命丧河里，正好摆脱辛苦和艰险。"

那座岛上有不少好木材，其中就有檀香木，但我当时并不知道那种木材那样名贵。

我立即走去找了些了木料，弄来草编成绳子，将木头绑扎在一起，做成了一个木筏。我说道："倘能安然无恙，那完全归功于安拉保佑。"

我把木筏推入河中，坐了上去，平安离开了那座海岛。

离开那座海岛之后，我继续漂游了三天，一直在昏睡。没有任何吃的东西，渴时只能喝上几口河水。因为疲劳、饥饿和害怕，我简直成了一只昏晕的雏鸟。

木筏载着我漂到一座山下，河道进入了一个山洞。看到山洞，我又害怕起来，恐怕山洞像上次那个山洞那样狭窄，万一木筏卡在那里，我也就永远回不去了。我想让木筏靠边，但水流很急，停不下来，湍急的流水将木筏推进了洞中河道。此时此刻，我以为必死无疑，于是说："无能为力，只有依靠伟大的安拉了！"

木筏未行多远，来到一个宽阔的地方，但见那是一条大河谷，那里水流声响如惊雷，流速快如疾风。我用力抓住木筏，唯恐跌下水去。波浪左右而来，将木筏推到河谷中间。

我的木筏继续顺流而下，我无法控制住它，更无法靠岸，最后终于漂流到了一座城市边。

那座城市的建筑很美，人口也很多。人们见到我乘木筏漂流而下，便朝木筏撒下网来，一网打住木筏，然后拉到了岸上。

因为疲劳、饥饿和恐惧，我像个死人似的跌倒在他们面前。一个老人走来，对我表示欢迎，把我扶起，给了我许多衣服，我立即穿在身上。之后，老人又领我到澡堂洗澡，给我拿来提神的饮料。那饮料香甜可口，我喝后顿时感到精神振奋。

出了澡堂，老人把我接到他家，他的家人很欢迎我，让我坐下来，给我端来好吃的东西，我吃了个足饱。赞美安拉，我终于得救了。

我在老人家里住了下来。仆人给我端来了热水，我洗了洗手；仆人又给我送来绸帕，我擦了擦手和嘴。随后，老人站起身，去为我安排了一个单间，还派仆人和婢女专门侍候我，照顾得非常周到。

我在老人那里住了三天，舒适、方便，吃喝随意，饭食可口，我的精神很快恢复，体力明显增强，心情愉快，心定神安。

第四天，老人走来，对我说："孩子，你给我们带来了慰藉。赞美安拉保佑你平安无事，身心健康。你愿意到海边去看看、到市场上转一转吗？到了那里，你可以把你带来的货物卖掉，然后再采购些东西，好做买卖。"

我听后一愣，心想："我哪里还有什么货物可卖呢？老人为什么要说这种话呢？"

老人见我不吱声，又说："孩子，你不要发愁，不要多想！走吧，跟我到市场上看看吧！如果有人给你一个好价钱，你就把自己的货物卖掉；如果认为价格不合适，就暂且把它放在我的仓库里，看看行市再卖不迟。"

我听后觉得奇怪，心想："不妨听他安排，看看究竟是怎么回事！"我随口答道："老伯伯，您有经验，听您的安排，我不能违抗您的意志。"

我跟着老人来到市场。到那里一看，发现老人把我漂流用的小舟拆掉了，放在那里的是一堆檀香木，经纪人在高声叫卖……

讲到这里，眼见东方透出黎明的曙光，莎赫札德戛然止声。

❖ 第五百六十五夜 ❖

夜幕垂空，莎赫札德接着讲故事：

幸福的国王陛下，航海家辛迪巴德继续讲自己的第七次航海历险：

老人让我到海边、市场上转一转、看一看，把货物卖掉。因为我已没有什么货物，便没有回答。老人见我不吱声，又说："孩子，你不要发愁，不要多想！走吧，跟我到市场上看看吧！如果有人给你一个好价钱，你就把自己的货物卖掉；如果认为价格不合适，就暂且把它放在我的仓库里，看看行市再卖不迟。"

我听后觉得奇怪，心想："不妨听他安排，看看究竟是怎么回事！"我随口答道："老伯伯，您有经验，听您的安排，我不能违抗您的意志。"

我跟着老人来到市场。到那里一看，发现老人把我漂流用的木筏拆掉了，放在那里的是一堆檀香木，经纪人在高声叫卖。商人们纷纷围拢上来，开盘之后，商人们竞相加价，已增至一千第纳尔，这时才无人加钱了。

老人望着我,说:"孩子,你的这些货物现在就是这个市价了,值一千第纳尔。你想现在卖掉货物还是想先放在我的仓库里,等行情见好时再卖呢?"

我回答:"老伯伯,我听你的安排,你说怎么办,就怎么办!"

"孩子,我再给你加一百第纳尔,你就把这些货物卖给我吧!"

"好吧,卖给你了!"

价钱已经说定,老人吩咐家仆把檀香木搬到他自己的仓库。

我和老人一起回到他家,坐定之后,老人如数点过钱,把钱交给我,还给我拿来一个钱袋,把钱装好,将袋口封上,然后放在铁柜子里,加上锁锁好,最后把钥匙交给了我。

几天几夜过去了,老人对我说:"孩子,我有件事情要对你说,希望你能依从我。"

"有事请您只管说!"

"老夫年迈,膝下无子,只有一个女儿,生相标致,正值妙龄,又有那么多钱,可谓'财貌双全'啊!我想把女儿许配给你,让她与你结为百年之好。我把全部家产及手中的钱财全部交给你。我年纪大,在商界的职位也由你去替代。"

听老人这样一说,我一时不知说什么好。

老人又说:"孩子,你就听我安排吧!我完全是为了你好啊!若听我的安排,你与我的爱女结成夫妻,你留在这里,我必把你当作亲生儿子对待,家财全归你所有;你若想回国经商,谁也不会阻拦你,因为这些财产全是你的,全部由你支配,你要怎样用,全由你决定。"

我说:"老伯伯,凭安拉起誓,您位同我的父亲。我已经历了千难万险,没有什么计划和想法,一切听您的安排。"

老人听我这样一说,立即吩咐家仆去请法官和证人。

法官和证人来了，为我和老人的女儿写就婚书，随后举行了盛大婚礼，接着自然是新娘新郎入洞房。

洞房之中，新人面面相对，我方才发现新娘确实生相标致，明眸皓齿，身材苗条，风姿绰约，亭亭玉立，加之穿金戴银，周身珠光宝气，项链、戒指上全镶嵌着价值连城的宝石，顿时使我沉浸在了巨大的欢乐之中。

婚后，我与妻子相敬如宾，情深意绵，过着幸福、快乐、安乐的生活。

没过多少时间，我的岳父离开了人世。安葬完岳父，他生前创立的家业和留下的仆人全部归我所有。与此同时，商人们一致拥戴我担任商界领袖。因为我岳父当年在商界享有崇高地位，商人们对他言听计从，所以我顺利地继承了岳父的职位。

我开始与城中人交往了。我发现那座城中的居民不是普通人，他们在每月初都会生出翅膀，飞上天空，留在城中的只有妇女和孩子。我想："不妨在月初来临之时，我求他们当中一个人，带着我飞上天空，把我送到我想去的地方去……"

月初来临了，他们的肤色和相貌都变了。我找到他们当中一个人，对他说："看在安拉的面儿上，我想到天上去观观景，请你带我飞上天空吧！"

那个人说："这是不可能的！"

经我再三苦苦哀求，他终于同意带我去观天景。

我骑在他的肩上，他带着我和大家一起腾空而起。我没有告诉家中任何人，也没有告诉仆人和朋友。

他带着我飞上七重天，我听到天使在苍穹中赞颂安拉的声音，令我惊羡不已。我说："赞美万能的主！万赞归于伟大的主！"

我的话音未落，天上突然大火燃起，险些将他们烧着，他们急忙下降。他们很生我的气，把我丢在高山上便离去了，只把我一人留在了那里。

我开始埋怨自己的轻率举动。我叹息说："毫无办法，只有依靠伟大的安拉了。我是刚刚摆脱一种灾难，又落入了一种更大的灾难之中！我是不甘寂寞，总是想往危险境地闯！"

我呆呆地站在山上，不知该去何方。正在这时，忽见有两个童子出现了，宛如两轮明月，各拄着一根赤金杖。

我走到二童子跟前，向他俩问好。二人回过礼，我说："看在安拉的面儿上，请问你们俩是什么人？你们是做什么的？来此有何要事？"

二童子说："我俩是伟大安拉的奴仆。"

他俩说着，递给我一根赤金杖，随后转身离去了。

我拄着赤金杖在山上走着，边走边思考着那两个童子的事情。突然间，山洞里钻出一条大蛇，口中衔着一个人。那个人已被吞到肚脐下面，只听那个人高声喊道："谁能救我，安拉必免除他的一切灾难。"

我走近大蛇，用赤金杖猛击大蛇的头部，那大蛇一松口，把那个人甩了出来……

讲到这里，眼见东方透出黎明的曙光，莎赫札德戛然止声。

第五百六十六夜

夜幕垂空，莎赫札德接着讲故事：

幸福的国王陛下,航海家辛迪巴德继续讲自己的第七次航海历险:

两个童子说着,递给我一根赤金杖,随后转身离去了。

我拄着赤金杖在山上走着,边走边思考着那两个童子的事情。突然间,山洞里钻出一条大蛇,口中衔着一个人。那个人已被吞到肚脐下面,只听那个人高声喊道:"谁能救我,安拉必免除他的一切灾难。"

我走近大蛇,用赤金杖猛击大蛇的头部,那大蛇一松口,把那个人甩了出来。

那个人站稳后,对我说:"先生,是你把我从蛇口里救了出来,你就成了我的好朋友!你不能离我而去。"

我对他说:"你好!庆幸你脱离了蛇口!"

我俩相伴向前走去。行不多远,但见一群人朝我们走来。我仔细打量,只见带我飞上天空的那个人就在他们中间。我立即走过去,向他表示歉意,请他原谅,然后说:"朋友怎好如此对待朋友呢?"

那个人说:"正是你坐在我的肩上时赞颂了安拉,才害了我们。"

我说:"请不要责怪我,因为我不知道此事。从此以后,我再也不多说话了。"

他这才允许我跟他走去,而且立下约法:坐在他的肩上时,不得赞颂安拉。

之后,他让我骑在他的肩上,开始飞行,不久便回到了城中。

我见到妻子,妻子忙向我致意问安,祝贺我平安返回。妻子告诫我:"以后不要再与那些人一道外出了,更不能与他们交朋友。因为他们是魔鬼的兄弟,他们不会赞颂安拉。"

我问妻子:"岳父生前与他们交往吗?"

"家父和他们不是一伙,不曾像他们那样行事。依妻之见,家父既已去世,你就把这些家产全卖掉,换成钱,然后起程回国,我跟着你去见家人,也不用再回这里了。"

我一点儿一点儿将老人留下的家产卖掉,等待有人起程,我好与他们一道回国。

城中有些商人想外出,但找不到船,于是买了木料,造了一条大船。我租下舱位,带上货物和钱财,与妻子一起登上船,离开了那座城市,出海远航了。

我们经过一个个海岛,行过一个个海洋,一路顺风,平安抵达巴士拉。

我们在巴士拉没有停留几天,便又租了一条船,装上货物和钱财,逆底格里斯河而上,顺利回到了巴格达。

我这次在外面停留的时间很长很长。我迈步走进胡同,家人、亲朋们热情迎接我。

我把货物放入仓库,然后与亲人们一起交谈,屈指算来,我第七次航海离家,已过了二十七个年头,致使家人们认为我回返无望了。

我七次航海,历尽艰险,平安归来,大家相见甚是惊喜。随后我把自己的经历一一告诉他们,他们听后无不吃惊。我向安拉忏悔,立誓第七次航海回来之后,再也不外出旅行经商,不管是走陆路,还是航海。正是这第七次航海历险,永远终止了我出海的念头。辛迪巴德·白里兄弟,我今天之所以过上这样的生活,得来并不容易呀!

辛迪巴德·白里兄弟，这就是我七次航海历险的故事。

航海家辛迪巴德·白海里讲完自己的航海历险，脚夫辛迪巴德·白里说："先生，看在安拉的面儿上，请你宽谅我的没有礼貌之言！"

自此之后，两位辛迪巴德结为好友，同乐于歌舞筵席之中，直到天年竭尽，各奔东西，宫殿化为废墟，荒冢被草没盖。万赞归主！只有安拉长生永存，知古通今。

讲完辛迪巴德航海历险的故事，妹妹杜娅札德说："姐姐，这个长长的故事真是精彩极了。你再给我讲个故事吧！"

莎赫札德说："如蒙国王陛下厚恩，能再留我一夜，我将会讲更精彩、动人、绝妙的故事。"

舍赫亚尔国王说："天色还早，你讲下去就是了！"

莎赫札德开始讲《铜瓶与铜城》的故事：

相传，很久很久以前，在沙姆的大马士革，有一位哈里发，名叫阿卜杜·迈里克·本·迈尔旺。

有一天，哈里发阿卜杜·迈里克端坐宝椅，文武大臣分坐两厢，议论古代各民族历史，提及苏莱曼大帝，说到安拉给予他统治人、精灵和鸟兽的权力，众大臣说："我们听先人说，伟大安拉仅把这种权力赐予了先知苏莱曼大帝，其余任何人都不曾得到这种特殊待遇。苏莱曼大帝把妖魔鬼怪、魑魅魍魉统统关在铜瓶之中，加上铅封，盖上他的大印，禁绝他们横行作怪。"

讲到这里，眼见东方透出黎明的曙光，莎赫札德戛然止声。

第五百六十七夜

夜幕垂空,莎赫札德接着讲故事:

幸福的国王陛下,哈里发阿卜杜拉·迈里克·本·迈尔旺提到苏莱曼大帝时,说到安拉赐予他一种莫大的权力,世间谁也不曾得到过,那就是令苏莱曼大帝把妖魔鬼怪、魑魅魍魉统统关在铜瓶之中,加上铅封,盖上他的大印,禁绝他们横行作怪。

大臣塔里布·本·赛赫勒说:"有一个人和一伙人一同乘船前往印度。他们在海上航行时,突然狂风大作。大风将他们吹到伟大安拉创造的另一个天地中,时间正是漆黑的夜晚。太阳东升之时,从那个地方的山洞里走出一些黑色皮肤的裸体大汉,好像是群野兽,根本不懂语言,只有他们的国王懂阿拉伯语。他们看见船,便去报告国王。片刻后,他们的国王来到乘客中间。乘客们向国王问好,国王对他们表示欢迎。国王问他们的信仰,他们如实告诉国王。国王说:'你们来到此地,只管放心就是了。'国王向乘客们问起伊斯兰教及我们的先知穆罕默德,乘客们回答说:'我们不明白你说的是什么。我们对这一宗教的情况一点儿也不了解。'国王告诉他们:'在你们之前,没有人到我们这里来过。'说完,国王拿来鸟兽肉和鱼招待客人,因为他们除此以外没有别的东西。乘客们下船到城市里去游览,见一个渔夫正在海边撒网捕鱼。渔夫拉上网来,发现打上来一只铜瓶,上有铅封,盖着苏莱曼大帝的印章。渔夫打开铅封,只见瓶中冒出一缕青烟,直冲天空而去。与此同时,他们听到一种可怕的喊声:'安拉的先知啊,我忏悔,我忏悔!'片刻之后,那缕青烟化为一个面目狰狞的可怕巨人,头比山高,顶天立地,旋即消失在人们的视野之中。乘客们眼见此情此景,一个个心惊肉跳,目瞪口呆;而那些裸体黑汉却毫不在意,若无其事。一个人回到国王那里,国王问到此事,那个人说:'苏莱曼大帝对妖魔鬼怪大为恼火,将他们全部囚禁在铜瓶里,加上铅封,盖上印章,抛入了大海之中。这个魔鬼就是被苏莱曼大帝封在铜瓶里的那些魔鬼中的一个。渔夫撒网捕鱼时,常常打出这种铜瓶。铜瓶铅封一开,魔鬼便钻了出来,以为苏莱曼大帝还活着,于是忏悔道:'安拉的先知,我忏悔!'"

哈里发阿卜杜·迈里克听大臣这样一说,甚感惊异,说道:"赞美安拉!苏莱曼大帝真是一位伟大的君王。"

当时才子祖卜亚尼在座。这位才子说:"塔里布说的完全属实,有诗为证……"

说完,他吟诵起先人的诗句:

苏莱曼有言,妖魔归他管。身为哈里发,勤政莫怠慢。
天下从他者,你当待之宽。谁要抗拒你,永远牢中关。

祖卜亚尼接着说:"苏莱曼大帝把妖魔鬼怪全部囚禁在了铜瓶之中,然后将之抛入大海。"

信士们的长官阿卜杜·迈里克觉得这种说法甚为有趣,于是说:"凭安拉起誓,我很想看看这种铜瓶。"

塔里布·本·赛赫勒说:"信士们的长官,你完全可以看到那种铜瓶。你可以派人带着你的信去看你的弟弟阿卜杜·阿齐兹·本·迈尔旺,让他写信给穆萨,要穆萨骑马从埃尔布国出发到我刚才提到的那座山下去，按你的要求，取来那种铜瓶。因为那里陆地相连，故易来易往。"

信士们的长官认为这个想法甚好，随后说："喂，塔里布，你说的这个办法很好，你就作为我的使臣去找穆萨·本·奈斯尔去吧！你带着一杆白旗和你旅行用的钱财及其他东西，放心上路。至于你的家属，由我帮你照顾就是了。"

塔里布听完，即刻表示："信士们的长官，我完全乐意担当此任。"

"祝你成功，安拉保佑！"

哈里发阿卜杜·迈里克随即令文书给他的胞弟——埃及总督阿卜杜·阿齐兹及他在埃尔布国的总督穆萨·本·奈斯尔各写信一封，信中吩咐穆萨亲自去取苏莱曼大帝的铜瓶。并且要他把国事先交给儿子，带上足够的人马、钱财和向导，在限期内拿到铜瓶，不得以任何理由逾期。书信写好，加盖印章，然后交给塔里布·本·赛赫勒，并给他足够的钱财，安排了众多人马为他做帮手，让数人举着多面白旗在前引路，令之迅速上路登程。此外，哈里发还派人为塔里布家中送去了钱财和家庭生活所需要的一切。

一切准备停当，塔里布率领大队人马，浩浩荡荡,向埃及进发了。

讲到这里，眼见东方透出黎明的曙光，莎赫札德戛然止声。

第五百六十八夜

夜幕垂空，莎赫札德接着讲故事：

幸福的国王陛下,哈里发阿卜杜·迈里克随即令文书给他的胞弟——埃及总督阿卜杜·阿齐兹及他在埃尔布国的总督穆萨·本·奈斯尔各写信一封,信中吩咐穆萨亲自去取苏莱曼大帝的铜瓶。并且要他把国事先交给儿子,带上足够的人马、钱财和向导,在限期内拿到铜瓶,不得以任何理由逾期。书信写好,加盖印章,然后交给塔里布·本·赛赫勒,并给他足够的钱财,安排了众多人马为他做帮手,让数人举着多面白旗在前引路,令之迅速上路登程。此外,哈里发还派人为塔里布家中送去了钱财和家庭生活所需要的一切。

一切准备停当,塔里布率领大队人马,浩浩荡荡向埃及进发了。

塔里布一行穿过沙姆,进入埃及。埃及总督迎接他们,让他们住下。在他们逗留期间,总督热情款待他们。之后,总督派向导引领他们去埃尔布国见穆萨·本·奈斯尔总督。

穆萨总督得知消息,即率人马出城相迎,热情接待。

塔里布递上信士们的长官的信。穆萨总督接过信,打开留心阅读之后,高高举过头,同时说道:"坚决服从信士们的长官的命令!"

接着,穆萨总督召集文武官员,就信士们的长官的信中所委托之事进行商讨,问他们有何高见。文武官员说:"总督阁下,要到那个地方去,必有向导带路才行;最理想的向导就是阿卜杜·赛姆德老人。阿卜杜·赛姆德老人见识广,经验多,曾经到过许多地方,对荒原大漠以及陆路、海路颇为熟悉,对各地风土人情甚是了解。因此,我建议阁下派人将他带来,有他带路,任务定可顺利完成。"

穆萨总督听后，立即派人去请阿卜杜·赛姆德老人。

阿卜杜·赛姆德来到穆萨总督的面前。他是一位满面风霜的老人，岁月的流逝在他前额、面颊上留下的皱褶不但密，而且很深。

穆萨总督向老人问过安好，然后说："阿卜杜·赛姆德老人家，我们的哈里发阿卜杜·迈里克命令我去寻找苏莱曼大帝囚禁妖魔鬼怪的铜瓶……而我对那个地域了解甚少。听说你老人家对那里的道路颇为熟悉，你愿意带我们去完成信士们的长官赋予我们的使命吗？"

阿卜杜·赛姆德老人说："总督阁下，到那个地方去的道路崎岖不平，而且非常遥远，十分难走啊！"

"有多远呢？"

"一去要走四个月的时间，回来也要这么多时间。路途上充满艰难险阻，稀奇古怪之事将层出不穷。总督阁下，你是一位虔诚、勇敢的斗士，有你在，国家平安无事。可是，我们的国家距离敌人很近，说不定基督徒们会乘你远去之机，对我国发动进攻。因此，依我之见，阁下应该安排一个人掌管国家大事，以防万一。"

"你说得很好。"

穆萨总督随即令儿子哈伦代自己掌管国家大事。哈伦立过誓言，穆萨总督命令三军将士一定要处处听从哈伦代总督的指挥，不得违抗。三军将士表示坚决服从命令。穆萨总督的儿子哈伦是位勇冠三军的英雄，一旦就任代总督之位，众皆服之。

阿卜杜·赛姆德老人告诉穆萨总督，说信士们的长官要他们去的那个地方，要沿着海岸行走四个月时间。那里草木茂盛，泉水流淌，可供落脚之地倒也不少。

阿卜杜·赛姆德老人又说："总督阁下，但期安拉默助我们，让我们一路平安顺利。"

大队人马出发了,行至一片大地上,穆萨总督问:"老人家,你知道在我们之前有哪一位君王曾经踏上过这片土地吗?"

"总督阁下,这片土地原是马其顿国王亚历山大大帝的。"

他们继续前进,来到一座宫殿前。阿卜杜·赛姆德老人说:"我们进宫殿里去看看吧!这座宫殿可以为后人提供借鉴。"

穆萨总督在阿卜杜·赛姆德老人及众随从的陪伴下走到宫殿门前,发现大门敞开着,两旁有高高的廊柱,石台阶数层,其中有两级是彩色大理石,实属罕见;殿顶和墙壁上均有用金、银和宝石镶嵌而成的图案;门上挂着一块用希腊文写成的牌子。

阿卜杜·赛姆德老人说:"总督阁下,我给你读一读这块牌子上的文字吧!"

"好哇!请上前给我读上一读吧!我们这趟旅行全托你的福了。"

那块牌子上写的是首诗。阿卜杜·赛姆德老人读道:

请看人作为,奇异且新鲜:
王被他们黜,却又泪涟涟。
君王业入土,遗迹留宫殿。
死神灭君主,身葬土里边。
宛如离坐骑,途中暂休闲。

穆萨总督听后,不禁泪水潸潸,号啕大哭不止,直哭得昏迷过去,不省人事。

过了一会儿,穆萨总督慢慢苏醒过来,说道:"万物非主,唯有安拉长在永存。"

他缓步进入宫殿,发现殿内富丽堂皇,令他惊讶不已。他怀着万分惊喜的心情,仔细欣赏那里的壁画、塑像和雕刻。他发现第二道门上也刻着诗句,于是说:"老人家,请给我们读读这首诗吧!"

阿卜杜·赛姆德老人走上前去,读道:

> 堂皇宫与阙,巍峨多威武!
> 悠悠岁月久,出入几多主?
> 且看后来者,仍尝灾难苦。
> 荣华成逝者,旋即化为乌。
> 钱财八下分,远去人消无。
> 衣锦绫罗轻,美食不胜数。
> 生存华屋处,零落归丘土。

穆萨总督听后,又是一阵哭泣,只觉得面前的世界一片土黄。他说:"我们是为一件大事而来到这个世界上的。"

他们仔细观看那座宫殿,发现那里空空荡荡,不见人迹,十分寂然凄凉。当中有一座高大的圆屋顶建筑,摩云接天,周围有四百座坟墓。

穆萨总督走近那些坟墓,发现其中有座用大理石砌成的墓,上面刻着这样的诗句:

> 曾经多少事?几人已作古?
> 曾见多少物,转眼见萧疏!
> 美食尝尽足,美酒饮几壶?
> 曾听乐女歌,歌姬不胜数。
> 曾下多少令,几多城堡固?
> 转眼落吾手,歌女堡中舞。

只因吾愚昧,安详顿消枯。
唤声青年人,恋酒当觉悟:
杯举身半埋,须臾即入土。

穆萨总督听人朗诵后,和他的随从都哭了起来。

穆萨总督走近那座圆屋顶建筑,发现它有八道檀木门,上面钉的全是金钉,还镶嵌着无数银星和各种宝石。那第一道门上刻着这样的诗句:

我本未留下,产业与恩功。全跟命运走,功过天下评。
我本乐天派,似狮护节终。有关终节事,我是吝啬翁;
一分不肯舍,哪怕落火坑。甘愿从天命,原系主先定。
命中当暴死,财多亦无用。千军与万马,难抵死神勇。
爱莫能助我,邻居与友朋。毕生愿望强,苦乐皆远行。
他人来会你,未肯等天明;脚夫掘墓人,一切带舍中。
末日见安拉,相吊形与影;伴你唯重负,债台与罪行。
今世多光彩,切莫受愚弄!须看世怎待,邻舍与亲朋。

穆萨总督听了朗诵,又是一场大哭,直哭得昏迷过去。

穆萨总督慢慢苏醒过来,抬脚迈步走进圆屋顶建筑的大厅里,那里面有一座外形极长的坟墓,上面盖着一块中国铁板。

阿卜杜·赛姆德老人走上前去,看见上面写着一段长文……

讲到这里,眼见东方透出黎明的曙光,莎赫札德戛然止声。

第五百六十九夜

夜幕垂空，莎赫札德接着讲故事：

幸福的国王陛下，穆萨总督慢慢苏醒过来，抬脚迈步走进圆屋顶建筑的大厅里，那里面有一座外形极长的坟墓，上面盖着一块中国铁板。

阿卜杜·赛姆德老人走上前去，看见上面写着一段长文，他念道：

奉永恒不灭的安拉之名
奉既没有生产也没有被生产，没有任何物可以与他匹敌的安拉之名
奉具有无上权威的安拉之名
奉永生不死的安拉之名
　　到此来的人们，你们应从你们目睹的事件中吸取教训，不要被今世的粉饰、假象、虚妄和欺诈所诱惑！因为今世是奸狡、背叛的杂烩处；它的一切都是借来之物，都是借贷者从他人那里借来的。所有这一切都像梦境，像海市蜃楼，渴者以为那里有水，其实全是魔鬼用来戏弄人的虚像，使人至死难以识破。这就是今世的实质，请你万万不要相信之，更不要依恋之。谁依靠它，必遭之弃；谁依恋之，必受之害。你切不要攀之绳索，也不要拉其后尾！

当年,我曾拥有四千匹红马;曾娶一千名公主为妻,个个明艳动人,天生丽质,亭亭玉立,人人性格温柔,行止妩媚,温良文秀;我有一千个儿子,个个像猛狮,勇敢无比,威震四方;我活了一千岁,快乐舒心,无忧无虑;我积攒了大量金钱,令天下君王望而生羡,自叹不能与我齐肩比财称富。我本以为富贵可以长存不灭,我们安心地住在这座宫殿里,直至主宰天地之间的裁决降临到我们的头上。明显的真理发出的喊声将我们征服,每天我们当中有两个人死亡,直至我们当中的大批人死去。当我们看见死神进入我们的宅院时,当我们要跳入死海之中时,我叫来了文书,让他写下这些诗歌、劝诫和词句,并用刀具将之雕刻在门上、铁板上和墓碑上。

当年,我手握重兵,勇士千万,人人持矛握剑,个个如狼似虎。我命令他们穿上甲衣,佩带利剑,手持长矛,骑上战马。当主宰天地之主的裁决降临到我们头上时,我对全副武装的将士们说:"将士们,你们能够阻挡万能之主降到我们头上的灾难吗?"我的大军无能为力,只好说:"不设卫兵的大门之主的侍卫都阻挡不住的人,我们怎能抵挡得住呢?"我对他们说:"你们去把我的钱财全拿来!我有金币千袋,每袋装有一千堪他尔赤金;还有各种珍珠和宝石,还有天下帝王都不曾拥有过的大量白银。"他们照我的吩咐,拿来我所要的一切。我对他们说:"你们能用这些钱财救我的命,为我赎买一天的生命吗?"他们爱莫能助,望钱兴叹,自愧无能。他们都变成了服从天命的穆斯林,我亦降服了安拉,服从天命,直至一命归真,将我葬入墓穴。

假若你问我的名字,我可以告诉你:我叫库什·本·舍达德·本·阿德。

那块铁板上还写着这样一首诗：

时已相隔久，岁月经沧桑。家父舍达德①，一代普天王。
沙漠至埃及，人众地又广。更有阿德南②，皆朝我帅帐。
我位尊无比，天涯畏我强。部族与大军，均由我执掌。
天下臣与民，皆畏我权杖。跨马见大军，千骑嘶哮狂。
我有万贯财，储着备度荒。决意钱赎命，一旦时适当。
神自有安排，只得梦黄粱。死神旦光顾，荣枯入坟场。
劝言我接受，责担我肩上。谨记切自重，警惕祸连殃。

穆萨总督从那段文字里得知前人的悲惨结局，不禁号啕大哭。

之后，他们开始在宫殿各处游览。他们仔细查看各个厅堂，看到一张有四条雪花石腿的餐桌。那张餐桌上刻着这样一段文字：

一千位独眼君王和一千位双眼健全的君王曾在此桌用过餐。他们都已离开人世，长眠于墓中。

穆萨总督把看到的这些文字都命人记录下来。当他走出宫殿时，仅仅带走了那张石腿餐桌，其余东西均未动。

穆萨总督带领人马，由阿卜杜·赛姆德老人引路，继续跋涉前进了。

---

① 参看本书《大漠上的金银城》故事。
② 此处指阿德南部落居住的地区，也属舍达德大帝统治的范围。

他们在路上走了三天，忽见前面出现一座高台，高台上有尊青铜骑士塑像。只见那骑士手持长矛，矛头宽大，锃亮耀眼，上面刻有这样的文字：

到此者请注意：你若不识通往铜城之路，可以旋动青铜骑士手掌。手掌转动后自动停下，此时所指方向就是通往铜城之路所在。大胆沿此方向走下去，便可到达铜城。

讲到这里，眼见东方透出黎明的曙光，莎赫札德戛然止声。

第五百七十夜

夜幕垂空，莎赫札德接着讲故事：

幸福的国王陛下，穆萨总督看过那段文字，便走上前去，伸手旋动骑士手掌。只见那手掌果然转动起来，快如闪电。过了一会儿，手掌自动停止转动，指的不是他们面对的方向。他们向其所指的方向走去，果然发现一条大路。

他们沿着那条大路走了一天一夜，方才通过一个空旷地区。

一天，他们正在赶路时，忽见一黑色石头柱子出现在面前，柱子下面还有一个人，齐腋之下均被埋在土里，生有两个大翅膀和四只手，其中两只手像人手，两只手像兽爪；头发似马鬃；生有两只炭火一样的眼睛，另有一只眼长在前额上，如同豹子眼，不时有火花冒出，看上去是个高大的黑色怪物。只听他不时地喊着："赞美我主，降予我这样的大灾大难，让我经受折磨，直至世界末日来临。"

穆萨总督一行人马看见生翅怪人，惊恐不已，魂飞魄散，掉头欲逃。

穆萨总督问阿卜杜·赛姆德老人："老人家，这是什么人？"

"不知道。"阿卜杜·赛姆德老人回答。

"你走近他，问问他，也许他会讲出自己的身世。"

"愿安拉保佑总督阁下。我怕他呀！"

"不要害怕！他不能把你们怎么样，因为他大半截身子埋在土里。"

阿卜杜·赛姆德老人走上前去，问道："喂，你叫什么名字？你怎么啦？是谁把你弄成这个样子？是谁把你埋在这个地方？"

那黑色怪物说："我是妖魔，名叫达赫什·本·艾阿迈什。我被一种巨大的力量扣押在此，饱受折磨至伟大安拉所设想的时间。"

穆萨总督对阿卜杜·赛姆德老人说："老人家，你问问他，为何被扣押在这黑石柱下呢？"

老人阿卜杜·赛姆德一问，妖魔便开始述说自己的身世：

说来话长啊！我有一段奇异的经历。

魔鬼易卜劣斯的一个儿子有尊红玛瑙石雕成的偶像，他将之托付给我。

一位极有权威、地位举足轻重的海王崇拜这尊偶像，常常带领妖兵魔将在偶像前挥刀舞剑，响应其号召，应付磨难。那些服从海王指挥的妖兵魔将都听从我的命令，我可以向他们发号施令。

那位海王的女儿常在偶像下顶礼膜拜，叩头祷告。这位公主生得花容月貌，秀目含娇，行止妩媚，俏丽迷人。我把公主的美貌向苏莱曼大帝说过，苏莱曼大帝派使臣前往，向海王转达他的话："海王陛下，把你的女儿许配给我吧！你要砸碎你的红玛瑙偶像，并证万物非主，唯有安拉；证苏莱曼是安拉的先知。你若照我的旨意行事，对你对我均有利；你若拒绝，我必率大军前来征讨。你是答应我的要求，还是宁愿一死，请你考虑！若不答应，我将发兵，铺天盖地而来，让你晓知我的厉害。"

海王见苏莱曼大帝的使臣如此傲慢自信，立即召集文武大臣，共商此事。海王问群臣："诸位爱臣，苏莱曼·本·达伍德派使臣来，向我的女儿求婚，要我砸碎红玛瑙偶像，并要我加入他的宗教，你们说该怎么办？"

宰相说："大王陛下，我们的岛国处在这大海当中，苏莱曼能把你怎样？纵然他能到你这里来，也对你无可奈何。妖魔们借助你所崇拜的红玛瑙偶像，与你并肩作战，定会帮助你战胜他。你最好和你的主商议一下，听听主的回答。倘若主指示你与他作战，你就毫不犹豫地同他作战；倘若主不同意，你就坐等天命降临。"

海王听完，即走到偶像前，宰牲献祭之后，边对偶像叩头膜拜，边吟诵道：

呼声我的主，知你威力殊。今有苏莱曼，欲把你破除。
呼声我之主，祈求你援助；只要你有令，我决不踌躇！

这时，我已藏在偶像腹中，因为我愚昧无知，见识短浅，轻视苏莱曼大帝，故而吟诵道：

至于苏莱曼，对他我全知。我从不怕他，若战必抗之。
战则我定胜，莫要怀疑此；结束其性命，此必是大势。

海王听我这样一答，信心倍增，决计与苏莱曼大帝交战，意欲杀死那位安拉的先知。

于是，海王下令对苏莱曼大帝的使臣一顿痛打，断然拒绝使臣提出的任何要求。随后修书一封，要使臣带给苏莱曼大帝，信中威胁说："你自感希望满怀，要用假话威胁我吗？要么你率部与我决战，要么我去征服你。"

使臣回去，将书信交给苏莱曼大帝，并且报告出使情况。

安拉的先知苏莱曼大帝一听，顿时勃然大怒，火冒三丈，随即调集由精灵、人类和鸟兽组成的大军。他命令宰相迪姆亚特集结各地的妖魔鬼怪，组成一支有六万魔怪的大军；接着命令阿绥福·本·白尔海亚集结人类大军，顷刻组成一支人数逾百万之众的雄师。

各路大军调集完毕，武器装备配妥，苏莱曼大帝和由精灵、人类组成的大军纵身上马，坐上飞毯；鸟大军在他们的上空飞翔，兽大军在飞毯下驰骋，浩浩荡荡，威武雄壮，向海王国进发。顷刻之间，将海王国包围。只见苏莱曼大帝的兵马铺天盖地，满目皆是。

讲到这里，眼见东方透出黎明的曙光，莎赫札德戛然止声。

第五百七十一夜

夜幕垂空，莎赫札德接着讲故事：

幸福的国王陛下,各路大军调集完毕,武器装备配妥,苏莱曼大帝和由精灵、人类组成的大军纵身上马,坐上飞毯;鸟大军在他们的上空飞翔,兽大军在飞毯下驰骋,浩浩荡荡,威武雄壮,向海王国进发。顷刻之间,将海王国包围。只见苏莱曼大帝的兵马铺天盖地,满目皆是。

苏莱曼大帝率重兵将海王国包围之后,给我们的海王写了一封信,信中说:

> 我已率重兵将你的海王国包围,你理应回心转意,臣服于我,承认我之使命,砸碎你的偶像,改拜唯一之主,将公主嫁给我为妻。你和你的部下都要说:"我证万物非主,唯有安拉;我证苏莱曼是安拉的先知。"你若这样说了,我保你平安无事;你若拒绝我之诚嘱,你岛之上的任何坚固城堡都不能保护你免遭我之攻击。大慈大悲安拉令风神听候我的使唤,责令其用飞毯将我送来,拿你开刀,以儆效尤。

使臣持信来见我们的海王,将苏莱曼大帝的信呈给他。

海王看过信,对苏莱曼大帝的使臣说:"苏莱曼信中所求之事,根本不能实现。请告诉你的大帝,我将出战迎候。"

使臣回去,如实向苏莱曼大帝报告了海王的答话。

海王随即调集手下百万妖魔,海中和山上的魔怪妖精、魑魅魍魉也相继加入海王的妖魔大军;继之打开武库,将武器分发到将士手中。

安拉的先知苏莱曼大帝开始部署大军,令兽军兵分两路,左右包抄海王岛民,捕食他们的战马;令鸟军飞上岛去,发动进攻之时,专门负责用喙啄海王将士的眼睛,用翅膀拍击他们的脸面。鸟兽大军听后，齐声喊道："安拉的先知，我们坚决服从你的命令！"

随后，苏莱曼大帝摆上一把镶嵌着宝石的包金雪花石宝椅，自己端坐椅上，左侧站着宰相迪姆亚特，右侧站着大臣阿绥福·本·白尔海亚，人王与神王分站两厢，兽与蛇站在大帝面前。

他们开始向我们发动进攻了。

我们在一片广阔的大地上与他们战斗了两天。第三天，灾难降临到了我们的头上，安拉决定了我们的命运。

第一个向苏莱曼大帝发动进攻的是我和我的大军。我对我的将士们说："你们先守在阵地，先由我出战迪姆亚特……"

就在我的话音未落之时，迪姆亚特像一座大山压了过来。只见箭火纷飞，烟雾升腾。迪姆亚特向我猛冲过来，用带火之箭射击我，完全将我的箭火压住了。只听他一声大喊，震耳欲聋；我以为是天塌了下来，顿觉地动山摇，头昏眼花。

迪姆亚特喝令大军向我们发动猛攻，我们随即迎战。双方呐喊声彼起此伏，大火燃烧，烟雾腾空，心几乎都碎裂开了。

激战开始，苏莱曼的鸟军在天空飞旋，兽军在地面战斗，我与迪姆亚特对阵，直打到双方均感疲惫。

我的部下终于败下阵来。

安拉的先知苏莱曼大帝大声呼喊道："把这个卑劣的歹徒抓住！"

人与人战，妖与妖战。我们的海王国大军遭到惨败，我们都成了苏莱曼大帝的俘虏。苏莱曼大帝的大军向我们的大军发动猛攻，鸟军在我们的头上盘飞，时而用喙啄我们的眼睛，时而用翅膀拍击我们的脸面；兽军纵横驰骋，前后左右包围了我们，不但捕食我们的马匹，还吞噬我们的将士，大多数将士像椰枣树干那样躺在地上。我还真幸运，挣脱了迪姆亚特之手。他们追了我三个月时间，终于将我抓住，把我埋在了这里。

讲到这里，眼见东方透出黎明的曙光，莎赫札德戛然止声。

❥‒ 第五百七十二夜 ‒❥

夜幕垂空，莎赫札德接着讲故事：

幸福的国王陛下，人与人战，妖与妖战。我们的海王国大军遭到惨败，我们都变成了苏莱曼大帝的俘虏。苏莱曼大帝的大军向我们的大军发动猛攻，鸟军在我们的头上盘飞，时而用喙啄我们的眼睛，时而用翅膀拍击我们的脸面；兽军纵横驰骋，前后左右包围了我们，不但捕食我们的马匹，还吞噬我们的将士，致使大多数将士像椰枣树干那样躺在地上。我还真幸运，挣脱了迪姆亚特之手。他们追了我三个月时间，终于将我抓住，并将我埋在黑石柱监牢中。

妖魔讲完自己的经历，穆萨总督及其随从问他："通往铜城的路在哪里？"
妖魔为他们指了通往铜城的路，他们便登程上路了。
经过一番艰苦跋涉，他们终于到达铜城郊外。
铜城本有二十五座门，而他们一座门也看不见，仿佛那座城是一座山，或像一块铸铁。
大家住了下来。穆萨总督和阿卜杜·赛姆德老人努力寻找铜城的门，却未能如愿。

穆萨总督说："喂，塔里布，有何办法进这座城呢？我们一定要找到它的门才行。"

塔里布说："安拉有意让总督阁下休息两天或三天。但期我们能想方设法进入城中。"

这时，穆萨总督吩咐一个随从骑上骆驼，绕城转上一转，以期发现城门或其他进城的路线。

随从骑上骆驼，绕铜城转了两天两夜，人不离鞍，驼不停蹄；眼见城墙长而高大，心中惊异不已。第三天，他回到大军驻扎的地方，报告说："总督阁下，我们落脚的这个地方是最方便的进城之处。"

穆萨总督带着塔里布·本·赛赫勒和阿卜杜·赛姆德老人，登上城对面的那座可以俯视铜城的高山。

他们登上山，朝铜城望去，只见那是一座从未见过的宏伟城郭：宫殿巍峨雄伟，殿顶光彩耀目，房舍鳞次栉比；城中河渠纵横，树木葱茏茂密，鲜花遍地开放，真是一座拥有坚固城门的美丽之城。然而那里空无一人，死气沉沉，无声无息，只有猫头鹰鸣叫翻飞，乌鸦哭泣在街头巷尾，仿佛在为逝去的人落泪。

穆萨总督看后，对城中空无一人感到遗憾惋惜，对城中的悲凉气氛感到大惑不解。他说道："赞美时光不能变其容颜的万能之主！赞美创造人类的伟大安拉！"

穆萨总督在赞美安拉时，无意中回头望，发现山顶上有七块白色大理石碑。他转身走上前去，见碑上刻有文字和诗歌。他说："阿卜杜·赛姆德老人，请你读一读上面的文字，让我们听听！"

阿卜杜·赛姆德老人走近石碑，只见上面有用希腊文刻的诗文，内容多是劝诫之类的箴言。

阿卜杜·赛姆德老人走到第一块石碑前，读道：

阿丹的子孙啊，岁月故意扭转你的视线，不让你留心眼前的事情，而你又是多么粗心，从来不留心呀！难道你不知道死亡之杯已经为你斟满，不久你就要一饮而尽吗？进入坟墓之前，你要好好想想自己。统治国家、奴役奴隶、号令三军的帝王今何在？他们寿数已尽，四分五散，华屋遭毁，归落狭窄坟墓。

碑文的下面有一首诗：

昔日君与主，今日在何方？
昔兴土木者，今在何处藏？
匠人离屋舍，君王别殿堂。
已变抵押物，做墓自埋葬。
喜聚化零落，荣耀业消光。
雄师敌千军，今又在何方？
丰富战利品，今复何处藏？
君令匆匆至，为臣跑断肠。
钱财何所用，鲜能帮臣忙。

穆萨总督听罢，如遭雷轰，顿觉目眩，继之泪水滚滚，直淌腮边。他说："凭安拉起誓，弃红尘，远世俗，才是成功的终极。"

说完，取来笔、墨和纸，将第一块石碑上的诗文抄录下来，然后向第二块石碑走去。

第二块石碑上刻着这样的文字：

阿丹的子孙啊，怎能相信人能长生？岂能阻止大限来临？难道你不晓得世界乃人之火中之舍，不论怎样看重、依恋它，谁也不能在那里长站久存吗？那些创建伊拉克，统治天下的帝王今在何方？那些建设伊斯法罕和呼罗珊帝国的君主今又在哪里？他们早已被死神唤去，他们业已长眠于荒冢之中。他们建造的那些宫阙对他们何用之有？他们积攒的金银财宝不能救助他们。

碑文的下面刻着这样的诗句：

无数君王们，争相造华屋。今日人何在？皆消若云雾。
曾经集大军，唯恐受屈辱。为敬心中神，后继续前仆，
波斯科斯鲁，城堡多坚固！人已弃国去，仿佛压根无。

穆萨总督听阿卜杜·赛姆德老人读后，不禁泪珠落下，他说："凭安拉起誓，我们是为一件伟大事业而被创生的。"

随后，他提笔抄录下石碑上的诗文。之后，他向第三块石碑走去……

讲到这里，眼见东方透出黎明的曙光，莎赫札德戛然止声。

第五百七十三夜

夜幕垂空，莎赫札德接着讲故事：

幸福的国王陛下,穆萨总督听阿卜杜·赛姆德老人读后,不禁泪珠落下,他说:"凭安拉起誓,我们是为一件伟大事业而被创生的。"

穆萨总督将第二块石碑上的诗文抄录下来之后,随即走到第三块石碑前。阿卜杜·赛姆德老人读碑上的文字:

阿丹的子孙啊,你迷恋今世红尘,对敬主之事漫不经心,天天虚度,盲目自乐。请你赶快为来世储备食粮,准备世界末日来临时在安拉面前的答词吧!

碑文的下面刻着一首诗:

信德与印度,当年逞霸强。
征战成过去,君主今何方?
曾经傲群雄,威名天下扬;
赞吉哈卜涉,纷纷朝殿堂。
消息难等来,人已墓中葬。
灭顶灾难至,教人不胜防。
一日祸临头,华殿失用场。

穆萨总督听后,又是一场大哭。

之后,他们又走到第四块石碑前,但见碑上刻着下面这样的一段文字:

阿丹的子孙啊,你每天沉浸在嬉戏的海洋之中,你的主对你多么宽容,不断向你问安,致使你安稳在世间。阿丹的子孙,你不要受日月时光欺骗!你要知道,死神在等着你!你要知道,时间消逝极快,早晨刚过,夜晚就会降临。你要警惕岁月的进攻,随时做好准备。在我看来,仿佛你已占有了生命,却丢失了时光的乐趣,请听我一句话,相信造物主。今世不会永恒,今世就像蜘蛛织的网。

碑文下面有这样一首诗:

> 华屋奠基者,今日在何方?
> 精舍建造人,今又何处藏?
> 当年城堡主,俱已离殿堂。
> 人居荒冢里,宝座已毁光。
> 永在唯神灵,尊荣长久享。

穆萨总督听阿卜杜·赛姆德老人念完诗文,哭泣不止,泪流如雨。

穆萨总督将所有碑文抄录下来之后,方才离开山顶,只觉得整个世界的形象在他面前一清二楚。

他们在营寨中度过一天,一直思考着进城的办法。

穆萨总督问塔里布及周围随从:"我们想个什么办法进铜城看看里面的奇迹,找件宝贝献给我们的哈里发呢?"

塔里布说:"安拉定会助总督一臂之力的!我们做个云梯,登上城墙,但期能从里面找到城门。"

穆萨总督的眼睛忽然一亮,忙说:"我也是这样想的!这个意见很好!"

说完,随即派人叫来木匠和铁匠,弄来木料,做成一个梯子,包上铁皮,精心制造。忙碌了整整一个月,梯子做完,众人一起动手,将梯子竖起来,搭在城墙上。那梯子与城墙一样高,仿佛是专为该城墙而做,恰好合用。

穆萨总督见梯子那样合用,惊叹不已。他问:"谁能攀梯登上城墙,设法下去,然后向我们报告打开城门的办法?"

一个人走上前来,说道:"总督阁下,我上去,为总督开门。"

穆萨总督说:"上吧!安拉保佑你!"

那个人攀梯而上,动作伶俐娴熟,眨眼之间登上了城墙。只见他站在城墙上,朝城里望了一眼,拍了拍巴掌,高声喊道:"真美呀!"

话音未落,便跳了下去,顿时摔得血肉模糊,粉身碎骨。

穆萨总督见此情景,说道:"这本是智者的行动,怎么成了疯子的行为了呢?如果我们的伙伴都这样行事,会一个人也留不下,也就无法完成信士们的长官交给我们的任务了。走吧!我们不进这座城了。"

随从们说:"也许有比他更稳健的人。"

接着,第二个、第三个、第四个、第五个人攀梯而上,登上城墙,一直到第十二个人上去,都像第一个人那样,登上城墙,然后跳下去摔死,有去无还。

这时,阿卜杜·赛姆德老人开口说话了:"看来,这件事情非我来干不行了。有经验的人与没经验的人大不一样。"

穆萨总督说:"老人家,你不能上去呀!你万一出什么意外,我们也就只有死路一条了。因为你是我们的向导;没有你,我们连路都不认识。"

阿卜杜·赛姆德老人说:"也许安拉默助,有意让我来完成这项任务。"

大家终于被他说服，同意他攀梯登上城墙。

阿卜杜·赛姆德老人站了起来，抖了抖精神，说道："奉大慈大悲安拉之名！"

说完，攀梯而上，边爬边念安拉大名，并诵读《古兰经》中关于"得救"的一些章节，一直登到城墙上。阿卜杜·赛姆德老人拍了拍巴掌，望了大家一眼，人们齐声呼喊他："阿卜杜·赛姆德老人，你千万不要往下跳呀！"

他们又大声说："我们属于安拉，我们都要回到安拉那里去！如果阿卜杜·赛姆德老人掉下去，我们都会面临不幸的。"

阿卜杜·赛姆德老人哈哈大笑，然后坐下来，边赞美安拉，边诵读《古兰经》中有关"得救"的章节。过了好大一会儿，他站起来，高声喊道："穆萨总督阁下，你们不要担心，伟大安拉已替我消除了魔鬼的阴谋诡计。万赞归于大慈大悲的安拉。"

穆萨总督说："老人家，你看见了什么？"

"我刚刚登上城墙，见城中有十个姑娘，个个如花似玉，不住地对我喊道……"

讲到这里，眼见东方透出黎明的曙光，莎赫札德戛然止声。

❖─ 第五百七十四夜 ─❖

夜幕垂空，莎赫札德接着讲故事：

幸福的国王陛下，阿卜杜·赛姆德老人哈哈大笑，然后坐下来，边赞美安拉，边诵读《古兰经》中有关"得救"的章节。过了好大一会儿，他站起来，高声喊道："穆萨总督阁下，你们不要担心，伟大安拉已替我消除了魔鬼的阴谋诡计。万赞归于大慈大悲的安拉。"

穆萨总督问道："老人家，你看见了什么？"

"我刚刚登上城墙，见城中有十个姑娘，个个如花似玉，不住地对我喊道：'来呀！到我们这里来吧！'我以为下面是深深的水潭，很想像前边的那些人一样跳下去。但是我仔细一看，见他们都摔死在那里了，便控制住了自己。我诵读《古兰经》的一些章节，安拉为我消除了她们的阴谋，让她们远离而去，因此，我没有往下跳。毫无疑问，这种阴谋是城中的人玩的，他们企图以此抗击任何俯视该城及想进城的人，我们的这些伙伴都已摔死了。"

阿卜杜·赛姆德老人沿着城墙走到两座铜塔前，见塔上有两扇金门，没有上锁，也没有任何开启的标记。阿卜杜·赛姆德老人站在门前，仔细观看，发现门当中镶着一个铜骑士肖像，一只手掌伸着，仿佛在指着他，手掌上有一行字：

搓骑士肚脐上的钉子十二次，门便开启。

阿卜杜·赛姆德老人朝骑士肚脐上一看，果见一颗精致、紧固的钉子。他伸手搓了十二下，金门便立即开启，同时发出雷鸣般的响声。

阿卜杜·赛姆德老人是一位年高德劭、精通各种语言的长者。他迈步跨进铜塔，经过一条长廊，沿台阶而下，发现城门那里放着许多把漂亮的椅子，上面坐着几个死人，他们头上顶着盾牌、弓和箭。门后有两根铁柱子，还有木门闩、锁和精致的锁链。

阿卜杜·赛姆德老人见此情景，心想："也许钥匙在这些人的身上。"阿卜杜·赛姆德老人仔细察看，发现那些人当中有个老年人，坐在当中的一把高椅子上。阿卜杜·赛姆德老人心想："该城的钥匙当在这位老者的身上，他本人是守城门的官吏，其余的是他的手下人。"

阿卜杜·赛姆德老人走上前去，撩开老者的衣服，果见钥匙挂在他的腰上。看见钥匙，阿卜杜·赛姆德老人兴高采烈，欣喜不已。阿卜杜·赛姆德老人取下钥匙，向城门走去。

阿卜杜·赛姆德老人用钥匙打开锁，拉开门闩上的锁链，然后用力将门拉开。门大而重，开启时发出霹雳似的响声。

见城门大开，阿卜杜·赛姆德老人及众人高兴得欢呼雀跃，欢喜至极。

穆萨总督为阿卜杜·赛姆德老人安然无恙而感到高兴。大家齐声感谢阿卜杜·赛姆德老人的出色作为。

城门开了，人们争相拥入城中。穆萨总督大声呼喊道："兄弟们，我们都进去，或许会遇上什么意外。我们最好先进去一半人，另一半人后进。"

穆萨总督带着一半人，携带着武器，由城门走进城中。他们看见死去的同伴，随即将他们的尸体埋在土里。

他们看见守门人、奴仆、差役等坐在铺垫着绸子的椅子上，然而他们全都是死人，一动不动。

穆萨总督率众随从走进市场，那里街道宽阔，房舍宽敞高大，商店毗连，店铺全都开着门，秤都挂着，到处堆放着货物，宝剑无鞘，弓弦紧绷，盾牌悬挂，金链子比比皆是，各种商品齐全。可是，他们却发现商人们全都死在了自己的店里，皮肉都已经干枯，骨骸都已被虫蛀蚀，足以让后人惊叹。

他们看过四个独立的市场，市场里的店铺都堆满了钱财。

他们又向绸布市场走去。绸布市场上货物琳琅满目，绸缎绫罗比比皆是，用金银线织成的织物五彩纷呈，而店主们却都死挺挺地躺在地上，看上去像在睡觉，一声不吭。

他们走到银市场，那里的人也都已死去，静躺在各种丝绸毡毯上，而店铺里堆满金银。

他们行至香料市场，见店铺里放满各种香料，麝香、龙涎香、樟脑等样样齐全，然而商人们都已死去，身边一点儿吃的东西也没有。

他们离开香料店，见附近有一座建筑十分精美的宫殿。他们走进宫殿，发现那里锦旗悬挂，宝剑出鞘，弓弦紧绷，盾牌挂壁，金链银链无数，头盔外镀赤金。宫殿的走廊里摆放着若干把象牙镶金嵌玉的椅子，每把椅子上都坐着一个人，他们的皮都干了，紧包着骨头，看上去像是在睡觉，其实都已在很久以前就饿死了。

穆萨总督站在那里，口中赞颂安拉，漫步欣赏宫殿的宏伟壮丽和巧妙构筑，还有那精美的雕刻和灿烂的壁画。他发现壁上的一块天青石上刻着一首长诗：

呼声男子汉，切请细观看；
谨望多留心，辞别人世前。
献出最佳物，切莫心贪婪。
须知华屋人，均得归丘山。
曾居此地人，精心筑宫殿；
一旦归净土，抵押自作茧。
大兴土木忙，日日攒金钱；

一旦大限至，财亦救命难。
多少非分望，一一去不还；
相继入坟墓，希冀从何谈？
本自尊位来，墓窄心暗嫌。
尸首被埋后，有人高声喊：
宝座何所在？何处寻王冠？
纱遮俊俏脸，如今难再现。
应求掘开墓，早已失红颜。
久已不进水，多时不吃饭；
当年美食家，如今虫蚀蚕。

穆萨总督读完诗，哭了起来，泪水潸然落下，直哭得昏迷过去。苏醒后，他令随从将诗抄录下来，继之朝宫殿走去……

讲到这里，眼见东方透出黎明的曙光，莎赫札德戛然止声。

第五百七十五夜

夜幕垂空，莎赫札德接着讲故事：

幸福的国王陛下，穆萨总督读完诗，哭了起来，泪水潸然落下，直哭得昏迷过去。苏醒后，他令随从将诗抄录下来，继之朝宫殿走去。

穆萨总督继续往里走，看见一座大殿，两侧有四个高大厅堂，两两相对，宽大无比。大殿顶壁镶金嵌银，光彩夺目，当中有座用雪花石砌成的喷水池,还有一顶锦缎大帐。那四个厅堂里,各有用大理石砌成的小喷水池一座,而地面上则有四条泉水,流经大小喷水池,然后注入一座用五色大理石砌成的大湖之中。

穆萨总督对阿卜杜·赛姆德老人说:"我们进厅堂里去看一看吧!"

他们走进第一个厅堂里一看,只见那里摆放着黄金、白银、珍珠和宝石,还有几口箱子,里面扎的是红、黄、白三种颜色的绸缎。

他们走进第二个厅堂,打开储藏室,见里面满是武器战具,其中有金盔、达伍德甲衣、印度宝剑、汉图长矛、华尔兹姆短棍等,应有尽有,样样齐全。

他们走进第三个厅堂,发现那里有个仓库,上着锁,挂着绣花门帘。他们打开仓库,看见里面放的全是镶嵌着金、银和宝石的武器。

他们走进第四个厅堂,那里面放的全是餐具,其中有各种各样的金盘、银碗、水晶盘碟和镶着珍珠、宝石的杯盏等,种类繁多,五光十色。他们拿了些他们喜欢的餐具,个个满载,人人高兴。

当他们打算走出厅堂时,看见那里有一扇乌木大门,上面嵌有象牙雕刻的图案,边角包金,光彩耀眼夺目;门上垂着绣花绸幔,挂着不用钥匙开的银锁。

阿卜杜·赛姆德老人走到门前,用自己的知识、勇气和技艺将银锁打开,大家相继进了门,发现自己已站在一条走廊里。那条走廊两侧的壁上吊着布幔,幔上满是用金银线绣成的鸟兽,鸟兽的眼睛全是用珍珠、宝石做的,人见人惊,叹为观止。

他们穿过走廊,来到一间大厅,其摆设布置之精美,令穆萨总督和阿卜杜·赛姆德老人赞叹不已。

他们穿过那座大厅,走进一座用大理石砌成的厅堂:墙壁上镶嵌着用各种宝石雕镂成的飞禽走兽;地面磨得光亮平滑,足以照见人影,使人看上去像水在流动,如果人走上去,会滑倒的。穆萨总督吩咐手下人往地上撒了点儿东西,大家方才平平安安地走了过去。

穿过大理石厅,出现在他们面前的是一座用石头砌成的圆屋顶建筑,墙壁外面涂着金粉,金光闪烁,耀眼夺目。他们都不曾见过比这更漂亮、更壮观的建筑物。

他们走进那座圆屋顶建筑里,发现里面又有一座穹顶亭榭,窗子都是用雪花石雕刻成的,上面镶嵌着绿宝石窗花。这是任何帝王都不曾享用过的华宫宝殿。里面有一顶用赤金柱子撑起来的锦缎宝帐。帐上点缀着百鸟,鸟腿都是绿宝石雕磨成的;每只鸟下面都有一张珍珠串编的网。亭榭中有一座喷水池,池旁有张镶嵌着珍珠、宝石的床,床上坐着一位少女,明眸皓齿,娇艳欲滴,笑容恬静,天生丽质,宛如太阳。他们谁都没有见过比她更漂亮的姑娘。那姑娘身穿珍珠衣,头戴紫金冠;额带上缀着一颗红宝石,价值连城;脖子上戴着钻石项链,当中那颗宝石光彩夺目,煞是耀眼;前额上的两颗宝石光亮无比,如同太阳光芒,仿佛那位姑娘在注视着他们。

讲到这里,眼见东方透出黎明的曙光,莎赫札德戛然止声。

第五百七十六夜

夜幕垂空,莎赫札德接着讲故事:

幸福的国王陛下,他们走进那座圆屋顶建筑里,发现里面又有一座穹顶亭榭,窗子都是用雪花石雕刻成的,上面镶嵌着绿宝石窗花。

亭榭中有一座喷水池,池旁有张镶嵌着珍珠、宝石的床,床上坐着一位少女,明眸皓齿,娇艳欲滴,笑容恬静,天生丽质,宛如太阳。他们谁都没有见过比她更漂亮的姑娘。那姑娘身穿珍珠衣,头戴紫金冠;额带上缀着一颗红宝石,价值连城;脖子上戴着钻石项链,当中那颗宝石光彩夺目,煞是耀眼;前额上的两颗宝石光亮无比,如同太阳光芒,仿佛那位姑娘在注视着他们。

穆萨总督见那位姑娘容颜俊俏、面颊透红、发髻乌亮,由衷赞叹其貌美绝伦,误以为她是活人,在望着他们。

就在这时,随从们纷纷向姑娘问好:"姑娘,你好哇!"

塔里布·本·赛赫勒说:"诸位兄弟,安拉为你们祈祷。这位姑娘是死人,她怎会答话呢?"

塔里布又对穆萨总督说:"总督阁下,这是人精心制作的一尊塑像。姑娘死后,人们将她的眼珠子取出来,在眼里灌上水银,再把眼珠子重新放回原来的位置,致使两眼像原来那样闪着光亮,看上去像活人一样。其实,她早已死了。"

穆萨总督说:"赞美用死亡征服崇拜者的安拉!"

姑娘坐的那张床下有个台阶,台阶上站着两个奴隶,一个是白人,一个是黑人,一个手持钢叉,另一个手握闪着寒光的宝剑。他俩的另外两只手合架着一块金牌,金牌上刻着长长的文字:

奉大慈大悲安拉之名!
赞美安拉,创造人的主,万物之主!
奉永恒安拉之大名!
奉主宰命运之安拉大名!
　　阿丹的子孙啊,你以为人会长生不老,那是多么愚蠢!你以为大限不会降临,那是多么无知!难道你不晓得死神已在召唤你？莫非你不知道死神即将取走你的灵魂，你不久即将离开人世？赶快准备干粮，准备起程吧！人类始祖阿丹在哪儿？努哈及其子孙在哪里？大帝们何在？暴君们何在？他们不都别离宫殿和亲人而去了吗？波斯君王到哪里去了？阿拉伯君王到哪里去了？他们都已死去了！达官贵人今何在？他们也都死去了。戈伦①、哈曼②、舍达德·本·阿德又在哪里？科斯鲁们在哪里？沙皇们在哪里？印度的国王们、伊拉克的君主们在何方？古代天下的君王们今何在呢？凯安③及那些有权有势的君主到哪儿去了呢？安拉取走了他们的生命，腾空了他们的住宅。他们曾经为末日准备盘缠了吗？他们曾准备过如何回答主的问话吗？

喂，来者，倘若你不认识我，我就自报姓名、自讲身世吧！我名叫泰尔米津。我是公主，已经过世的一位君王的女儿。我继承了王权，拥有任何国王所不曾有过的钱财。我光明正大，平等对待百姓，广济博施。在相当长的一段时间里，我过着幸福快乐的日子。我释放了奴隶，还他们以自由。直至有一天，灾难终于降临到我的头上，落在我的面前。在我们那里，一连七年，滴雨未降，土地干裂，寸草不生。我们先吃光了储备粮，继之宰杀牲口，直至吃光一切。这时，我拿出自己的钱财，派人带着钱走遍各国，采购食粮，结果没有买到一粒粮食。

好久之后，他们带着钱回来了，我们眼见没有任何东西可吃，便将所有钱财拿了出来，关上城堡大门，把政权交给

---

① 戈伦，古代里迪亚国君王，以富有著称于世，往往以他比喻富贵，谓"比戈伦还富"。
② 哈曼，古埃及法老的宰相。
③ 凯安，古代闪族的君王。

我们的主宰。正像你们所看到的,我们都死了,丢下了我们所积蓄的一切。

这就是实际情况,一切都成了过去,一切名存实亡。

他们再看长文下面,有一首诗:

阿丹子与孙,莫受希望骗!须知所积蓄,总会临变迁。
你爱今尘世,辛苦去装点;多少同命人,已经走在前。
合法与非法,拼命把财敛;及到大限至,无一能过关。
曾率大军出,南征复北战;抛下财与官,相继移西天。
走入坟墓里,沉睡黄土间。只作抵押物,一去永不返。
如同乘客们,下马人离鞍;夜幕已降临,落脚投客栈。
店主开言道:众客听我言,此地无宿处,还请再跨鞍。
来客皆惊惶,过夜实为难;一时才觉得,去留俱不便。
切要备干粮,明日当盘缠。只有敬畏主,方得来世安。

穆萨总督听阿卜杜·赛姆德老人读完这首诗,泪流不止。他说:"是啊!敬畏安拉,才是头等大事啊!"

阿卜杜·赛姆德老人继续读诗下面的文字:

喂,来访者,难道你不晓得死亡是明显的真理、真实的威胁?请把已经入土的先人作为自己的借鉴,勇敢地踏上奔往来世的路吧!难道你没有看见白发正向你招手,召唤你走向坟墓吗?既知此事,就该为起程做好准备,为清算之日备好答词。

阿丹的子孙啊,你的心是多么狠哪!你又如何骗得过你的主宰呢？古代帝王今何在？这足以成为后人的借鉴。权势无边、横暴残酷的中国皇帝又在何方？舍达德·本·阿德及其子孙哪里去了？残暴蛮横的欧麦尔·本·奈姆鲁德在哪里？背信弃义的法老身在何处？不论他们当年多么显赫，不可一世，都被死神一一征服，成了历史上的匆匆过客，不论大小男女，均已销声匿迹。

喂，到此处来的人们，你们看到了我们的情况，就不该为尘世所欺骗，应该知道世间红尘不过是狡猾的骗局、死亡的屋舍，只有敬畏安拉，虔诚忏悔，从善如流，为来世积德，方才是正道。

由安拉提供方便，来到这座城市里的人们，就请随意取些钱财走吧！至于我身上的东西，则请勿动手来取，因为那是我的遮盖之物，也是我离开尘世的行装。切请来访者敬畏安拉，不要动我身上的任何东西，否则，必自招祸殃，自取灭亡。这就是我对来者的劝告和叮嘱。

我虔诚祈祷安拉为你们消灾祛病。

讲到这里，眼见东方透出黎明的曙光，莎赫札德戛然止声。

第五百七十七夜

夜幕垂空，莎赫札德接着讲故事：

幸福的国王陛下，穆萨总督听完阿卜杜·赛姆德老人读的诗，失声痛哭,直哭得晕了过去,不省人事。

过了一会儿,穆萨总督慢慢苏醒过来,随后将看到的诗文全部抄录下来,作为借鉴。

总督对随从们说:"大家拿口袋来,挑些钱财、器皿、珍珠和宝石装起来吧!"

塔里布·本·赛姆德对穆萨总督说:"总督阁下,我们不动这姑娘身上的宝物吗?这些东西都是世所罕见的奇珍异宝,比什么财宝都贵重,我们何不取之作为最珍贵的礼物送给信士们的长官呢?"

穆萨总督说:"你没有看见姑娘在金牌上的留言吗?她已把这些东西作为寄存之物,我们是不能要的,更何况我们又不是叛逆之徒!"

塔里布说:"就因为这几句话,我们就把这么贵重的财宝丢下?她已是个死人,要这些东西有什么用?要知道,这些东西是今世和活人的装饰品呀!我们给这位姑娘穿上布衣也就足够了,而我们才配用那些锦衣华饰。"

塔里布说完,走近梯子,登上台阶,从两个柱子之间,行至那两个奴隶当中,伸手去取姑娘身上的首饰。突然间,一个奴隶击打他的后背,另一个奴隶挥动手中宝剑,只见手起剑落,塔里布顿时首级落地,一命归天。

穆萨总督说:"你贪得无厌,安拉是不会宽恕你的。毫无疑问,贪婪是致命之灾。"

穆萨总督随后命令人马进殿,将钱财、宝物绑成驮子,放上驼背,然后将殿门关好,大队人马离开铜城。

穆萨总督一行人马沿海岸边跋涉向前,一直行至临海的一座高山之下。

那座山上有许多洞,洞中住着黑人,他们身裹皮衣,头顶皮斗篷，操着自己的语言。

他们看见穆萨总督的人马，立即惊恐而逃，洞口旁只剩下妇女和儿童。

穆萨总督问阿卜杜·赛姆德老人："老人家，他们是什么人？"

"这就是信士们的长官让我们寻找的人哪！"阿卜杜·赛姆德老人说。

大队人马停下脚步，卸下货驮，撑起帐篷，安营扎寨。

他们刚安稳下来，黑人国王便从山上下来，走近他们的营帐。这位国王会讲阿拉伯语。

国王来到穆萨总督的大帐前，问过安好，回过礼，国王问："你们是人，还是神？"

穆萨总督答道："我们是人。你们身材高大，独居山中，远离人世，一定是神吧？"

"不！我们是人，我们是努哈之子哈姆的子孙呀！这个大海名叫凯尔克尔海。"

"你们安身于这块土地，又没有先知给你们启示，你们的知识从何而来呢？"

"总督阁下，曾有一个人出现在这大海上，只见他周身放光，照亮了天边，同时用一种远近都能听得到的声音呼喊道：'哈姆的子孙哪，你们在一个能见他人，却不被他人所见者的面前感到羞愧吧！你们要说我证万物非主，唯有安拉；我证穆罕默德是安拉的使者。'我叫艾卜·阿巴斯·海杜尔。过去，我们相互崇拜，而那个周身放光的人号召我们崇拜万尊之主。"

国王停顿片刻，又说："那个人教给了我们许多话语。"

"什么话语？"总督问。

"'万物非主，唯有安拉。''安拉独一无二，没有伙伴。''天地万物，都赞颂安拉超绝万物，他确是万能的。''天地的主权，归他所有；他能使人生，能使人死；他对于万事，是全能的。''万物非主，唯有安拉；国权只有归他所有，赞颂只归他享受，他对于万事是全能的。'等等。我们就是依靠这些话语接近安拉的，我们不知道除此之外的话语。每礼拜五夜里，我们都能看到大地上闪光，能够听到'万赞归万物万神之主；安拉所要之物则有，安拉不要之物则无；一切恩惠都来自于安拉；无能为力，只有依靠伟大的安拉！'"

穆萨总督对国王说："我们就是伊斯兰教帝国之王阿卜杜·迈里克·本·迈尔旺的使臣。我们之所以来到这里，就是为了取你们海中的那些铜瓶。那些铜瓶里，自打苏莱曼·本·达伍德时代起，就囚禁着妖魔鬼怪。我们的国王命令我们取回一些铜瓶，让他亲眼看上一看。"

国王说："我们愿意效力帮忙！"

说完，国王设鱼肉宴招待穆萨总督一行，之后吩咐潜水人下海打捞苏莱曼铜瓶。

潜水人听命立即行动，从海中捞出十二个铜瓶。

穆萨总督、阿卜杜·赛姆德老人及随从们看见铜瓶，欣喜不已，欢呼雀跃，庆幸胜利完成了信士们的长官交给的任务。

穆萨总督向国王赠送了许多贵重礼品。国王也向穆萨总督赠送了若干海中的特产和珍宝。国王说："总督阁下，这三天当中，我们就是用这种鱼肉招待你们的。"

穆萨总督说："我们一定要带些鱼肉走，让我们的国王看一看，尝一尝。也许他看见这鱼肉要比看见苏莱曼铜瓶更高兴。"

穆萨总督一行告别黑人国王，一路风尘，回到沙姆。他们见到信士们的长官阿卜杜·迈里克·本·迈尔旺，穆萨总督向他讲述了途中见闻，还把自己抄录的诗文、警句呈给哈里发，并且把塔里布·本·赛赫勒的遇难经过告诉了他。

哈里发阿卜杜·迈里克听后，说道："假若我能和你们一道去，目睹一下你们所见到的一切，那该有多好啊！"

哈里发阿卜杜·迈里克接过铜瓶，逐个打开铅封，只见魔鬼们立刻跑了出来，说道："我们忏悔，安拉的先知！我们再也不敢作祟了。"

哈里发阿卜杜·迈里克惊异不已。

黑人国王送给哈里发阿卜杜·迈里克多尾美人鱼，他们立即做了大木盆，放上水，将鱼放入水中。因为天气太热，美人鱼相继死去。

哈里发阿卜杜·迈里克将穆萨总督带回来的钱财分发给贫穷的穆斯林们……

讲到这里，眼见东方透出黎明的曙光，莎赫札德戛然止声。

❖❖ 第五百七十八夜 ❖❖

夜幕垂空，莎赫札德接着讲故事：

幸福的国王陛下，哈里发阿卜杜·迈里克接过铜瓶，逐个打开铅封，只见魔鬼们立刻跑了出来，说道："我们忏悔，安拉的先知！我们再也不敢作祟了。"哈里发阿卜杜·迈里克惊异不已。

黑人国王送给哈里发阿卜杜·迈里克多尾美人鱼，他们立即做了大木盆，放上水，将鱼投入水中。因为天气太热，美人鱼相继死去。

哈里发阿卜杜·迈里克下令取些钱来，分发给穆斯林们，并且说："苏莱曼·本·达伍德得天独厚，他人莫能与之相比。"

穆萨总督求哈里发阿卜杜·迈里克任命他的儿子接替自己的职位，哈里发阿卜杜·迈里克欣然同意，立即颁诏。之后，穆萨前往耶路撒冷，专心崇拜安拉，静养修身，客死那里。

有关铜城、铜瓶的故事到此就讲完了，之后又发生了什么事情，只有安拉全知。

讲到这里，妹妹杜娅札德说："姐姐，这个故事真是美妙、动人、精彩！"

莎赫札德说："如蒙国王陛下厚恩，能再留我一夜，这与我将要讲的故事相比，可就算不上什么精彩、动人了！"

舍赫亚尔国王说："我很想听下去！天色尚早，你就讲吧！"

莎赫札德开始讲《国王、太子与妃子》的故事：

相传，很久很久以前，有一位国王，兵强马壮，谋臣众多，威名远扬。然而他上了年纪，膝下却无子嗣，因此心中惴惴不安，忧愁烦恼。他虔诚地向先知祈求，向安拉祈祷，希望安拉能赐予他一子，也好在他百年之后，继承他的王位。一番祈祷、跪拜之后，他心情舒畅了许多，随后回到寝宫，与王后交欢，王后当夜有喜。十月怀胎，一朝分娩，王后生下一个男婴，容貌俊美，恰如十四夜晚天空中的一轮皓月。

王子五岁时，被立为太子。

国王手下有位杰出的哲学家,名叫辛迪巴德。国王将太子交给这位哲学家接受教育。当太子长到十岁时,哲学家辛迪巴德便开始教他习哲学、学文学。时隔不久,太子便在文史哲方面成了举世无比的杰出学者。

国王得知太子学识上有了成就,就请来阿拉伯骑士数名,令他们教太子骑马射箭,演习武艺。

太子心有灵犀,一点即通,武艺突飞猛进,驰骋疆场,天下无敌。

有一天,哲学家辛迪巴德看了看天象,为太子卜了一卦,认定太子近日有灾。七日之内,太子若说一句话,便会暴死。

哲学家辛迪巴德来到国王面前,禀报了此事。国王问:"阁下,你什么办法可使太子免遭此祸呢?"

哲学家辛迪巴德回答道:"国王陛下,依臣之见,最好把太子送到一处开心之地,听听音乐,赏赏舞姿,等七天平安过去,再返回宫中。"

国王随即派人唤来自己最漂亮的一位妃子,将太子交给她,并叮嘱说:"爱妃,你把太子领到你的宫院里,让他在你那里住上七天时间吧!"

妃子从命,把太子带入自己的宫院之中。

那座宫院有四十间房子,每间房子里住着十个乐女。每人操一种乐器,个个技艺精湛,只要一人弹奏,整个宫院里的人便会和曲起舞。宫院的周围有条小河,流水终年不断,河旁栽种着果树和花卉,品种齐全,应有尽有。

太子相貌英俊,仪表非凡。他在那座宫院里度过第一个夜晚时,国王的妃子见太子风姿潇洒,难抑芳心,情不自禁地扑到太子的怀里,搂住太子的脖子……

太子一把将妃子推开,同时厉声说:"我到了父王那里,把此事告诉他,他非杀掉你不可!"

妃子自知理亏,忽然想起"恶人先告状"一计,于是跑到国王那里,一下扑倒在国王面前,撕扯头发,批打面颊,号啕大哭不止。

国王问:"爱妃,你怎么啦?太子情况怎样?发生了什么事?莫非他有何不好吗?"

妃子泣不成声,抽噎着说:"国王陛下,太子无礼,他调戏我,还说要杀掉我。我不从他,挣脱出来了。我再也不去见他,再也不回那座宫院了!"

国王听妃子这样一说,不禁勃然大怒,当即把大臣们召集到自己面前,要他们马上把太子抓来,立即处死太子。

大臣们相互议论说:"国王一旦杀了太子,会后悔莫及的。国王老来得子,实在太宝贵了。他杀了儿子,日后定会埋怨我们,说我们为什么不设法劝阻他处死太子!"

大臣们商定,一致同意设法劝阻国王,不让他处死太子。

第一位大臣说:"今天我代诸位去劝谏国王!"

说罢,转身向国王那里走去。

第一位大臣来到国王面前,请求国王允许他说话,国王允之。大臣说:"国王陛下,即使你有一千位王子,也不能因为一个妃子的一句话而处死其中一位王子。妃子说的话可能是实话,也可能是谎话;也许这是妃子耍弄的计谋,存心陷害太子。"

"爱卿,你听说过什么关于她们耍弄计谋之类的事情吗?"国王问。

"听说过!这样的故事多得很哪!"

"那就请讲上一二吧!"

大臣开始讲《相国夫人与好色国王》的故事:

相传，很久很久以前，有一位国王，整日沉湎在酒色之中，不问朝政，近乎于"不爱江山爱美人"之辈。

有一天，这位国王坐在宫中，隔窗看见王宫附近一家的阳台上站着一位女子，姿色非同寻常，禁不住春心骚动。他问左右："那是谁家房舍？"

"那是陛下的宰相的相府。"

国王立即派人唤来宰相，吩咐他去外地巡视。

宰相从命，带上随行人员离去。

宰相离开京城之后，国王便偷偷溜进相府。

相国夫人一眼便认出国王，急忙走上前去，恭恭敬敬地吻过国王的手和脚。她对国王表示欢迎，然后退到一旁站着，听候国王的吩咐。

相国夫人说："国王陛下大驾光临，奴婢实在不配在此迎接。陛下到来，有何要事呀？"

"我来是看看你呀！"

相国夫人受宠若惊，急忙再行吻地礼，然后说："国王陛下，像我这样一个小小婢女，只堪与陛下的宫仆相提并论，怎敢奢望在国王陛下的心目中占有一席之地呢？"

国王伸手去拉相国夫人，而相国夫人一躲，忙说："国王大驾光临，容奴婢款待陛下一番。请陛下在这里做客一天，我为陛下做些美味菜肴，请陛下品尝。"

国王坐在客厅中宰相常坐的宽大靠椅上。相国夫人走去，取来一本书请国王看，自己到厨房做饭去了。

国王接过书，翻开一看，只见书中全是禁绝淫乱作恶之类的格言警句。国王看后脸上发烧冒汗，淫乱之意顿消。

相国夫人做好饭菜,一盘一盘端到国王面前,竟达九十盘之多。

国王开始吃喝,每个盘子里的菜,他都尝一口。国王发现,饭菜种类虽多,但味道全都一样,心中惊诧不已,于是说:"喂,夫人,怎么这么多的菜全是一个味道呢?"

相国夫人说:"国王陛下,这正是我想打的一个比方,以供陛下借鉴。"

"你要比方什么呢?"

"恳请陛下宽谅奴婢!陛下宫中有九十位嫔妃,她们虽然肤色各异,然而滋味却是一样的。"

国王听完,愧色满面,登时起身走去,出了相府大门。因为羞愧,走得太匆忙,国王竟把吃完饭洗手时摘下的戒指忘在了座椅的靠枕下。

宰相回到京城,首先朝见国王,行过吻地礼,报告巡视情况,然后回到相府。

宰相回到相府,在客厅的座椅上一坐,无意中一伸手,在靠枕下触摸到一枚戒指。他拿起戒指一看,发现那是国王的钻戒,心中顿时被疑云笼罩,怀疑他的妻子与国王偷情。自那时起,宰相变得冷淡起来,一年时间不理睬夫人,而夫人却不知宰相为何发怒。

讲到这里,眼见东方透出黎明的曙光,莎赫札德戛然止声。

❖— 第五百七十九夜 —❖

夜幕垂空,莎赫札德接着讲故事:

幸福的国王陛下,宰相回到京城,首先朝见国王,行过吻地礼,报告巡视情况,然后回到相府。

宰相回到相府,在客厅的座椅上一坐,无意中一伸手,在靠枕下触摸到一枚戒指。他拿起戒指一看,发现那是国王的钻戒,心中顿时被疑云笼罩,怀疑他的妻子与国王偷情。自那时起,宰相变得冷淡起来,一年时间不理睬夫人,而夫人却不知宰相为何发怒。

相国夫人回到娘家,把事情告诉了父亲。父亲说:"我有机会一定在国王面前告他一状。"

一天,宰相的岳父来到宫中,见宰相和法官都在那里,便对国王说:"敬祝国王陛下万寿无疆。国王陛下,容臣有一事相诉:我有一座花园,亲自动手,辛苦经营,栽了许多果树,耗费大量钱财,终得枝繁叶茂,硕果累累。正值采摘季节,我拱手赠送给了你的宰相大人。你的这位宰相只顾吃果,却拒绝浇水灌溉,致使花木凋零,昔日华容尽退,景象一片荒凉。"

宰相听后,说:"国王陛下,这话一点儿不假。我本非常留心护园浇水。可是,有一天,我去园中,发现那里有狮子的足迹,不禁心中恐惧,于是远离了果园。"

国王心里明白,知道宰相所言"狮子的足迹"就是他忘在相府客厅靠枕下的那枚戒指,于是说:"爱卿,你只管放心回到你的花园中去!据我所知,狮子确实去过你的花园;但凭我的列祖列宗起誓,那狮子绝未伤害那里的一草一木。"

"我听陛下的劝告!"

宰相回到相府,派人接回妻子,夫妻俩和好如初。

第一位大臣讲完这个故事,又给国王讲了《一个商人与其妻子》的故事：

相传，很久很久以前，有一个商人，他常常出门远行经商。他有一位很漂亮的妻子；因为他非常爱妻子，关心妻子的一举一动，故给妻子买了一只会说话的鹦鹉，以便向他报告他外出经商期间家中的情况。

一次，商人外出，妻子勾搭上了一个青年。那青年来找她，她便给他好吃好喝，继之一番寻欢作乐。

商人外出回来，鹦鹉对主人说："先生，有个土耳其青年趁你不在时来与你的妻子幽会，你的妻子对他照顾得周到极了。"

商人听后，有意要杀掉妻子。

T. 达尔齐尔　绘

妻子听到消息，对丈夫说："喂，男子汉，你敬畏安拉吧！你理智一些吧！莫非一只鸟能知人事，通人性？你要想知道那鹦鹉说的是真话还是假话，你今夜就到朋友那里睡一宿，明天早晨再来听鹦鹉说些什么。"

商人去找一位朋友，在朋友那里借宿。

夜幕垂空，商人的妻子找来一块皮子，将鸟笼罩上，再往皮子上洒些水，继而拿着扇子扇；然后拿来一盏灯笼，在鸟笼前摇摇晃晃，如同闪电；她又推起磨来，发出轰轰隆隆的响声，一直响到东方亮。

商人回来后，妻子说："喂，先生，问问鹦鹉发生了什么事吧！"

商人走到鸟笼前，问鹦鹉昨夜看到了什么、听到了什么，鹦鹉说："先生，昨夜又下雨又刮风，而且电闪雷鸣。"

商人说："你说谎啊！昨夜既没有刮风，也没有下雨，更没有电闪雷鸣。"

"我跟先生说的，都是我亲眼看见、亲耳听到的呀！"

商人完全不相信，断定鹦鹉有关他妻子勾引土耳其青年的话纯属编造，立即想与妻子和好。

妻子非常高兴，说道："这鹦鹉造我的谣，凭安拉起誓，我看你最好把它宰掉。"

商人走去，抓出那只鹦鹉，将它宰了。

于是，商人与妻子和好了。但是，没过几天，商人看见那个土耳其青年从他家出来，知道鹦鹉说的是真话，而妻子说的是假话，对自己匆忙宰杀鹦鹉深感后悔。于是，商人立即返回家中，一刀结果了妻子的性命，并且发誓终生不再娶。

大臣讲到这里，对国王说："国王陛下，女人的计谋多得很哪！匆忙行事，必定使自己后悔。"

国王听罢，收回了处死太子的命令。

第二天，那位妃子来到国王面前，行过吻地礼后，说道："国王陛下，你怎好不为臣妾做主呢？天下君主都知道你执法如山，令行禁止，你令既出，岂容大臣否决；只有听从国王的命令，才是大臣们应该做的。天下人都知道国王陛下公正无私，岂可容忍太子侵犯陛下的尊严呢？臣妾恳请陛下主持公道，为妾雪恨。"

妃子见国王无动于衷，接着说："国王陛下，有个故事讲到父子双双淹死在底格里斯河里，那是值得借鉴的。"

"那是怎样的故事呢？"

"相传，有个漂布匠，每天都到底格里斯河畔去漂洗布匹，而且总是带着小儿子。到了河边，父亲漂洗布匹，小儿子就下河戏水，而父亲根本不去管他。有一天，小儿子下水，游累了，沉入水中。见此情景，父亲慌了神，立即跳下河去救儿子。那孩子发觉有人救他，便死死抓住不放，结果父子俩双双被淹死在底格里斯河里。

"国王陛下，你若不及时管教太子，不维护我的尊严，我真担心陛下与太子同蹈那漂布匠父子的覆辙。"

讲到这里，眼见东方透出黎明的曙光，莎赫札德戛然止声。

第五百八十夜

夜幕垂空，莎赫札德接着讲故事：

幸福的国王陛下，妃子说："国王陛下，你若不及时管教太子，不维护我的尊严,我真担心陛下与太子同蹈那漂布匠父子的覆辙。"

妃子讲到这里,国王沉默,若有所思。

接着,妃子又讲了《一个坏男人》的故事:

我还听人给我讲过一个男子玩弄阴谋,企图夺人之妻的故事。

相传,有一个坏男人看上了一位女子。那女子面目姣好,身材高挑,风韵可人,俏丽妩媚。她是有夫之妇,她的丈夫非常爱她,她也非常爱自己的丈夫。那女子是位性情高洁的贤淑妻子,因此那个企图勾引她的男人屡屡不能如愿。

于是,那个坏男人开始想主意了。

那对和睦夫妻家中有个童仆,十分忠实可靠。

有一天,那个坏男人来找童仆,送礼物给童仆,善言好语相待,两人开始有所交往。没过几天,那童仆便对他百依百顺了。

一天,那个坏男人对童仆说:"等你家太太出门时,领我到你住的地方看看吧!"

"好吧!"童仆满口答应。

有一天,太太去澡堂洗澡,男主人到店铺去了。童仆找来那个坏男人,对他说:"走吧,到我家去吧!我的太太和老爷都出去了。"

那男人在童仆的引领下,来到主人家中。童仆把主人家的所有东西都给那个坏男人看。那个坏男人存心陷害那位贤淑女子,于是趁童仆不注意之时,将随身带来的鸡蛋清倒在主人夫妇的床单上,随后告别童仆离去。

一个时辰过后,男主人回到家中。他往床上一躺,发觉床单湿漉漉的。他用手一摸,只觉得黏糊糊的,立即猜想那是男人的精液。

想到这里,男主人用愤怒的目光凝视着童仆,审问似的说:"太太上哪儿去啦?"

"去澡堂洗澡，一会儿就回来。"童仆答道。

听童仆这样一说，男主人更认为自己猜想无误，于是命令童仆："你马上去把太太叫回来！"

太太回到家中，丈夫立即扑上去，将妻子痛打了一顿，然后将妻子绑起来，想把她杀死。

太太高声喊叫："救命啊！打死人了！救命啊……"

邻居们纷纷赶来，太太对他们说："我丈夫想把我杀死，而我却不知道自己犯了什么罪。"

邻居们责怪她丈夫："我们都知道你太太贤淑、贞洁，因为我们和她做邻居时间很久了。我们不知道她有什么不好。你干吗要这样呢？要么你休掉她，要么你高抬贵手原谅她。"

男主人说："我在我们的床单上看见了男人的精液，那是怎么回事？"

一位邻居走上前来，说道："你带我去看看！"

那位邻居走进屋，收集起床单上的蛋清，拿到火上一烧，白色的蛋饼出现了，大家分着吃，确信那是鸡蛋清。

男主人见此情景，知道自己冤枉了妻子，妻子是清白无辜的，随后打消了自己的错误想法，与妻子重归于好。

那个坏男人陷害女子的阴谋破产了。

妃子讲到这里，对国王说："国王陛下，你瞧这个男人多坏呀！"

国王听妃子这样一说，相信太子干了坏事，于是立即修改圣旨，下令处死太子。

大臣们闻讯，一个个心急如焚。第二位大臣立刻进宫去劝说国王。

第二位大臣来到国王面前，行过吻地礼，然后说道："国王陛下,万万不可急于处死太子!要知道,王后是在失望之后,才得到这个宝贝儿子的。我们殷切希望太子继承王位,保住你的江山社稷。国王陛下,求你忍耐一下,也许太子有话要说。假若匆匆忙忙将太子处死,你势必会像那位买发面饼的巨商那样后悔莫及。"

国王一听,问道:"买发面饼的巨商?那是怎么一回事呢?"

第二位大臣开始讲《买发面饼的巨商》的故事:

相传,从前有一位巨商,虽然腰缠万贯,家财堆积如山,但在吃喝上却十分节省。

有一次,巨商出门在外,在异国都城的市场上漫步时,忽见一位老太婆捧着两张发面饼,便问老太婆:"喂,老太太,你的发面饼是卖的吗?"

老太婆回答说:"是卖的呀!"

听老太婆说卖,巨商便讨价还价了。一番口舌之后,巨商终于用最便宜的价钱,买下了那两张发面饼,然后回到自己的住处。

那一天,巨商就是吃那两张发面饼度过的。

第二天早晨,巨商再去市场,看见那个老太婆又带着两张发面饼在卖。巨商走上前去,又把两张饼买了下来。

就这样,一连二十天,巨商每天都把那位老太婆的两张发面饼买回来,就着凉水吃,以此度日。

后来,那位老太婆不见了。巨商到处打听老太婆,结果什么消息也没有得到。

一天,巨商来到都城的某条大街,偶然看见了那位老太婆,便急忙走上前去,向她问安致意,然后问她为什么不到那个市场上去卖发面饼。

老太婆听巨商这样一问,很不愿意回答。巨商再三要求老太婆告诉他原因,老太婆才慢条斯理地说:"先生啊,听我慢慢给你讲来!我本在一家人家当保姆。那家男主人的背上生了个大疮,流脓淌水,终年不断。后来请了一位医生,开始为男主人调治。那位医生弄来面粉,用黄油和成面团,贴在男主人的患处,一夜过后,第二天清晨,我便取下男主人背上的面团,把它烤成两张发面饼,拿到市场上卖给你或别的顾客。"

说到这里,老太婆泪眼模糊,长长地叹了一口气,接着说:"有道是'生死由命,富贵在天'哪!时隔不久,那家男主人死了,我的发面饼也做不成了。男主人失去了生命,我的财源也断了。"

巨商听后,说:"我们都是属于安拉的,我们都要回到安拉那里去!无可奈何,只有依靠伟大的安拉!"

讲到这里,眼见东方透出黎明的曙光,莎赫札德戛然止声。

第五百八十一夜

夜幕垂空,莎赫札德接着讲故事:

幸福的国王陛下,第二位大臣继续讲《买发面饼的巨商》的故事:

卖饼的老太婆泪眼模糊,长长地叹了一口气,接着说:"有道是'生死由命,富贵在天'哪!时隔不久,那家男主人死了,我的发面饼也做不成了。男主人失去了生命,我的财源也断了。"

巨商听后，说："我们都是属于安拉的，我们都要回到安拉那里去！无可奈何，只有依靠伟大的安拉！"

巨商告别老太婆，回到住所，便开始呕吐起来，不久得了重病。他对自己贪图小便宜深感后悔，然而悔之晚矣。

第二位大臣讲到这里，对国王说："国王陛下，有的女人诡计多端，不可不防啊！我还听人讲过一个坏女人的故事，容臣对陛下一讲。"

"讲吧！"国王欣然允之。

第二位大臣开始讲《一个坏女人》的故事：

相传，有位国王的司库，有个漂亮的情妇，他非常喜欢她。

有一天，司库派奴仆送一封信给情妇。那奴仆到了情妇的家中，递上那封信，便和那个坏女人调起情来。不期奴仆的行为正中那个坏女人的意，那女人拉住奴仆不放，然后将之紧紧搂在怀里。奴仆大着胆子要求与那个坏女人做爱，那女人果然宽衣解带。

这一对男女正玩得痛快之时，奴仆的主人到情妇家敲门了。

那个坏女人听到有人敲门，慌忙把那个奴仆藏到阁楼里。

女人走去开门，只见她的情夫手握宝剑走了进来。他一坐在女人的床上，那个坏女人就立即扑到他的怀里，亲吻搂抱，难解难分。片刻过后，二人便开始枕席之欢。那坏女人更是使出浑身解数，风情万种，自不待说。

就在这对坏男女翻云覆雨之时，坏女人的丈夫敲门了。

那位司库问女人："敲门的是谁？"

女人答："我的丈夫回来了。"

那位司库顿时慌了神，结结巴巴地说："我……我……怎么办呢？有什么法子躲一躲呢？"

女人说："你站在走廊里，手握着宝剑，高声骂我。等我丈夫进了门，你就走你的。"

女人走去把门打开，她丈夫走了进来，只见国王的司库站在走廊里，手握宝剑，正在大骂他的妻子，而且扬言要将她杀掉。

国王的司库见女人的丈夫走了进来，面呈羞色，随后将宝剑装入剑鞘之中，转身离去。

丈夫问妻子："这是怎么回事？"

女人说："亲爱的，你回来的正是时候，要不是你及时赶到，我这条命就没啦！我本来正在房里纺纱，忽见一个奴仆顺着胡同跑来，只见他失魂落魄，喘着粗气，原来是这个手握宝剑的人在追他。那奴仆跑进咱家院子，亲吻我的手和脚，苦苦哀求我说：'太太，救救我吧！那个人想杀死我。'我听他这么一说，心就软了，就把他藏到了我们的阁楼里。片刻过后，我就看见这个人提着宝剑闯了进来。他问我看见那个奴仆跑到我们家来没有，我说根本没有人进我家呀！他说我撒谎，随即破口大骂，还威胁说要把我杀掉。亲爱的，幸亏你及时回到家中，如若不然，你就见不到我了。赞美安拉，及时差你来救我！我刚才还在发愁，心想有谁能来救我呢。"

丈夫听后，说道："老婆，你办了一件好事！安拉会嘉奖你的。"说完，他爬到阁楼里，把那个奴仆叫了出来，并且对奴仆说："下来吧！没有事啦！"

奴仆胆战心惊地从阁楼里下来，一时不知该说什么。

男主人对奴仆说："小伙子，放心吧！没事啦！"

与此同时，男主人却心惊肉跳，惴惴不安，奴仆忙为他祈祷祝福。

片刻后，那位丈夫陪着奴仆走出家门，他对他那不忠诚的妻子所耍的阴谋诡计一无所知。

第二位大臣讲到这里，对国王说："国王陛下，女人的诡计，不可不防，千万不要因女人的一哭一诉，就把太子处死！"

听完大臣的劝说，国王觉得很有道理，旋即下令，免除太子死刑。

第三天，妃子听说国王免除太子死刑，急忙来见国王，她行过吻地礼，对国王说："国王陛下，你要替我做主，不要听信大臣们的谗言！大臣们存心不良，你千万不要像那位因听信大臣谗言而害了自己的国王！"

国王听妃子这样一说，立即问道："那位国王是怎样听信大臣的谗言而害了自己的呢？"

妃子开始讲《王子与妖精》的故事：

相传，很久很久以前，有一位国王，他宠爱自己的小儿子，胜过喜欢其余的儿子。

有一天，小王子对父王说："父亲，我想去郊外打猎。"

国王思考再三，同意了小王子的要求。随后，国王吩咐仆役们为小王子外出狩猎做准备，并特意派一位大臣陪同小王子前往，负责照顾小王子。

大臣和小王子带着外出狩猎所需要的一切，又带上仆役、侍从若干人，起程上路了。

他们一行人马来到一片绿色的大地上，那里有许多野生动物出没，是狩猎的好地方。

小王子走到大臣面前，说自己很喜欢这个地方，于是他们便在那里安营扎寨，住了几天，小王子玩得非常快活。

正当大队人马收起帐篷，打算返回京城时，忽见一只羚羊从面前跑过。小王子看见那只孤独奔跑的羚羊，很想把它捕获，于是对

2477

那位大臣说:"我想去追这只羚羊。"

"你想追,就去追吧!"大臣未加劝阻。

小王子独自策马追赶羚羊,一直追到夕阳西下,眼见那只羚羊跑进一个崎岖地带。小王子想回返时,但见夜幕已经垂空,他认不清路,不知该向哪里走,一时不知如何是好。

小王子骑在马上,一直行走了一夜,到天亮时,都没有找到返回的路。他又渴又饿又害怕,仍然不知道往哪里走。

烈日当空,天气炎热。小王子突然发现自己来到了一座城下,但见那里房舍高大,建筑整齐,然而却是一片荒凉,只有猫头鹰和乌鸦翻飞啼鸣,气氛尤为凄清。

小王子正站在城下惊诧之时,忽见前面有位妙龄女子,模样姣好,身材苗条,亭亭玉立,正在那里哭泣流泪。

小王子走近那位姑娘,问她:"姑娘,你是什么人?"

"我叫嫔特·泰米麦,是舍赫巴大地之王泰亚赫的女儿。一天,我出来想找个地方方便一下,不期被一个妖魔抢走。那妖魔带着我飞行于天地之间,正飞行时,忽有一颗流星落在妖魔身上,妖魔顿时化为灰烬,我就跌落在了这个地方。我一连三天没吃没喝,又渴又饿。我本想自尽,只是因为看到了你,才又想继续活下去。"

讲到这里,眼见东方透出黎明的曙光,莎赫札德戛然止声。

❖─ 第五百八十二夜 ─❖

夜幕垂空,莎赫札德接着讲故事:

幸福的国王陛下,妃子接着讲《王子与妖精》的故事:

小王子走近那位姑娘,问她:"姑娘,你是什么人?"
"我叫嫔特·泰米麦,是舍赫巴大地之王泰亚赫的女儿。一天,我出来想找个地方方便一下,不期被一个妖魔抢走。那妖魔带着我飞行于天地之间,正飞行时,忽有一颗流星落在妖魔身上,妖魔顿时化为灰烬,我就跌落在了这个地方。我一连三天没吃没喝,又渴又饿。我本想自尽,只是因为看到了你,才又想继续活下去。"
小王子听姑娘说一连三天没吃没喝,又渴又饿,并说看见自己才打消了自尽的念头,又想继续活下去,怜悯之心顿生,便让姑娘上马,坐在自己的身后。
王子对姑娘说:"你只管放心就是了!倘若安拉能把我送回家中,见到亲人,我一定会把你送回你家人那里去的。"
姑娘说:"王子,让我下去到墙那边方便一下吧!"
王子勒住马,让姑娘下去,自己在那里等她。
姑娘在墙后待了片刻,走了出来,却见她面目奇丑无比,狰狞可怕。小王子见之,不禁周身抖作一团。
那丑八怪纵身上马,仍坐在王子身后。她问王子:"喂,王子,你怎么啦?为何面色都变了呢?"
"我想起使我恐惧忧愁的一件事。"
"何不借你父王的大军和英雄去解决呢?"
"使我发愁的那件事用不着军队,更不用惊动英雄豪杰。"
"那就用你父王的钱财去办嘛!"
"钱财也无济于事。"
"你们不是说天上有神,他能看见一切,而谁也看不见他吗?

你何不借那万能之神帮你忙呢?"

"是啊!"王子说,"我们只有依靠万能之神了。"

"你快祈祷吧!也许他能帮助你摆脱危险。"

王子抬眼望着天空,诚意诚心地开始祈祷:"安拉啊,我求你帮助我挣脱令我忧愁害怕的这件事!"

王子用手一指那个丑八怪,她便跌倒在地上,被烧成了一块黑炭。

王子连声赞美安拉。安拉默助王子骑马奔驰,终于找到了回家之路。经过千辛万苦,对生都感到失望之后,小王子终于回到家中,见到了父王和母后。

妃子讲到这里,对国王说:"国王陛下,王子的这番遭遇,原因在于听了那个大臣的话。那大臣有意把王子害死在路途上,多亏安拉引路,才使王子幸免于难。国王陛下,我之所以给你讲这个故事,就是为了让你知道那些坏大臣对国王不怀好意。国王陛下,你要警惕他们的坏心肠呀!"

听妃子这样一说,国王立即改了主意,下令处死太子。

得知国王下令处死太子,第三位大臣说:"今天,我去劝说国王,以免大家受苦。"

说完,向国王那里走去。

第三位大臣来到国王面前,行过吻地礼,对国王说:"国王陛下,从陛下及王国的利益出发,容臣进一忠言。依臣之见,陛下不要急于处死太子为好。太子是你的心肝儿和眼珠。也许太子并没有犯下该杀头之罪。太子本来没什么过错,而是妃子将事情说严重了。如果匆忙将太子处死,恐怕会像两个村庄里的人那样,因为一滴蜂蜜而相互残杀,使许多村民死于非命。"

听大臣这样一说,国王一惊,问道:"村民因一滴蜂蜜而相互残杀?那究竟是怎么一回事呢?"

第三位大臣开始给国王讲《一滴蜂蜜招来灾难》的故事:

相传,有位猎人,常在旷野狩猎。一天,那位猎人走进一个山洞,发现山洞里有个坑,坑里全是蜂蜜。猎人走上前去,装了一皮袋子蜂蜜,扛在肩上,带回城中。

那位猎人有只猎犬,猎人甚为喜欢。

猎人把一皮袋子蜂蜜扛到一个卖油商的铺子里,卖油商便把蜂蜜买了下来。当他们打开袋子看蜂蜜时,不慎一滴蜂蜜滴落在地上。

忽然,一只鸟儿俯冲下来啄食蜂蜜;卖油商的一只猫看见鸟儿,猛扑上去抓鸟儿;与此同时,猎人的那只猎犬蹿了过去,扑向猫,竟一口将猫咬死了。

卖油商见自己的猫被猎犬咬死,立即抄起棍子向猎犬打去,一棍子把猎犬打死了。

猎人见自己心爱的猎犬被打死,立即冲了上去,对卖油商拳打脚踢,片刻便结果了卖油商的性命。

卖油商村子里的人听说卖油商被打死了,立即聚集起许多人,带上武器去找猎人报仇。

猎人村子里的人见外人拿着武器来了,也抄起了刀剑。两个村子的人大打出手,一场混战,双方死伤无数。

大臣讲到这里,对国王说:"国王陛下,万万不可因为一件小事而招来大祸呀!"

国王听大臣这样一说,觉得很有道理,不该匆忙将太子处死。

大臣说:"国王陛下,坏女人的鬼点子是很多的,务必要警惕才是啊!"

"女人有鬼点子?何以见得?"

大臣开始讲《一个偷情骗夫的女人》的故事:

相传,有一个女人,她的丈夫给了她一迪尔汗,让她去买米。

女人拿着钱来到米商店铺,递上钱,称过米,便和米商调起情来。一对男女,眉来眼去,互送秋波,眉目传情,好不亲热。

那米商对女人说:"这米要加上糖才好吃啊!你若想要糖,就进店铺来等一会儿,我让奴仆给你称糖。"

女人走进店铺之后,米商对奴仆说:"你给这位女顾主称一迪尔汗的糖去!"

说完,米商向奴仆使了个眼色,似乎暗示奴仆干点什么别的事情去。

奴仆从女人的手里接过米袋子,把里面的米倒出来,装入黄土;接着,把沙子当作糖装进去,然后将袋子口扎好。

女人在米商那里玩耍尽兴之后,顶着米、糖袋子离开店铺,返回家中,满以为自己讨了个便宜,轻易弄到了一袋子米和糖。

女人回到家中,将袋子放在丈夫的面前。丈夫打开袋口一看,见袋子里装的是土和沙子。

女人拿来锅,丈夫问:"莫非我对你说过我们要盖房子,致使你拿着钱去买回了土和沙子?"

女人定神一看,果见袋子里装的是土和沙子,立即意识到是米商的奴仆玩的花招儿。那女人灵机一动,看了看手里的锅,恍然大悟似的说:"你看我这是怎么啦,本想去拿筛子,却拿来了锅。"

丈夫说:"你究竟怎么啦?拿什么筛子呀?"

"我拿去的那一迪尔汗丢在市场上了。我见周围的人那么多,不好意思在那里踱来踱去地找钱,可是又不甘心那一迪尔汗白白丢掉。因此,我把丢钱的那个地方的土装了一口袋,准备回来后,把土过过筛子,说不定钱就在这土里边呢。你瞧瞧,我本想去拿筛子筛土,却不知道怎么回事,竟拿来一口锅。我这就去拿筛子!"

女人拿来筛子,递到丈夫手里,说:"你的眼比我的眼明,你来筛土吧!"

丈夫坐下,开始筛土,筛得满脸是土,就连胡子上都落满了尘土。他根本不知道自己的妻子在玩弄诡计。

大臣讲到这里,对国王说:"女人的诡计呀,不可不防啊!安拉有言:'这确是你们的诡计,你们的诡计确是重大的。'[1] 安拉又说:'恶魔的计策,确是脆弱的。'[2]"

国王听大臣这样一说,尤其听他征引了《古兰经》章节后,顿觉心底豁然明亮,认为确实不应该匆忙处死太子。于是,立即下令免去太子一死。

第四天,妃子得知国王下令免杀太子,忙向宫中跑去。她见到国王,恭恭敬敬行过吻地礼,然后哭哭啼啼地说:"国王陛下,你之所以亏待我,不处死那个调戏我的人,因为那个人是你的儿子,是你的心肝儿、宝贝儿。国王陛下,你不给我申冤雪恨,安拉会像帮助王子战胜宰相那样助我一臂之力的。"

国王听后,问道:"王子战胜宰相?那究竟是怎么一回事呢?"

妃子开始讲《王子与宰相》的故事:

---

[1] 见《古兰经》"优素福章"第二十八节。
[2] 见《古兰经》"妇女章"第七十六节。

相传，很久很久以前，有一位国王,他只有一个儿子,儿子稍大,便立为太子;太子长大成人,父王让他与邻国国王的女儿订了婚。

一方是太子,另一方是公主,正可谓门当户对,堪称美满姻缘。公主天生丽质,体态婀娜,俊美高挑,亭亭玉立,人见人爱。她有一位堂兄,早已向公主求过婚,而公主却不愿意与堂兄成亲。

堂兄得知公主与别人订了婚,不禁醋意横生。他得知与堂妹订婚的是邻国的太子,便修书给邻国的宰相,并随信带去大批钱财和礼物,信中求宰相设巧计、要阴谋,将太子置于死地,或者用别的什么方法,让堂妹与太子的婚事告吹。他在信中对宰相说:"尊敬的宰相阁下,我得知堂妹与贵国太子定亲,心中嫉妒之火难以平息,简直无法忍受。恳求宰相助我一臂之力,除我心头之患。"

宰相看完信,收下礼物,立即复信说:"请你放心!我定能让你如愿以偿。"

时隔不久,公主的父王选定吉日良辰,修书给太子的父王,请太子去他的京城和公主完婚。

太子的父王收到亲家信札,拜读之后,立即允许太子起程前往完婚,并且派宰相亲率人马,带上千名骑士,携带大批礼品、轿子和帐篷,浩浩荡荡,向邻国京城进发。宰相奉国王之命担当此任,不禁心中暗喜:本来早有害太子之意,如今果然等到了机会。

大队人马行至大漠,宰相想起前面的一座山中有一眼山泉,名叫"美女泉"。那美女泉流出来的泉水与普通泉水不同:倘若男子喝了那泉中之水,就会变成女性。

想到这里,宰相令人马在美女泉附近扎帐休息。宰相骑上马,对太子说:"太子殿下,附近山中有眼泉水,名叫'美女泉',多么好听的名字啊!你愿意和我一起去欣赏一下那里的风光吗?"

"十分愿意!"太子顺口答道。

太子纵身上马,跟着宰相向那座山走去,根本不知道宰相在打什么主意。

二人一前一后,不多时便来到美女泉边。太子离鞍下马,洗了洗手,然后喝了几口泉水。突然,太子发现自己一下子变成了女人,不禁惊慌失措,大声喊叫着,泪流滚滚,直哭得昏迷过去,不省人事。

宰相走来,见太子慢慢苏醒过来,装作难过地问道:"太子殿下,你怎么啦?"

太子如实相告。宰相听太子一说,随即掉下泪来。他对太子说:"殿下,但期安拉能够使我们摆脱灾难。唉,多么不幸啊!我们是送殿下去异国成亲的,就要和公主共享洞房花烛良宵,却遭了这么一场磨难,真是可惜呀!太子殿下,现在我们是继续前行,还是返回我们的都城呢?你说怎么办吧!"

太子说:"你回我父王那里,把我的情况告诉他吧!我就留在这里,要么让我恢复原状,要么让我死在这里。"

说罢,太子给父王写了封信,禀报了自己的情况。

宰相带上信,让大队人马及太子留在原地,独自返回京城,心中不胜欢喜。

宰相回到京城,见到国王,报告了太子的情况,随后呈上太子的书信。

国王得知太子变成女性,痛苦至极,立即派人请来哲人和方士揭示太子遭此灾难的原因,结果谁都说不出个究竟。

宰相秘密给公主的堂兄写了封信,报告了太子变成女性的喜讯。

公主的堂兄收到宰相的信,兴高采烈,欣喜异常,一心想和堂妹早日成婚。他给宰相送去大批礼物和金钱,表示深深的谢意。

太子在美女泉边待了三天三夜，不吃不喝，一心乞求伟大安拉拯救他摆脱眼前这场灾难。

第四天夜里，忽有一骑士策马而来，只见那骑士头戴王冠，看上去定是一位王子。那骑士问太子："喂，小伙子，谁把你带到这里来的？"

太子将自己的遭遇向骑士讲了一遍，说自己本是到邻国与那里的一位公主成亲的，不期被随行的宰相带到了美女泉旁，仅仅喝了几口水，就变成了女性。

说着说着，太子已是泣不成声。骑士听后，深深为太子感到忧伤。骑士说："这灾难是你父王的那位宰相一手造成的。因为这个美女泉只有一个人知道。"

骑士吩咐太子马上和他一道走，并且说："今夜你就到我家去做客吧！"

太子纵身上马，然后问骑士："壮士，你究竟是什么人？只有你告诉了我，我才能跟你走。"

"我是神王之子，你是人王之子。你只管放心就是了。你的忧愁一定能够解除！"

太子策马与骑士离去，未向大队人马告别。他和骑士从白天奔驰至夜半，神王之子问太子："喂，太子，你知道我们走了多少路程了吗？"

太子回答："不知道。"

"我们已经走过了一个快脚人要走一年的路程了。"

太子惊异不已，他问："怎么办呢？我怎样才能回到父王那里去呢？"

"这就不是你要想的事情了！这件事由我来负责。只要你挣脱了祸殃，你就能在眨眼之间，回到你的亲人身边。这对于我来说，简直是易如反掌。"

太子听神王之子这样一说，心花怒放，不胜欣喜，认为自己是在做一场噩梦，只要醒来，一切就会平安正常。他兴奋地说："赞美万能的安拉，他能使不幸之人变为幸福之人。"

太子眉飞色舞，欣喜不已。

讲到这里，眼见东方透出黎明的曙光，莎赫札德戛然止声。

第五百八十三夜

夜幕垂空，莎赫札德接着讲故事：

幸福的国王陛下，妃子继续讲《王子与宰相》的故事：

神王之子对王子说："怎样回到你父王那里去，这就不是你要想的事情了！这件事由我来负责。只要你挣脱了祸殃，你就能在眨眼之间，回到你的亲人身边。这对于我来说，简直是易如反掌。"

太子听神王之子这样一说，心花怒放，不胜欣喜，认为自己是在做一场噩梦，只要醒来，一切就会平安正常。他兴奋地说："赞美万能的安拉，他能使不幸之人变为幸福之人。"

太子眉飞色舞，欣喜不已。

神王之子和太子继续奔驰，一直到东方大亮，只见眼前出现一片绿色大地，那里树木繁茂，绿草成茵，百花斗艳，百鸟鸣唱，宫殿巍峨。神王之子首先离鞍，太子随后下马。

二人手拉着手走进一座宫殿,看见一位大王,威风凛凛。二人在那里吃过喝过,一直待到夜幕垂空。

当天色黑下来时,神王之子走去跨上马鞍,太子随后跟着上马,二人趁着夜幕踏上了征程,快马加鞭,一直走到东方放亮。突然,一片黑色大地出现在眼前,那里只有黑石黑沙,就像是地狱。太子问神王之子:"喂,神王之子,这是什么地方?"

神王之子说:"这里叫'黑大地',是双翅神王的土地。双翅神王天下无敌,不经他的允许,谁也不能到这里来。太子,请你站在原地,我去求他允许你进入这个地方。"

太子站在原地,一动不动。神王之子走去,片刻之后回来了。二人继续往前走,行至一道泉水旁,那泉水是从黑山上流下来的。神王之子对太子说:"下马吧!"

太子离鞍下马。神王之子对太子说:"你喝些泉水吧!"

太子俯下身去,用手捧着泉水,喝了几口。片刻过后,太子一下由女性变成了男性,就像变女性那样迅速、利落。太子高兴极了。

太子问:"喂,兄弟,这泉水叫什么名字呢?"

神王之子说:"这泉水名叫'仙女泉',任何女人只要喝一些这泉水,就会立刻变成男性。赞美安拉,感谢安拉给你的福分吧!请上马吧!"

太子立即叩拜安拉,然后飞身上马,二人相伴离去,回到双翅神王的大地。

二人在双翅神王那里度过了一天,好吃好喝,愉愉快快,直至夜幕垂空。神王之子问太子:"喂,兄弟,你想今夜回家人那里去吗?"

"想呀!因为我很需要他们哟!"

神王之子唤来父王的一个奴仆,名叫拉吉兹,吩咐道:"喂,拉吉兹,给你一个任务,把这位青年在天亮之前送到他的未婚妻那里去!"

"遵命!"奴仆爽声应道。

奴仆出去片刻,变成了一个妖魔,回到神王之子面前。

太子见之,惊惶不安,魂飞魄散,神王之子对太子说:"你不要害怕!你骑上马,踩到他的肩膀上就行了。"

太子说:"我自己坐上去,把马留在你这里吧!"

说完,太子离鞍下马,坐在那个妖魔的肩膀上。神王之子说:"太子,你合上双眼吧!"

太子合上双眼,妖魔腾空而起,带着太子飞行于天地之间。

未到二更天,不知不觉中,太子已经来到了岳父的宫殿顶上。妖魔对太子说:"下来吧!"

太子离开妖魔的肩膀后,妖魔说:"睁开眼吧!这就是你岳父的王宫殿顶。"

说罢,妖魔转身离去,踪影不见。

东方透出曙光,太子感到心定神安,离开殿顶,走了下去。

国王见女婿走来,立即迎了上去,用惊异的目光望着他,问道:"我们见人都是从大门进来,你怎么从天上下来呢?"

太子说:"这是伟大安拉的意志啊!"

国王一听,惊诧不已,对女婿的平安到来感到高兴。

日出东方,普天明亮。国王唤来宰相,令之立即安排盛大婚宴,为太子和公主举行婚礼大典。

婚庆盛典完毕,新郎新娘入洞房,共享花烛之夜。

太子在那里住了两个月,然后带着新娘返回父王的京城。

公主的堂兄见堂妹与异国太子共枕鸳鸯,嫉妒心盛,不久郁闷而死。

安拉有眼,默助太子战胜了那个嫉妒者和那个出坏主意的宰相,使他带着公主平安返回。他的父王亲率大队人马,出城迎接他们夫妇。

妃子讲到这里，对国王说："国王陛下，我衷心祈求安拉默助你战胜你的那些大臣。我求你维护我的正当权利，严惩你的儿子。"

国王听妃子这样一劝，觉得她的要求不无道理，随后下令处死太子。

讲到这里，眼见东方透出黎明的曙光，莎赫札德戛然止声。

第五百八十四夜

夜幕垂空，莎赫札德接着讲故事。

幸福的国王陛下，妃子讲完故事，对国王说："国王陛下，我衷心祈求安拉默助你战胜你的那些大臣。我求你维护我的正当权利，严惩你的儿子。"

国王听妃子这样一劝，觉得她的要求不无道理，随后下令处死太子。

就在同一天，大臣们得知国王又下令处死太子，一个个惊愕不已。第四位大臣说："让我去劝劝国王吧！但期国王能够改变自己的主意。"

第四位大臣急匆匆来到国王面前，行过吻地礼，说："国王陛下，安拉为你祝福。陛下，务请暂缓处死太子。有道是智者行事必先考虑后果。谚语说得好：行事不计后果，必有大祸临头。遇事必三思而后行，如若不然，就会像澡堂老板那样面临大灾。"

国王一惊，问道："澡堂老板会有什么大灾？"

第四位大臣开始讲《澡堂老板如此丧命》的故事：

相传，有个澡堂老板，每天都有许多王公大人到他的澡堂去洗澡。

一天，有位大臣的儿子去澡堂沐浴。那小伙子仪表堂堂，身体健壮。澡堂老板迎上前去，热情接待他。小伙子脱去衣服，澡堂老板站在那里仔细观看，觉得很奇怪，心想："这小伙子的阳物在哪儿呢？"因为小伙子过分肥胖，那玩意儿被夹在大腿之间，看上去只有一粒玉米那样大。

见此情景，澡堂老板一拍巴掌，说："唉……真是遗憾！"

小伙子惊奇地问："喂，老板，你遗憾什么？"

"先生，我为你感到遗憾哪！"

"为什么？"

"公子，你膀大腰圆，容貌英俊，可是你却没有男子那种用以享乐的玩意儿呀！"

"你说的倒也不错。不过你使我想起了一件事情哟！"

"什么事情？"

"我送给你一枚金币，你给我找个小娘子来，让我亲自试上一试，行吗？"

澡堂老板贪婪地接过那枚闪光的金币，心想："这钱可不少呀！给谁呢？俗语说：肥水不流外人田……"

澡堂老板决心下定，快步跑回了家中，对他的老婆说："喂，老婆，我告诉你一件好事！"

"什么好事？"

"澡堂里来了一位大臣的公子。小伙子长相英俊,一表人才,就是那玩意儿小得可怜,像粒玉米那样大,我为他感到惋惜,可怜他青春白白逝去,不能像普通男子汉那样享受青春的快乐。他给了我一枚金币,让我给他找个小娘子,他想亲自试上一试,我看这一枚金币你很容易就能挣到。我带你去见他,和他坐上个把时辰,讥笑他一阵,这金币就是你的了。"

妻子接过金币,去打扮了一下,穿上最漂亮的衣服,霎时间,变成了举世无双的美女。

她跟着丈夫,来到一间空房子里见大臣的公子。走进房间一看,那里坐着一位漂亮的小伙子,相貌英俊,脸似圆月,女人见了都会惊叹其貌美出众。

小伙子见了澡堂老板的妻子,心中暗喜。片刻后,他将门关上,把女人搂在了怀里,女人也紧紧地将小伙子抱住。她突然发现,小伙子的那根玉茎硕大粗壮,堪比驴子那条命根。小伙子扑了上去……只听那女人又哭又叫,直喊救命。

在门外的澡堂老板听妻子呼喊救命,心急如火,忙喊道:"孩儿他妈,你快出来吧!孩子还等着你喂奶呢!"

小伙子说:"你先去给你的孩子喂奶,然后再来吧!"

那女人说:"我离开这里,我就没命啦!那孩子,谁愿意要,谁就要吧!我要让他哭死,或成为孤儿。"

那女人根本不理睬她的丈夫,和那小伙子一直来了十个回合。与此同时,那位澡堂老板等在门外,呼喊不止,连求救命。但不见一人来问他有何难事。澡堂老板大声喊道:"我要自尽了!"仍不见妻子出来,澡堂老板登上澡堂屋顶,纵身跳下。只听一声惨叫,澡堂老板顷刻一命呜呼。

澡堂老板就这样死了。

讲到这里，第四位大臣说："国王陛下，女人的诡计多得很，不可不加防范呀！"

国王问："关于女人诡计多端，你还听说过什么呢？"

第四位大臣开始讲《诡计多端的老太婆》的故事：

相传，许久许久以前，有一个女子，秀目含娇，明眸皓齿，体态婀娜，风韵可人，堪称国色天香，当世无与伦比。

有一天，一个青年看见了她，不期一见钟情，而且爱得极深。

那位漂亮女子是个正派女人，从无轻浮之心。一天，她的丈夫外出了。青年得知此事，每天写信给那个女子，而那个女子根本不回信。于是，那青年去找住在附近的一位老太婆。问过安好之后，向老太婆诉说了自己对那个女子的爱慕之情，并告诉老太婆，他想与那女子幽会一下。老太婆说："小伙子，你不用着急！我一定能让你如愿以偿。"

小伙子听老太婆这样一说，立刻掏出一枚金币递给老太婆，然后转身离去。

第二天清早，老太婆去找那女子，和女子说了一阵儿贴心话。从那天起，老太婆每天都到那女子那里去，在那里吃午饭和晚饭，而且还从那里拿些吃的东西，带回家给孩子们吃。

老太婆天天和那女子一起生活，致使那女子一时也离不开老太婆了。

一天，老太婆带着一个张发面饼离开女子家，把黄油和胡椒夹在发面饼里，将之喂狗。那条狗吃了老太婆的发面饼，一连数天总是跟着老太婆。一天，老太婆在发面饼中夹了许多胡椒和黄油，又喂了狗。那狗吃了那种夹着许多胡椒和黄油的发面饼，因胡椒辣，狗的眼睛流起泪来。

那女子看见狗在流泪,心中好生奇怪,便问老太婆:"阿妈,这狗为什么哭呢?"

老太婆说:"闺女呀,这其中有一段奇妙的故事。这条狗本是一个姑娘变的,原是我的邻居,长相漂亮,花容月貌,亭亭玉立,明艳动人。巷中的一个小伙子见了姑娘,爱甚一日,终于患了相思病,久久卧床不起。小伙子多次写信给姑娘,期望得到姑娘的同情,姑娘却一口拒绝,不容商量。我劝姑娘说:'姑娘,你就依了他吧!你怜悯怜悯他吧!'姑娘不接受我的劝告。小伙子再也忍耐不住了,便向他的朋友们述说了此事。那些朋友听后,一气之下,对姑娘施了妖术,使她由人变成了狗。姑娘见自己一下变成了狗,痛苦不堪,除了我,没有人同情她,她便进了我家,求我可怜她。她连连亲吻我的手和脚,放声大哭不止。我对她说:'我劝过你多少次,你根本不听我的劝告。'"

讲到这里,眼见东方透出黎明的曙光,莎赫札德戛然止声。

❖ 第五百八十五夜 ❖

夜幕垂空,莎赫札德接着讲故事:

幸福的国王陛下,第四位大臣继续讲《诡计多端的老太婆》的故事:

老太婆说:"小伙子多次写信给姑娘,期望得到姑娘的同情,姑娘却一口拒绝。小伙子的朋友们一气之下,对姑娘施了妖术,使她由人变成了狗。姑娘见自己一下变成了狗,痛苦不堪,除了我,没有人同情她,她便进了我家,求我可怜她。她连连亲吻我的手和脚,放声大哭不止。我对她说:'我劝过你多少次,但我的劝告对你不起任何作用。'我见姑娘变成了这副模样,打心眼儿里同情她,便收留她,让她待在我的家中。姑娘每当想起自己原来那花容月貌,总是泪流不止。"

女子听老太婆这样一说,心中惊惶不已。她说:"阿妈,你讲的这个故事使我感到害怕。"

"你怕什么呢?"老太婆问。

"有一个漂亮的小伙子爱上了我,给我寄来许多封信,我没有理睬他。我今天听了这个故事,真怕自己也像那姑娘一样变成这样一条狗。"

"闺女,你要小心呀!假若你不听我的,我还是很为你担心的。假若你不知道小伙子住在什么地方,就请告诉我他的长相,我把他给你叫来。你不要让任何一颗心嫉恨你!"

女子将小伙子的长相向老太婆说了一遍。老太婆装作完全不认识那个小伙子,对女子说:"我这就去找那小伙子。"

老太婆离开女子那里,直奔小伙子家,对小伙子说:"小伙子,你只管放心就是了!我已经把那女子的心说动了。明天中午,你站在胡同口,等我来后,我带你到她家去,你可以在她家里玩上半天和一整夜。"

小伙子一听,兴高采烈,欣喜不已,立即给了老太婆两枚金币,并且说:"老阿妈,我达到目的之后,定给你十枚金币作为酬谢。"

老太太回到女子那里,对她说:"闺女,我把那件事告诉了小伙子。我发现他对你很不满,决计要报复你一下,给你点儿厉害看看。我好生安慰了他一番,让他明天晌礼时分来。"

女子听后,十分高兴。她说:"阿妈,如果他午后能来我这里,我就给你十枚金币。"

老太婆说:"你只有通过我,才能把他请来。"

第二天早晨,老太婆来到女子家,对她说:"你准备好午饭吧!你要穿上最漂亮的衣服,我这就去请那个小伙子来。"

女子一番打扮,然后开始准备午饭。

老太婆出去等那个小伙子,却不见那小伙子出现在胡同约定的地方。她到处找他,结果没有找到。老太婆心想:"怎么办呢?难道就让女子做的午饭白白扔掉?难道就让她已经许给我的金币轻易飞走?我决不能让这个计谋落空!我要另找一个小伙子带到她那里去。"

正当老太婆边想边在大街上徘徊时,突然看见一位美貌男子出现在她的眼前。只见那男子面带征尘,似是刚刚外出归来。老太婆走上前去,向男子问过安好,然后问他:"美男子,你有吃有喝有娘子吗?"

那男子回答道:"我哪有这些好条件呢?"

"我家里全有啊!你愿意跟我去享受一番吗?"

男子跟着老太婆走去,而老太婆根本不知道他就是那位女子的丈夫。

来到门前,老太婆敲过门,女子开了门,便转身走去准备衣饰和香料。

老太婆带着那男子走进客厅,继续策划阴谋。

女子回到客厅,一眼看见她的丈夫和老太婆坐在那里,她便想了一个主意。这时,老太婆躲到一边,女子则一步冲到丈夫面前,提高嗓门，大声责斥丈夫说："你我之间曾经立过什么约言？你怎么能背叛我，干这种勾当呢？我听说你回来了，就用这位老太太考验你。你终于未听我的告诫，干出这种事情来，背弃了你我之间的约言。在此之前，我本以为你是个纯洁的男子汉；今天，我却亲眼看见你和这个老太婆在一起，足见你常常眠花宿柳，放荡不羁。"

女子说着，抡起巴掌，抽打丈夫的面颊。

其实，她的丈夫是无辜的，根本没有浪荡之嫌。他连忙向妻子发誓，说他没有背叛她，没有干过什么眠花宿柳之类的勾当，并以伟大安拉之名立誓。而那女子不依不饶，边抽打丈夫边哭着说："邻居们，你们来呀……"

丈夫急忙捂住妻子的嘴，而妻子却狠咬丈夫的手。丈夫在妻子面前变成了一个低三下四、卑躬屈膝的人，连连亲吻妻子的手和脚，而妻子仍然用巴掌抽打丈夫的脸。

女子向老太婆使了个眼色，意思让她把自己拉开。老太婆心领神会，马上走去，亲吻女子的手和双脚，终于让那夫妻俩坐了下来。

夫妻俩坐稳，丈夫亲吻老太婆的手，说："老人家，安拉会嘉奖你的！因为你使我摆脱了她的抽打。"

老太婆见那女子如此善于随机应变，心中暗暗称奇。

讲到这里，第四位大臣对国王说："国王陛下，女人诡计多端，不可不防。万万不能听信女人的一句话，而匆匆将太子处死呀！"

国王听大臣这样一说，恍然大悟，立即发布命令，免除太子死刑。

讲到这里，眼见东方透出黎明的曙光，莎赫札德戛然止声。

第五百八十六夜

夜幕垂空，莎赫札德接着讲故事：

幸福的国王陛下，国王听了第四位大臣的劝说，改变了想法，随即下令免除太子死刑。

第五天，妃子手上端着一杯毒药，口中呼唤着求救的话，不住地批打着自己的面颊，来到国王面前。她说："国王陛下，求你主持公道，维护我的正当权利，处死太子；如若不然，我只有服毒药自尽，以示抗争，待到世界末日来临，再行清算。你的大臣们竟然说我诡计多端，其实，世上再没有比他们更阴险的人了。难道陛下没有听过银匠与歌姬的故事吗？"

"银匠与歌姬有何故事呢？"国王问。

妃子开始讲《银匠与歌姬》的故事：

相传，古代波斯有一个银匠，喜酒好色。有一天，他在一位朋友家，见墙上挂着一幅美人图，画中美人妩媚窈窕，姿色无比。银匠看了又看，惊叹画中美人的俊俏，深深爱在心中，结果害了相思病，临近死亡边缘。

一天，一位朋友来看他，坐在床边问他病因。银匠说："兄弟，我害的是相思病啊！就是因为我爱上了一位朋友家墙上的画中美人，才病成了这个样子。"

朋友一听，责怨起他来："唉，你真没有脑子！怎好恋上画中之美人呢?要知道,那画中之人对你既无害,也无利,看不见,也听不着,既不从你这里要什么,也不会给你什么。"

"画那幅美人的画师一定是仿照真美人画的呀!"

"也许那是画师凭空想象出来的。"

"不管怎样吧,反正我爱上了画中的美人;如果没有画中人,我简直活不下去了。假若世上真有相似的美人儿,我求伟大安拉将她送到我的面前,让我看上一看,以祛除我的疾病。"

朋友走去打听画像人,得知画师已到另一个国家去了。他又给画师写了封信,讲述了自己朋友的情况,并问那幅美人图是凭空创造的,还是仿照真人画的。画师回信说:"那幅美人图是我照印度克什米尔城中一位宰相的歌姬的模样画的。"

这位波斯银匠得知这一消息,立即收拾行装,起程上路奔印度而去。

一路风尘,一番辛苦,波斯银匠终于到达印度的克什米尔城,在那里住了下来。

有一天,银匠去城中一家香料商那里拜访。那位香料商精明能干。银匠向他打听国王的情况,香料商说:"我们的国王公正清廉,爱民如子,从善如流。他最憎恨妖术,神汉或巫婆落入他的手中,他必下令将之抛入城外的枯井里,让其活活饿死。"

银匠问及大臣们的情况,香料商向他介绍了每一位大臣的性情和爱好,终于谈到了那个拥有漂亮歌姬的宰相。

银匠耐心等了几天,想出了一个办法,在一个风雨交加、电闪雷鸣之夜,带着几件行窃工具,向相府走去。

银匠把带钩子的梯子搭在墙头上,攀爬而上,登上屋顶,下到院中,见所有的婢女都在屋内各自的床上安睡。他悄悄溜进屋里,细细察看,只见一张雪花石床上睡着一位美人儿,面如天上皓月,便轻手轻脚地走到床边，伸手去撩幕幔，发现幕幔用金线织成；美人的头前和脚后各放一个金烛台，上面燃着龙涎香蜡烛；枕头旁摆着一个银匣子，里面放着她的所有首饰。

见此情景，银匠掏出一把尖刀，向美人儿扎去，将她臀部扎伤。

美人儿突然惊醒，一见银匠，吓得目瞪口呆，不敢出声喊叫。她认为来者目的在于谋财，于是说："把银匣子及里面的东西都拿去吧！你把我杀了，对你没有什么好处。我听你的，你要我怎样，我就怎样。"

银匠抱着银匣子匆匆逃离。

讲到这里，眼见东方透出黎明的曙光，莎赫札德戛然止声。

第五百八十七夜

夜幕垂空，莎赫札德接着讲故事：

幸福的国王陛下，妃子继续讲《银匠与歌姬》的故事：

银匠掏出一把尖刀，向美人儿扎去，将她臀部扎伤。

美人儿突然惊醒，一见银匠，吓得目瞪口呆，不敢出声喊叫。她认为来者目的在于谋财，于是说："把银匣子及里面的东西都拿去吧！你把我杀了，对你没有什么好处。我听你的，你要我怎样，我就怎样。"

银匠抱着银匣子匆匆逃离。

第二天清晨，银匠带着银匣子，进入王宫，来到国王面前。他向国王行过吻地礼后说："国王陛下，我来自呼罗珊大地，有话禀告陛下。我久闻陛下光明正大，爱护百姓，因此投奔陛下，愿做陛下臣民。我是天将黑时来到本城的。我见城门已关，便睡在城外。我半醒半睡之时，看见四个女人，有的骑着扫帚，有的骑着扇子。我一看便知她们都是巫婆，想要闯入我们的城里。一个女人走近我，用脚踢我，用她手中的那个狐狸尾巴抽我，抽得我疼痛难忍。当我忍受不了之时，我发怒了，抽出刀子向她扎去，扎伤了她的臀部。她受伤惊逃，丢下这么一个银匣子。我捡起匣子，打开一看，见里面全是贵重首饰。国王陛下，我不需要这些东西，请你拿去吧！因为我是个修士，常年住在山中，离群索居，不喜红尘，一心膜拜安拉。"

说完，银匠将银匣子放在国王面前，转身离去。

银匠走后，国王打开银匣子，取出首饰翻看，认出里面的一条项链，那是他赐赠给歌姬的主人——宰相大人的，于是马上派人将宰相叫来。

国王问宰相："相爷阁下，这是我送给你的那条项链吗？"

宰相回答道："是的。我把它送给了我的一个歌姬。"

"把歌姬给我唤来！"

歌姬来到国王面前。

国王对宰相说："把她的裙子撩开，看看屁股上面有没有伤口！"

宰相撩开一看，果见有一处刀伤，立即报告国王："国王陛下，有刀伤一处。"

"正像一位修士对我所说，这是个巫女，没有丝毫疑问。"

说罢，国王命令宫役将歌姬投入枯井。仆役们当天将歌姬投入城外的枯井中。

夜幕垂空，银匠得知自己的计谋已经得逞，迅速来到枯井旁，将装着一千第纳尔的钱袋递给看守枯井的人，然后坐下来，与看守人聊天到小半夜，才进入了正题。银匠说："兄弟，你有所不知，这枯井里的姑娘并不像他们说的那样是个巫女，那不过是我给她编造的一个罪名罢了。"

接着，银匠把故事从头到尾给枯井看守人讲了一遍，然后说："兄弟，你收下这个袋子吧！这袋子里有一千第纳尔。你把这姑娘交给我，让我把她带回国去吧！对你来说，这钱比囚禁这姑娘更有用处。我们俩为你祝福祈祷。"

枯井看守人听后，惊奇不已，赞叹此计高妙。他接过钱袋，把姑娘交到银匠手中，要求银匠不得在该城停留，哪怕仅仅一个时辰。

银匠领着姑娘，连夜离开那里，返回呼罗珊大地上的波斯王国。

讲到这里，妃子说："国王陛下，那位银匠诡计多端，一个小小计谋便实现了他的愿望。因此，国王陛下一定要警惕你的大臣们耍弄计谋。国王陛下，我相信来日你与我必将站在一位公正的法官面前接受审判。"

国王听妃子这样一说，立即下令处死太子。

群臣们得知国王决意处死太子，第五位大臣急匆匆赶至国王面前，恭恭敬敬行过吻地礼，然后说："国王陛下，且慢，千万不要急于将太子处死！有道是忙中出错，后悔莫及呀！如若不然，我真担心国王陛下会像那位余生不笑的人那样后悔。"

国王一惊，忙问："余生不笑的人？还有这样的人？"

"是的！请允许臣给陛下讲讲《一个后半生未笑的人》的故事。"

相传，很久很久以前，有一个大财主，房产无数，奴婢成群，家中钱财堆积如山。财主去世时，留下一个儿子，年纪尚幼。这个孩子长大成人后，便开始大吃大喝，听歌赏乐，天天招待食客，日日挥金如土，时隔不久，便将父亲留下的钱财挥霍一空。

讲到这里，眼见东方透出黎明的曙光，莎赫札德戛然止声。

❖❖❖ 第五百八十八夜 ❖❖❖

夜幕垂空，莎赫札德接着讲故事：

幸福的国王陛下，第五位大臣继续讲《一个后半生未笑的人》的故事：

财主的儿子长大成人，便开始大吃大喝，听乐赏歌，天天招待食客，日日挥金如土，时隔不久，便将父亲留下的钱财挥霍一空。

钱财花完，他开始变卖家奴、婢女和家产，直至将父亲留下的一切全部卖光花尽，不得不靠给人打工糊口度日。

他这样生活了一年时间。有一天，他正在墙下坐着等待他人来雇佣之时，忽然看见一面容端庄、衣饰讲究的老人走近他，跟他打招呼。他向老人问安致意之后，说道："大叔，你在此之前认识我？"

那个人说："孩子，我不认识你，不过，你虽已落到这个地步，我却发现你一脸富贵相。"

"大叔，命该如此啊！你有活儿让我去干吗？"

"孩子，我有些小活儿，想让你来干。"

"什么活儿？"

"我那里有十位老人，无人照顾，你来照顾他们吧！我将管你吃，管你喝，另外还给你工钱，但期安拉恢复你往日的富贵生活。"

"那太好啦！"

"不过有一个条件……"

"什么条件？"

"你要对自己看到的一切严加保密，见我们落泪，千万莫问原因。"

"这一条，我能做到。"

"孩子，跟我走吧！安拉为你祝福。"

青年站起来，跟着老人走去。

老人把青年送到澡堂，让他脱下身上的旧衣服，随后派人送来一身好布衣，让他穿上。出了澡堂，老人把他带回家中。

青年进了院门一看，只见那里房舍巍峨，建筑考究，厅堂宽大，每个大厅里都有喷泉；百鸟鸣唱，悦耳怡神；窗子下临花园，园中花卉争奇斗妍。

老人将青年带入一个客厅，只见那厅壁用彩色大理石砌成；厅顶上镶嵌着天青石雕刻的图案，金丝环边，耀眼放光；地上满铺丝毯，富丽堂皇。

青年定神望去，但见十位老翁，面对面坐在那里，身穿丧服，正在哭泣落泪，不由得心中一惊。他想向老人询问其中的原因，忽然想起来之前谈妥的条件，便未敢开口。

老人把一口装着三千第纳尔的箱子交给青年，嘱咐说："孩子，这箱子里的钱供你为我们、也为你自己花用。你是忠诚可靠的人，我把这些钱交给你，你好好保管吧！"

"遵命!"

青年照顾老人们的起居生活，细致周到。刚过十天十夜，一位老人离开了人间，同伴们为之浴尸、装殓，然后把他埋在屋后的花园里。没过多少时间，老人们相继驾鹤离去，大院中只剩下青年和领他来到此院的那位老人。

一老一少一起生活了一段时间，老人病倒了。青年对老人的生命感到失望时，便走到老人的病榻前，对老人说："大叔，十二年以来，我尽力照顾诸位老人，不曾一时疏忽、怠慢。"

老人说："是的，孩子，你为我们尽了全力。人有生老病死，我们都要回到伟大安拉那里去。"

"大叔，你已病入膏肓，我有一事想问：老人家们总是哭泣落泪，痛苦不堪，原因究竟何在呢？"

"孩子，你本无须知道这一点，也不要强我所难。我求伟大安拉保佑众生，不让任何人遭受我已遭受过的灾难。你若想安全无事，那就千万不要开那扇门。"

老人伸手指了指那扇门，告诫说："你若想再遭我们遭过的难，那么，你就打开那扇门。你知道了我们哭泣、悲伤的原因，定会后悔莫及。你千万不要打开那扇门啊！"

讲到这里，眼见东方透出了黎明的曙光，莎赫札德戛然止声。

第五百八十九夜

夜幕垂空，莎赫札德接着讲故事：

幸福的国王陛下,第五位大臣继续讲《一个后半生未笑的人》的故事:

老人伸手指了指那扇门,告诫青年说:"你若想再遭我们遭过的难,那么,你就打开那扇门。你知道了我们哭泣、悲伤的原因,定会后悔莫及。你千万不要打开那扇门啊!"

老人病情加重,不久去世。青年亲手为他洗尸、装殓,然后将他埋在已逝世的老友的墓旁。青年坐在那里,思考着老人生前说的那几句话,思来想去,百思不得其解。

有一天,青年又在思考老人不准开那扇门的叮嘱时,忽然想去看看那扇门,于是站起来朝门走去。他走近仔细一看,发现那是一扇很漂亮的门,但上面结着蜘蛛网,挂着四把铁锁。

青年看着门,想起老人的警告,立即转身离去。片刻过后,他又想去把门打开,看看里边究竟有什么,但老人的告诫又立刻重新响在他的耳边。

就这样,一连七天,青年的思想总是处于矛盾之中:时而想打开那扇门,时而又记起老人的叮嘱。

第八天,青年终于克制不住自己,心想:"我一定要把那扇门打开,看看究竟出什么事了。凡是伟大安拉决定的事情,都是不可避免的,所有事情都是安拉规定的。"

想到这里,青年站起身来,走过去将锁砸掉,把门推开,见门内有一道狭窄走廊。

青年在走廊里走了三个时辰,从一个洞口出来,发现来到了一条大河的岸边,心中惊异不已。他沿着河边走去,边走边左右观看。突然间,一只大雕俯冲下来,伸出爪子将青年抓起,旋即飞行于天地之间;飞至一座海岛上时,将青年丢在那里,拍翅飞离而去。

青年呆呆地站在海岛上,一时不知该往哪里走是好。

有一天,青年正在岛上坐着,忽见一只帆船远远出现在海上,就像天上的一颗星星。看到船,青年觉得有了生还的希望,目不转睛地望着那只船。

船终于靠了岸,青年走近一看,发现那是一只用象牙和乌檀木做成的船,船桨是用檀香木和沉香木做的,外嵌黄金封条,闪闪放光,船上坐着十位妙龄女子,个个如花似月。姑娘们看见青年,立即走下船来,亲吻青年的双手,并对他说:"你就是我们国王的新郎。"

一位宛若晴空艳阳的少女走上前来,打开手上的包裹,取出一套王服和一顶镶嵌着珍珠宝石的王冠,给青年穿戴上,然后领着青年登上了船。上船后,青年发现舱内铺满五彩丝毯。

姑娘们扬起风帆,船乘风破浪驶去。青年跟着美女们同乘一只船,自觉如在梦中,不知道她们要把自己带到什么地方去。

船终于靠了岸,青年见岸上站满了兵士,个个身披铠甲,人人握矛持盾。他们给青年送来五匹高头骏马,全都背着镶嵌珍珠、宝石的金鞍。青年选定一匹马骑上,其余四匹马跟在后面,前有旌旗引路,鼓角齐鸣,左右有大军护卫,浩浩荡荡朝前走去。青年一时只觉得半睡半醒,简直不敢相信自己行进在浩浩荡荡的队伍之中,认为自己是在做梦。

他们来到一片绿色草原,只见那里宫殿高大,园林处处,树木繁茂,河渠纵横,百花吐艳,百鸟鸣唱,争相歌颂伟大万能的安拉。

正当此时,忽见一支大军从宫殿和花园中走了出来,其势如洪流,顷刻间布满整个绿色草原。

大队人马接近青年,停下脚步,忽见一位国王骑马离开大队伍,在几个侍卫的簇拥下来到青年面前。国王和青年相继离鞍下马，相互走近问安致意。之后，他们各自上马。国王对青年说："你是我们的客人，跟我们走吧！"

青年跟着国王走去，他们边走边谈。青年和国王在侍卫队伍的护卫下，一直来到王宫。他们相继离鞍下马，步入宫殿。

讲到这里，眼见东方透出黎明的曙光，莎赫札德戛然止声。

第五百九十夜

夜幕垂空，莎赫札德接着讲故事：

幸福的国王陛下，第五位大臣继续讲《一个后半生未笑的人》的故事：

大队人马接近青年，停下脚步，忽见一位国王骑马离开大队伍，在几个侍卫的簇拥下来到青年面前。国王和青年相继离鞍下马，相互走近问安致意。之后，他们各自上马。国王对青年说："你是我们的客人，跟我们走吧！"

青年跟着国王走去，他们边走边谈。青年和国王在侍卫队伍的护卫下，一直来到王宫。他们相继离鞍下马，步入宫殿。

国王拉着青年的手，让他坐在一把金椅子上。国王坐下，揭开面纱，但见那是一位姑娘，明眸皓齿，肤色白皙，宛如晴空中的艳阳，俊美绝伦，光彩照人。

青年望着姑娘，由衷惊叹她那妩媚的姿容。姑娘对青年说：

"国王陛下，我就是这块土地上的女王。你所看到的那队人马，不管是骑士，还是步行者，都是女子，没有一个男子。在我们这里，男子只管耕种收获，建造房舍，从事各种手艺职业，而妇女们则管理国家，主持政务，当兵打仗。"

青年一听，大感惊异。正当此时，宰相走了进来，只见她是一位头发斑白的老太太，却从容自若，潇洒威严。女王对她说："你给我们请法官和证人来吧！"

老太太从命，转身离去。

女王转过脸去，和青年亲切交谈，语调温柔，一扫青年心中的忧虑。她说道："你喜欢让我成为你的妻子吗？"

青年站起来，向女王行吻地礼，女王急忙阻拦。青年说："女王陛下，我比为你效力的女奴还要低微。"

女王忙说："难道你没有看见那么多奴仆、军队和钱财？"

"看见啦！"

"你眼前的所有一切，都听你的使唤和支配，要花多少钱，就花多少钱；要送给谁，就送给谁。"

女王指着紧紧闭锁的一扇门，接着说："不过，这扇门除外，你千万不要打开它；一旦打开，将后悔莫及。"

女王话音未落，宰相老太太带着法官和证人走了进来，只见她们全是老太婆，人人长发披肩，个个威风严肃。

女王命令她们为自己和青年缔结婚约，继之举行盛大婚宴，全体将士饱享美味佳肴。

婚宴毕，新娘新郎共享洞房花烛，乐不可言，喜不胜收。

这对美满夫妻过着幸福、快乐的生活。不知不觉七年光景转瞬而逝。

有一天，这位得意的郎君忽然想开启那扇门，心想："那里面

2509

一定藏着我未曾见过的至宝。如若不然,女王怎会不让我打开呢?"

想到这里,他走上去将门打开,发现里面关着一只大雕,就是把他从海岛上携带到这里的那只大雕。

大雕一看见他,开口说道:"不再欢迎一张永远不能成功的面孔!"

他一听此话便转身想逃,大雕追来,伸出爪子将他抓住,拍翅腾空而起,在空中飞翔了一个时辰,落在七年前抓他的那条河岸边,放下他,旋即展翅飞去。

他坐在那里,头脑方才清醒过来,想起往日享受的富贵荣华,想起昨天号令三军、威风凛凛的神气场面,后悔不已,不禁泪珠簌簌落下,失声号啕大哭。

他在海边生活了两个月时间,无时无刻不在想回到妻子的身边。一天夜里,他辗转反侧,夜不成寐,苦思冥想,悲哀不堪。忽然,他听到空中响起一种喊声,只能听到声音,却看不见人,只听有人高声喊道:"多么美妙的享受,然而一去不复返,令人何等忧伤!"

他听见这个喊声,自感再见女王无望,更无法得到昔日的荣华富贵,于是向昔日那十位老人居住的旧屋走去。

他走进那座空荡荡的房舍,方才悟到他们的经历与自己的经历完全相同,这也便是他们痛哭、悲伤的原因所在。想到这里,他觉得那些老人总是流泪是情有可原的。

这位青年走进厅堂,深深陷于痛苦、悲伤之中,整日泣哭不止,不吃不喝。他后半生没有再笑过,直至告别人世,被埋葬在老人们的墓旁。

讲到这里,大臣对国王说:"国王陛下,匆忙行事,后悔莫及,这就是一个最好的例子，愿国王笑纳劝告之言。"

国王听后，觉得此话甚有道理，表示接受大臣的劝告，收回成命，免除太子死刑。

讲到这里，眼见东方透出黎明的曙光，莎赫札德戛然止声。

第五百九十一夜

夜幕垂空，莎赫札德接着讲故事：

幸福的国王陛下，第五位大臣给国王讲完故事，又劝国王勿匆忙行事，以免后悔莫及。国王听后觉得甚有道理，表示接受大臣的劝告，便收回成命，免除太子死刑。

第六天，妃子得知国王废除了处死太子的命令，便带着一口宝剑，快步行至王宫。她对国王说："国王陛下，你的那些大臣妄称女人狡猾阴险，诡计多端，他们企图以此剥夺我的正当权利，阻止国王为我申冤雪耻。国王陛下，你若不接受我的申诉，拒绝维护我的正当权利，容忍太子侮辱我，我就给你讲讲王子与一位商人妻子的故事，以证明我的清白。"

国王一听，随后问："王子与商人妻子？那是怎么回事呢？"

妃子开始讲《王子与商人妻子》的故事：

相传，从前有位商人，是个醋罐子。他有一位娇妻，生得眉清目秀，风韵可人，妖艳妩媚。他很爱这位妻子，生怕她招风惹祸，因此不让她住在城里,而是在城外单独为她造了一座宅院,房舍巍峨,大门坚固。每当他进城时,总是将大门锁上,把钥匙带走,挂在自己的脖子上。

一天,商人正在城里,一位王子出城郊游。在城外,他到处游逛,忽见一座豪华宅院出现在眼前。

王子凝神朝那里望去,但见一女子正凭窗眺望。眼见女子秀目含娇,美丽动人,王子一时心怦怦直跳,不知如何是好。他很想上前面谈一番,但有高墙相隔,不能如愿。王子唤身旁仆役取来笔和墨,写了一封信,表述自己对女子的爱慕之情,然后将信绑在箭头上,搭上弓弦,射入院内。

女子见有东西射进院中,立即走出屋门,来到庭院花园中。她对一婢女说:"快去把那支箭捡来,让我看看箭头上绑的是什么!"

婢女走去,将箭头上的信拿下来,递给女主人。

女子接过信,打开一看,知道刚才站在墙外的那位小伙子对自己深怀爱慕之情。

女子看完信,立即回信一封,说她恋他胜过他恋自己。随后,她回到窗前,把信投给了站在墙外的那个王子。

王子拾起信,看过之后,更加爱那女子。他走到窗下,对女子说:"请你顺下一条绳子来,好让我把这钥匙绑在绳子上,你把它提上去。"

女子果然顺下一条绳子,王子将钥匙系在绳子下端,然后离去。

王子回到京城,向大臣们述说了自己对那个女子的爱慕之情,并且说自己再也忍耐不下去了。

一位大臣问王子:"王子殿下,你需要我做点儿什么事?"

王子说:"我希望你把我装在一口箱子里,然后把箱子寄放在那个商人城外的家中,就说那箱子是你的,以便我在几天之内幽会那位女子。这之后,你再收回你的箱子。"

"我完全照办!"

王子跟着那位大臣走到他的家中,钻到一口箱子里,大臣将箱盖锁上,送往商人的住宅。

大臣来到商人家,商人立刻迎上来,亲吻大臣的双手,然后问道:"大臣阁下,有何要我效力之事?"

大臣说:"请你把这口箱子存放在一个安全的地方,好好保管。"

商人即吩咐家仆把箱子搬走。之后,商人将箱子运到他在城外的宅院,放在仓库里。

商人出门忙别的事情去了。他的妻子走到仓库里,用王子给他的那把钥匙把箱子打开。只见箱子里走出一位貌似皓月的青年,正是那位王子。

女子回去,穿上最漂亮的衣服,然后将王子带到客厅,一道坐下吃喝,一连七天时间。每当丈夫回来,她就把王子藏在那口箱子里,加上锁。

有一天,国王向大臣问王子在哪里,大臣去找商人要那口箱子。

讲到这里,眼见东方透出黎明的曙光,莎赫札德戛然止声。

第五百九十二夜

夜幕垂空,莎赫札德接着讲故事:

幸福的国王陛下,商人出门忙别的事情去了。他的妻子走到仓库里,用王子给他的那把钥匙把箱子打开。只见箱子里走出一位貌似皓月的青年,正是那位王子。

女子回去,穿上最漂亮的衣服,然后将王子带到客厅,一道坐下吃喝,一连七天时间。每当丈夫回来,她就把王子藏在那口箱子里,加上锁。

有一天,国王向大臣问王子在哪里,大臣去找商人要那口箱子。

见大臣来要箱子,商人破例赶回城外宅院。

商人回到宅院,上前敲门。妻子听到敲门声,赶紧把王子藏入箱子里,因为匆忙,忘记了上锁,便去开门了。

商人进了大门,吩咐家仆去搬箱子,结果箱盖开了,发现有人在箱子里躺着。商人一眼认出王子,忙去报告大臣,说:"大臣阁下,你去叫王子吧!我们任何一个人都不能去抓王子。"

大臣前去,带上王子,告别商人,离开那里。

商人当天休掉妻子,并且发誓终生不再娶妻。

妃子讲完这个故事,又讲了《一个坏奴仆》的故事:

相传,从前有一个十分风趣的人。一天,他来到市场,看见一奴仆在高声叫卖自己,于是他走过去将那奴仆买下,领回家中,交给妻子。

奴仆在那个人家里住了一段时间。有一天,男主人对妻子说:"你明天到花园里去玩玩,散散心去吧!"

"好的!"妻子高兴地答道。

奴仆听后，连夜准备饭菜、饮料、干果和水果，然后把东西悄悄搬运到花园里，分别放在四棵树下。

第二天清晨，主人吩咐奴仆陪太太去花园，并准备好他们需要的吃的、喝的和水果。

太太出门，骑上一匹马，奴仆陪着她来到花园。

他们刚一进园门，忽听乌鸦一声叫，奴仆马上说："说得对呀！"

太太问："你知道乌鸦在说什么？"

"是的。"

"乌鸦说什么？"

"乌鸦说：'饭菜在这棵树下，请吃吧！'"

"你懂得鸟语？"

"是的。"

太太走到那棵树下，果然看见那里有饭菜。大家吃过饭，太太惊愕不已，相信奴仆果真懂鸟语。

吃完饭，大家开始在园中游逛，只听乌鸦又叫了一声。奴仆说："说得对！"

"乌鸦又说什么？"太太问。

"乌鸦说：'那棵树下有甜水和佳酿。'"

太太走去一看，果见树下有甜水、美酒，更加相信奴仆懂鸟语。奴仆在女主人的心目中顿时有了地位。

太太和奴仆坐下喝起酒来。

喝完酒，奴仆陪太太向前走去。正走着，忽听乌鸦叫了一声。奴仆随口说道："说得对！"

"乌鸦说什么？"

"乌鸦说：'那棵树下有鲜果和干果。'"

太太走到前面那棵树下一看，果见那里放着各种干鲜果子。

二人吃了些鲜果和干果，继续朝前游逛。走着走着，传来乌鸦的第四次叫声。奴仆听后，弯腰从地上拾起一块石头，向乌鸦投去。太太随即问奴仆："你为什么用石头投乌鸦呢？它说什么？"

"太太，乌鸦说的这句话，我不便对你说。"

"你我之间还有什么不能说的话吗？直说就是了。"

"不能啊！太太！"

"说吧！没关系的。"

"万万说不得呀！"

太太再三立誓、催促，奴仆方说："乌鸦对我说：'你取代太太的丈夫吧！'"

太太一听，笑得前仰后合，然后对奴仆说："小事一桩，轻而易举！"

说着，太太走到一棵树下，铺上毯子，躺了下来，呼唤奴仆说："你来呀！"

奴仆正要走去，忽见男主人出现在身后，望着奴仆，喊道："喂，奴仆，太太为什么躺在地上哭呢？"

奴仆急忙回答道："报告老爷，太太从树上跌下来，摔死了，幸得安拉搭救，方才起死回生。她在这里躺了一个时辰，以便休息一下。"

太太看见丈夫站在她的头前，缓缓站起来，装出病恹恹的样子，连连叫苦喊疼道："哎呀，把我的背和腰都摔疼了。亲爱的，来呀，我简直活不成了。"

丈夫听后，大惊失色，过了一会儿，方才喊道："奴仆，给太太牵马，把太太扶上马去！"

奴仆把太太扶上马，然后牵着马前面走，丈夫紧跟在马后，边走边对妻子说:"安拉会使你康复的。"

讲到这里,妃子对国王说:"国王陛下,听完这个故事,可知男人如何诡计多端。国王陛下万万不可听信大臣们的胡言乱语而忽视嫔妃的正当权利。"

国王见他最喜欢的妃子哭成了泪人,随即又下令处死太子。

大臣们得知国王下令处死太子,第六位大臣急忙来到国王面前,行过吻地礼,慷慨陈词道:"国王陛下,有关太子之事,切望缓行……"

讲到这里,眼见东方透出黎明的曙光,莎赫札德戛然止声。

第五百九十三夜

夜幕垂空,莎赫札德接着讲故事:

幸福的国王陛下,大臣们得知国王下令处死太子,第六位大臣急忙来到国王面前,行过吻地礼,慷慨陈词道:"国王陛下,有关太子之事,切望缓行,虚假之事,如同烟雾,瞬息即逝;唯有真理,基础坚实,长存久在,真理之光,足以驱除虚妄黑暗。国王陛下,女人的诡计是很厉害的。安拉在《古兰经》中说:'这确是你们的诡计,你们的诡计确是重大的。'① 相传,有一个女人设阴谋

---

① 见《古兰经》"优素福章"第二十八节。

诡计，戏耍帝王将相，手段登峰造极，无人可与之相比。"

"竟有这样的事情？"国王惊问。

第六位大臣开始讲《小娘子与众达官》的故事：

相传，很久很久以前，有一位小娘子，她本是一个商人的妻子。她的丈夫常常外出。一次，她的丈夫到一个很远的地方去，因离家时间太久，小娘子寂寞难耐，便与一个商人的儿子关系暧昧起来。小娘子爱那小伙子，那小伙子也非常喜欢这位小娘子。

有一天，那位小伙子和一个人争吵、打架，被那个人告到总督府，结果小伙子被投入监牢。

小娘子得知小伙子入狱，一时惊恐不安，失魂落魄。思忖一番，她站起来，一番收拾打扮，穿上最漂亮的衣服，快步来到总督府。她见到总督，问过安好，把状纸呈上。状纸上写着：

总督大人：

　　因与一个人争吵、打架而被阁下关押起来的那个人，是我的弟弟。因为那些人做的全是伪证，故我的弟弟乃属无辜被关押之列。我家无别人，唯姐弟相依为命，特恳求总督大人开恩，下令释放他。

总督看过状纸，抬头朝小娘子望去，但见她花容月貌，风姿绰约，立即爱在心里。总督对她说："小娘子，你先到我家去吧！我马上将你弟弟带来，让你把他领走。"

小娘子说："总督大人，我只有安拉可以依靠。我是个异乡女子，不能随便进入任何人家中。"

"你不去我家与我交欢，我是不能放你弟弟的。"

"你若一定想交欢,那要到我的住处,你可在那里安歇一整日。"

"你住在何处呀?"

"我的住处离这里不远。"

小娘子把自己的住址告诉了总督,并约定了幽会的日子,然后离去。

小娘子来到法官府,对法官说:"法官阁下,请你关照一下我的案子,安拉会报偿你的。"

法官说:"谁迫害你啦?"

"先生,我只有一个弟弟,家中别无他人。我弟弟让我来找阁下求情。总督根据伪证将我弟弟投入监牢之中,而事实上他是无辜的。因此,我求法官大人为我到总督那里说个情。"

法官见小娘子貌美出众,一见钟情,顺口说道:"请你到我府上去,和我交欢一个时辰,我再派人去求总督释放你弟弟。假若我知道你弟弟的赎金是多少,我代付,以便终结此案。你言谈动人,实在使我钦佩不已。"

"法官大人,如果你那样行事,我们就不责怨他人了。"

"你若不去我家,就请走你的吧!"

"若大人真想那样,就请到我的住处,因为我那里比你家严密、安稳。你家里奴婢成群,出入的人无数,我很不习惯让人看见。不过,需要就是一切呀!"

"你的住处在哪里?"

"离这里不远……"

说完,小娘子与法官约定了幽会的日期,和与总督约定的是同一个日子。

小娘子离开法官府,来到相府。见到宰相后,将事情原委说了一遍，恳求宰相救弟弟出狱。

宰相见小娘子姿色非凡，一见动心，说道："与我交欢一场，我才能让总督释放你的弟弟。"

小娘子说："你若真想那样，就请到我的住处去吧！因那里对我对你都更方便、更保密。再说，我家离这里也不远；此外，你也知道，我们需要干净、漂亮……"

宰相问："你的家在哪里？"

小娘子把住处告诉宰相，并约定在那同一天与宰相在自己家中幽会。

她离开宰相府，来到王宫，见到国王后，便把情况向国王讲了一遍，祈求国王释放她弟弟。

国王问："谁把你弟弟关押起来啦？"

小娘子回答："是总督……"

国王见其姿容，闻其娇言，顿觉情箭穿心，随后要小娘子和他一道入寝宫共枕鸳鸯，然后派人让总督放人。

小娘子说："国王莫急嘛！对于陛下来说，这种事情再简单不过了，要么，出于我甘心情愿；要么，逼迫我强装笑脸。如果国王陛下真有此意，那就是奴婢的齐天洪福。不过，国王陛下若能到我家中共享交欢之乐，那就是我的三生大幸了。有诗为证……"

小娘子顺口吟诵道：

呼声二挚友,可见可听闻;贵客登门来,倍增我身份。

国王说："我听小娘子安排！"

小娘子约国王在那同一天到她的住处幽会，并把住址给国王说了个清清楚楚，明明白白。

讲到这里,眼见东方透出黎明的曙光,莎赫札德戛然止声。

第五百九十四夜

夜幕垂空,莎赫札德接着讲故事:

幸福的国王陛下,第六位大臣接着讲那个故事:

小娘子约国王在那同一天到她的住处幽会,并把住址给国王说了个清清楚楚,明明白白。

总督、法官、宰相和国王要在那同一天到小娘子家中与她幽会了。

小娘子离开王宫,直奔木匠那里。见到木匠,小娘子说:"木匠师傅,给我做一个四斗柜吧!柜子分成上下四层,每层安一个门,再安上锁襻儿。多少钱,你说个价吧!"

木匠说:"四第纳尔。"

木匠抬头看了看小娘子,见她姿色不凡,挤了挤眼,接着说:"小娘子,若容我与你单独会上一面,这柜子嘛,我就白送给你,分文不取了。"

小娘子说:"如果非单独会一面不可的话,那就请你把柜子再加一层,做成五斗柜吧!"

"好说,好说!"

小娘子要求木匠当天把柜子做好,并且约他在那同一天去她家幽会。

木匠听小娘子满口答应，喜在心里，马上说："请你稍坐，我马上把柜子打好，你带回去就行了。"

小娘子坐了不大一会儿，一个五斗柜便做成了。她将柜子带回家中，放在客厅里，然后去取来四件衣服，送到洗染匠那里，分别染成四种不同颜色。

小娘子回来，立即开始准备饮料、水果、鲜花和酒席。

约会的日子到了，小娘子梳洗打扮，涂脂抹粉，穿上顶漂亮的衣服，喷上香水，然后将客厅精心布置一番，铺上各种华丽地毯，然后坐在那里，静等客人的到来。

一阵敲门声传来，小娘子把门打开，但见进来的是法官。她急忙向他行吻地礼。小娘子让法官坐在地毯上，而法官却急不可耐，一把将小娘子搂在怀里，温香柔玉地抚弄……小娘子说："法官阁下，别急呀！你脱下自己的衣服，解下自己的头巾，换上这件黄袍，缠上这块头巾，我们先吃饱喝足，再行交欢不迟！"

法官宽衣解带，换上小娘子递过来的黄袍，缠上头巾……就在这时，忽听有人敲门，法官慌了神，忙问："是谁敲门？"

小娘子说："是我丈夫回来了。"

"怎么办呢？我去哪儿躲一躲呀？"

"不要慌！你别害怕！我把你藏在这个柜子里。"

"那就快一点儿吧！"

小娘子拉着法官的手，让他钻进五斗柜的最下面一层，然后迅速关上柜门，加上了锁。

小娘子走去开门，见进来的是总督，忙向他行吻地礼，然后让他坐在地毯上，说："总督大人，我的家就是你的家，我是你的奴婢。你就在我这里玩上一天吧！请你宽衣解带，换上这件红袍，缠上这条方巾。这才是睡衣睡巾呢!"

总督未等把红袍穿好,便把小娘子紧紧搂在怀里,手不停地抚弄……

小娘子说:"大人,别急呀,今天一天没有人来,任你玩耍。大人,劳你大驾,先给我写个释放我弟弟出狱的条子吧,也好让我放心哪!"

"那好办!"

只见总督顺手取来笔墨,挥笔写道:

典狱官:
　　见此条速放因斗口角而被关押的青年出狱!万勿怠慢,无须多言。

写完,取下戒指印,在签字处盖上了印章。

小娘子收起字条,总督即走过去,将小娘子抱住,又亲又吻……

正在此时,传来敲门声。总督不耐烦地问:"谁在敲门呀?"

小娘子答道:"我丈夫回来了。"

"哦……我怎么办?"

"不要慌,跟我来!"

总督跟着她来到五斗柜前,小娘子打开第二层门,对他说:"快钻进去躲一躲吧!"

总督钻了进去,小娘子将门关上,紧紧锁住。所有这一切,藏在下面一层的法官听得清清楚楚,但他不敢吱一声。

小娘子从容走去开门,见来客是宰相,忙跪在地上,向宰相行吻地礼,然后将他带入客厅。小娘子说:"宰相阁下,你的到来为寒舍增光添彩,令我荣幸之至。相爷,感赞安拉赐给我们这宝贵的一面。"

小娘子让宰相坐下来,对他说:"相爷宽衣吧!请换上这件轻薄的蓝袍,缠上这块红方巾!这朝服沉重,行动不方便,还是这件蓝袍适合吃饭和睡觉。"

宰相换上衣服,随即将小娘子搂在怀里,亲吻起来。小娘子轻轻推开宰相,说道:"相爷,你别着急嘛!时间还多着呢……"

正在这时,忽听有人敲门,宰相问:"谁在敲门?"

小娘子说:"我丈夫他……"

"怎么办呢?"

"你快跟我来!"

宰相跟着小娘子来到五斗柜前,小娘子说:"你快钻进柜子里去吧!等我打发走我丈夫,再来伺候你。"

宰相钻进柜子的第三层,小娘子把柜门关上,锁了起来。

小娘子走去打开房门,见国王走了进来,急忙跪下向国王行吻地礼,然后站起身,将国王领入客厅,让国王坐下。

小娘子说:"国王陛下,你的到来使我家蓬荜生辉,即使我把整个世界及世间的所有东西都送给你,也难以抵得上陛下朝我们走来一步。"

讲到这里,眼见东方透出黎明的曙光,莎赫札德戛然止声。